The Stone of Days

세월의 돌

— 2백 년의 약속 —

[아룬드_Arund]

수레바퀴, 도는 것, 순환, 되풀이, 달력의 한 달

세월의 돌 세계의 달력 체계
; 14 아룬드(月) 달력

The Stone of Days

세월의 돌 4

2백 년의 약속

5 장.

4월 '타로핀(Tarophin)'

6 장.

5월 '키티아(Kitia)'

5장.

4월 '타로핀(Tarophin)'

4월 '타로핀(Tarophin)'

타로핀 광석의 별 '타로피니(Trophinni)'가 지배하는 아룬드로 신비광석 아룬드라고도 불린다. 변덕스럽던 날씨는 안정을 되찾아 산과 들에 무성한 신록이 자라기 시작한다. 그대는 이 세상의 변치 않는 것들에 대해 변치 않을 예지를 써나갈 수 있으리라.

타로핀 광석은 매우 희귀할 뿐더러 다듬기도 어려운데, 그만큼 추출된 광물은 순수하며 무겁고 굳다. 옛 사람들은 이 돌이 더러운 저주나 배반, 악에 물든 마음이 깃들이지 못하도록 주위를 보호하는 효과가 있다고 믿었다. 잘 다듬어진 것들은 주로 마법 의식의 재료가 되거나, 비밀스럽고 신성한 장소를 건축하는데 쓰인다.

타로핀이 훌륭한 성질에도 불구하고 널리 사용되지 못하는 까닭은 이 광물의 지나치게 적은 양에 기인하는 것 같다. 타로핀으로 자리를 만든 홀은 옛이야기마다 한 번쯤 등장하곤 하지만, 그것이 타로핀의 보편성을 말해주는 것은 아니다. 예로부터 이 귀한 돌의 사용은 엄격히 통제되어 왔기에 오랜 번영의 역사를 가진 도시들이라 할지라도 타로핀 회의실을 갖는 일은 극히 드물었다.

현재 대륙에 존재하는 가장 유명한 타로핀 회의실은 이스나미르의 수도 달크로즈 성 안에 있는 '일곱 별자리의 방'이다. 일곱 별자리의 방은 달크로즈 성 전체에 흐르는 마법력을 관장한다는 장소로써 고대 문헌들에도 자주 언급되는 곳이다. 또한 하라시바와 아르나브르에도 타로핀 회의실이 있다고 각 나라의 왕가에서는 주장하고 있다. 그러나 외부에 공개되는 장소가 아니니 만큼 이 주장의 진위는 확인하기 어렵다.

이 돌의 이름으로 행해진 맹세는 그만큼 굳은 맹약을 지키겠다는 의미로 여겨진다. '검은 돌처럼 과묵하다'라는 말도 여기에서 나왔다. 또한 많은 사람들은 타로핀 아룬드에 얻은 친구는 영원하며, 이때에 한 약속이나 맹세를 어기면 저주를 받는다는 말도 곧잘 하곤 한다. 이 때문에 국가 간의 조약이나 동맹, 조직의 결성, 남녀간의 약혼이나 결혼 등은 이때를 기다려 행하는 경우가 많다.

"돌을 얻으나 이야기를 듣지 못하다"라는 경구로 정의되며, 잠재된 마음이 생겨나고 발현되나 다듬어지지 않았기 때문에 다시 잠복해 버린다는 의미를 지닌다. 두 가지 가운데 하나만 얻음, 중요한 것을 알아보지 못하고 내버림, 반목이 표면적으로만 해소됨, 고통이 마음 속 깊이 숨어버림, 보이지 않는 곳에서 은밀한 일이 진행됨, 대가를 치르고 사람을 얻음, 신의의 의미를 다시 생각함 등을 암시한다. 이 아룬드의 상징색은 타로핀의 빛깔과 같은 검은색이다.

— 점성술사들이 달력에 적는 각 아룬드의 의미,
그중 네 번째.

5. 붉은 보석단의 호의

캄캄한 밤이다. 하늘에는 달도 보이지 않는다. 관목이 우거진 샛길에는 시냇물이 흐르는 소리만 나지막이 들린다. 길 너머 골짜기에도 군데군데 사그라져 가는 모닥불들이 깜빡일 뿐이다.

그 길에 검은 망토로 온몸을 가리고 두건을 내려 얼굴까지 보이지 않는 사람이 서 있다. 그 곁에 가죽 망토를 두르고 커다란 검을 멘 한 남자와, 낡은 여행자 복장의 또 한 사람이 있다. 그들은 누군가를 기다리듯 말이 없다. 자세 또한 미동조차 없다.

그리고 시냇물 소리 너머로 기다리던 발자국 소리가 다가온다.

"왔다."

낮은 목소리. 대꾸는 없었지만 검은 망토를 입은 자의 옷자락 속에서 붉은 빛이 울렁이며 새어나오기 시작했다.

"누, 누구냐!"

"왔는가."

오오, 음산한 목소리잖아.

"뭐냐, 너희들은! 여긴 '붉은 보석단'의 영역, 정체를 밝히지 않으면 목숨은 없다!"

처음엔 단순히 놀랐던 산적들 중 하나가 진부하긴 해도 어쨌든 적절한 대꾸를 생각해 냈다. 그 뒤로 줄줄이 따라오다가 멈춰 선 대여섯 명이 분분히 무기를 꺼내드는 소리가 들렸다. 드디어 연기력이 필요한 순간이었다.

"어디서 감히! 신성한 죽음의 무녀 아스테리온 가운데에서도 가장 고귀하신 분 앞에서 무기를 꺼내드는 것은, 아스테리온 종정 전체를 적대시하겠다는 의미이오?"

분연히 터져 나온 목소리에 산적들은 당혹한 기색이었다. 캄캄해서 잘 보이진 않았지만 말이다. 이윽고 몇 개인가의 횃불이 우리를 비췄다. 그러자 유리카는…….

"……."

에, 유리카는 주어진 대사가 별로 없었다.

대신 망토자락을 약간 젖히자 가슴 언저리에서 붉은 광채가 휘황하게 타올라 숲을 밝혔다. 검은 얼룩처럼 보이던 나뭇잎들은 순식간에 석양에 물든 쇠처럼 발갛게 변했다. 우리에게 들이댄 횃불은 존재조차 희미해져 버렸다.

"이건 뭐…… 뭐야?"

어둠이 한몫 해줬다. 산적들은 기괴한 불빛에 얼이 빠져 우리 일행의 초라한 꼴도 눈치채지 못했다. 밤을 핏빛으로 밝히는 괴괴한 불꽃. 어둠 속에 선 정체 모를 세 사람. 아참, 붉은 광채가 뭐였냐고?

물주머니를 갖다 댄 블로지스틴의 구슬밖에 더 있겠어.

구슬은 화가 나기라도 한 듯 점점 더 기세 좋게 타올랐다. 저게 뜨겁지 않다는 걸 아는 나조차도 걱정스러울 지경이었다. 산적들 중 하나가 용기를 내어 부르짖었다.

"누, 누구냐! 저, 정체를 밝혀라!"

나르디가 나설 때였다.

"귀한 분 안전에서 무례한 언동은 삼가시오. 정체를 밝혀야 할 자는 부지불식간에 접근하여 귀한 분의 평정에 누를 끼친 그대들이 아닌가 싶소만. 허나, 성스러운 아스테리온 가운데서도 최고위 무녀, 죽음 그 자체를 다스리는 고귀한 분을 섬기는 비천한 몸으로서, 주인께서 내락을 주시기만 한다면 먼저 성명을 밝히는 수고를 무릅쓰고자 하오. 속세 가운데 아무리 하잘 것 없는 자라 할지라도 만물을 섬기고자 몸을 던진 자로서는 당연히 범애(汎愛)의 정을 품어야 하며 따라서 응당한 예를 갖춤 또한 가하리니."

······무슨 말인지 도무지 알 수가 없었다.

산적들도 나와 의견이 같은 모양이었다. 그들은 불그레한 불빛 속에서 꿈이라도 꾸는 양 눈을 끔뻑이고 있었다.

이미 멋대로 말하라고 일러 둔 터라—상대가 알아듣느냐 마느냐는 중요하지 않았다—나르디는 개의치 않고 유리카를 돌아봤다.

"사망자들의 주인이시여, 저의 수고가 그들에게 값질는지요."

저렇게 꼬아 말해야 거창하게 들리나 보다.

유리카는 가볍게 고개를 끄덕여 보였다. 딱 산적들에게 보일 만큼만. 나르디가 다시 돌아섰다.

"이 몸은 아스테리온 종정에 귀의한 비천한 수행자, 그러나 이스나에의 따님을 모실 광영을 지니어 자손 대대로 그 이름 길이 전해질 자, 엘 헬카인 마르도르네 자디오, 바움이라고 하는 자요."

나르디는 저런 대사를 한 번 웃지도 않고 진지하게 마쳤다. 미리 말해 두자면, 나르디의 대사는 전적으로 나르디가 알아서 만든 것이다. 내겐 저런 말을 만들어낼 능력이 없다. 알아들을 능력조차 없는데. 내 생각에 나르디도 나오는 대로 지껄이는 중일 거다. 사망자들의 주인이자 이스나에의 따님이라고? 그거 앞뒤가 맞는 거냐?

"그리고 이쪽에 계신 분은 아스테리온 종정 대대로 전해온 신검을 계승하시었고, 그 이름도 빛나는 고대 이스나미르, 세르네즈의 전사, 흰 발의 거인, 인릴 유리아나키드의 핏줄을 이으신 엘 헬카인 마르도르네 메디오, 파비움이라는 분이시오."

산적들이 내 등 뒤로 불쑥 솟은 멋쟁이 검의 손잡이를 흘끔흘끔 쳐다봤다. 그러나 나는 나르디가 즉석에서 만들어 낸 나의 직함을 머릿속에 쑤셔 넣느라 바빴다. 꼭 저렇게 복잡해야만 하냐? 엘 헬카인 마르 어쩌고저쩌고……

산적들도 같은 마음이었는지 어느새 잘 알았다는 표정으로 바뀌어 있었다. 갑자기 쏟아진 복잡한 이야기에 골치가 아파져 이 상황에서 빨리 벗어나고 싶어진 게 분명했다.

"그러니까 흠흠, 무슨 볼일이십니까?"

나르디의 말투가 주효하여 산적들의 말이 존대로 바뀌었다.

"주인께서 본당에 거하실 제, 어느 날 몸을 일으키시어 말씀을 내리시니 이곳 깊은 산중에 어둠의 세력에 속한 기운이 떠돌고 있다고 하셨습니다."

"어둠의…… 뭐요?"

나르디는 산적들이 반문할 기회를 주지 않았다.

"그것을 찾고자 고귀한 분께서 몸소 이곳까지 거동하신 것입니다. 주인께서는 그 불길한 기운을 급히 찾아내어 억누르지 아니하면 그것이 미력한 인간들에게 어떤 악운을 닥치게 할 지 알 수 없다고 근심하셨습니다."

나르디가 여기까지 말했을 때, 유리카는 자기도 뭔가 해야 할 때라고 느낀 모양이었다. 우리는 대강 각본을 짰을 뿐인데도 알아서 자기 역할을 해내고 있었다.

유리카가 입을 열었다.

"오오!"

헉, 저…… 렇게 말을 시작하면 어떤 식으로 맺어야 한담.

"낙인이 있도다!"

나, 낙인?

아참, 내가 영문을 모르는 표정을 지으면 안 되지.

대신 산적들이 내가 짓고 싶은 표정을 그대로 지어 주어서 위로가 되었다.

"낙인이라는 게 무슨 소린가요?"

"아아……."

유리카는 길게 말하지 않았다. 아까도 말했듯 유리카는 대사가 적다. 대신 나르디가 황급히 나섰다.

"그대들은 어디에서 왔소!"

나르디의 목소리는 정말 급한 일이 있는 듯 심각했다. 저 녀석이 진지하게 말하는 거야 평소 버릇이니까 어려울 거 있겠어?

"뭐, 뭐야?"

"왜 저래?"

산적들이 저마다 얼굴을 돌아보며 웅성거리기 시작했다. 나르디가 한 발짝 더 나서며 목소리를 높였다.

"촌각을 다투는 일이오! 이리도 화급한 일에 스스로를 돕지 아니하고서야 어찌 후일 자신의 목숨을 귀히 여겼노라 회고하겠소!"

산적들이 저 말을 '급하다'는 뜻으로 알아듣기만 하면 성공이었다.

"그대들이 떠나온 곳으로 안내하시오! 어서! 무슨 일이 벌어질지 모르오!"

"그, 그렇다면……."

정찰 온 산적들은 모두 일곱 명. 이들이 정찰을 끝내지 않고 되돌아가면 두목한테 불호령을 듣겠지? 이럴 땐 막 다그칠 것이 아니라 선택하기 좋도록 중재안을 제시해 줘야 해.

"그대들이 무장을 갖춘 것으로 보아 누군가의 명령으로 여기에 온 게 분명해. 그러니 명령을 어기기는 어려울 테지. 그렇다면 누가 안내할 텐가? 세 명이면 족하리라."

내가 처음으로 입을 열자 산적들이 일제히 나를 보았다. 물론 나는 나르디처럼 어렵게는 말 못한다. 적당히 흉내 내어 '그대' 따위를 섞어 보았는데 다행히 산적들한텐 그럴듯하게 들렸던 모양이었다.

내가 왜 세 명이라고 말했느냐하면, 그건 세 명이 똑같은 말을 하면 웬만한 사람은 믿기 마련이고 아니라 해도 최소한 '혹시나' 하는 생각은 하게 되기 때문이다. 한 명이 달려가 '이러저러한 신기한 일이 있었습니다!' 라고 해 보았자 웬만큼 귀가 얇은 놈이 아니고서는 들은 척도 안 하는 법이거든. 셋 정도가 딱 맞지.

일곱 산적들 사이에 명령 체계는 있었다. 맨 처음 말한 자가 나서서 외쳤다.

"미호, 다로아와 파틴느를 데리고 가라. 이분들을 모시고 두목님께 돌아가는 거다. 방금 본 것을 설명해드리고 왜 돌아왔는지 잘 보고해야 한다. 나머지는 나를 따른다. 알았나?"

밤이 한결 깊었다. 모닥불들은 거의 꺼져 있었다. 여기저기 쓰러져 자는 사람들이 보였다. 수군수군 이야기를 나누다가 우리 일행에게 의아한 눈초리를 보내는 자들도 있었다. 작은 잿불들만 짐승의 눈동자처럼 반짝거렸다.

우리는 될 수 있는 한 말을 하지 않았다. 산적 부하들이 자꾸 말을 붙여봤자 할 대답도 없거니와, 말을 주고받을수록 신비감만 떨어지거든.

"다 왔습니다."

내려오고 보니 과연 절벽과 숲으로 첩첩이 둘러싸인 골짜기였다. 안쪽에 천막이 몇 개 쳐져 있고 그중 하나에서 노란 불빛이 새어나왔다.

"두목님, 미호입니다. 들어가도 됩니까?"

"무슨 일이냐?"

목소리를 들으니 거칠고 우락부락한 사내겠다 싶었다.

"그게……."

미호는 우리 쪽을 돌아보았다. 나는 생각에 잠겼다. 관광객이나 되는 것처럼 줄레줄레 들어갔다가, 산적 두목이 졸개들처럼 호락호락한 사람이 아니면 어쩌지? 바로 사기꾼으로 몰릴 가능성이 높겠는데.

"멈춰라. 직접 말씀하실 것이다."

나는 불쑥 말을 던지고 유리카를 쳐다봤다. 어떻게든 해 봐. 이대론 안 되잖아.

유리카는 내 쪽을 흘낏 보는 것 같더니 다시 고요히 서 있었다. 그러나 잠시 후 익숙한 소리가 들려왔다. 유리카를 처음 만났을 때 들었던 은팔찌가 부딪히는 소리다.

"어둠이 가깝다."

간명한 한 마디에 이어 유리카의 망토 안에서 하얀빛이 쏟아져 나왔다. 온몸을 물들이는 광채…….

"어엇!"

사방의 산적들이 퉁기듯 일어났다. 우리 모두는 눈 뜨기 조차 힘든 압도적인 광채가 기둥이 되어 솟는 것을 보았다. 황무지에서 우물이 터진 것처럼, 별 하늘 꼭대기로 솟구쳐 올랐다.

돌아보니 애써 놀란 표정을 감추는 나르디의 얼굴이 눈에 들어왔다. 이런 건 각본에도 없었잖아! 게다가 저 빛은 블로지스틴의 구슬도 아니고 도대체 뭐야?

"무슨 일이냐!"

천막이 흔들리더니 나보다도 한 뼘은 큰 거한이 들짐승처럼 튀어나왔다. 그러나 그도 별 수 없었다. 거한은 놀란 표정을 감추지 못한 채 몇 걸음 뒷걸음질 쳤다. 눈을 감고 두 손을 가슴에 모으고 있는 유리카의 하얀 얼굴은…… 내 눈에도 이적을 일으키는 성녀처럼 보였다.

사기극을 이토록 진지하게 해내다니, 난 유리카에게 몹시 감동했다. 아니, 슬슬 이게 사기가 맞는지 헷갈린다. 왜 처음부터 이런 능력이 있다고 말하지 않았지? 이게 다 어떻게 된 거야?

"어, 어서…… 예의를 갖추지 않고 무얼 하는가!"

나르디의 외침에 정신을 차리고 보니, 나르디는 이미 기사가 왕녀에게 하듯 무릎을 꿇고 고개를 숙이고 있었다. 이번엔 나보다 상황 판단이 빠르네.

산적들도 우수수 무릎을 꿇고 엎드렸다. 그들의 얼굴에는 경외, 감동, 또는 두려움이 가득했다. 물론 그들의 자세는 나르디처럼 완벽하지 않고 엉망진창이었지만. 아예 땅바닥에 납작 엎드린 자들까지 있었다.

나도? 아냐, 내 역할은 이게 아니야.

"파비……."

주아니가 뭘 말하려 하는지 나도 안다. 조금 전부터 검이 무언가에 감응한 듯 윙윙대고 있었다. 몸 속에서 무언가가 천천히 치밀어 오르는 듯했다. 몸 곳곳이 뜨거웠다.

"그래."

소음을 뚫고 들려오는 목소리는, 유리카인가?

"흐읍!"

몸속에서 끓어오르던 것을 외침으로 뱉어내자마자, 검을 단숨에 뽑았다. 오랜만에 보는 불꽃이 검을 휘감고 일렁거렸다.

정체를 알 수 없는 물결로 머릿속이 어지러웠다. 다잡지 않았다간 곧바로 의식을 잃어버릴 것 같은 강렬한 파도였다. 갑자기 어떻게 된 일일까. 유리카는 이렇게 될 줄 알았던 걸까?

아아, 아니야, 안 돼. 정신을 차려야 해.

"그대들에게 어둠의 낙인이 새겨지려 하고 있다! 저 검은 악의 기운을 느끼면 곧바로 반응하는 성스러운 검, 사령(邪靈)의 힘이 이곳에 깃들였으니, 급히 씻지 아니하고서는 목숨을 보전하기 어려우리라!"

멋쟁이 검은 멋지게 성검으로 격상되었다.

"어……떤 것이기에……."

멋쟁이 검의 날에 새겨진 읽을 수 없는 문자들이 불꽃 속에서 검게 번쩍거렸다. 이런 일은 처음이다. 지금껏 용도조차 몰랐던 글자들이었는데. 분위기 제압용 장식문자였나…….

어쨌든 그들이 이걸 성검이라 믿는다 해도 무리가 아니었다. 나까지 믿어질 지경이니까.

유리카의 목소리가 울렸다.

"여명검(Dawn Blade)의 주인이여, 그대의 검이 반응하는 곳으로 가라."

여명검? 이건 또 처음 듣는 이름인데?

나는 걸음을 옮기려고 했다. 그런데 어디로 가야 하는지 알 수가 없었다. 검이 반응하는 곳이 대체 어디냐고.

모른다는 것을 들키면 곤란한지라 일단 한 걸음 뗐는데, 놀라운 일이 일어났다. 꽉 쥐고 있던 멋쟁이 검이 앞으로 휘청, 당겨졌던 것이다. 하마터면 앞으로 엎어질 뻔했다. 겨우 자세를 가다듬고 보니 검을 당기는 힘의 방향은 천막 쪽이었다.

"저, 저게!"

내가 천막으로 다가가려 하자, 뒤늦게 천막에서 튀어나온 자들이 하나가 내 앞을 가로막았다. 그중 하나가 뽑은 검을 언뜻 보기만 했을 뿐인데, 다시 한 번 멋쟁이 검이 멋대로 움직였다.

싸아악!

상대방의 검날이 나뭇조각처럼 잘라져 떨어졌다. 너무도 가볍게, 순식간에. 내 손에는 작은 충격조차 오지 않았는데.

"어…… 어떻게……."

두 번째는 창이었다. 창은 멋쟁이 검에 닿기가 무섭게 작은 폭발을 일으키며 허공에 쇳조각을 흩날렸다. 검을 채 휘두르기도 전에 말이다.

이제 더 이상 막아서는 자가 없었다. 천막 가리개를 젖히자 나를 기다린 듯한 붉은 빛이 보였다. 블로지스틴의 구슬보다 훨씬 또렷한 선홍색 광채가 천막 한구석에 세워진 검에서 뿜어져 나왔다.

"가져 오라."

유리카의 낭랑한 목소리였다. 나는 다가가 들여다보았다. 검에 박힌 커다란 핏빛 보석을. 그 모양을 보는 순간, 나도 모르게 한 마디가 흘러 나왔다.

"아룬드나얀……."

모두가 보는 앞에서 유리카는 두건을 내렸다. 여기저기에서 탄성, 아니 정확히는 한숨소리가 새어 나왔다.

"저, 저런 여자가 무녀라니……."

"아깝다……."

그들이 수군대는 소리쯤, 다 들렸다. 쳇, 쓸데없는 참견은.

산적들이 체면도 잊고 감탄할 만큼 유리카는 여전히 예뻤다. 그런데 눈에 띄게 안색이 파리한 것이 마음에 걸렸다. 무슨 까닭일까? 이해할 수 없는 흰 광채와 관계가 있는 것일까?

하지만, 피로한 기색에도 불구하고 꼭 다문 입술과 깊은 눈동자에서 는 조금 전과 다름없는 위엄이 배어 나왔다. 그러니까 아직까지 번쩍 거리는 검날의 문자들로 간신히 위엄을 유지하고 있는 나에 비하면 말이다.

"흠흠, 그러니까, 아스트라이 무녀라고…… 했……."

"아스테리온이오. 더구나 최고위 무녀 다섯 분 가운데 한 분이시니 그대들이 이분을 뵙는 것이 얼마나 큰 영광인지 알아야 할 것이오."

산적 두목의 어정쩡한 말을 정정해주는 나르디의 표정은 그나마 그 럴듯했다. 물론 난 저 녀석이 아무 때나 엄숙한 표정을 잘 짓는다는 걸

경험상 잘 안다. 여관 급사가 실수로 버터빵 대신 호밀빵을 가져왔을 때조차 쉽사리 저런 표정을 짓는 녀석이란 말이다.

"아, 그래. 아스테리온. 잘 알고 있소이다."

산적 두목은 어디선가 죽음의 무녀라는 말을 듣긴 한 모양이나 기억력은 영 딸렸다. 그는 우락부락한 체격과 어울리게 회갈색 늑대 가죽 위에 앉아 있었는데, 이런 상황만 아니라면 절대 마주치고 싶지 않을 정도로 험상궂게 생겼다. 쭉 찢어진 눈매, 그리고 바로 아래에는 눈이랑 똑같이 찢어진 칼자국까지 있다.

천막 안에서 이야기하자고 해서 들어오긴 했는데, 산적들에게 빙 둘러싸여 서게 된 게 잘된 일은 아니란 생각이 든다. 나는 아직 가시지 않은 빛줄기가 환영처럼 너울거리는 두목의 칼을 곁눈질했다. 그 기색을 느꼈는지 두목의 눈빛이 야릇해졌다.

"그런데 내 검에 박힌 저 돌에 흥미가 있으시다고?"

산적 두목은 조금 전에 무릎까지 꿇은 채 얼빠진 얼굴로 우리를 바라보던 그 사람이 아니었다. 보석을 호락호락 넘겨줄 수 없다는 생각에 마음을 단단히 먹은 건지, 본래 기억력이 나쁜 탓인지 모르겠다. 그렇지만 그건 두목 이야기고, 둘러선 10여 명의 졸개들은 여전히 우리 일행을 하늘에서 내려온 뭔가로 여기는 눈빛이었다. 우리 곁에 가까이 다가오는 것조차 꺼릴 정도로 말이다.

어쨌든 흥정꾼이 쓸 법한 '흥미'라는 말에 나르디가 발끈했다.

"말을 가려서 하시오. 만물을 보살피는 고귀하신 분께서 그대들과 흥정을 하고자 이곳 곡진 땅에까지 거동하셨다고 여길 정도로 얕은 헤아림밖에 갖추지 못하였소? 흥정은 천박한 시정의 장사치들에게나 가한 바이오이다. 겸양을 모르는 인간은 태생의 보배로움을 거부하는 것과 진배없소."

물론 나르디의 말이 욕이라는 걸 알아들을 정도로 산적들은 똑똑하지 않았다. 다만 화가 났다, 말을 조심해라, 정도는 알아듣은 모양이었다.

"아, 알았으니까. 그럼 저 빨간 보석에 무슨 문제가 있다는 건지 좀 자세하게 이야길 해 보시오. 이렇게 과정이 복잡해서야 당최 알아먹을 수가 있어야지."

그렇게 말하는 산적 두목을 보자니 왜 그가 다른 놈들을 제치고 두목이 되었는지 알 것도 같았다. 저 영악하게 번쩍거리는 눈 좀 봐.

나르디가 대꾸했다.

"일단 그대의 보잘것없는 성명을 들어보고자 하오."

듣고 있자니 '보잘것없는'이라는 말이 귀에 걸렸다. 나르디 녀석이 상대가 못 알아듣는 것을 기회 삼아 은근히 욕을 하고 있는 게 틀림없다.

"나? 아, 나. 나의 '보지 말라는' 성명."

나르디의 말을 멋대로 해석한 두목은 심호흡까지 한 번 하더니 엄숙히 읊기 시작했다.

"용자들의 땅 세르무즈에서도 가장 이름난 장사, 위용과 높음이 하늘에 올라앉은, 공포의 광검, 잘나가는 발카리오스. 그것이 나의 '보지 말라는' 성명이다."

나는 재빨리 나르디를 곁눈질했다. 웃을 수도 없고, 그런가 보다 할 수도 없고, 난감한 표정인 건 녀석도 마찬가지다. 저렇게 앞뒤 연결이 이상한 걸 보면 누가 해준 이야기를 기억나는 대로 끼워 맞추고 나머지는 자기 어휘력을 동원하여 엮어 붙인 게 틀림없었다. 그런데도 두목의 표정은 여간 만족스러운 게 아니었다. 무식한 게 죄라더니.

그런데 말이지.

"피피."

유리카가 대뜸 내뱉은 말에 천막 안의 모든 움직임이 멈춰버렸다.

이어 유리카는 미소를 지었다. 내가 보기에는 득의만만한 미소였지만, 다른 사람들이 나처럼 알아보기에는 지나치게 옅은 미소였다.

"본명을 속이는 것은 그대의 살과 피를 내린 신성한 법칙을 거부하는 것이오."

유리…… 난 감동 받았어.

나만 감동 받은 것이 아니었다. 턱이 빠지게 입을 벌린 산적 졸개들, 충격으로 말을 잇지 못하는 두목, 다시 절이라도 할 태세인 나르디……. 물론 가장 감동 받은 사람은 이 정보를 알아온 장본인이었을 거다. 주머니 안에서 꼼지락대는 거, 감동해서 그런 거지?

유리카의 어조는 다시금 싸늘한 기색을 띠었다.

"심안으로 본 그대의 육신에는 다른 어떤 가짜도 아닌 태생 본래의 이름이 새겨져 있소. 피피, 이름을 거스르는 자는 자신이 가야 할 진정한 길을 영영 찾아내지 못할지니, 주어진 이름을 버리고 다른 이름으로 살고자 하는 자는 세상 끝날까지 영원한 미로에 갇혀 헤매리라."

순 거짓말이라는 것을 아는 나조차 등허리에 서늘한 기운이 스치는 느낌이 들었다. 나르디의 표정도 영 좋지 않다. 하긴 저 녀석도 이름을 숨기고 있지 않는가. 그럼 산적 두목은?

돌아보는 순간 당황, 분노, 두려움이 뒤섞인 목소리가 튀어나왔다.

"내, 내 이름을 어떻게!"

교활한 산적 두목이 이렇게 쉽게 걸려든 건 처음에 각종 이적을 보인 덕택이 아닐까 싶다. 충격으로 멍해진 발카리오스, 아니 피피를 향해 유리카의 목소리가 이어졌다.

"사망자들의 주인은 산 자들이 살아가는 내내 갚아야 할 빚을 맡은 자. 그대가 내게 갚을 빚이 있을진대, 내 어찌 그대가 누구인지 모르겠는가."

유리 너, 정말 사망자의 주인인지 뭔지 하는 그거 아냐? 왜 저렇게 그럴듯한 소리만 하는 거야?

"저기, 정말 두목의 이름이 피피?"

"우리 집 막내 꼬마시절 별명하고 똑같네?"

"야, 야, 두목님 표정 봐. 말조심해."

"하지만, 심하잖냐……."

말조심하자는 의견은 곧 묵살되었고 반대로 수군대는 소리는 점차 커져갔다. 듣자니 유리카는 산적 졸개들의 마음속에서 이미 성녀 자리를 차지한 듯 했다. 이런 산골짜기에서 마주치면 더욱 신비해보이는 미모에, 나까지 설득될 지경인 태도와 목소리가 더해진 결과였다. 우습지도 않은 이름을 가진 두목의 존재는 어느새 뒷전이었다. 이게 내 계획이란 것이 믿어지지 않을 정도로 다 잘 되어나가고 있었다.

"바로 그렇기 때문에!"

유리카가 목소리를 높이더니 위압적인 눈빛으로 두목을 쏘아보았다. 피피―참 부르기 껄끄럽다―는 움찔했다.

"그렇기 때문에, 그대가 저런 악마의 보석에 홀려 평생을 통하여 찾아야 할 영혼의 바른길을 그르치면서도, 거기에서 헤어 나올 의지조차 갖지 않는 것이니! 정녕 의심치 않는가! 그대를 따르는 선량한 생명들을 나락으로 이끌면서도 한 점 반성의 빛조차 없는가!"

이번 말은 확실히 주효했다. 수군거리던 자들은 이제 술렁이기 시작했다.

"아직도 세상에는 도처에 숨겨진 악의 기운이 많으니, 죄 받을진저…… . 아까 성검의 신성한 힘으로 악령 들린 물건을 찾아내는 것을 보지 못했는가? 성검의 분노를 보지 못했는가? 오오, 눈먼 자들이여…… 붉은 보석의 요사스런 기운이 한꺼번에 뻗쳐오르는 광경을 그대들은 정녕 보지 못했단 말인가!"

따져보면 우리도 처음에 붉은 광채를 내면서 나타났었다고.

그러나 그런 문제에 신경 쓰는 산적은 한 명도 없었다.

"성스러운 무녀께서는 조금 전 계곡에서 그대를 따르는 몇 사람을 만난 것만으로도 이미 그들에게 태곳적 악령의 낙인이 새겨지려 하고 있음을 꿰뚫어보셨다. 세상 군유(群有)를 조요(照耀)로이 돌보셔야 할 분께서, 다른 용무를 저버리시고 급히 이곳 먼 땅까지 오신 연유가 무엇이겠는가? 낙인의 두려운 힘이 어떤 것인지 모르는 우미(愚迷)한 생령(生靈)들이 어떤 화를 당하고, 또한 어떤 화를 불러일으킬지 능히 짐작할 수 없기에, 미연에 근본을 끊고자 하는 자애로움이 아니고 무엇이더냐?"

물론 나르디가 한 말이다. 그쯤 되자 겁먹은 듯한 질문이 나왔다.

"저기 낙인이 찍히면…… 어떻게 되는 건데요?"

이번엔 나도 한마디 해야지 싶어 질문한 녀석을 돌아보았다. 아까 내가 무기 두 개를 가볍게 부숴버리는 모습을 보았기 때문인지 녀석은 움찔하는 기색이었다.

"악행을 저지르고도 가책 받는 마음을 잃게 되며, 생명의 촛불이 두 배로 타올라 남은 수명을 녹여버리리라. 날마다 악한 꿈에 시달리며 서서히 몸에 원인 모를 병이 생겨나 입맛을 잃고 점차 살아갈 의지도 잃는다. 죄의 힘이 온몸에 끼치고 주위로 퍼져나가기 시작하며, 후대까지 미치게 된다. 소소한 병마에서 헤어 나오지 못하고, 음식을 먹고 배설하는 모든 일이 고통스러워지기 시작하면 이미 사령의 지배를 받기 시작한 것이다."

말을 맺으며 피피의 눈치를 슬쩍 살폈다. 아니나 다를까, 놈의 얼굴에는 두려움이 역력했다. 불쌍한 양반, 소화불량과 변비라니. 그럼, 고통스런 병이지. 고통스럽고말고.

"버, 벌써 우리도 거기 걸린 겁니까?"

"어떻게 하면 도로 돌릴 수 있습니까?"

"설마…… 이미 끝난 것은……."

"아냐! 이건 내 잘못이 아니야!"

순식간에 겁에 질린 얼굴들이 우리를 둘러쌌다. 공포로 흐려진 목소리로 한꺼번에 질문들을 쏟아 붓는 걸 보니 미안한 생각마저 들 정도였다. 만약 이 상태를 수습할 수 있는 두목이 있다면 산적 두목이 아니라 왕궁 기사단장이 되었을 거다.

"제, 제발 성녀님! 저희에게 걸린 저주를 풀어주십시오!"

"무슨 일이든 다 하겠습니다! 잘못도 뉘우치겠습니다! 가진 것도 다 내놓겠습니다!"

"난 아직, 아직 주, 죽고 싶지 않아! 으흐흑……."

이 광경을 보자니 내가 예상을 잘못했다 싶었다. 소화불량과 변비는 두목 피피뿐 아니라 산적단 전체의 돌림병이 틀림없었다.

"이게 다 두목 때문이야."

갑자기 새로운 고찰을 하는 산적이 생겨났다.

"저 보석을 찾았을 때 뭐라고 했어? 저 저주받은 보석이 우리의 상징물이 될 거라고? 행운을 가져올 거라고? 에라……."

"그런 보석이 우릴 죽을 골로 몰고 가? 이런 썩어 뒈질……."

"이제 우리는 다 죽었어! 그렇지만 죽어도 저놈은 죽이고 죽어야겠다!"

이들의 논리가 놀랍도록 비약하는 것을 보자니 켈라드리안의 페어리 떼가 생각나는데…… 한 번 겪어본지라 그때처럼 못 견디게 골치 아프지는 않았다. 지켜볼 여유가 생겼다고나 할까.

천막 안의 산적들이 퍼렇게 질린 얼굴로 떠들어 대자 천막 밖에서 우리 이야기를 엿듣던 산적들도 안으로 밀려들어 왔다. 덕택에 천막도 쓰러질 지경이었다. 두목은 그들에게 꼼짝없이 에워싸였다.

"네놈 목줄에 칼 박고 죽어라, 더러운 놈!"

"야, 피피, 성녀님께 살려달라고 빌어라!"

"책임을 져라! 어떻게 할 테냐!"

"지금까지 보물은 제일 많이 처먹은 주제에!"

……등등 충성심 따위 느껴지지 않는 외침들을 들어 넘기는 중인데, 갑자기 여유 있게 감상할 수 없는 주장이 튀어나왔다.

"저 더러운 보석, 당장에 깨부숴서 없애버려!"

둘러쌌던 자들은 즉시 두목의 검을 잡아채려 들었다. 어깨들 틈으로 언뜻언뜻 보이던 두목의 얼굴이 사색이 되었다. 누구든 검을 잡는 순간 두목의 목을 날려버린대도 이상하지 않은 상황이었다. 물론 그 다음에는 검과 보석을 부숴버릴 테고.

나는 한 발 앞으로 나서며 외쳤다.

"저주받은 보석에 손대지 마라!"

멈칫, 산적들이 내 쪽을 돌아보았다.

"붉은 보석의 저주가 두렵지 않으냐! 성녀님만이 거기에 걸린 저주를 풀 수 있다!"

어느새 나까지도 유리카를 성녀님으로 부르게 돼버렸다.

산적들이 좌우로 물러나는 가운데 나는 멋쟁이 검을 다시 뽑아들었다. 아까처럼 불꽃이 일지는 않았지만, 두목을 향해 다가가자 날에 새겨진 문자들에서 검은 광채가 솟아나기 시작했다. 멋쟁이 검은 정말로 아룬드나얀의 보석과 감응하는 걸까?

두목 앞에 선 나는 정말 애썼다. 가능한 한 엄숙한 표정에, 손도 내밀고, 목소리도 착 깔아 가면서.

"구원받지 않겠는가."

"……."

더 많은 말은 필요 없었다. 두목의 표정이 시시각각 변하는 가운데 짧은 망설임이 흐르고, 검이 내 손에 철컥 건네어졌다.

"나도, 아니 저도…… 살고 싶습니다."

6. 꿈에 본 에제키엘

"안녕히 가십시오, 성녀님!"

"감사합니다, 감사합니다, 성녀님!"

"고맙습니다! 평생 은혜 잊지 않겠습니다!"

"살펴가세요오…… 성녀니이임……."

저 녀석들, 성녀님밖에 모르고 나하고 나르디는 안중에도 없잖아? 어쩐지 괘씸한데.

정수리를 비추는 아침볕이 따끈하다.

애절한 작별의 외침이 들려와도 유리카는 뒤를 돌아보지 않았다. 안 돌아보는 이유는 뻔하다. 두건 속 유리카의 얼굴이 어떤 표정일지 난 잘 알고 있으니까. 산등성이를 에돌아 환송 나왔던 산적들이 보이지 않게 되자, 예상대로 쿡쿡거리는 웃음이 터져 나왔다.

"킥, 쿠쿡, 아하, 아하하하……."

"하하하하!"

산적들의 눈에 띄지 않을 곳에 이르자 우린 아예 풀밭에 주저앉아 미친 듯이 웃어대기 시작했다. 지나가던 사람이 보았다면 겁을 먹고 슬슬 비켜갈 정도로. 그렇게 한참 동안 아무것도 못한 채 웃고 나니 배가 아파서 더 웃지도 못할 지경이 되었다.

"서, 성녀님…… 저주를 풀어…… 으하하핫!"

누가 이런 식으로 말을 꺼내면 웃음을 멈추려다가도 또다시 자지러졌다. 산적들이 극진히 대접한 어제 밤참과 오늘 아침 식사가 웃다가 몽땅 소화될 판이었다.

상쾌한 이른 아침이다.

만에 하나 산적들이 의심쩍게 여길까 싶어 아침이 오기 무섭게 떠나려 했지만, 죽을 위기에서 벗어난 산적들이 눈물까지 글썽이며 더 대접하겠다고 고집을 부려서 정말 난감했다. 나와 나르디가 눈까지 부라려가며 애를 썼지만, 결국 성녀님이 한마디 해서야 해결이 났다. 성녀님이 뭐랬냐고?

"다른 곳에서, 또 나락에 빠져 도움의 손길만을 기다리는 불운한 자들이 많이 있습니다. 더 늦기 전에 그들에게 가야만 합니다."

이 정도면 수도로 가서 '나락에 빠진 산적들을 구한 성녀님'이라는 연극을 해도 될 걸?

"야, 유리카, 그만 웃고 빨리 나락에 빠진 자들을 건지러 가야지."

나르디가 한마디 하는 통에 우리는 일어나려다가 도로 쓰러져 웃어야 했다.

이렇게 우리들의 사기극은 끝나고…….

다시 융스크-리테를 향해 떠나 한나절을 걷고 저녁 무렵이 되었다. 산등성이를 하나 넘고 좁은 절벽 모서리를 조심조심 지났다. 그리고 나니 꽤 오랫동안 평지가 계속되었다.

우리는 적당한 장소를 물색하는 중이다. 붉은 보석을 검에서 빼내긴 했지만, 아직 아룬드나얀에 박아 넣지 않았다. 실은 당장 그렇게 하려고 했지만 유리카가 말렸다.

"왜?"

"중요한 의식이니만큼 어떤 일이 일어날지 몰라. 눈에 띄는 곳이어서는 안 돼."

그렇게 해질녘이 되어서야 죽죽 뻗은 삼나무들이 들어찬 비탈 숲을 발견했다. 튼튼한 둥치와 우거진 나뭇가지가 무슨 일이 일어나든 다 가려줄 것 같다. 가지는 하늘을 보고 뻗기보다는 널찍하게 벌어졌다. 그래서 안쪽으로 들어가자 사방 시야가 수십, 수백 개의 가지로 겹쳐 가려졌다.

바삭, 바삭, 바람 불어 잎 흔드는 소리.

"그건 그렇고 그 약은 어떻게 된 거야?"

나르디가 밟은 나뭇가지가 딱, 하고 경쾌한 소리를 내며 부러졌다. 푸드덕, 새들이 수직으로 날아올랐다.

"아아, 그 약."

유리카는 내 주머니에서 머리를 내민 주아니에게 싱긋 미소를 보냈다. 주아니도 마주보고 웃는다. 대답하기 전에 모의라도 하는 것처럼.

왜들 저러지.

얼굴에 부딪히는 가지를 잡아 넘기려는데 유리카의 목소리가 이어졌다.

"찔레 열매하고 느릅나무 껍질, 질경이 잎, 뭐 그런 거야."

"그래? 그런 게 소화불량에 효과가 있어?"

나르디가 물었다. 꽤 깊이 들어왔다 싶어 하늘을 올려다보자 빼곡한 가지로 뒤덮인 숲은 어느새 밤이 가까운 모습이었다.

"글쎄, 효과가 없다고는 할 수 없지 않을까?"

효과가 없다고 할 수는 없다고?

"그런 약 만드는 법은 또 언제 배웠…… 앗 따가워!"

삐죽 튀어나온 나뭇가지에 어깨를 찔렸다. 그런데 유리카가 갑자기 웃어대기 시작했다. 동시에 주아니까지 킬킬거렸다. 난 영문을 몰라 인상을 썼다.

"왜 그래? 뭐가 웃긴 건데?"

나르디를 봤지만 녀석도 의아한 표정이었다. 이윽고 겨우 유리카가 웃음을 참으며 말했다.

"그들의 병을 위한 가장 빠른 해결책을 만들어 줬으니 안심해. 후훗, 약이야 주아니가 골라 준 거고, 그걸 먹고 괜찮아진다면 나도 앞으로 그 길로 나서서…… 하하, 아하하……."

"유리카, 성녀가 그 정도 능력은 있어야지."

엄숙한 체 말을 잇던 주아니도 결국 도로 웃음을 터뜨리고 말았다.

유리카는 어제 성녀 행세하면서 저주를 풀어준답시고 산적들에게 제멋대로 희한한 의식들을 시킨 다음에, 잠시 나갔다가 오더니 이번엔 약이랍시고 작은 주머니를 내놨었다. 물론 산적들은 황송해하며 꼭 성녀님의 은혜를 잊지 않고 장복하겠노라고 했다. 피피까지도 고마워 죽겠다는 표정이었다.

"그거 괜히 긁어 부스럼 만든 거 아냐?"

나르디의 말에 나도 내심 동감이었다.

"그러다가 부작용이라도 나서 사기당했다고 쫓아오면 어떻게 해? 게다가 그럴 가능성이 더 큰 거 아니냐?"

"무슨. 나도 다 생각이 있어서 한 일이라고."

작은 빈터를 발견한 우리는 멈춰 섰다. 주위를 둘러보며 트인 곳과 막힌 곳, 햇빛 드는 곳을 확인한 다음 내가 말했다.

"여기서 야영하자."

먼저 바닥에 두텁게 쌓인 잔가지와 풀 더미를 긁어 치웠다. 적당한 땔감을 모아 가느다란 가지부터 차례로 쌓아 놓고 불을 지폈다. 따뜻한 날씨라 꼭 모닥불이 필요하지는 않았지만, 들짐승들을 쫓기 위해서라도 불은 피워야했다.

바닥이 푹신하도록 자리를 본 뒤 모포를 탁탁 털어 까는 동안, 슬링 쓰는 법을 내게 배운—물론 말로만—나르디가 시험 삼아 한 번 써 보겠다며 나갔다. 우리는 저녁거리라도 구해 오라는 뜻에서 기분 좋게 손을 흔들어 주었다.

"무슨 생각에서 엉터리 약을 조제해 준 건데?"

지금 날씨에 모닥불은 좀 더운지라 둘 다 멀찍이 떨어져 앉았다. 타닥거리는 모닥불 너머로 유리카가 고개를 기울이는 것이 보였다.

"너는 산적들이 얼마나 오래 속아줄 것 같니?"

"얼마나 오래?"

그런 생각은 해보지 못했다. 깨닫는다 해도 우리가 멀리 가버린 뒤라면 아무래도 좋은 일이었다. 금세 눈치 채고 쫓아올 정도로 허술한 연기였던 것 같진 않은데.

"사기란 거, 금방 알아챌 거야."

"어째서?"

유리카는 내 배낭을 끌어당기더니 말린 과일을 하나 꺼내 씹었다. 머리카락이 흘러내려 얼굴을 반쯤 가리고 있었다.

"너도 처음에 산적 소굴로 안내하라고 셋을 데려갈 때 생각했던 거 잖아? 세 사람 정도가 같은 이야기를 하면 누구나 솔깃하기 마련이지."

"그래서?"

"똑같은 거지. 그 자리에 없던 사람이 셋 이상 나타나서, '그런 바보 같은 일이라니 혹시 속은 것 아니에요?' 이러기 시작하면 얼마 안 가 다들 속았다고 생각하게 된다고."

"음."

그래, 정찰하고 돌아올 산적들을 생각하지 않았구나.

"시간이 흐르고 냉정하게 생각해 보면, '갑작스레 나타난 세 명이 하룻밤 새에 보석을 채어 황급히 사라졌다'라고 요약되지 않을까."

정말 맞는 말이라, 나는 여기서 야영이나 할 것이 아니라 모포 걷어들고 열심히 달아나야 하는 것은 아닐까 생각하기 시작했다.

"그런데 그게 네가 만든 약하고는 무슨 관계야?"

유리카의 얼굴에 미묘한 미소가 떠올랐다.

"세 가지 다 조금 먹으면 약이 되긴 해."

"많이 먹으면?"

"음…… 먼길을 오는 데는 치명적인 장애가 초래되지."

유리카는 구체적 설명을 하기 싫은지 갑자기 일어나서 모닥불을 쑤시기 시작했다. 난 주머니 속을 내려다봤다. 주아니가 점잖은 표정을 짓더니 배를 톡톡 두드렸다.

"배가 아파져?"

"아프다 못해 다 내보내야 한다고."

"뭐야, 설사약을 처방해 준 거야?"

유리카가 모닥불을 쑤시던 나뭇가지를 내려놓더니 발딱 일어서며 말했다.

"절대 빨리 쫓아올 수 없겠지."

수십 명에게 설사약을 처방해 주고도 조금도 거리낌 없는 표정이라, 난 내심 조금 질렸다. 유리카는 내 얼굴을 보고 내가 무슨 생각을 하는지 알아채고 덧붙였다.

"우리가 산적들과 다시 마주치면 무슨 일이 일어날지 상상이 안 되나 보구나. 난 할 수만 있다면 발목이 부러지는 약을 만들었을걸."

유리카는 대체 어떤 환경에서 자라 온 걸까?

우리가 말없이 모닥불만 바라보고 있는데 나르디가 돌아왔다.

"자네의 교육은 성과가 있었다네."

분위기를 바꾸고 싶었는지라 얼른 농담조로 한마디 던졌다.

"선량해 보이는 토끼군."

"선량하면 맛있나?"

"잔인한 뱀보단 맛있어."

"잔소리 그만하고 손질해 올 사람이나 정하자."

나는 묵찌빠로 정하자고 하고 싶었지만 유리카의 눈치를 보고 동전 던지기 쪽으로 방향을 바꿨다. 그 결과…….

"얼른 갔다 와."

"깨끗하게 씻고, 털 남기면 안 돼."

나는 죽은 토끼와 함께 시냇가 산책을 나섰다.

삼나무 잎을 흔들던 바람이 싸한 풀 냄새를 가지고 온다.

작은 단검을 이용해서 토끼의 가죽을 벗겼다. 비릿한 냄새가 풍긴다. 시냇물에 빨간 피가 한참 풀려 섞이다가 이윽고 사라졌다.

내장과 가죽은 핏기를 대강 헹궈 멀찍이 시냇가 너머로 던져 버렸다. 피 냄새를 맡고 오는 짐승들이 있을지도 모르니까 조심해야 했다. 잠시 전까진 토끼의 시체였지만 이제는 토끼고기로 변해버린 것을 냇가 바위에 얹어놓고 한참 동안 물에 손을 잠그고 씻었다. 피 냄새가 깨끗이 가시지 않는다. 주위가 어두워져 물속의 핏빛을 더 이상 알아볼 수 없는데도 난 오랫동안 손을 담그고 있었다.

잔 물살이 셀 수 없을 만큼 부딪고 흘러가고서야 나는 일어나 모닥불 가로 돌아왔다.

"꼬챙이로 쓸 나무 준비해 뒀어?"

"여기 있어."

토끼 고기는 굽고 나니 맛이 꽤 괜찮았다. 입맛을 다시다가 옆을 흘끔 보니 나르디는 아직 한 입도 씹지 못한 채 뜨거운 고기를 식히느라 고생하는 중이었다. 나는 문득 떠오르는 사람이 있어 중얼거렸다.

"너처럼 뜨거운 게 입에 닿을라치면 질겁하던 녀석이 또 있었는데."

내 말을 들은 유리카가 모닥불 너머 어둠 속에서 빙긋 웃는 것이 보였다.

"그 녀석, 잘 있을까?"

"누군데 그래?"

"이베카 시에서 만난 고상한 녀석이었지."

"고상한 녀석?"

대답하려 하니 새삼 실소가 터져 나왔다.

"푸훗, 그 녀석 이름이 티무르였지, 아마? 그래, 티무르 리안센."

"리안센?"

내가 말한 이름을 되풀이하는 나르디의 얼굴에 낯선 표정이 스친 것 같다. 다시 자세히 보려 했지만, 이미 그 표정은 수면 아래로 깨끗이 사라진 뒤였다.

다른 사람이라도 된 것처럼…… 냉랭했는데.

"어쨌든 나만은 아니란 거군. 뜨거운 것을 못 먹는 사람이."

나는 짓궂게 대꾸했다.

"뜨거운 것을 잘 먹어야 예쁜 아내를 얻는대."

"노력해 보지."

나르디는 평소처럼 부드러운 표정으로 돌아가 빙그레 웃어 보였다. 보는 사람까지 편안하게 만드는 미소 말이다.

나와 유리카는 토끼고기 경쟁에서 나르디보다 유리했다. 고기가 순식간에 사라지고 나자 나르디는 배낭에서 말린 고기를 내어 씹어야 했다. 녀석은 불평했지만, 그런다고 먹은 토끼를 도로 꺼내줄 수도 없는 거 아니겠냐고?

주아니는 자기 식량인 나무 열매를 몇 개 까먹고 나더니 금방 모포 한구석에서 잠들었다. 낯선 땅에 데려다 놓아도 그것이 땅이기만 하다면 주아니는 아무 두려움도 갖지 않는 듯했다. 살아 있는 낯선 생물들은 그렇게 겁내면서.

식사한 자리를 치운 뒤 우리는 모닥불 한쪽에 모여 앉았다. 유리카가 손을 내밀었다.

"이리 줘 봐."

나는 품에서 붉은 보석을 꺼내어 유리카에게 건넸다. 모닥불 탓에 보석은 처음 보았던 때처럼 울렁이는 빛을 발하는 듯했다. 토끼 몸속에서 꺼냈던 작은 심장처럼, 숨 쉬는 듯한 보석. 보석이 간헐적으로 내뿜는 광채와 모닥불 빛 때문에 우리 얼굴은 온통 발그레하게 달아올랐다.

"후……."

유리카는 손바닥 위에 보석을 얹어 놓고 시선을 집중한 채 말이 없었다. 보석과 이야기라도 나누려는 사람처럼, 옛 생각에 잠긴 눈을 하고서. 가끔 느꼈듯 이럴 때면 나와는 까마득히 동떨어진 존재 같다는 생각이 든다. 지금의 인간보다 훨씬 아름답고 강건했다는 고대인의 눈빛을 연상케 한다.

타닥, 재가 날렸다.

"파비안."

"응."

"약속했었지? 언젠가 숨기던 것, 모두 다 말하겠다고."

"그때가 된 거야?"

별빛이 내리기 시작한다.

나르디의 머리가 점차 금빛이 되어가는 것을 전부터 눈치 채고 있었지만, 지금만은 이상하게도 완전히 옛 머리 빛으로 돌아간 듯했다. 나는 품에 손을 넣어 아룬드나얀을 만졌다. 단단한 둥근 추가 언제나처럼 그 자리에 있다. 고향에서 머물던 마지막 시절에 생겼던, 몇 안 되는 버릇들 가운데 하나.

이상하게 옛 생각들만이 잇따라 머리를 쳐드는 것 같다. 더 오래된 때, 더 옛날로만 마음이 돌아간다.

"별자리들이 세월이 지나면 달라지는 것, 아니?"

나는 밤하늘을 올려다보았다. 밤바람이 흔드는 삼나무 가지 틈에 흰 별들이 떨어질 듯 맺혀 있었다.

"어떻게 달라져?"

"몇백 년 갖곤 어림없지만. 점성술사들이 갖고 있는 옛날 성도(星圖)를 보면 지금과는 별자리 모양이 달라. 언젠가 오래된 별자리들이 새겨진 둥근 석판을 본 일이 있는데…… 저기, 보여?"

유리카가 손가락을 들어 가리킨 곳에는 띠처럼 길게 걸린 '시간의 강'이 있었다. 유난히 밝은 별들이 길게 늘어서서 하늘을 둘로 가르고 있는 별자리다.

저 강이 지상의 어느 강을 뜻하는 것인가를 놓고 점성술사들 사이에서는 말이 많았다. 아르나니 별이 아르나 아룬드에 강의 급류로 보이는 지점에 머문다는 것 때문에 아르나 강이라는 주장도 있었고, 하늘 가운데 흐르는 가장 큰 강이니만큼 이진즈 강이라고 말하는 사람들도 꽤 강경했다.

왜 이런 논쟁이 생기는가 하면, 별자리 중에서 중요하게 여겨지는 일곱 별자리 가운데 다른 여섯 개는 지상에 실제로 있는 무언가와 연결되기 때문이다. 그런데 '시간의 강'만은 그게 뭔지 정확하지 않으니, 명색이 점성술사라는 자들로서 답답한 노릇이 아니었을까 싶다. 게다가 옛 이스나미르로부터 전해왔다고는 하지만 '시간의 강'이라는 이름이 별자리 이름치고는 좀 이상하잖아? 사철 어느 때든 조금씩은 볼 수 있고 어느 별자리보다도 눈에 띄는 별자리인데.

어쨌거나 나는 점성술사가 아닌지라 어느 편을 들 필요는 없다. 하늘을 흐르는 '시간의 강'은 두 번 휘어지는 모양이었다.

"저 별자리가 예전엔 저렇게 휘어져 있지 않았대."

"그럼 어땠는데?"

"아주 조금만 휘어져 있어서, 직선에 가까웠지."

유리카가 아닌 나르디가 대답하는 바람에 나는 의아한 눈으로 녀석을 쳐다봤다. 유리카도 고개를 돌렸다.

"너도 알고 있구나. 그럼 '모든 섬'에 대한 이야기도?"

"응, 알고 있지. 책에서 읽었어."

혼자 바보가 된 내가 애처롭게 물었다.

"모든 섬은 또 뭐야?"

짧은 설명이 오갔다. 나르디와 유리카가 책에서 보았다는 천 년도 더 된 성도 '메르크헨 로 니하파'에 따르면, '시간의 강'은 일렬로 늘어선 수백 개 별들의 집합이며 그 가운데쯤에 유난히 굵은 별무리가 푸르게 빛나고 있어서 그것을 '모든 섬'이라고 불렀다고 했다. 강 가운데 별무리가 있으니 섬이라고 부른다는 말은 이해가 갔지만, 왜 하필 '모든 섬'이지?

"아니, 모든 섬이라니? 세상 모든 섬을 합치기라도 했단 거야? 무슨 그런 이름이 다 있어?"

"어쩌면 파비안 네 말이 맞겠네."

유리카는 빙긋 웃었다.

"다른 책에 보면 '모든 섬'은 세상 모든 만물을 집약한 그 자체이다, 시간과 공간을 넘어서 존재하거나 존재하지 않았던 모든 것이 그 안에 있다, 라고 씌어 있었거든."

"무슨 말이 그래? 그런 말은 또 어떤 책에 씌어 있는 거야?"

"'알려져 있지 않은 것들에 관한 알려진 이야기들'. '류지 로 주하'라는 사람이 썼어."

책 이름조차 낯설고 이상하기 짝이 없었다. 더 묻지 않는 것이 정신 건강에 이로울 것 같아 나는 말을 돌렸다.

"그런데 지금은 그 별무리가 사라지고 없다? 직선이었던 별자리도 휘어졌고? 그렇다면 저 모양도 언제 또 달라질지 모른다는 거군. 혹시 나중엔 양끝이 둥글게 이어져서 '시간의 호수'라고 불릴지도 모르겠네. 그런 거야 아무래도 좋지만 왠지 으스스하다."

얼굴에 닿는 모닥불의 온기가 따뜻하게 느껴지기 시작했다. 하늘에는 별, 땅에는 모닥불, 그리고 손 위엔 빛나는 돌.

"아룬드나얀과 이 보석을 만나게 하는 것은 내일 아침으로 하자. 괜찮지?"

그 말은 내일이면 나도 모든 이야기를 들을 수 있다는 의미일 것이다. 나는 고개를 끄덕였다. 나르디는 자기가 상관할 일이 아니라고 생각했는지 빙그레 웃기만 했다.

저마다 모포 속으로 기어들어갔다. 누워서 올려다보니 숲 사이로 손바닥만 하게 난 하늘은 반죽 때문에 테두리가 구불구불한 파이처럼 보였다. 별들은 파이에 박힌 설탕 입힌 건포도 같다.

나무 꼭대기 언저리가 어렴풋이 흔들렸다. 높은 곳에만 부는 바람이 지나가는 중이었다.

고향에서 아주 먼 땅의 숲 속에서 나는 스르르 잠에 빠져들었다. 감은 눈 너머의 세계에서는 여전히 삼나무 숲에 별빛이 쏟아지리라 생각하면서.

밝다. 따뜻하다. 편안하다.

한여름의 풀밭. 백 년은 잘 자랐을 듯한 커다란 삼나무 그늘에 「나」는 홀로 앉아 있었다.

「나」는 본래 일행 없이 여행하고 있었던 것 같다. 깊이 우거진 숲 속인데도 불안이나 긴장은 없었다. 혼자인데도, 갑자기 다가올지 모르는 위협에 대한 두려움이 느껴지지 않았다.

여름 숲의 빛은 뜨거웠다.

「나」는 더위를 느끼고 머리를 뒤로 넘겼다…… 웬일인지 내 머리는 몹시 길었다. 겨드랑이를 넘어 허리께까지 닿았다. 검푸르며 결 고운 머리카락이다.

이상하게 생각되지 않는다. 본래 「나」는 이런 모습이었어.

「나」는 버릇처럼 품안의 아룬드나얀 목걸이를 매만졌다. 그런데 이상하게도 목걸이 안에는 보석이 단 한 개도 없었다. 보석이 들어갈 자리조차 만져지지 않았다.

아니야, 보석은 처음부터 없었어. 그런 것이 언제 있었다는 거야?

그만 쉬고 길을 떠나려는 듯, 「나」는 몸을 일으켰다. 갈 길을 찾으려 주위를 휘둘러보는데 익숙한 삼나무들이 보인다. 저긴 좀 전에 누워서 건포도 박힌 파이 같은 별 하늘을 바라보다가 잠이 들었던 그 숲?

그러나 「나」는 그렇게 두 가지 자아가 중첩되는 것을 이상하게 느끼지 않는다. 숲에 누워 잠든 것도 나이고, 여기서 길을 찾으며 주위를 둘러보는 것도 「나」다.

숲 안쪽에서 문득 이상한 낌새가 느껴졌다.

반사적으로 허리춤에 손이 갔다. 잡고서야 허리에 검을 매고 있다는 걸 알았다. 등 뒤가 아니었다. 이 검은 가벼우며 검신 또한 날씬했다. 평소 짊어지고 다니던 검과는 너무나 달랐다.

검집 사이를 비집고 푸르스름한 광채가 흘러나왔다. 손에 끼쳐오는 기운은 '차가움'. 익숙한 검인 것 같은데 또 다른 나는 그걸 낯설게 여겼다. 그러나 곧 「나」는 당연한 듯 검의 손잡이를 꽉 잡은 채 숲 속의 무언가가 다가오기를 기다렸다.

바삭, 바스락.

낙엽 부서지는 소리가 일정하게 다가온다. 나지막하지만 확실한 발소리다. 망설임도 경계심도 없는, 공격할 테면 해보라는 것 같은 발소리다. 적의 존재조차 느끼지 못한 어리석은 자이거나 적 따위는 아무래도 상관없다는, 다시 말해 실력에 자신 있는 사람일지도 모른다.

가까이 다가온 발소리가 뚝 그쳤다. 헤치고 나오려는 듯 근처의 가지들이 한꺼번에 흔들렸다.

그 순간 「나」는 입을 열어 외쳤다.

「그대는 누구입니까?」

나뭇가지 하나가 밟혀 꺾이는 소리가 울리고, 침묵이었다.

「나」는 왼손을 서서히 쳐들었다. 그런데 왼손에 들린 것은? 이건 마법사들의 지팡이?

「난 누구도 두려워하지 않습니다. 그대도 그러하다면 모습을 드러내시지요.」

내 입에서 나오는 말치고는 어울리지 않는 느낌이었다. 그러나 나도 모르는 「나」의 가슴속에는 자신감이 들어차 있다. 정체 모를 적이라 해도 전혀 겁나지 않을 정도로 오만한 자신감이다.

적은 여전히 대답하지 않는다. 「나」는 검을 반 뼘 정도 뽑았다. 그와 동시에 묘한 흥분이 머릿속을 한 바퀴 돌더니 이윽고 온몸을 휘감았다. 손에 쥔 검에서 푸른 기운이 치솟아 검집 밖까지 튀어나왔다.

파밧!

살아 있는 것 같은 불꽃이다. 그러나 얼음처럼 차가운 푸른 불이다.

정체 모를 흥분은 별개의 생명체처럼 몸 속 곳곳을 차지하며 꿈틀거리고 있다. 그러나 평정을 유지케 하는 침착한 정신 또한 차가운 물줄기처럼 몸 안을 돌고 있다. 평생 단 한 번도 느껴본 일이 없는 기묘한 상태였다. 어떻게 하면 정반대의 감각을 한 몸 안에 지닐 수 있지? 극도의 흥분과, 동시에 차가운 자제력이 함께 존재할 수 있는 건가?

「난 언제까지나 기다리진 않습니다.」

문득 「나」의 목소리가 내가 기억하는 것보다 훨씬 부드럽고 침착하다는 사실을 깨닫는다. 대답이 들려왔다.

「남의 땅에서 예의보다 자신감으로 말을 거는 자에게 대답할 의무는 없다. 자유로운 종족에게는.」

보이지 않는 자의 대답은 커다란 북처럼 둔중하게 울렸다.

「그대가 누구인지 알겠군요.」

다음 순간 무언가가 눈에 보이지 않을 정도로 빠르게 날아드는 것을 느꼈다.

「나」는 왼손의 지팡이를 쳐들었다. 이 역시 인지하는 것조차 힘들 정도로 빨랐다.

「……!」

「나」의 목에서 나오는 말이지만 알아들을 수가 없다. 고대 이스나미르 어? 내가 어떻게 이런 말을?

눈앞에서 육각기둥 모양의 결정들이 죽죽 자라며 뻗어나갔다. 순식간에 눈앞은 투명하고 거대한 결정들로 가려져 버렸다. 여름 태양 아래 찬란한 반사광에 눈이 어지러워졌다. 혹시 이게 말로만 듣던 마법이란 건가? 이런 힘이 실제로 있었던 건가? 그리고 마법이란 이렇게 순식간에 모든 것이 이루어지는, 정말로 그런 것인가?

그러나 또 다른 「나」는 초연했다. 방금 쓴 능력쯤은 아무것도 아니다. 가벼운 장난, 본보기나 시험에 불과했다. 이렇듯 얽힌 두 개의 자아는 완전히 별개 같기도 했고, 같은 몸의 다른 정신 같기도 했다. 또 어느 순간은 완전히 합쳐지기도 했다. 이해하기 힘든 이상한 상태……

쩡!

가장 높이 솟은 결정의 머리가 깨끗하게 잘라져 풀밭 위를 굴렀다. 적이 최초로 가했던 공격이 도착한 것이다. 「나」는 말했다.

「난 그대를 찾아온 자입니다. 공격을 멈추십시오.」

여전히 북처럼 울리는 목소리가 대꾸해 왔다.

「그러지 않는다면?」

「다른 누구도 두려워하지 않듯 그대 종족을 두려워하지 않지만, 싸울 생각은 없습니다. 지금도 그렇고, 앞으로도 그럴 것입니다.」

잠시 후 「나」는 상대의 침묵에 답하기라도 하듯 확고한 목소리로 말했다.

「영원히 그러합니다.」

이윽고 한결 달라진 목소리가 대답해 왔다.

「너는 ……인가?」

또다시 알아들을 수 없는 이름이 들리는 것과 동시에 눈앞은 광채로 가려졌다. 쏟아지는 빛 속에서 모든 풍경은 깨끗이 지워져 버렸다.

"얼른, 얼른 일어나."

내 몸을 흔드는 손을 느끼기까지 좀 시간이 걸렸다. 손은 끈질기게 나를 꿈속에서 끌어냈다.

"으음……."

눈을 반쯤 뜨고 보니 이미 유리카와 나르디, 주아니 모두가 일어나 있었다. 아침이 된 건가?

나를 흔들어 깨운 유리카의 초록색 눈이 코앞에 있었다. 나는 정신을 추스르지 못하고 한참 동안 그 얼굴을 멍하니 쳐다봤다. 그러다가 황급히 주위로 고개를 돌렸다. 여, 여기가 어디야?

"여기는 꿈에도…… 비슷한데……."

유리카는 내 헛소리를 잠자코 듣고 있지 않았다. 다시 어깨를 흔들어댔다.

"어서 일어나. 빨리, 빨리."

모포 속에서 빠져나와 하늘을 보니 아직 이른 새벽이라 푸르스름한 빛뿐이었다. 그런데 내가 잠결에 느낀 빛은 뭐였지? 하얗게 빛나던 것은?

"대체 왜 이런 시간에……."

말을 하는 도중 나는 상황을 깨달았다. 빛이 있었다. 내 가슴 한가운데에서 흰 광채가 서서히 솟아올라 흘러내리고 있었다.

"이, 이건 어떻게 된 거야?"

정신이 번쩍 든 나는 뛰어오르다시피 일어났다. 빛의 근원은 물론 아룬드나얀이었다. 넘쳐흐르는 빛은 마치 물줄기 같았다. 시간이 갈수록 커져 온몸을 휘감으며 발치까지 흘렀다.

나는 유리카를 봤다. 유리카의 눈빛은 긴장한 것 같기도 했지만, 동시에 기대감도 품고 있었다. 아주 오래 기다린 무언가와 이제야 만나려는 것처럼.

"아무래도 지금 해야 할 것 같다."

뭘 하자는 건지 모르는 사람은 없었다.

고개를 몇 번 흔들어 꿈의 잔상을 떨치고, 숨을 삼키며 아룬드나얀을 꺼냈다. 뜨겁지 않을까 염려했는데 다행히 그렇지는 않았다. 그러나 대신 치밀어 오르는 신음을 간신히 눌러 삼켜야 했다. 목걸이에서 솟아나는 어떤 힘이 갑작스레 내 심장을 둔중하게 쳤다.

둥……!

백 번이나 되는 심장 고동이 한꺼번에 울린 것처럼 뒤흔들리는 몸을 간신히 진정시켰다. 가슴이 부들부들 떨렸다. 어쩔 줄 모르고 부여잡은 목걸이는 마치 살아 있는 것처럼 떨고 있었다.

"하나가 되고 싶어 하는 거야."

유리카의 목소리가 먼 곳에서 들려오는 듯했다. 간신히 사슬을 벗겨 내고 추를 잡았다. 그러는 동안 내 손에 전해지는 강한 박동을 견디기가 너무나 힘들었다.

"네가 해야 해."

유리카가 내게 붉은 보석을 내밀었다. 보석마저 쥐고 나니 마치 살아 있는 누군가의 요구를 들어주는 기분이다. 아니면 죽은 사람에게 심장을 돌려주는 기분. 어느 쪽이든 도저히 무생물을 대한다고는 생각되지 않았다.

어떻게든 해야겠다고 손을 마주 가져가는 순간, 갑자기 지금껏 생각도 해보지 않은 의문들이 떠올랐다.

첫째로, 이걸 갖다 대기만 하면 저절로 붙는 건가?

남은 자리가 셋인데, 그중 어느 자리가 맞는 거야?

혹시 보석에 위아래나 앞뒤가 있는 건 아닐까?

이런 중대한 순간에 나는 왜 이리 모르는 게 많아?

나는 머뭇거리며 친구들을 돌아봤지만, 다들 멀찍이 떨어져서 내가 뭔가 해내길 기다리는 얼굴일 뿐이었다. 이런 뜬금없는 질문은 도저히 던질 수 없었다.

이야기책에서 뭔가 해내는 사람들은 나처럼 시시한 불안감으로 망설이는 일 따위 없다는 걸 알지만, 이미 너무 오래 망설여서 전설적인 일을 해내는 주인공의 멋 따위 사라져버렸다. 젠장, 그런 걸 궁금해하는 사람이 아무도 없던 걸 보면, 역시 아무렇게나 해도 좋은 게 틀림없나?

다시 아룬드나얀을 들여다보려는 순간, 나는 놀라운 광경을 보았다. 왼쪽 빈자리 하나가 갑자기 불을 갖다 댄 밀랍처럼 흐물흐물해졌다! 난 아무 짓도 안 했는데!

잘못 보았나 싶어 눈을 비비려 했지만 양손에 뭔가 하나씩 들고 있어서 그럴 수도 없었다. 별 수 없이 눈을 꾹 감았다가 다시 떴다. 하지만, 마찬가지였다. 심지어 그 자리는 아룬드나얀을 삼키기라도 할 것처럼 점차 크게 번져갔다. 저러다 뻥 뚫려버리는 게 아닐까 걱정스러워질 찰나, 더 놀라운 일이 벌어졌다. 그 안에 이상한 세상이 보이기 시작했던 것이다!

처음엔 하늘이었다. 흰 구름이 흐르고 있었다. 이어 손바닥 모양의 묘한 나뭇잎이 보이고, 붉은 껍질을 두른 나무가 보이고…… 이윽고 숲의 풍경이 되었다. 이곳은 결코 아닌, 내가 본 일이 없는 낯선 숲.

다른 사람들을 불러 보여 줄 여유가 없었던 것은 오랫동안 후회로 남았다. 나중에 실컷 설명을 했지만 아무도 내 말을 믿어주려 하지 않았단 말이다. 난 그저 헛것을 본 사람으로 몰려 버렸다.

다시 말해 그 순간 내 의지와는 무관하게, 보석을 든 오른손이 움직이더니 그 이상한 세계를 막아버렸다. 상황을 깨닫는 순간 일은 끝나 있었다. 놀랄 여유조차 없었다.

"아, 아…… 왜 이렇게 된 거야! 으, 이게 아닌데!"

동시에 모든 것이 본래대로 돌아왔다.

심장 박동 같던 울림은 사라졌다. 붉은 보석이 뿌리던 광채도, 아룬드나얀의 흰 빛도. 목걸이는 아무 일도 없었던 것처럼 평범한 돌로 돌아왔다. 목걸이가 나를 놀려 놓고 시치미 떼는 기분마저 들 정도였다.

답답하다 못해 발끈해서 한마디 하려는 참인데, 유리카의 놀란 목소리가 들렸다.

"어?"

내게 일어난 일을 아는 건가 했더니 그게 아니었다.

"왜 아무 일도 일어나지 않지?"

유리카는 자리에서 일어나 주위를 빙빙 돌기 시작했다. 나는 영문도 모르고 눈을 굴려 그녀를 쫓았다.

"도대체 어디로 간 거야?"

"뭘 찾는 건가?"

나르디가 물었지만 유리카는 대꾸도 하지 않았다. 혼자 여명이 비치기 시작한 빈터를 어지럽게 돌아다니는 통에 다들 따라 일어날 수밖에 없었다.

"도대체 왜 그래?"

"안 나타나잖아!"

"뭐가?"

"늙은 양반!"

그제야 전에 하라시바에서 비밀 내기를 하며 유리카가 했던 말이 떠올랐다. 늙은 양반? 그래, 늙은 양반.

우리는 당혹스럽고 답답한 심정으로 아침을 맞았다.

"뭐가 이래? 이게 아니잖아!"

유리카는 화가 나 있었다. 처음엔 당황해서 어쩔 줄 몰라 했지만, 이제는 확실히 누군가를 향해 화를 내기 시작했다. 다행히 그 대상이 나나 나르디, 주아니는 아니었다.

"도대체 이렇게 말귀를 못 알아먹는 영감쟁이였다니! 장난치는 거야, 뭐야? 에즈가 거짓말이라도 했다는 거야? 아니면 실수?"

에즈가 누구냐고 묻고 싶었지만 분위기를 파악하고 일단 참았다. 하지만 유리카는 점점 더 화를 내더니 마지막에는 정말 못 참겠다는 듯이 외쳤다.

"이건 직무유기로밖에 생각할 수가 없어!"

나르디가 어깨를 움츠리며 물었다.

"도대체 누가 직무유기를 했다는 건가? 좀 자세히 말해 보게."

유리카는 몸을 홱 돌렸다.

"그래, 이 직무유기 무책임 영감에 대한 이야기를 해줘야겠다. 다들 이야기를 들을 자격이 충분하다고. 그래, 이젠 나오든 말든 맘대로 하라지."

슬슬 배가 고팠지만 다들 아침 먹고 이야기하자는 말을 못 꺼내고 슬쩍슬쩍 눈치만 봤다. 유리카는 팔짱을 끼고 빈터를 한 바퀴 돌았다.

"늙고, 키는 조그맣고, 성격은 괴팍한데다, 늘 꿍해 있지. 지금도 무슨 꿍꿍이를 꾸미느라 안 나오는 걸지도 몰라. 예나 지금이나 이해할 수 없는 일을 혼자서 잘 벌였다고."

나는 목에 건 아룬드나얀을 들어 보이며 물었다.

"이 안에서 사람이 나온다고?"

유리카는 어이없는 표정을 지었다.

"목걸이에서 어떻게 사람이 나오니?"

"그럼?"

"뭐긴 뭐겠어? 우리가 보석을 되찾아 목걸이에게 돌려줄 때, 이 근처에 대기하고 있다가 딱! 하고 나타났어야 한단 말이야!"

유리카가 무릎까지 딱 때리면서 말했지만 우리는 도저히 이해가 가지 않았다.

"유리, 그거 왠지 말이 안 되지 않아?"

"여기서 만나기로 약속이라도 했는가?"

"이 산맥이 얼마나 넓은데, 우리가 멋대로 정한 야영 장소를 어떻게 알고 기다리겠어?"

유리카는 의심쩍은 말투로 한 마디씩 거드는 우리를 번갈아 쳐다봤다. 입술을 비죽거리고 있더니, 결국 우리가 듣자마자 어안이 벙벙해진 말이 튀어나왔다.

"에제키엘이 세운 계획에 잘못은 있을 수 없어!"

나와 나르디는 동시에 행동을 멈췄다. 에제키엘이라니?

그와 함께 오래전 호그돈의 통나무집에서 들은 이야기가 퍼뜩 떠올랐다. 에제키엘의 약속? 그 약속을 이행할 사람?

한동안 잊다시피 했던 이야기였다. 실감이 안 나 어느새 남의 이야기처럼 생각됐던 까닭도 있었다. 그러나 조금 전, 아룬드나얀이 보여준 기이한 일들을 생각하자 싸한 기운이 등을 타고 내려갔다. 이 산맥에 들어오면서부터 몇 번인가 보았던 마법적인…… 아니 마법들. 그것들과 에제키엘의 이름이 겹쳐지는 순간 무언가 엄청난 일이 벌어지려는 것일지도 모른다는 생각이 머릿속을 채웠다.

나르디가 물었다.

"에제키엘이 세운 계획이라니, 이 일이?"

"그 조그마한 영감이 에제키엘이 준비한 일을 망치고 있단 말이야."

"조그맣다니?"

나는 주아니를 돌아봤다. 작다니, 혹시 인간이 아니란 건가?

바로 대답이 들려왔다.

"난쟁이, 드워프 족이라고."

"난쟁이?"

내 평생 드워프 족을 볼 수 있으리란 생각은 해본 일도 없었다. 드워프 족을 만난다는 것이 영광스런 일인지는 모르겠지만, 어쨌든 신기하잖아?

"살아있는 드워프 족? 정말인가?"

나르디도 똑같은 기분인지 들뜬 목소리였다. 유리카가 고개를 끄덕였다.

"이 세상에서 유일한 난쟁이겠지. 아마도."

"유일하다고? 마지막 난쟁이란 거야?"

유리카는 고개를 젓더니 잘라 말했다.

"무슨 소리. 그는 최초의 난쟁이가 될 거야."

머릿속이 복잡해졌다. 과거엔 드워프 족이 많이 살았다고 하던데? 지금은 대부분 사라졌다지만. 그런데 최초의 난쟁이라니, 그것도 최초의 난쟁이가 될 '예정'이라니, 무슨 소린지 알아먹을 수가 없네.

"좀 자세히 설명해봐."

주아니가 내 심정을 대신해서 말했다. 유리카는 그루터기 위에 앉더니 우리에게 다가오라고 손짓했다. 우리가 둘러앉자 마치 사람들을 모아 이야기하는 시인 같은 모습이 되었다.

"그래, 과거엔 드워프 족이 있었어. 그런데 지금은 없어. 언제 없어졌지? 왜 없어졌지?"

높은 데 앉아 있어선지 유리카는 애들 가르치는 선생 같다.

"2백여 년 전, 갑작스레 사라지기 시작해서 몇십 년 안에 완전히 사라지고 말았지. 기록에서조차도."

나르디가 착실한 학생 역할을 떠맡았다.

"그래. 완전히 사라졌어. 정확하게는 종족의 재생력이 사라졌기 때문이지. 마지막 순간 이후로 살아남은 드워프들이 십몇 년 정도 더 살았다고는 하지만, 그들 역시 어느새 사라져 버렸어. 역사가들은 이들이 세상에서 어떤 역할도 할 수 없게 되자 은둔해버렸을 거라고 말한다지. 물론 그 후에도 몇 명쯤 더 잔류했겠지만, 세상에 알려지지 않은 것일 거고."

"그런데 최초의 난쟁이라니, 그건 도대체 무슨 소리지?"

난 수업 내용을 이해 못하는 학생 역할을 자청했다.

"봉인. 종족 전체의 생명과 재생력을 한 명의 난쟁이를 통해 봉인했어. 누구겠어? 그런 일을 할 수 있는 사람이. 2백 년 전의 사람, 네 머릿속에 있는 가장 위대한 봉인자."

"에제키엘이란 말이야?"

내 대답에 나르디가 놀란 눈으로 돌아보았다. 주아니조차 놀란 표정이었다.

"아니, 드워프 족이 무슨 잘못이라도 저질렀는가? 에제키엘이 왜 그들을 봉인해 버렸단 건가?"

"그런 이야기는 듣지도 못했어! 에제키엘은 우리 로아에 족까지 알려져 있는 유일한 인간인데, 그런 사람이 난폭하게 한 종족을 봉인해 버렸다고?"

"제발…… 끝까지 들어줘."

유리카는 놀라 소리치는 우리에게 어찌 보면 슬픈 듯도 한 표정으로 손을 내저었다.

"그는, 세상을 구하기 위해서 그렇게 했어. 재생력을 잃은 드워프 족이 세상에서 완전히 사라지는 것을 막기 위해서. 그는 한 명의 난쟁이를 봉인해서 2백 년이 흐른 뒤에 그들 종족에게 새로운 기회를 주려고 했지. 그래, 에제키엘에게는 다른 선택이 없었어. 드워프 족을 위한 최선의 선택을 한 거야. 다른 방법이 있었다면 아무리 힘든 길이라도 그쪽을 택했겠지. 그 증거로 우리가 지금 보석의 봉인을 풀어 살려내려는 사람, 내가 늙은 양반이라고 했던 그 난쟁이는……."

유리카는 옛일을 기억해내려는 듯 고개를 들고 허공을 보았다. 잃어버린 소중한 것, 결코 찾지 못할 것, 그런 무언가를 보려는 듯, 시선이 몇 번인가 흔들렸다.

"그는 에제키엘과 여행한 세 동료 중 하나였어. 목숨과도 바꿀 수 있었을 친구였지."

에제키엘의 이름은 누구나 알고 있다. 이스나미르에서 세르무즈에 이르기까지, 인간과 거인과 로아에에 이르기까지. 그러나 정작 우리는 그의 행적을 얼마나 알고 있을까?

우리가 알고 있는 가장 위대한 마법사. 마흔 살도 되기 전에 죽었고, 그와 함께 세상의 마법도 사라져 버렸다고 말해지는 인물. 2백 년 전의 사람이라지만, 지금과는 너무나 다르기에 몇천 년 전처럼 느껴지는 시대의 인물.

그는 무슨 일을 벌였던 거지? 그것도 2백 년이 지난 지금까지 이어져 온 일이라면?

유리카는 거듭해서 에제키엘의 친구라는 난쟁이가 이 자리에 나타나지 않는 것은 몽땅 다 그 난쟁이의 잘못이며, 에제키엘은 모든 일이 이뤄지도록 준비하는 사람이라고 강조했다. 언뜻 들으면 자기 아버지가 세상에서 제일 세다고 주장하는 꼬마의 억지와 비슷하게 들릴 정도였다.

"에제키엘이 예비한 일에 잘못이란 없어. 실수가 있다면, 그걸 이행하는 사람들 때문인 거야. 그는 처음부터 모든 것을 알고 있었어. 모든 것을 바르게 예비하고서야 웃으며 죽음을 택했어. 그에게도 행복한 선택은 아니었지만, 그의 마지막 미소엔 미래를 믿는 사람의 평안이 담겨 있었다고…… 나는 그렇게 생각해. 그렇지 않고서야 그가 자신이 없는 세상이 어떻게 문제없이 흘러갈 거라고 확신할 수 있었겠어?"

유리카의 말은 에제키엘이 없으면 세상이 제대로 돌아가기란 굉장히 어려운 일이라는 뜻처럼 들렸다.

"2백 년."

나르디가 갑자기 입을 열었다.

"에제키엘이 죽은 것은 2백 년도 더 된 일이야."

나르디는 천천히 몸을 일으켰다. 그리고 유리카를 바라보았다.

"너는 어떻게 에제키엘을 직접 본 사람처럼 잘 아는 거지?"

"……."

대답 대신 바람이 불어왔다. 은빛 머리가 새의 날개처럼 나부꼈지만, 그녀는 앉은 그대로 조각이 된 듯 움직이지 않았다.

대기가 거칠어졌다. 청보랏빛 구름이 빠르게 몰려들고, 조금 전까지 아침이 올 듯했던 빈터는 잠깐 만에 습기 어린 안개로 가득 찼다. 푸르스름해진 공기 너머로 잎사귀들이 소리 내며 떨었다.

유리카의 뺨은 창백했다. 긴 속눈썹이 떨리는 것은 바람 탓일까? 또다시 슬픈 눈으로, 왜 그리 먼 곳을 바라보지? 무엇을 슬퍼하는 거지? 내가 도울 수는 없는 거야?

"올해가 499년이구나."

유리카의 말대로였다. 올해는 499년. 지금 이스나미르를 다스리는 왕가가 세워진 지 499년째 되는 해. 우리 달력으로 '듀플리시아드 499년'이라고 불리는 어느 해.

"고대 이스나미르의 달력 '이스나이데'로 따지면 올해는 8999년. 고대 이스나미르에서 최초의 예언자라고 불렸던 '노란 고양이의 예니 체트리'가 달과 별의 체계를 세웠던 때로부터 센다면 거의 만 년이나 흘렀어."

"이 세상이 그렇게나 오래되었어?"

주위의 숲을 돌아보았다. 꿈에 보았던 삼나무 숲과 풀밭이 떠오른다. 혹시 아주 오래전, 기억 너머에 있는 누군가가 여기를 다녀갔던 건 아닐까? 내가 본 것은 이 숲의 예전, 혹은 이후의 모습이 아닐까?

유리카의 목소리가 바람 소리에 섞여 들렸다.

"나는 열여덟 살이야."

대강 짐작은 했지만 유리카가 자기 입으로 나이를 말하는 것은 처음이었다. 왜 지금까지 나이를 말하길 꺼렸을까 궁금해졌다.

"지금으로부터 218년 전, 듀플리시아드 281년에 나는 태어났어."

지금 떨어지기 시작하는 것이 비, 맞지?

7. 두 번째 보석이 봉인한 자

긴 세월, 모든 것을 잊고 있던 자가
자신의 운명을 깨닫는 것은
순간의 일.
느끼게 되리라.
자신의 것이 아닌 줄 알았던
두려움과 슬픔,
그리고 먼 과거의 숙명이 돌아오는 것을.

— 고대 이스나미르 왕국, 니스로엘드의 전사
'되돌아오는 자' 웨인단

융스크-리테의 위용이 가까워져 온다.

가까이 갈수록 접근을 거부하는, 인간으로 말할 것 같으면 고집 센 은둔 검사 같은 분위기를 풍기는 산이다. 물론 은둔 검사 중엔 릴가 하이로크 같은 사람도 있지만…….

그러나 우린 산을 느긋하게 관찰할 정신이 없었다.

"발밑 조심해! 비 때문에 이끼 쪽은 미끄러져."

"거기 나뭇가지 붙잡아!"

비는 아침부터 그치지 않고 내렸다.

폭우는 아니었지만, 오후가 되도록 빗속을 걷고 나니 젖지 않은 곳이 없었다. 배낭에 여벌로 넣어놓은 옷도, 말린 고기나 과일도 다 젖어버렸다. 점심때가 됐지만 취사할 엄두를 낼 수 없어서 물이 배어나오는 건량을 씹으며 허기를 달랬다.

얼굴을 적시며 흘러내리는 비 때문에 눈앞은 흐릿했고, 잠깐씩 빗줄기가 세질 때면 몇 발짝 앞도 내다보기 힘들었다. 다들 몇 번이나 진창에서 넘어졌다. 거지꼴도 이런 거지꼴이 없었다.

비를 피할 곳이 없으니 삼나무 숲을 떠난 이래로 쉬지도 못했다. 다들 빗속에 앉아있느니 물에 젖은 솜처럼 무거워진 다리라도 억지로 끌고 갈 데까지 가보자는 쪽이었다. 우리는 익사 직전에 건져낸 사람처럼 줄곧 허우적대며 걸었다.

어쩌면 이 비가 때맞춰 잘 내린 걸까?

한 걸음 한 걸음 내딛는 것이 힘든 나머지 뭘 생각할 여유를 갖기가 어렵다. 대화는 말할 것도 없었다. 위험할 때나 가끔 외침이 오갈 뿐이다. 다들 금방이라도 따뜻한 모닥불 가, 아니면 잘 마른 침대 시트에 쓰러져 잠들고 싶은 생각밖에 없겠지.

만일 이 비가 내리지 않았다면, 난 지금쯤 218년 동안 살게 되면 어떤 기분이 들까 생각해보느라 몹시 착잡하지 않았을까?

유리, 너는 어떤 기분이니?

"추워."

빗속의 유리카는 어깨와 머리에서 튀어 오른 빗가루로 하얀 후광을 입은 것 같다. 젖은 머리는 어깨에 착 달라붙었고, 입술도 새파랗게 질려 있었다.

"계속 이대로 가다간 우리 모두 며칠은 꼼짝 못할 정도로 지독한 몸살에 걸릴 걸세."

나르디가 내 뒤에서 하는 말이다. 나 역시 아무리 추울 때라도 약간은 따뜻해야 할 목이나 겨드랑이, 배 같은 곳까지 싸늘해져 있었다. 오히려 뜨거운 것은 이마 쪽이었다.

"열이 나네?"

난 내 이마가 아니라 유리카의 이마를 짚어 보며 그렇게 말했다. 물에 젖은 새처럼 조그맣게 되어 떨고 있는 그녀를 보니, 저러다가 2백년 넘게 산 보람도 없이 218년째에 저세상으로 가는 수가 있겠다 싶었다.

"안 되겠다. 이렇게 무작정 갈 것이 아니라 동굴이라도 있을 만한 곳을 찾아보자."

우리가 멈춘 곳은 바위 절벽 아래 널찍하게 펼쳐진 억새 벌판이었다. 길게 자란 억새에 발이 휘감겨 걸음 재촉하기도 힘들었다. 나는 벌판이 끝나는 곳 즈음에 보이는 바윗길을 가리켰다.

"저쪽이라면 동굴이 있을 법도 해."

더 빨리 걸을 기운도 없어서 느릿느릿 그쪽으로 다가갔다. 내려다보니 바윗길은 몹시 미끄러워 보였다. 나는 배낭을 내려놓으며 친구들에게 여기서 기다리라고 손짓했다.

"혼자 내려가 볼게. 아무것도 없을지 모르는데 다들 고생할 필요가 없지."

우리 중 산행에 가장 익숙한 사람은 나였다.

미끌거리는 바위를 두 개 타넘으며 내려가니 자갈이 잘게 깔린 땅이 보였다. 거기서 다시 바위가 갈라진 틈이 길게 이어져 있는데 잘하면 타고 내려갈 수 있을 듯했다. 발을 떼려다가 비가 잠시 덜한 것을 느끼고 줄곧 흐리게 보이던 융스크-리테 쪽을 바라봤다. 삐죽삐죽 튀어나온 돌 곶들이 꽤 자세히 보였다.

저리로 기어 올라가려면 정말이지 힘들겠다.

나는 어깨를 으쓱하고 바위가 갈라진 틈을 디뎌 아래쪽으로 중심을 옮겼다. 자갈 몇 개가 후드득 굴렀다.

"아얏!"

잘 내려오다가 막판에 날카로운 바위 끝에 손을 긁혀 가벼운 비명을 질렀다. 겨울 산을 무시로 오르내리던 나인데 몸이 약해져 있으니 별것 아닌 것까지 거슬리는 모양이다. 얼굴을 찌푸리며 긁힌 왼손을 들어보는데, 바로 아래쪽에 어두컴컴한 뭔가가 웅크린 것이 보였다.

상처를 살피는 대신 그 손으로 비에 젖은 눈을 비볐다. 속눈썹에서도 물이 떨어지는 형편이었으니까. 잠시 후 나는 목청을 돋워 외쳤다.

"나르디, 유리카, 주아니! 어서 내려와! 동굴이 있어!"

내가 찾아낸 것은 넓적한 바위가 천연의 지붕을 이룬 큼직한 돌 틈이었다. 가로로 갈라진 입구는 메기 입 같아서 마치 괴물의 뱃속으로 걸어 들어가는 기분이다. 하지만, 동굴 모양이 마음에 안 든다고 사양할 처지가 아니었다.

나보다 힘겹게 바위를 타고 내려온 둘은 동굴로 들어오자마자 탈진한 듯 주저앉아 버렸다. 주아니는 그래도 우리보다 사정이 낫다. 탈진하도록 걷지도 않았을 뿐더러, 전에도 경험한 대로 로아에들의 골풀옷은 물에 젖지 않으니까. 주아니는 내 주머니에서 폴짝 뛰어내리더니 머리카락을 흔들며 생쥐처럼 몸을 부르르 떨었다.

배낭을 뒤져서 다행히 물이 새지 않은 기름 주머니를 발견했다. 불을 피워야겠는데 적당한 나무를 구할 길이 없었다. 지금 밖에 나간들 젖지 않은 나무를 구할 수 있을까?

"옷을 짜서 입어야겠는데."

나르디가 특유의 낙천성을 발휘해서 겉옷을 벗어들더니 비틀어 짰다. 동굴 입구 쪽으로 작은 개울이 생긴다. 머리카락도 털고, 배낭 안의 옷도 다 꺼내 펼쳐 놓았다.

유리카는 나르디를 흘긋 쳐다보더니 긴 머리를 훑어서 물기를 떨어내고는 다시 동굴 벽에 맥없이 기대어버렸다. 동굴 속이 어두운데도 얼굴이 창백한 것이 눈에 띄었다.

"램프라도 켤까?"

도움이 될까 모르겠지만 램프를 찾아내어 심지를 잘 훑은 다음 불을 붙였다. 부싯깃이 젖지 않은 것은 기름 먹인 가죽으로 된 주머니에 싸 두었던 탓이다. 훅, 좁은 동굴이 환해졌다.

"램프 불을 쬔다는 건 좀 우습겠지?"

유리카는 그렇게 말하면서도 램프 쪽으로 오더니 손을 갖다 댔다.

"이대로 찬 돌바닥에서 잠들었다가는 우리 모두 사흘은 꼼짝 못하고 앓을 걸세. 어떻게든 젖은 나뭇가지라도 모아 와야겠군."

나와 나르디는 말없이 눈짓을 교환했다. 어린아이처럼 램프를 들여 다보고 있는 유리카가 눈치채고 일어나도록 할 생각은 둘 다 없었다.

"아까는 파비안 자네가 내려갔으니까, 이번엔 내가 나갔다 오지."

나르디가 싱긋 웃으며 몸을 일으키더니 곧 빗속으로 사라졌다. 한참 뒤에 유리카가 고개를 들었다.

"나르디는 어딜 갔어?"

"나무 좀 구해온댔어. 유리, 젖은 옷 좀 벗어. 무겁고 차가워서 몸에 안 좋아."

유리카의 겉옷은 좋은 염료로 염색했는지, 그 비에도 물이 빠지지 않았다. 유리카는 겉옷을 벗고 긴 바지와 팔 없는 셔츠 차림이 되었다. 나는 억지로 램프를 껴안고 있으라고 시켰다.

"내일 네가 아파 봐야 우리한테 짐밖에 안 돼."

우리 가게에 내가 들고 나올 저런 고급품, 즉 유리 등피가 씌워진 램 프가 있었던 것이 새삼 다행스럽게 느껴진다.

유리카의 옷을 힘주어 꾹꾹 짜고 있는데 나르디가 돌아왔다. 녀석은 나뭇가지를 한 아름 안고 턱에서 물이 뚝뚝 떨어지는 얼굴로 웃어 보였다.

"마른나무는 아니지만 어떻게든 해 보자."

가느다란 나뭇가지들을 추려서 물기를 떨어내고 기름에 적셔 얼기설기 놓았다. 그 위에 조금 굵은 나뭇가지를 놓았다. 타기 좋은 가지를 바람이 불어오는 방향에 놓아야 한다. 불이 붙을 때는 보통 그쪽부터 붙는데, 이렇게 해야 땔나무 쪽으로 불길이 가기 때문이다. 하지만, 부싯깃에만 불이 붙을 뿐 나무에 옮겨 붙지 않고 자꾸 꺼지는 바람에 부싯깃을 몇 개나 써야 했다.

"불이 붙는다 해도 연기가 많이 나겠어."

실제로 불이 조금 붙는다 싶자 엄청난 연기가 피어올라 우리는 죽을 것처럼 캘룩거렸다. 기침을 하니까 빈 위장이 울렁거려서 고통스러웠다.

"나무가 너무 젖었나봐. 기름을 먹질 않네."

"무슨 방법이 없을까?"

비는 계속해서 내리고 있었다.

조금만 몸이 편했더라면 동굴 처마를 타고 떨어지는 빗방울을 보며 구슬 엮은 발이 드리워졌다고 느낄 수도 있었겠다. 밖은 점차 어두워졌다. 램프로 밝힌 안쪽에서 보니 검은 숲은 벽에 걸린 그림 속 풍경 같기도 했다.

안쪽으로 동굴이 더 이어진 것 같긴 한데, 아무도 자세히 알아보고 싫어 하지 않았다. 추운데도 몸이 점차 나른해졌다.

"졸려."

"이런 상태로 자면 큰일 나. 어떻게든 불을 피울 때까지 기다려봐."

그러나 그렇게 말하는 내 입에서도 하품이 나왔다.

빗속을 걷던 것에 비하면 그래도 사정이 나아진 거야. 누구든 이 세상에 태어난 이상 지붕을 필요로 한다고, 비록 시시한 것이라도 감사할 필요가 있다고…… 어머니가 말씀하셨지.

그런데 말야, 그림 안에서 뭔가가 움직이네?

"저게 뭐지?"

"그림자…… 같은데!"

나른하게 입을 뗐다가 긴장된 어조로 끝맺은 나르디는 반사적으로 칼을 집어 들었다. 정말이었다. 수십 개로 늘어난 그림자들이 멀찍이 어른거렸다. 나도 검을 뽑아들며 입구를 노려보는데, 옆에서 흔들리던 불빛이 순식간에 꺼졌다. 유리카가 램프를 낚아채 심지를 잘라버린 모양이다. 옳은 판단이었다. 이렇게 해 두면 우린 빛을 등지고 있는 저들이 보이지만 저들은 우리가 보이지 않을 것이다.

언제 비에 젖어 떨고 있었냐는 듯, 팔 없는 셔츠 차림의 유리카는 튕기듯 일어나 싸울 태세를 취했다. 겉옷이 없다 보니 손을 꺾어 허리 뒤에 맨 칼자루에 갖다 대는 것이 처음으로 제대로 보였다. 어둠 속에서도 하얀 팔뚝이 도드라졌다.

"이리로 오겠지?"

"뻔하지. 이렇게 비가 오는데."

"꽤 많은 것 같네?"

싸우지 않아도 되는 사람들이길 간절히 비는 중인데, 유리카의 낭패한 목소리가 들렸다.

"숫자가 문제가 아닌 것 같구나."

"왜 그래?"

"구면이야."

나는 가까워지고 있는 사람을 자세히 바라보았다. 저 익숙한 거구는…… 으아아, 큰일 났다!

나르디가 똑같이 낭패한 목소리로 중얼거렸다.

"하필이면."

산적들이었다. 우리가 보기 좋게 속여먹었던 산적들.

붉은 보석단…… 은 이제 아니겠고, 새 이름을 뭐라고 지었는지 모르겠지만 하여간 그들이다. 그런데 왜 여기에? 쏟아지는 비를 뚫고 산채와 멀리 떨어진 이런 곳에 나타난 이유는? 뻔하겠지?

우리는 순간적으로 얼굴을 마주보았다. 서로 표정도 확인할 겸. 쳇, 마치 거울을 보는 것 같군 그래.

"우릴 쫓아온 거야."

"사기극에 분개해서 말이지."

"쉿, 들키면 안 돼. 방법은 기습밖에 없어."

"순식간에 진열을 흐트러뜨리고, 튀어나가야 해."

"짐은?"

내가 묻자 유리카가 냉랭하게 대답했다.

"목숨보다 소중한 짐은 네 목에 걸린 것밖에 없어."

유리카는 덜 중요한 것을 포기하는 것이 빨랐지만, 난 배낭에 든 각종 쓸모 있는 것들을 생각하며 몇 번이나 한숨을 삼켰다. 따로 몸에 지닌 건 돈밖에 없었다. 그것도 반은 배낭 속에 있었다.

"저들이 우리를 쫓아 나오기 싫을 정도로 피곤하기만을 바라는 수밖에 없겠네."

"우릴 쫓아왔을 거라면서 그게 가당키나 하냐?"

그게 우리가 마지막으로 주고받은 말이었다. 마지막인 이유는 적들이 우릴 발견하고 공격해서도, 우리가 적진 돌파를 시도해서도 아니다. 그럼 뭐냐고?

우리 등 뒤, 다시 말해 동굴 안쪽에서 돌덩어리인지 뭔지 모를 것이 튀어나왔다. 산적과 우리는 한마음이 되어 소리쳤다.

"뭐, 뭐야!"

빈 동굴인 줄 알고 접근하던 산적들은 혼비백산해서 소리쳤다.

"적이다!"

산적들은 순식간에 늘어서서 입구를 막아버렸다. 지치고 비에 젖어 터덜터덜 들어오던 모습이 아니다. 긴장한 발소리가 동굴 안을 메웠다.

"저건 그 녀석!"

'그 녀석'이 나를 가리키는 말인지 나르디를 가리키는 말인지 모르겠지만 말투로 보아 우리를 '성녀와 수행자들'로 여기지 않는 것은 분명했다. 발각됐다는 거야 뭐 자명해졌고.

"다 끝장나버렸네."

유리카가 맥없이 중얼거린 말에 대답하는 목소리가 있었다. 마치 북처럼 울리는 저음이었다.

"너답지 않군."

헉, 이번엔 유령이냐?

동굴 안을 울린 목소리에 산적들은 다시 한 번 놀랐다. 우리가 뛰어나갈 틈이라도 노려볼까 하는 순간 피피의 사나운 목소리가 앞을 가로막았다.

"조용히 해라! 찾던 자들을 찾았지 않느냐! 마음대로 놀려먹고 고이 도망칠 수 있을 줄 알았다면 그 정신머리부터 고쳐주는 게 좋겠지! 딴 녀석이 더 있든 말든 모조리 도망치지 못할 줄 알아라!"

유령은 보통 누구 편이지?

긴장으로 몸을 한 차례 부르르 떨며 검을 고쳐 잡았다. 최악의 경우 앞뒤로 적이니 사정 잴 것 없이 한바탕 하는 도리밖에 없었다. 긴장되는 순간이면 도로 느긋해지는 나르디도 마찬가지 생각인 듯했다.

"별 수 없이 기분이라도 내 볼까."

그런데 유리카의 반응이 이상했다. 그녀는 싸우려던 자세를 버리고 한쪽 구석을 멍하니 바라보고 있었다.

"엘다렌……."

엘다렌이 누군데?

하지만 묻고 자시고 할 틈이 없었다. 입구를 막았던 산적들이 한꺼번에 칼을 뽑으며 덤벼왔다. 나는 검을 높이 올리며 나르디에게 소리쳤다.

"오른쪽을 맡아!"

허공에 세로로 그린 반원, 그 가운데로 들어오던 적의 비명이 울렸다. 당겼던 검을 직격으로 찔러 또 하나의 어깨를 꿰뚫었다. 얇은 달빛을 받은 시미터의 날이 여기저기에서 번뜩인다. 나르디 역시 기술을 아끼지 않고 검을 휘두르고 있는 것이 분명했다. 동굴 입구가 좁아서 우리 두 사람이 버티고 서니 두셋 이상의 적을 한꺼번에 상대할 필요는 없었다. 별과 검의 노래호에서 싸웠던 덕택일까, 검을 휘두르는 손에 전보다 자신이 붙은 것이 느껴졌다.

"차아!"

위잉, 반 바퀴 돌려 올린 검이 한 놈의 턱에 명중했다. 묽은 어둠 속에서도 검붉은 액체가 튀어 오르는 것이 보였다. 뒤로 한 걸음 물러서는 순간, 나르디가 베어버린 손가락이 바닥에 떨어져 굴렀다. 잔인한 녀석 같으니.

산적들은 셋밖에 안 되는 우리가 거세게 저항하자 당황한 모양이었다. 한 차례 부딪치고 물러나더니 지금이라도 달려들 듯 분분히 싸돌고는 있지만, 누군가 먼저 나서기는 꺼리는 눈치였다. 그러나 한꺼번에 달려들기 시작하면 도저히 막을 길이 없을 게 뻔했다.

"유리카는 뭘 하고 있어?"

나르디가 물었지만 돌아볼 여유가 없었다. 하지만 돌아볼 필요도 없이 유리카의 째랑한 목소리가 동굴을 울렸다.

"엘다, 도와주지 않을 테야?"

동굴 안에 도와줄 사람이 있을 리 없었다. 그럼 도와줄 유령이냐?

그렇게 생각하는 것과 동시에 바다 밑바닥에서 들려오는 것처럼 낮고 커다란 목소리가 대답해 왔다.

"네가 벌인 일은 책임을 져라. 번거로운 일에 끼지 않는다."

"뭐야?"

유리카의 목소리가 기가 막힌 듯 높아졌다.

"우리가 누구 때문에 이 고생을 하고 있는데, 그런 소리가 입 밖으로 나와? '모나드의 눈'을 누가 가져갔는데? 겨우 산적 떼한테 도둑맞아 있었던 주제에, 기껏 구해줬더니 번거로운 일에 끼지 않는다고? 2백 년이나 자고 일어나니 경우나 예의 같은 것은 모조리 잊은 모양이지? 미카가 들으면 참 잘했다고 하겠다!"

2백 년이라는 단어를 듣자 머릿속을 퍼뜩 스치고 지나간 생각이 있었다. 동굴 안의 목소리는 다만 이렇게 말했다.

"설명은 나중에 듣자."

상황을 되물을 틈도 없었다. 엘다인지 뭔지 모르지만 큼직한 덩어리가 번개처럼…… 은 아니고, 구르는 것보다는 빠르게 산적들 한가운데로 뛰어들었다.

"크억!"

"으, 으아아악!"

어두컴컴한 가운데 검은 덩어리 하나가 종횡무진 산적들 사이를 휩쓸었다. 달빛에 뭔가 번쩍이는 것 같긴 한데, 저게 뭐람? 도끼? 저기 동굴 구석으로 쓰러지는 놈, 바깥으로 굴러나가는 놈, 전부 산적들 맞지? 큼직한 날이 두 번쯤 더 번뜩이고 다시 뭔가가 날아가는 것이 보였다.

팔? 다리?

나와 나르디는 어이없는 상황 전개에 넋이 빠졌다. 그러나 유리카는 칼을 비껴 잡더니 지금까지 쉰 것을 보상하기라도 하겠다는 듯 대혼란이 일어난 산적들 틈으로 뛰어들었다.

"엘프난쟁이 영감, 쓸데없는 장애물부터 청소한 다음에 나한테 혼날 줄 알아!"

유리카가 무엇 때문에 화가 났든, 혼자 달려들어 싸우는 판에 우리가 손 놓고 있을 순 없었다. 나와 나르디는 호흡을 맞추기라도 한 것처럼 동시에 난장판 안으로 뛰어 들어갔다. 전세는 잠깐 사이에 완전히 역전되었다.

어둠이 저들에게 불리하다는 것을 깨달은 산적들 중 하나가 관솔불을 붙이자 동굴이 환해졌다. 이렇게 비가 오는데 관솔불이라니, 준비는 꽤 잘했는데?

주위가 밝아지자 양편 모두 얼결에 싸움을 멈췄다. 나는 황급히 유리카와 나르디가 다치지 않았는지 살폈다. 그리고 시선을 돌리는 순간, 내 아래 서 있는 검은 덩어리의 정체가 보였다. 곁에서 나르디가 조그맣게 부르짖었다.

"드워프!"

검은 수염, 붉은 눈빛, 은빛 날의 도끼.

평생 처음 본 전설 속의 '드워프'를 자세히 관찰하고 싶어 좀이 쑤셨으나 참을 수밖에 없었다. 산적들과 우리는 서로 한 발짝 내딛지도 못한 채 마주 노려보고 있었다.

바닥에 쓰러진 산적들은 이미 움직이지 못했다. 나는 상대를 베면서도 죽이지 않으려 애쓰는 성미고, 나르디나 유리카의 얇은 검으로 저렇게 큰 치명상을 입히긴 힘들다. 그렇다면?

유리카가 한 걸음 나서며 산적들을 훑어보았다.

"나가라. 이제 너희는 우리를 당하지 못해."

한때 '성녀님'이던 때처럼 엄숙한 목소리였다. 더구나 확신에 차 있었다. 상대는 수십 명, 우리는 겨우 넷. 자신감의 근원은 뭐지?

"헛소리 집어치워라, 마녀야! 쓸데없는 말로 장난치려 해도 이번엔 넘어가지 않는다!"

산적들은 유리카를 성녀로 여기진 않는 듯했지만, 그렇다고 평범한 소녀로 보지도 않는 모양이다. 유리카의 입가에 조소가 어렸다.

"2백 년 전 엘다렌이 고작 드워프 셋만 데리고서 백여 명에 이르는 인간 기사들을 모조리 도륙해버린 일, 어제처럼 기억하니까."

나는 깜짝 놀라 곁눈으로 내 아래 커다란 도끼를 내려다보았다. 도끼에 가려져 난쟁이는 보이지 않았다.

"무슨 헛소리냐!"

산적들이 믿지 않는 것도 당연했다. 그러나 유리카는 몸을 펴더니 칼 손잡이에서 손을 뗐다. 너무 자신만만해서 그러지 말라는 말조차 꺼낼 수가 없었다.

"내 말을 믿든 말든 난 이제 이 싸움에서 손 뗀다. 드워프 족 역사상 최고의 전사 손에 죽는 영예도 아무나 누릴 순 없는 거지. 너희 목숨 정도는 보릿단 몇 개 베는 것보다 쉽게 거둬 줄 거야."

신경이 곤두설 대로 곤두선 산적들은 더 참지 않고 한꺼번에 덤벼들었다. 그러나 엘다렌이라는 드워프가 휘두른 도끼에 두 놈의 팔이 날아가자 금세 기세가 주춤해졌다. 나는 문득 드워프의 이름이 왜 저따위인지 궁금해졌다. 엘다렌이라니, 그게 드워프의 이름이야?

유리카는 정말로 팔짱을 끼고 뒤로 물러나 버렸다. 우리에게 하는 말조차 여유로웠다.

"파비안, 나르디. 뒤처리라도 도와 줘."

별로 도와 줄 것도 없었다. 하늘에서 떨어진 달처럼 번쩍이는 도끼가 춤추기 시작하자, 아무도 드워프 주위 세 걸음 안으로 들어올 엄두를 못 냈다. 이윽고 엘다렌은 그 작은 키로 어떻게 가능한 건지 모르겠지만 한 녀석의 머리까지 날려 버렸다. 눈이 빙빙 돌아갈 지경이다.

"우리라고 놀 수는 없잖아?"

나르디가 아침은 먹었냐는 정도의 어조로 한마디 하더니, 벽을 박차다시피 하며 몸을 날려 적진으로 뛰어들었다. 녀석의 몸놀림에 대해 나는 더 할 말이 없다. 녀석은 춤판에라도 끼어든 것처럼 눈부시게 칼을 휘둘렀다.

"저기 그러니까……."

뭐라고 더 말할까 하다가 나는 에라 모르겠다는 심정이 되어 내 앞으로 물러난 녀석의 등을 베어 쓰러뜨렸다. 상처가 났으면 제발 도망이나 가라. 꼭 죽일 때까지 기다리기라도 하겠다는 거냐?

싸움은 어이없을 정도로 간단히 끝났다.

백 명 가까이 되던 산적들은 엘다렌이라는 드워프의 손에 수십 명이 죽고 나자 전의를 상실하고 대부분 도망쳐 버렸다. 전의가 살아 있는 것은 피피뿐이었다.

"아까 화내던 놈들은 어디로 가고 인제 와서 꽁무니를 빼는 거냐! 이 벌레만도 못한 것들아! 끔찍한 배탈을 벌써 잊었단 말이냐? 그것 때문에 여기까지 오는데 얼마나 고생을 했느냐!"

그 약, 효과가 있긴 있었네.

"용자들의 땅 세르무즈에서도 가장 이름난 장사, 위용과 높음이 하늘에 올라앉은, 공포의 광검, 잘나가는 발카리오스 씨, 인제 그만 하시는 게 어때요?"

저 앞뒤도 안 맞는 말을 잘도 기억하는 유리카가 대단하다. 유리카는 천천히 걸어 나와 팔짱을 풀더니 손가락을 내밀었다.

"산적질 해먹고 사시려면 부하들 거둬서 돌아갈 때도 아셔야지. 아니면 오늘로 끝장내고 싶어? 어딘가에 잘 숨겨두셨을 재물이 아깝지 않아?"

완연히 비꼬는 말투였지만, 왜 저렇게까지 말하는지 이해할 수 있었다. 이제 더 죽이고 싶지 않다는 생각은 나도 마찬가지였으니까.

"쳐 죽일 마녀 같으니! 입 닥치⋯⋯."

피피는 말을 끝까지 하지 못했다. 자세를 푼 것처럼 보였던 유리카가 놈이 말을 맺기도 전에 달려들었다. 예전에도 본 일 있는, 화살처럼 재빠른 발검술이다. 피피 역시 티무르보다 나을 것이 없었다.

"으윽!"

"성녀님의 칼에 한번 죽어 보고 싶어?"

꺾어 쥔 칼날이 피피의 목 아래 들이대어졌다. 나르디가 놀라 유리카를 쳐다보았다. 녀석은 유리카의 저 솜씨를 처음 보던가?

"이, 이게 무슨 짓……."

"무슨 짓? 얼른 꺼지라는 협박이라면 알아듣겠어?"

유리카의 목소리는 나지막했지만 살기도 서려 있었다. 언제부턴가 느낀 것이지만 그녀는 죽고 사는 일 앞에선 언제나 단호했다. 죽음의 무녀답게.

유리카는 동굴 입구에 선 산적들에게 말했다.

"얼른 안 가면 발목을 잘라 버릴 테다. 발목이 붙어 있을 때 도망쳐라."

뒷걸음질 치기 시작한 산적들을 흘끔 건너다본 유리카는 기회라는 듯 피피의 무릎을 냅다 걷어찼다.

"컥!"

그리 많이 아프지 않았을 수도 있지만, 균형을 잃고 비틀거릴 정도는 되었다. 유리카는 뒤로 팔짝 뛰어 물러나며 검을 들어 피피를 겨냥했다.

"잘 가라. 참고로 난 성녀는 아닌지 몰라도, 아스테리온 무녀인 것은 맞아. 너희에게 저주를 내리는 것쯤은 간단하다."

말을 맺으며 손목에 걸린 은팔찌를 빙글 돌려 보였다. 검은 빛이 덩어리져 맺히더니 큼직한 거머리처럼 손바닥 위로 올라왔다. 어느새 저런 정도는 손쉽게 해내는 그녀였다. 어찌된 일이지?

"저주가 겁나면 얼른 꺼져!"

산적들이 모조리 혼비백산해서 도망쳤음은 말할 것도 없었다.

쏴아…….

비는 그치지 않고 내렸다. 이제 어쩐다. 우리도 저 밖으로 나가야 하려나? 여기서 잔다는 건 다시 있을지도 모르는 기습에 무방비 상태가 되는 거잖아?

하지만, 이렇게 비 오는 밤에 다른 동굴을 언제 또 찾는담.

유리카가 더듬더듬 램프를 찾더니 한참 부스럭거린 끝에 다시 불을 켰다. 얼마 안 되는 빛이지만 서로 얼굴을 알아볼 정도는 되었다.

첫마디를 뗀 사람은 의외로 침묵하던 난쟁이였다.

"겨우 손재주에 눈속임뿐이로군."

"마법 봉인을 잊었어, 엘프난쟁이 영감? 이것만으로도 가상하다고 해야지."

한바탕 뛰어다니고 나니 몸은 저절로 말라버렸다. 팔 없는 셔츠만 걸친 유리카도 얼굴이 상기되어 있었다.

"소개나 할까."

유리카는 쾌활하게 드워프의 어깨에 손을 얹었다.

"이쪽은 엘다렌 히페르 카즈야 그리반센. 걱정 마. 이 이름은 오늘 이후로 다시 들을 일이 없을 테니까. 드워프 족 가운데서도 가장 이름 난 전사, 위용과 높음이 하늘에 올라앉은, 공포의 도끼, 잘나가는 엘다렌이라고만 알아두면 돼."

이런 소개에 뭐라고 반응해야 할지 고민에 빠지지 않을 수 없었다. 제일 먼저 떠오른 건 왜 '엘프난쟁이'라고 유리카가 놀려대는지 알 것 같다는 생각이었다. 엘다렌이라니, 옛이야기 속에 나오는 엘프 숙녀의 이름 같다!

과묵한 드워프는 장난기가 다분한 소개에도 별 반응이 없었다. 고개를 들지도 않았다.

"그리고 저쪽은 나르디, 그리고 이쪽은……."

유리카는 내게 싱긋 웃어 보였다.

"파비안 크리스차넨. 아룬드나얀의 주인."

그제야 드워프가 고개를 번쩍 들었다. 어둠 속에서 짐승처럼 번뜩이는 붉은 눈이었다. 날카롭게 나를 살펴보고 있다. 마치 경주에 나갈 말을 살펴보는 사람 같은 눈동자다.

내가 말문이 막힌 사이 드워프가 저벅저벅 다가왔다. 지금 보니 반쯤 희끗희끗해진 무성한 수염과 거무스레한 얼굴이 확실한 전사의 풍모다. 나이는 인간으로 치면 쉰 살 정도?

내 앞으로 다가온 난쟁이의 얼굴이 나를 올려다보았다. 으, 곤란해. 이럴 땐 눈높이를 어떻게 맞춰줘야 하지?

그는 꽤 오랫동안 나를 살펴보았다. 그리고 북처럼 울리는 목소리로 딱 한 마디를 던졌다.

"닮았군."

닮았다고? 누구와?

드워프는 도로 몸을 돌렸다. 나르디를 잠시 쳐다보는 듯했는데, 금방 흥미 없다는 듯 고개를 젓고 뒷걸음질로 있던 자리로 되돌아갔다. 자리에 털썩 주저앉은 그는 주위 사람은 안중에도 없다는 듯 도끼날을 살펴보기 시작했다.

나르디도 당황한 듯했다. 소개하는 자리에서 이런 반응을 보는 것은 그도 처음일 게 틀림없었다. 나는 웅얼대다가 말했다.

"아아, 그러니까…… 안녕하세요?"

이거보다 덜 바보 같은 말은 없을까?

난쟁이는 남의 말을 무시하는데 이골이 났는지, 인사를 하든 말든 눈도 까딱하지 않았다. 동굴 안쪽에 놔뒀던 자기 배낭에서 헝겊조각을 꺼내더니 정성 들여 도끼날을 닦는 품이 무시와 외면으로 갈고 닦은 그의 삶을 말해주는 듯했고…… 하여간 앞에 누군가 있는지는 완전히 잊은 모습이었다.

유리카가 발끈했다.

"뭐야? 기껏 되살아나게 해줬더니만 은인들한테 한다는 감사가 고작 이따위야? 안 그래도 동굴 구석에 박혀서 처음 우리가 들어올 때 아는 척도 하지 않은 게 괘씸했는데, 정말 끝까지 이럴 테야?"

유리카는 오늘 그녀가 평소 하던 반말의 진수를 보여 주고 있었다. 어쨌든 그녀의 수고에 대가가 왔다.

"반갑다."

기회 포착! 재빨리 인사를 해야 한다!

"저도 반가워요."

"아, 저도요."

나르디도 나와 똑같이 기회를 포착해서 인사를 마쳤다. 세상에, 한숨이 다 나오려고 하는군.

"불이나 피워 볼까."

나르디가 문득 생각났다는 듯 어깨를 으쓱거리며 아까 모아 둔 나뭇가지 더미로 걸어갔다. 그는 그새 나뭇가지가 좀 말랐다면서 빙긋 웃더니 모닥불을 피울 준비를 했다.

그 모습을 보니 나르디가 저 예의가 없는 건지 사교성이 부족한 건지, 하여간 그런 난쟁이를 만나 어떻게 대처하기로 결정했는지 곧 감이 왔다. 녀석은 항상 결정이 빠르고, 후회란 없었다.

무시에는 무시로! 무관심에는 무관심!

……그래, 정말 똑똑하다.

"하아아암……."

아아, 따뜻해. 아직도 불이 타오르고 있어.

반쯤은 잠에 취한 상태였다. 하지만, 꿈이 아닌 목소리가 서서히 귀를 파고들어 나는 최대한 가늘게 눈을 떴다. 눈앞에서 모닥불이 타오르고 있던 까닭이었다. 시선이 아물아물 했지만 모닥불 너머에 유리카와 엘다렌이 마주앉은 것이 보였다. 그 두 사람의 목소리였다.

우리가 이 동굴에 머물게 된 것은, 충분히 그럴 만했는데도 결국 나가자는 이야기를 꺼낸 사람이 아무도 없었기 때문이었다. 뒷일이야 어찌되든 비 오는 밤에 잘 곳을 찾아 헤매고 싶지 않단 점에서 무언중에 생각이 일치했던 모양이다.

모닥불이 동굴 천장을 붉게 적셨다.

저녁때 엘다렌이 피워 준 모닥불은 정말 근사했다. 나르디가 불을 붙이는 데 성공하긴 했지만 마른나무가 더 없으니 얼마 못 가겠다고 했을 때, 엘다렌은 설명도 없이 동굴 밖으로 나가 버렸다. 그리고 잠시 만에 커다란 통나무를 하나 짊어지고 돌아왔다.

그걸로 끝이 아니었다. 다시 나간 그가 똑같은 통나무를 하나 더 짊어지고 돌아왔을 즈음, 우리는 이 커다란 통나무를 어떻게 잘라 불을 피울까 논쟁하는 중이었다.

그는 설명이라는 것을 일체 하는 드워프가 아니었다.

통나무 두 개는 모닥불을 사이에 두고 좌우로 나란히 놓이게 되었다. 이렇게 두면 불이 커지면서 양쪽 통나무를 서서히 말리고, 조금씩 가운데부터 태워 나간다. 중간에 통나무가 타서 부러지면 양끝을 모닥불에 밀어 넣으면 된다. 새로 자른 생나무가 아니라 넘어져 있던 나무라 젖은 껍질이 마르기 시작하자 아주 잘 탔다.

······물론 이 모든 것은 나의 추리였지, 엘다렌이 한 마디라도 설명을 보탠 것은 아니었다.

그렇게 밤새 잘 탈 것 같은 통나무 모닥불을 두고 우리는 잠들었다. 옷가지들을 빨랫감처럼 동굴 바닥에 죽 펼쳐 놓은 채 말이다.

내가 깬 것은 엘다렌의 목소리가 자는 사람을 고려해서 작아지는 일이 없었던 탓이었다. 그의 목소리는 여전히 동굴 안을 우렁우렁 울렸다. 하지만, 이 와중에도 내 뒤엔 나르디가 곤히 잠들어 있었다. 녀석은 잠이나 술에 푹 취했을 때 깨어나려고 한다면 단번에 깨어나기도 하지만, 일어날 이유가 없다면 옆에서 무슨 일이 일어나든 까딱 않고 잘 잔다.

"어린 게 혼자서 고생 많았군."

"어리다니, 벌써 이백열여덟 살인데?"

할아버지한테 응석을 부리는 손녀처럼 웃음기 섞인 목소리였다. 엘다렌은 여전히 대꾸가 없었다. 그래, 좀 익숙해지기 시작하는군. 저 드워프는 본래 무슨 상황이든 말이 없어. 할 말이 없거나 상대를 무시해서가 아니라 본래 저래.

정말 기분 나쁜 '본래'지만.

"그나저나 정말 닮았지?"

엘다렌이 고개를 끄덕였는지 모르겠지만, 유리카는 말을 이었다.

"나도 처음 보았을 때 꽤 놀랐어. 그렇지만 성격이나 행동은 딴판인걸."

그런데 유리카는 아버지뻘 이상 되어 보이는 엘다렌에게 정말 꿋꿋이, 그것도 아주 자연스럽게 반말이었다. 하긴 '이 영감쟁이야!' 정도도 쉽게 외쳤는데 뭘.

"이제 다 설명해 줘야겠지?"

유리카는 생각에 잠긴 말투가 되었다. 그녀는 엘다렌이 대꾸하지 않는 상황에 익숙한 듯 계속해서 혼자 말했다.

"그래. 그 세월이 흐르고 '프랑드의 별'과 '모나드의 눈'이 다시 모였어. 2백 년이라는 세월은 잠깐 꿈꾸는 사이에 지나갈 수도 있는 거였나 봐. 기억해낼 순 없지만…… 처음 깨어났을 때 내가 가장 당황한 점이 뭐였는지 알아? 마치 어젯밤 잠들었다가 깨기라도 한 것처럼, 주위가 전과 달라 보이지 않았다는 거야. 홀로 앉아 그 세월을 생각해 내는 데는 한참이나 걸렸어. 점차 생각이 났지. 내가 왜 여기에 있는지, 내가 해야 할 일들, 그리고……."

그녀의 목소리가 잦아들었다.

"내 주변에 항상 있어야 할 사람들이, 이젠 없다는 것도."

그렇게 보아선지, 마른 머리카락을 풀고 앉아 있는 유리카의 옆모습이 약간 흔들린 듯도 했다.

"저 애한테 설명할 것이 아주 많아. 아직 아무 얘기도 하지 않았거든."

"왜 말해주지 않았나?"

오랜만에 들린 엘다렌의 목소리였다. 유리카는 잘못한 것을 들킨 어린아이처럼 침묵을 지켰다. 그러고도 한참 만에 나온 그녀의 대답은 띄엄띄엄했다.

"무거운…… 짐을, 너무 일찍…… 알게 하고 싶지 않아서……."

"쓸데없는 생각이다."

엘다렌은 친절하게 연속 두 번이나 대답하고 있었다. 물론 말투가 친절했다는 것은 아니다. 그의 말투는 무뚝뚝함의 극치를 달렸다.

"그래. 전혀 쓸데없지."

무슨 이야기를 하려는 건데? 무엇이 그렇게 무거운 짐이기에?

이야기가 잘 들리도록 나도 모르게 어느새 몸을 뒤척여 자세를 고쳐 잡았다.

"그렇지만 이 세상은 내가 생각했던 것과 달랐어. 모든 것이. 엘다, 당신도 알 거야. 당신과 나, 에즈와 미카가 함께 여행하던 때, 세상을 바라보던 우리의 시선 말이야. 세상의 흐름이 뒤바뀌는 바로 그 순간을 살아가고 있는 우리의 삶이 때로는 버거웠고, 또한 그토록 역동적인 시대에 태어나 모든 변화를 목격할 수 있다는 사실에 감사했었지. 모두의 마음속에 들어 있던 것, 어쩌면 에즈가 그렇게 만들었는지도 모르겠지만…… 그건 미래를 준비하겠다는 확고한 의지였고, 우리가 하고 있는 일이 바로 그 준비라는 깊은 확신이었지. 우리 모두는 더할 나위 없이 진지했었어."

통나무가 타는 소리가 타닥 탁 울리는 가운데 불빛이 비추지 못한 동굴 안쪽은 시커먼 입을 벌린 채 도사리고 있었다. 입구 쪽에는 아직 마르지 않은 핏물이 흘렀다. 여전히 내리고 있는 비에 서서히 씻겨나가며.

아니, 멈추지 않을 듯 내리는 빗소리를 나는 들었다.

"에즈의 놀라운 점이었지, 그것이."

엘다렌의 묵직한 목소리였다.

"아직도 내가 그 마법사에게 동화되었다는 사실에 놀라고, 그러다가 다시금 당연했다고 생각한다. 고집 센 미카도 에즈의 진지한 열정에는 당하지 못했지. 제멋대로인 너도 마찬가지였지 않느냐."

유리카의 짧지만 음악 같은 웃음소리가 울려 퍼졌다.

"고집 센 걸로 할 것 같으면 미카가 설마 엘다한테 당하려고?"

나도 동감이었다. 미카가 누구인지 몰라도 저 난쟁이처럼 고집 세고

대단한 양반이 세상에 그리 많을까 싶었다.

엘다렌은 고개를 흔들었다.

"아니다. 미카야말로 자기 신념을 꺾는 놈이 아니다. 에즈조차도 어쩌지 못했던 한 가지, 누가 뭐래도 흔들리지 않던 미카의 마음이 생각나지 않느냐?"

"그래서 불쌍한 숙녀를 죽게 했고?"

"미카가 죽인 게 아냐."

"물론 그렇겠죠."

유리카는 예의 독설적인 말투로 한 마디 던지고 잠시 가만히 있다가 말을 이었다.

"그녀가 바보였어."

"그만. 다 지난 일이다. 미카를 만나게 되거든 그녀의 이야기는 입 밖에 내지도 마라."

"그 정도도 모르진 않아."

다시 침묵이 이어졌다. 침묵을 깬 것은 엘다렌의 목소리였다.

"곧 미카를 만난다. '세르네즈의 하늘'을 찾는다. 그러나 아룬드나얀의 주인은 돌아오지 않는군."

"아룬드나얀의 주인은 파비안이야."

엘다렌은 가볍게 헛기침을 했다.

"비슷한 윤곽만은 남았다. 그러나 내용은 전혀 다른 것 같더군."

불붙은 재가 날렸다. 빛나는 재들이 춤을 추었다.

"나도 이곳 세상에 에즈와 같은 사람이 또 있기를 기대하지는 않았다. 헛되지. 그런 사람은 다시없다. 그러나 아룬드나얀을 계승하게 될 자에게 조금이라도 비슷함을 기대하는 것은 잘못인가?"

"파비안은 파비안이고 에즈는 에즈야."

유리카의 목소리가 날카로워졌다.

"엘다, 당신은 파비안을 아직 잘 몰라. 그에게 무엇이 있는지 전혀 모르지. 물론 그는 에즈와 달라. 2백 년 전과 똑같은 방법으로 모든 일이 진행되리라고 생각해? 세월에 공짜란 없어. 세상은 분명 긴 세월을 삼키며 이토록 달라졌어. 에즈가 지금 있다면, 분명, 여전히 모든 것을 잘 해냈겠지만, 이 세상에 필요한 사람은 결국 이 시대의 사람이야. 시간을 뛰어넘어 온 우리조차도…… 이 세상에 지나친 참견은 할 수 없어."

그 말을 듣자니 유리카와 '이름 없는 들판'을 걸으면서 했던 이야기가 떠올랐다.

"이 세상 사람들은 옛날 사람들이야 무덤 속에 가만히 죽어 있으라고 말하지. 어쩔 수 없이 남의 시대에 떨어진 당신과 나 같은 자들은 그런 말에 화를 낼 수밖에 없겠지만……. 그러나 그건 어느 시대에게든 당연하게 주어진 방어본능이라고 생각해. 어느 시대든 그 시대 사람의 손으로 모든 것이 이뤄지는 것, 그것만이 가장 올바르니까. 만여 년의 세월 동안 이렇게 겨우 몇 번, 그것도 예측할 수 없는 때에 세상의 격변은 찾아와. 태어나면서 얻은 세상에 살고 있을 뿐인 자로서는 결코 깨달을 수 없는 비밀스런 시간의 섭리. 에즈처럼 놀라운 사람조차도 불완전하게 알 수밖에 없었던 숨겨진 시곗바늘들. 에즈는 그 시대를 살아가는 사람으로서 최선을 다했어. 세월에 한계가 뚜렷한 생명으로서는 지나칠 정도로, 다가올 세상을 준비하는 책임마저 짊어졌지. 그래서 2백 년 전의 우리가 이곳에 와 있는 거고."

"그래서?"

"파비안은 이 시대에 태어났어. 그것만으로도 이 시대에 필요한 사람이야. 우리 모두보다 훨씬 더. 그리고 난…… 그가 모든 일을 해낼 수 있는 사람인 것을 확신해."

"네가 해준 말대로라면 잔돈푼에 휘둘리는 잡화점 점원 소년이 말인가? 당시 '에제키엘이 모른다면 세상 그 누구도 모른다'라고까지 말해졌던, 궁극의 탐구를 거듭하던 자조차 해내지 못한 일을?"

이마가 뜨거워진다. 그들은 나를 두고 무슨 이야기를 하고 있는 걸까. 내가 대체 무엇을 해야 한다고, 저토록 열심히 말하고 있는 걸까.

나는 아무것도 모르는데.

"파비안은 마법사도 전사도 현자도 아니야. 그렇지만…… 그는 결국 해낼 거야. 나는 알아. 겨우 몇 달밖에 안 되는 기간이지만 난 그동안 에즈가 어렴풋하게 내다보았을 미래를 직접 보고 느끼고 있어. 그가 느꼈을 감정, 알 수 있어. 세상은 살아 있는 것들이 예상할 수 없을 정도로 빨리 변화해. 여기에서, 파비안에게서, 우리가 에제키엘과 함께할 때 느꼈던 감정이나 에제키엘이 보였던 능력을 기대해서는 안 돼. 그에게 그런 것이 없다면 없는 이유가 분명히 있어."

잠깐 멈추는 듯하더니 나직이 속삭이는 목소리가 들렸다.

"엘다, 당신은 에즈를 믿지 않아?"

"에즈라면 믿는다."

"그렇다면, 당신은 에즈가 확신 어린 눈동자로 우리에게 미래를 설명할 때 지금의 파비안을 전혀 몰랐을 거라고 생각해? 이럴 줄 모르고서 일을 진행시켰다고 생각하는 거야? 대충 어떻게 되든 좋다고 생각하면서, 모든 것을 미래의 운에 맡기고서, 친구들을 2백 년 뒤의 미래로 보내고, 마법을 봉인하고, 세상의 변화를 멈췄다고 생각하는 거야?"

마지막에 유리카의 목소리는 완연히 높아져 동굴 전체를 울렸다. 엘다렌 대신 대답한 사람은 나였다.

"설명해 줘. 유리카."

나는 몸을 일으켜 앉았다.

"……깼구나."

"엿들어서 미안하게 됐지만 아까 전부터 듣고 있었어. 그런데 들을수록 나 없이 할 이야기가 아닌 것 같아서."

동굴로 들어온 바람이 불티를 날려 보냈다. 유리카가 손짓했다.

"이리 와, 파비안."

나는 일어나 두 사람이 있는 쪽으로 갔다. 엘다렌은 나를 보고도 한마디도 하지 않았다. 유리카가 말했다.

"아룬드나얀을 잠깐 보여 줄래?"

나는 품에서 목걸이를 꺼냈다. 사슬이 잘그랑거리는 소리가 오늘따라 유난히 낯설다. 무엇인지는 몰라도, 이것이 단순히 한집안의 유물이 아닌 것은 확실하다.

무얼까.

"여기에 보이는 녹색의 보석, 이것의 이름은 프랑드의 별."

유리카가 처음부터 박혀 있던 녹색 보석을 짚어 보였다. 가장 빛나는 나뭇잎…… 내가 멋대로 생각하고 있던 이름과는 달랐지만 그쪽도 어울렸다. 봄의 별이라.

유리카의 목소리는 어느새 안정되어 있었다. 그러나 그건 곧 닥칠 불행을 알고 있는 사람의 초연함과 비슷했다.

"이번에 붉은 보석을 되돌리면서 엘다렌이 깨어났던 것처럼 녹색 보석을 아룬드나얀에 되돌렸을 때 깨어났던 사람은 바로 나였어. 내 고향 근처에 있는 아스테리온 신전의 제단 안에 나는 잠들어 있었지."

나는 눈을 크게 떴다.

"너를? 그렇다면 아버지가?"

"그래, 너를 닮은 그 사람. 하지만 그 사람은 나를 보지 못했어. 너도 이번에 봤겠지만 보석이 숨겨진 장소와 깨어나야 할 사람이 잠든 곳은 같지가 않거든. 물론 난 엘다렌처럼 이렇게 먼 데 와서 자고 있진 않았어."

유리카는 혼자 빙긋이 웃었다.

"나는 한밤중에 홀로 깨어났었어. 누가 나를 깨웠는지도 몰랐지. 네가 아까 들었는지 모르겠지만…… 내가 처한 상황을 깨닫는 데 한참이나 걸렸어. 새로 지어 깨끗하던 제단과 신전이 왜 이렇게 닳아 있는지 의아해하면서. 왜 내가 침대를 내버려두고 혼자 나와 여기에서 자고 있는지 영문을 몰라 어리둥절해 하면서……."

내 몸은 어제 잠들었다고 생각하고 있는데 기억은 2백 년 전의 것…… 내가 그 기분을 알 수 있을까?

유리카는 내 표정을 보며 엷게 웃더니 붉은 보석을 가리켰다.

"이것의 이름은 모나드의 눈. 그리고 이 보석이 깨운 사람이 여기 있는 엘다렌."

엘다렌의 붉은 눈빛과 보석의 빛깔은 공통점이 있는 것처럼 보였다.

"차례가 바뀐 셈이지만, 다음으로 이쪽에 들어갈 보석의 이름은 세르네즈의 하늘. 이름처럼 푸른 보석이야. 그 보석을 찾으면 미카가 깨어나게 되어 있어."

"미카?"

"역시 에제키엘의 동료야. 만나 보면 알게 돼."

"엘다렌하고…… 너처럼 말이지?"

유리카는 일부러 한껏 밝게 웃어 보였다.

"응."

유리카는 아스테리온의 무녀라고 했지. 그리고 2백 년 전에서 온 이백열여덟 살 소녀이고…… 대마법사 에제키엘의 동료라.

"그럼 네가 봄의 공주라고 불렸던 것도?"

"봄의 공주, 프랑드의 신부, 모두 같은 이야기야. 에제키엘과 세 동료를 부르는 별칭들이지. 엘다렌은 모나드의 방랑자, 그리고 미카는 세르네즈의 푸른 활. 나이가 없는 에졸린 여왕은 에제키엘도 나도 알고 있었지. 당연해. 그녀가 나를 알았던 건 이상한 일이 아니야."

"겨울, 니스로엘드는?"

"겨울은 에제키엘 자신이야."

"그렇다면 마지막 보석은?"

"흰 보석. 니스로엘드의 심장."

밤은 길고, 끝나지 않을 것처럼 더디게 흘렀다. 동굴 입구를 타고 흐르는 빗물은 캄캄한 밤에 물들어 암흑 아룬드의 검은 비처럼 보인다. 끝없이 계속될 것 같은 빗소리다.

"보석들을 다 찾으면 무슨 일이 일어나는 거지? 그러니까 왜 봉인이 되었고, 왜 그 봉인을 풀어야 하는 거지?"

"지금 이 세상은 인간만의 세상이다. 다시 다른 종족과 함께하는 세상으로 돌이킨다."

엘다렌의 난데없는 대답에 흠칫 놀라 그를 돌아보았다. 그의 묵묵한 얼굴을 보다가 다시 유리카를 쳐다보았다.

"무슨 뜻이지?"

그녀는 잠깐 망설이는 것처럼 보였다. 한순간, 어렴풋이 떨리다가 사라져버린 망설임.

"사라진 엘프와 드워프, 그들을 돌아오게 하는 거야. 드워프 족과 엘프 족의 재생력을 되살려 번성하도록 하는 거지. 아룬드나얀에 네 보석을 모아 마지막 의식을 행하면 잃었던 그들의 재생력을 살려낼 수 있어. 그것만 할 수 있다면 봉인 속에서 기다린 2백 년도 헛된 것이 아니지. 그 의식에 참여하기 위해 엘다렌은 이렇듯 봉인될 수밖에 없었어. 다른 드워프들은 그 사이 죽어갔고, 엘다렌은 지금 이 세상의 마지막 난쟁이지. 그렇지만 그는 첫 번째 난쟁이가 될 거야."

"엘다렌은 혼자잖아? 혼자서 전 종족을 어떻게?"

엘다렌이 말했다.

"수치스럽게 서서히 사라져가기보다 미래를 믿고 에제키엘의 봉인을 택했던 백여 명의 난쟁이들이 있다. 그들을 되살려내고 그들에게 종족의 재생력을 되돌려줄 힘이 아룬드나얀 안에 숨어 있다."

아룬드나얀에 숨어 있는 힘이라. 세상의 위기를 구한다는 이야기를 듣고서 지금껏 내가 상상했던 건 무엇이었더라? 그러나 지금 들은 이야기대로 사라진 종족들을 되살려서 지금보다 다양하고 풍부한 세계를 만들어내는 힘이라면? 그렇다면 그것은 엄청난 힘이잖아?

하지만 이 모든 일이 미리 정해져 있었단 말이야? 나는 전혀 알지도 못한 채 여기까지 와버렸는데?

"그 말대로라면 정말 엄청난 일인데…… 나 말이야, 나는 왜 여기 있지? 난 뭘 해야 되는데?"

내가 말하면서도 이상한 질문이다 싶었다. 하지만 어색했다. 2백 년 전의 대마법사와 동료들, 그들이 준비한 두 종족의 재생, 그걸 위해 긴 시간 잠들어 있다가 이제야 깨어난 세 사람, 음유시인의 노랫말로나 들었을 법한 이야기…… 그 속에 나는 왜 끼어 있지? 아룬드나얀을 갖고 그들과 만나고 있는 나는 대체 누구지?

유리카가 대답해주지 않자 나는 엘다렌을 보았다. 엘다렌은 조금 전부터 나를 보고 있었던 듯했다. 불편할 정도로 빤히 바라보더니, 이렇게 말했다.

"비슷한 표정을 하고 있군."

"누구와 비슷하다는 거죠?"

그때 유리카가 끼어들었다.

"다른 보석들을 찾아 마지막 의식에 이르기까지 아룬드나얀을 운반하는 사람은 너야. 의식에서 에제키엘이 해야 할 역할을 대신하는 사람도 너고."

"왜 하필 내가?"

"에제키엘이 남긴 목걸이는 네 손에 왔어. 어떤 식으로든, 그건 네 것이 되었어. 에제키엘은 2백 년이 흘러 목걸이를 갖고 있을 너를 찾으라고 했지. 우리를 봉인한 보석이 우리를 네게로 이끌었어."

나는 고개를 흔들었다.

"아룬드나얀은 처음부터 내 것이 아니었어. 고작 몇 달 전에 아버지가 맡겼을 뿐이라고. 아버지에게도 집안의 유물이었을 뿐이야. 내 조상 중에 누군가가 그걸 얻었겠지만 어떻게 얻었는지, 왜 그랬는지 난 전혀 몰라. 우연히 내 손에 들어왔을 뿐인데, 그게 내 것이라고?"

유리카는 생각에 잠긴 얼굴이었다. 그러나 단지 이렇게만 말했다.

"아니. 너일 줄 알고 있었어. 에제키엘은 네 이름까지 알고 있었으니까. 파비안…… 파비안이라고 말이야. 난 분명 기억하고 있어."

"그게 정말이야?"

나는 멍해져서 유리카를 보았다. 2백 년 전 사람이 내 이름을 알고 있었다니, 그것도 다름 아닌 에제키엘이 나를 생각하고 있었다니. 몇 달 전만 해도 내가 이런 상황을 상상이나 할 수 있었을까?

그렇게 생각하는 순간, 꿈에 보았던 「나」의 모습이 갑자기 뇌리를 스쳤다. 그는 누구였지? 내가 나인 양 겪었던 꿈속의 「나」는 설마…….

"혹시 에제키엘은 긴 머리에…… 지팡이와 검을 둘 다 갖고 다니지 않았어? 차가운 느낌이 드는 검이었는데."

이번엔 유리카가 눈을 크게 떴다. 지금껏 마주 앉아 얘기하고 있지 않았다면 갑자기 숨이 멎는 건 아닐까 싶을 정도였다.

"어떻게…… 알았어?"

"꿈에 봤거든. 지난번 새벽에 아룬드나얀에서 빛이 솟아났잖아. 그래서 네가 날 깨웠고. 그때 깨기 전에 꾸고 있었던 꿈이야."

유리카는 자리에서 벌떡 일어설 기세였다.

"꿈속에서 그를 만났어? 그가 뭐라고 했니? 너한테 해준 이야기는 없었어?"

"나한테는…… 글쎄."

꿈에 본 것을 정확히 떠올려보려 했지만, 긴 머리와 지팡이와 검, 그밖의 것은 그리 뚜렷하지 않았다. 게다가 꿈속에서 에제키엘은 나 자신이었던 것이다. 그러니 나와 얘기를 나눴을 리가 없고, 다른 누군가와 무슨 얘긴가 했는데 잘 기억이 나지 않았다.

"무슨 얘기든 해봐. 뭘 봤니? 그가 무슨 일을 했니?"

꿈에서 내가 에제키엘이었다고 하면 유리카든 엘다렌이든 어이없어 할 것 같아 그 이야기는 빼기로 했다. 그러고 나니 더더욱 할 이야기가 없었다.

"그냥 누군가와 얘길 했는데 잘 기억이 안 나. 목소리가 아주 큰 누군가하고 싸우려다가…… 싸우지 않았던가?"

한참 머리를 굴렸는데도 고작 이 정도 얘기밖에 못 하자 유리카는 실망한 기색이었다. 하지만 곧 생각을 고쳐먹은 듯 말했다.

"꿈이고 며칠 지났으니까 잊어버리는 게 보통이지. 하지만 네가 에제키엘을 알지도 못하고서 꿈에 봤다면 정말 어떤 연결이 있다고 생각할 수 있지 않을까? 전혀 모습을 모르던 누군가가 꿈에 뚜렷하게 나타났다는 거잖아."

유리카의 말대로였다. 에제키엘은 내게 뭘 보여주려고 했던 걸까? 좀 더 정확히 기억나면 좋을 텐데.

"기분이 이상하다."

그러나 정말 기분이 이상해 보이는 쪽은 유리카였다. 내게 대답은 했지만 입을 다물자 흡사 넋을 놓고 있는 듯 보였다.

머리가 복잡했지만, 다시 차근차근 생각해 보았다. 두 개의 보석을 더 찾아내고, 어떤 의식을 행하면 그들을 도울 수 있다는 것인데, 그게 아룬드나얀의 임무이자 나의 임무라고?

내가 고향을 떠난 이유가 뭐더라. 그렇지, 여러 가지 일을 겪어서 아버지 곁에 어울릴 만한 아들이 되기 위해서였지. 그렇다면 이런 일을 잘 해내고 돌아갈 수만 있다면 혹시 분에 넘치도록 훌륭한 일을 해내는 셈도 되지 않을까? 나의 업적이 대륙에 알려지고 혹시 노래로도…… 만들어질 거라고 생각하니 나부터가 웃긴데! 사람들에게 드워프와 엘프의 위대한 동맹자, 뭐 그런 멋진 이름으로 불린다거나…… 아, 망상은 그만 하자니까!

아니 뭐, 꼭 해내지 못하더라도 어차피 대륙을 한 바퀴 돌아 아버지에게 돌아간다고 생각할 수도 있고. 어쨌든 붉은 보석을 잘 찾아냈고

한 사람을 되살렸으니까, 그 다음 것도 절대 못 할 일이라고 단정 짓는 건 이르고 말이야.

여전히 어울리지 않는다는 생각은 떨쳐지지 않았지만, 상상을 하다 보니 점차 기분이 나아졌다. 나는 엘다렌에게 물었다.

"그러면 잠든 백 명의 드워프들은 어디 있죠?"

"융스크-리테의 뿌리에. 나와 함께 누워 있던 그들은 아직도 안색이 괜찮더군. 에즈의 봉인이란 것은 과연 쓸 만했던 모양이야."

엘다렌은 자리에서 벌떡 일어섰다. 그가 일어섰댔자 내 앉은키보다 조금 큰 정도였지만 어쨌든 그는 동굴 입구로 가서 등을 기대고 앉았다. 잠깐 작은 불빛이 반짝이는 듯하더니, 이윽고 잿빛 연기가 퍼져 나왔다.

"자신의 종족을 살리기 위해 엘다렌과 난쟁이들은 봉인을 택했다는 거지? 그럼 엘프는? 혹시 미카라는 사람은 엘프인가?"

무심코 묻다가 돌아보니 유리카는 이제 안색이 나아져 있었다. 그녀가 고개를 끄덕였다.

"응."

"그럼 엘프들도 모두……."

"아니."

유리카는 동굴 입구로 떨어지는 빗줄기와 그 곁에 앉은 엘다렌의 옆모습을 바라보았다.

"엘프들은 지금도 살아있어. 그들은 수명이 2백 년보다도 훨씬 기니까. 미카가 되살아난대도 마지막 엘프이거나 최초의 엘프는 아니지. 미카는 재생력을 약속받기 위한 의식의 일원일 뿐이야. 너도 엘프를 보았다는 사람들의 이야긴 들은 일이 있을 거야. 드워프 족을 보았다는 사람은 본 일이 없었겠지만 말이야."

과연 그랬다. 그렇다면, 엘프는 이 세상 어느 구석엔가 숨어서 살아남아 있다는 건가?

"엘프는 드워프처럼 단숨에 결정을 내리는 자들이 아니야. 쉽게 누군가를 믿지도 않고. 물론 믿고 나면 쉽게 의심하지도 않지만. 게다가 그들은 오래 살 경우 천여 년에 가깝게도 사니까. 엘프들은 에제키엘의 봉인 대신, 그들이 재생력을 돌려받을 2백 년 뒤까지 종족의 일부라도 살아남을 수 있다는 가능성 쪽을 택한 거야."

나도 엘다렌의 옆모습을 보았다. 푸른 밤 기운 속에 찬비가 내리고, 그 사이로 담배 연기가 계속 퍼져나갔다. 동굴 입구를 지키는 석상처럼, 2백 년의 시간을 뚫고 깨어난 첫 번째 난쟁이는 움직이지 않았다.

8. 잃어버린 땅으로의 여행

……왜 그대는 끝나는 곳에서 시작하려 하는가, 왜 그대는 알 수 없는 것을 알려 하는가, 왜 그대는 세상이 숨기고자 하는 것을 찾는가, 왜 그대는 다른 행복에 마음 두지 않는가, 왜 그대는 비밀을 알아낸 자에게 주어질 시련을 두려워하지 않는가, 왜 그대는 고통에도, 슬픔에도 굴하지 않는가, 왜 그대는 가장 사랑하는 것을 잃으려 하는가, 왜 그대는 자신을 버리면서도 미소 지을 수 있는가, 왜 그대는 미래에 올 얼굴 모를 인간들을 그토록 믿는가, 왜 그대는 그대의 여행을 끝내려 하지 않는가, 왜 그대는 단 하나의 인간조차 버리지 못하는가…….

— 기억 IV

"왜들 이렇게 못 일어나는 건가? 일어나서 아침들 들라고."

아아, 죽겠군.

"유리카, 그만 일어나게나. 파비안, 일어나서 좀 봐. 날씨가 개었네. 햇빛이 아주 깨끗해."

그러고도 무슨 소리인지 끊임없이 들리긴 했지만 완전히 무덤 속이었다. 난 한참 동안 없는 이불을 끌어당기려고 애를 쓰다가 번쩍 눈을 떴다.

"뭐, 뭐야?"

"뭐긴 뭐겠나? 아침 먹으라고 했네."

나르디가 혼자 부산하게 사람들을 깨우고 있다가 내게 싱긋 웃어 보였다. 정신을 차리고 보니 맛 좋은 스튜 냄새가 동굴에 가득했다. 어라? 누가 요리를 한 거지? 아니 그것보다 요리 도구가 어디 있어서?

"우리 야영 역사상 최고의 아침 식사가 등장했는데 다들 감동한 척이라도 해 주는 게 어떤가?"

나는 한구석에 둘둘 말려 처박혀 있는 담요를 주섬주섬 접으면서 나르디가 말한 '깨끗한 아침'을 감상했다. 비 온 이튿날답게 상쾌한 공기였다. 흰 햇살이 동굴 입구를 수놓았다.

"우음, 벌써 아침이야?"

유리카는 오늘 나 못지않았다. 겨우 일어나 앉아 눈을 비비며 한참 동안 생각에 잠긴 눈치더니 고개를 흔들었다.

"아, 그러니까 아침이구나?"

생각에 잠긴 게 아니라 존재감을 되찾는 중이었군.

"주아니는?"

나르디가 피식 웃더니 동굴 밖을 가리켰다.

"엘다렌 씨하고 산책중이야."

헤에, 이로써 주아니가 낯을 가리지 않는 종족이 또 하나 늘었군. 물론 산책하고 있는 건 엘다렌이고 주아니야 주머니나 어깨 위에 편안히 자리 잡고 있을 테지만.

아침식사는 꽤 먹을 만했다. 요리도구가 어디서 났는가는 금방 판명되었다. 구석에 엘다렌의 몸집과 맞먹는 배낭이 반쯤 빈 채 놓여있었는데, 저기에서 나올 만한 것은 여기 걸린 솥밖에 없다. 세상에, 어떻게 저렇게 순식간에 솥 걸이를 만들어 낸 거지?

모닥불은 아침식사를 만들면 충분할 정도로 알맞게 남아 있었다. 이윽고 돌아온 엘다렌과 주아니까지 둘러앉아 정신없이 따끈한 토끼 스튜를 퍼먹었다.

"야, 이거 정말 네가 만든 거야?"

"앞으로도 죽 네가 요리해라."

여행 중에 요리라고는 단 한 번도 해 본 일이 없는 주제에, 유리카와 나는 똑같이 나르디에게 식사 당번을 맡기겠다는 사악한 의도를 품고 녀석을 칭찬했다.

"뭘, 자네들 요리 솜씨들도 구경시켜 주라고. 하하……."

나르디 역시 만만치 않았다.

"그러다가 귀중한 요리 재료를 망치면 누가 책임 지냐?"

"역시 검증된 요리사 쪽이 백 배 믿을 만하지 않니?"

우리 중에서 가장 정의로운 주아니가 참다못해 입을 열었다.

"차라리 내가 할게, 내가 해."

가만히 생각해 보면 주아니도 똑같이 사악한 것 같다니까. 주아니가 요리라니, 어차피 못 하잖아!

예의 없는 우리 인간들과 달리 엘다렌은 아무 말도 하지 않고 묵묵히 식사를 마쳤다. 우리가 설거지를 누가 할 것인가를 놓고 똑같은 논쟁을 벌이기 시작하고 또다시 주아니가 '내가 한다, 내가 해'를 연발하는 동안, 엘다렌은 파이프를 꺼내 담배를 채워 물고 동굴 밖으로 나가 버렸다.

"저 드워프 씨, 설거지하기 싫어서 가버린 것 같지 않니?"

실컷 싸운 끝에 결국 설거지를 맡게 된 내가 유리카와 나르디를 의미심장하게 둘러보며 했던 말이다. 땅의 종족들은 드워프, 로아에 할 것 없이 인간 셋을 합친 것보다 더 교활한 게 틀림없다.

식사에 관련된 논쟁이 일단락되고—내가 설거지를 끝내자마자 그 문제는 모조리 일단락되었다—환하게 갠 숲길을 여행할 것에 들떠 둘러앉은 우리에게 절망적인 소식이 전해졌다. 예외적으로 먼저 입을 연 엘다렌은 손을 들어 동굴 안쪽을 가리켰다.

"우리가 갈 쪽은 이쪽이다."

날이 밝았는데도 어두컴컴한 것이 막혀 있는 건지 뚫려 있는 건지 감도 잡히지 않는 동굴 속으로 가자고?

"꼬마 땅의 종족에게 듣자니, 여명검의 고향으로 간다면서?"

"여명검이요?"

내가 멀뚱하게 한 질문에 엘다렌이 눈썹을 치켜 올리며 호통을 쳤다.

"자네 등에 걸린 검 이름도 모르나!"

"이건 멋쟁이…… 아니, '영원한 푸른 강물을 가르는 찬란한 광휘' 인데요?"

이것 봐, 내 기억력도 녹슬지 않았다니까.

엘다렌은 목소리를 낮추지도 않았다. 일단 높인 목소리를 낮추기가 생각보다 어려운 모양이었다.

"그게 그거지 뭔가!"

유리카가 빙그레 웃었다.

"영원한 푸른 강물은 바로 밤이야. 그걸 가르는 찬란한 광휘란 뭐겠 어?"

"그게 여명?"

세상에, 이 검의 이름에 그토록 어려운 수수께끼가 숨어 있었다니.

어쨌든 엘다렌은 우리가 산지기의 집에서 마법 시선으로 보았던 그 곳으로 가는 길이 바로 이 동굴 안에 있다고 주장했다. 하지만, 우리가 보았던 것은 환한 계곡에서 이어지는 구멍이었기 때문에 도무지 받아 들이고 싶지 않은 주장이었다. 내가 어떻게 길을 아느냐고 물었더니 엘 다렌이 한 대답이 가관이었다.

"드워프에게 동굴에서 길을 모르느냐고 묻는 건가?"

유리카의 중재로 간신히 자세한 설명을 들을 수 있었다. 엘다렌이 이 동굴에 있었다는 것 자체가 자신이 잠들어 있던 곳에서부터 여기까 지 길이 뚫려 있었다는 이야기라는 거다. 엘다렌은 그 길을 통해 이 동 굴까지 올라왔다. 엘다렌은 자신이 잠들어 있던 융스크-리테의 뿌리로 안내할 수 있다며 자신 있게 말했고, 이 검을 벼려 낸 대장장이들이 검을 두었을 법한 장소도 명확하다고 말했다.

"어떻게 그렇게 명확합니까?"

나르디의 질문에 여전히 목소리를 낮추지 못한 엘다렌의 대답이 울렸다.

"드워프의 왕이, 수하의 대장장이들이 무엇을 하고 있는지조차 모른다는 것이 말이 되나!"

그것 참······.

"유리카, 묻고 싶은 것이 있어."

"뭔데?"

기막히게 맑은 날씨, 그것도 전날 하루 종일 비 맞고 돌아다닌 끝이라 더더욱 멋져 보이는 하늘을 뒤로하고 어두컴컴한 동굴 속으로 기어 들어가는 비참한 심정을 달랠 만한 얘기는 뭐가 있을까.

엘다렌은 주머니에 주아니를 태운 채 저만치 앞서서 걸어가고 있었다. 나르디는 우리 뒤에서 검을 뽑아든 채 주의 깊게······ 오려고 했지만 실상은 몇 번이고 넘어질 위기를 간신히 넘겨가며 오고 있었다.

"엘다렌이 드워프 족의 왕이었다고 했는데, 그럼 왕비도 있었니?"

"글쎄. 난 그 옛날에도 엘다의 동족을 직접 만난 일은 없었거든. 그들의 나라에 가본 일도 없고. 엘다가 결혼을 했던가? 잘 모르겠다."

"그럼 없었나 보네. 설마 결혼을 했다면 한 번도 자기 아내 이야기를 안 했을 리가 있겠어? 너하고는 오랫동안 여행했다면서?"

"엘다렌은 그러고도 남아. 자식이 있었대도 아무 말 안 했을걸."

그 순간 뒤에서 또다시 돌 조각 굴러 떨어지는 소리가 들렸다. 나와 유리카는 깜짝 놀라 양쪽으로 비켜서야만 했다.

"아앗, 미안하네! 난 원체 밤눈이 어두워서."

밤눈 어둡다는 이야기만 벌써 일곱 번째다, 임마.

평소 그렇게 날랜 녀석이 캄캄한 지하에 들어오니 맥을 못 춘다는 사실도 처음엔 좀 우스웠다. 지금은 그저 언제쯤 익숙해지려나 하는 생각밖에 없다.

내가 동굴을 발견했을 땐 안쪽에 이렇게 거대한 통로가 있을 줄은 상상도 못했다. 더구나 하필 엘다렌이 있는 동굴로 찾아 들어갔다는 사실도 우연치고는 신비로울 정도다. 유리카라면 이것도 '에제키엘이 준비한 결과'라고 하겠지만.

처음엔 사람 몸 하나가 간신히 빠져나갈 법한 바위틈이었다. 그 틈에 몸을 끼운 채 한참 전진하자 엎드려 기어야 하는 통로가 나오고, 엉금엉금 기면서 이런 틈 속에 영원히 갇힌다면 죽기보다 괴롭겠다는 상상이 들 즈음, 간신히 허리를 펼 수 있는 통로가 나왔다. 산 자의 손길로 다듬었음에 틀림없는, 반들거리는 검은 돌 천장이 인상적이었다.

엘다렌은 두리번대고 있는 우리에게 말했다.

"너희는 드워프의 고향으로 2백 년 만에 처음 들어가는 인간들이다. 경건하게 행동해라."

2백 년 동안 아무도 모르는 곳에 묻혀 있었으니 2백 년 만에 최초일밖에.

우리가 결국 이 지하 굴을 택할 수밖에 없었던 이유는 물론 다른 길이 모두 갈 수 없는 걸로 판명되었기 때문이다. 우리가 마법 시선으로 보았던 그 틈새는 사실 인간이 들어갈 수 있는 틈새가 아니었다. 유리카는 마법 시선이 뭔가를 찾을 때는 인간이 갈 수 있는 길을 고려해서 움직이는 것이 아니라고 설명했다. 그러니까 유리카가 멋쟁이 검, 아니 여명검의 고향을 찾으라는 명령을 내렸지만 마법 시선은 지표면과 가장 가까운 데서 들어가는 틈새를 찾아버린 것이라는 얘기다. 마법 시선은 작은 틈이라도 있으면 어디든 들어갈 수 있으니까.

만일 마법 시선이 보여준 그 틈새를 찾는다 해도 뚫고 들어가려면 반년쯤 곡괭이질을 해야 할지도 모른다고 말하면서 유리카는 스스로도 한심해하는 표정을 지었다.

"마법이란 본래 인간이 사용하라고 만들어진 게 아니라서 그래. 인간의 보행로까지 고려해서 찾게 하려면 에제키엘보다 더 대단한 마법사가 나와야 할지도 몰라."

약간 푸른 기마저 도는 암벽은 튼튼해 보이긴 했지만, 표면에는 아무 장식이 없었다. 어찌 보면 갱도 같기도 한데, 또 그러기에는 지나치게 신경 써서 마무리한 벽이었다. 그리고 안됐지만 동굴 안에 불빛은 없었다. 엘다렌이 아까 산책하며 만들어둔 듯한 관솔불을 솜씨 있게 켜더니 앞장을 섰다. 나는 램프를 켜며 유리카에게 물었다.

"난쟁이네 왕국은 본래 이렇게 땅속 길로 가게 되어 있어?"

"당연하지. 그들의 왕국 자체가 땅속인데 달리 어떤 방법으로 가겠니?"

앞뒤로 흔들거리는 불빛에 비친 유리카는 어제 젖은 걸 그냥 말려서, 구깃구깃한 옷을 그대로 걸치고 있었다. 하지만, 그녀가 그러고 있으니 그다지 초라해 보이지도 않았다.

"드워프도 햇빛을 보아야 할 것 아냐?"

"물론이지. 땅 위에 있는 마을도 있어. 지금은 없어졌겠지만. 여기서 별로 멀지 않은 곳이었다고 알고 있어."

엘다렌은 갈림길이 나와도 망설임 없이 척척 걸어갔다. 그 뒤를 따라가자니 금방 목적지에 도착할 듯한 기분이었다.

나는 다시 입을 열었다.

"유리카, 엘다렌과 그 미카라는 엘프는 자기 종족을 위해서 봉인을 감수했다고 쳐. 그런데 너는 왜 거기에 동참한 거야?"

유리카는 한참 동안 대답하지 않았다.

내가 조금만 더 키가 컸더라면 이 통로에서 허리 펴고 지나가지는 못했을 것 같다. 내 키가 아슬아슬하게 스칠 높이였다. 너비는 팔을 한껏 벌리면 닿을 정도. 드워프 족이 자기네 종족의 평균 신장에 맞춰서 굴을 뚫지 않은 것만 해도 다행인가?

똑, 똑, 어딘가에서 물 떨어지는 소리가 들린다.

"아마 난 그 세상에 미련이 없었나봐."

내가 질문을 거의 잊어버렸을 즈음 유리카가 불쑥 말했다.

"무슨 안 좋은 일이라도 있……."

채 말을 잇기도 전에 나는 갑작스레 발걸음을 멈춘 유리카에게 대판 부딪힐 뻔했다. 아슬아슬하게 부딪히지 않고 멈췄다고 생각하는 찰나,

뒤에서 부딪쳐오는 뭔가가 있었다.

퍼억!

"미안……."

애쓴 보람도 없이 나는 유리카의 뒤통수에 정통으로 이마를 받았다. 곧이어 고함소리가 앞쪽에서 들려왔다.

"앞을 똑바로 보게!"

"뒤에서 부딪쳐오는데 뾰족한 수 있겠어?"

유리카가 화난 목소리로 대꾸하는 소리도 들렸다. 물론 단계적 책임을 묻자면 맨 뒤에서 오던 나르디 녀석이 문제다.

예고없이 멈춰 선 책임도 물을까 궁리하는 중인데, 엘다렌의 모습이 갑자기 안 보였다. 횃불은 유리카가 넘겨받아 들고 있었다.

"바닥에서 흔적을 찾나봐."

어느새 모여 선 우리 셋은 바닥을 기어 다니는 중이라는 난쟁이의 종적을 확인하기 위해 램프를 아래로 비추었다. 빛이 비치면 조금이라도 찾기 낫겠지.

정면은 무너져 내린 돌무더기로 단단히 막혀 있었다. 오랜 세월이 흘렀으니 부서질 수도 있는 거겠는데, 엘다렌이 바닥을 수색하는 걸 보니 다른 통로가 있나?

"여기다. 따라와라."

"어디요?"

"이 구멍이 안 보여?"

세상에, 개구멍이었다.

"이리로 들어가라고요?"

"숨이 막힐 걱정이라면 하지 않아도 좋다."

엘다렌은 더 설명하지도 않았다. 그는 횃불을 꺼버리고 나르디한테서 램프를 건네받더니—나르디는 순전히 얼떨결에 램프를 넘겼다—자신의 배낭은 나한테 덥석 안겨 주었다. 그리고 몸을 웅크리더니 구멍 속으로 사라져 버렸다. 잠깐 동안 신발 뒤축이 보였으나 이윽고 그것조차 없어져 버렸다.

엘다렌과 주아니, 저 땅의 종족들은 땅속에선 무서운 게 없나 보다. 하지만 우리 인간들은…… 어쨌든 따라가지 않고는 대안이 없겠지?

"가자."

유리카가 제일 먼저 결심한 듯 허리를 굽혔다. 머리부터, 이어 그녀의 발끝이 구멍 속으로 사라졌다. 오던 순서로 보아 따라 들어갈 차례인 나는 한숨부터 크게 내쉰 다음 머리를 들이밀었다.

"……"

죽은 자들의 세상처럼 한 치 앞도 보이지 않는 세계였다. 온몸을 누르는 듯한 바위들은 물론이고 공기조차 조밀하게 들어찬 느낌이었다. 램프 불빛은 앞사람의 몸에 가려 보였다 안 보였다 했다.

"숨 막힐 걱정은 하지 말라고 했던 게 누구야?"

열 걸음도 가기 전에 숨이 꽉 막히는 기분이었다. 줄곧 팔꿈치와 무릎으로 기고 있자니 이렇게 얼마나 버틸 수 있을까 의심쩍었다. 게다가 돌바닥은 차가웠다.

멀었냐고 묻기엔 좀 이른가? 내 생각에 대답하듯 유리카가 말했다.

"저녁 한 끼 거하게 먹을 시간 정도만 가면 된대."

……그, 그래, 마음을 비워야겠군.

눈을 감든 뜨든 보일 듯 말 듯한 램프 빛 말고는 달라지는 게 없었다. 나중엔 내가 눈을 뜨고 있는 건지도 헷갈릴 지경이었다. 밖은 아직 환할까? 혹시 벌써 밤이 된 건 아닐까?

들어갈수록 앞으로 기울어진 경사가 되어갔으므로 이런 식으로 가다간 산 밑바닥까지 가는 건 아닐까 싶었다. 거한 저녁을 세 끼는 먹었겠다 싶을 무렵에야 겨우 기다리던 목소리가 들렸다.

"다 왔다."

갑자기 넓어진 통로에 우리는 벌떡 일어섰다. 눈앞에 커다란 기둥이 좌우로 늘어서 있었고, 그 가운데 열린 문과 깊숙한 입구가 보였다.

"신전 문을 나서는 순간 나는 날 깨운 사람을 찾아냈어. 그렇지만 그분은 보석만 찾았을 뿐 내가 깨어날 거란 사실은 몰랐나 봐. 그냥 가버리시더라고."

우리는 입구로 들어가지 않고 기둥 근처에 주저앉아 있었다. 램프 빛에 비친 얼굴들이 희한하게 일렁였다.

"네 말대로야. 아버진 아룬드나얀이 무슨 역할을 하는지 전혀 모르셨으니까."

여기에 사라진 두 종족을 살려낼 정도로 대단한 힘이 숨어있다는 사실을 아셨다면 그렇게 쉽게 나한테 주지 않으셨을지도 모르겠다. 아버지와 나에게 아룬드나얀은 재회를 위한 약속이었을 뿐이니까.

"하긴 이 모든 것은 2백 년 전에도 몇 사람만이 아는 비밀이었으니까. 네 아버지께서 모르시는 것도 무리는 아니겠지."

긴 기둥이 몇 개 세워져 있고, 활짝 열린 돌문 좌우로 크기가 똑같은 입구가 여러 개 보였다. 입구를 이루는 주춧돌과 박공벽은 누르스름한 돌이었고, 반쯤 부서져 있었다.

엘다렌은 다른 문 안쪽이 어떻게 되었는지 보고 오겠다며 우리 곁을 떠났다. 길을 몰라서 미리 살펴보러 가는 건 절대 아니라는 설명도 덧붙였다. 그게 아니더라도 옛 고향이 어떻게 변했는지 혼자서라도 보고 싶어 할 수 있다고 생각했기에 우리는 모두 반대하지 않았다.

아, 그런데 주아니는 왜 자꾸 주머니에 넣어서 데려가는 건데? 엘다렌이 나타난 후로 주아니하고 도통 얘기를 할 수가 없게 됐다니까.

엘다렌을 기다리는 동안 유리카는 자신이 깨어났을 때 어땠는지 이야기해 주었다. 산속 어디쯤인지 위치도 알 수 없는 곳에 앉아 까마득한 옛날 일처럼 느껴지는 이야기를 듣자니 기분이 묘하다. 사실은 1년도 되지 않은 이야기인데.

"왜 아버지 앞에 나타나지 않았어? 네가 아룬드나얀의 주인을 찾고 있었다면 아버지가 그 주인으로 생각되지는 않았단 말이야?"

"아룬드나얀은 참 신비로운 목걸이야."

높이 솟은 돌에 걸터앉은 유리카는 램프 빛 속에서 신비한 표정을 떠올려 보였다. 나르디와 나는 바닥에 앉아 그녀를 올려다보았다.

"네 개의 보석은 에제키엘이 만든 것이지만, 아룬드나얀 자체는 에제키엘조차 모를 정도로 옛날부터 전해 내려온 물건이라고 해. 이것 좀 봐, 이 검은빛."

아룬드나얀을 잠깐 건네받은 유리카는 검은 돌 위의 문양들을 쓰다
듬었다.

"이건 타로핀이야."

"타로핀?"

나르디가 먼저 되물었다.

"타로핀이라면 그 신비광석 말인가? 맹세와 약속의 돌 타로핀?"

"응. 그 돌이지."

타로핀 아룬드의 돌 타로핀. 약속의 돌이자 친구, 동료, 연인 간의 신
의를 상징하는 돌이다. 달(月)의 이름이니 익숙했지만, 실제로 타로핀
광석을 보는 것은 처음이었다.

"타로핀은 무겁고, 또 세상에서 가장 단단한 물질로 알려져 있지. 바
래지 않는 검은빛처럼 변하지 않는 믿음을 상징하는 돌이야. 하지만 무
척 드물어서 쉽게 손에 넣을 순 없어. 2백 년 전에도 흔치 않았으니 지
금은 말할 것도 없겠지. 달크로즈 성에 가면 타로핀 광석으로 지은 회
의실이 있다고 해. 직접 본 일은 없지만."

유리카의 말에 나르디가 고개를 끄덕였다.

"그래, 그런 홀이 있지. 긴 역사와 전통은 두고라도 예로부터 이스나
에의 축복을 받았던 도시인 달크로즈에 타로핀 홀이 없다면 달리 어디
에 있겠는가?"

내가 물었다.

"마브릴들은 하라시바에도 있다고 하잖아?"

"있다고는 하는데 진짜인지 가짜인지 알 수 없지. 아직까지 한 번도 외부에 공개된 일이 없거든."

말하면서 나르디는 어깨를 으쓱했다. 유리카가 미소만 짓더니 말을 이었다.

"나는 그분이 아룬드나얀의 주인이 아니라는 것을 금방 느꼈어. 그리고 진짜 주인을 찾아가는 길이라는 것도 알았지. 글쎄, 왜 그랬을까? 그분한테 사정을 이야기하고 동행하는 방법도 있었을 텐데, 나는 조용히 뒤를 밟는 쪽을 택했어. 무슨 이유가 있었던 걸까?"

들을수록 희한했다. 정말 이 돌은 예지를 지닌 걸까?

"아룬드나얀은 고대 이스나미르 인들이 만들었던 여러 신물들 가운데 하나래. 본래 목걸이는 아니었어. 옛날엔 무엇에 쓰였는지 모르겠지만, 이걸 사슬에 꿰어서 목걸이로 만든 사람이 에제키엘이니까. 보석이 들어갈 자리를 만들어낸 것도 그였고. 그런 에제키엘도 이 안에 숨겨진 더 많은 내력과 힘은 알아내지 못했어. 다만 그는 엘프와 드워프들을 위해 아룬드나얀의 다듬어지지 않은 힘을 이용할 수는 있었지. 최고의 마법사였다는 그도 거기까지야."

"에제키엘은 지금껏 가장 뛰어났다는 마법사인데, 고대 이스나미르 인은 대체 얼마나 놀라운 힘을 지녔던 것일까?"

나르디가 중얼거리듯 한 말에 유리카가 대답했다.

"모르지. 그들은 영원히 살았다고도 하고 시간과 공간을 마음대로 넘나들었다고도 하니까. 어느 말이 맞고 어느 말이 틀린지는 그들 자신만이 알겠지."

나르디가 말했다.

"만일 정말로 영생불멸이라면 지금까지 살아 있을 수도 있지 않겠나? 우리가 발견할 수 없는 깊숙한 어딘가에 말이야."

문득 동굴 안에서 세월이 흐르고 있다는 느낌을 받았다.

엘다렌이 돌아오는 걸까, 먼발치서 돌바닥을 울리는 소리가 들리는 것 같다. 고개를 돌리니 어느새 돌에서 내려선 유리카가 내 얼굴을 들여다보고 있었다. 난 그녀가 무슨 말을 하려다 지금껏 망설였다는 느낌을 받았다.

"아룬드나얀은 자신이 필요로 하는 사람을 끌어당기는 힘이 있거든. 까닭 모를 예감으로 나는 네 아버지를 뒤따라 여행해서 하비야나크까지 갔어. 그리고 너를 만났지. 너도 기억하듯이."

하얀 햇살 속에 사과를 깨물던 소녀.

"네 아버지가 마을을 떠날 때까지 한참이나 기다렸지 뭐야."

유리카는 불안한 목소리로 웃었다. 좋지 않은 이야기를 하기 전에 일부러 다른 이야기를 하면서 억지로 웃는 사람처럼.

유리카는 이윽고 입을 열었다.

"켈라드리안에서 악령의 노예들을 만났을 때, 기억해? 네가 어딘가에 숨어 있자고 했을 때…… 내가 했던…… 말?"

그때의 일을 잊었을 리 없었다.

"네가 있는 한 그들은 뒤따라 올 거라던, 그 말?"

"으응, 기억하는구나."

어눌한 말투가 유리카답지 않았다.

"그들은 나를 쫓아왔어. 내가 깨어났던 신전에서부터. 그 뒤로도 죽……."

왜 새삼 저렇게 겁내고 미안해하는 거지? 무슨 새로운 사실이라도 있는…… 아!

순간 나는 머리를 세게 한 대 얻어맞은 것 같은 충격을 느꼈다. 유리카도 내 변화를 느낀 모양이다. 입을 꼭 다물고, 숨을 가만히 삼키고 있었다. 나르디는 영문을 몰라 우리를 번갈아 쳐다보았다. 간신히 입을 여는데 목소리가 마구 떨렸다.

"그, 그렇다면 악령의 노예들이 우리 마을을 습격한 것도?"

유리카는 고개를 끄덕였다.

"나를 따라왔던 거야."

나는 대답을 쥐어짜냈다.

"아, 알고 있었단 말이야? 그것들이 따라오는 것을?"

유리카는 나를 보았다. 내 마음속까지 들여다보려는 것처럼 끝없이 나를 보았다. 나조차도 내 감정을 잘 모르겠다. 지진이라도 난 듯 머릿속이 마구 뒤흔들린다.

"나도 살육이 벌어진 뒤에야 깨달았어."

"왜! 무엇 때문에 그들이 너를!"

"그들 역시 2백 년 전에서 왔어. 켈라드리안의 거인 호그돈이 말했었지. 저들을 2백여 년 전에도 본 일이 있노라고."

"2백 년이나…… 너처럼 잠들어 있다가 깨어나기라도 했다는 거야?"

"에제키엘은 나를 봉인하기 위해서 그들의 기운을 필요로 했어. 함께 잠들어서 함께 깨어나도록 만들었지. 봉인의 원리가 그래. 무언가를 이루려면 반드시 반대되는 대가가 필요하지. 나를 2백 년 뒤로 보내기 위해서 악령의 노예들도 이곳까지 와야만 했던 거야. 나는 죽음의 무녀이니 그들은 내게 어울리는 대가로 에제키엘에게 선택됐을 거야."

"그걸 너는 몰랐다고?"

"아니……"

내 목소리가 날카로워졌다.

"그럼, 네가 그들이 다가오는 것을 몰랐다고 말할 수 있어? 네가 깨어날 때 같이 깨어나리란 걸 알고 있었는데, 그들이 어디로 갔을 지는 생각조차 해보지 않았다고?"

나는 떨리는 관자놀이를 손가락으로 세게 눌렀다. 어째서 내 말 한마디 한마디가 도리어 내 가슴을 후벼 파는 걸까.

"난 나와 함께 봉인될 무언가가 필요하다는 것은 알았지만 그것이 악령의 노예란 것까진 알 수 없었어. 에제키엘이 결정한 거니까. 내가 그들의 존재를 알게 된 것은 훨씬 나중의 일……. 네 고향이 아니라 다른 어디였다고 해도 그들의 습격을 막을 순 없었을 거야. 변명처럼 들릴지 몰라도…… 내가 내 임무를 버리고 그들을 막으려 해도 불가능했어. 호그돈과 릴가의 도움이 아니었다면 그들은 벌써 널 죽였거나 지금도 우리를 뒤쫓고 있겠지."

변명.

어떤 판단이 옳은 것인지 도저히 알 수 없었다. 나는 바닥에 앉아 무릎 사이에 머리를 파묻었다. 한기가 몸을 파고들었다.

사라질 위기에 처한 종족을 구하기 위해 2백 년 뒤 어느 마을에서 일어날 학살은 방조한다? 해야 할 더 큰일이 있었다는 이유로, 어쩔 수 없었던 작은 일에 대한 책임이 조금이라도 줄어들 수 있을까?

램프 하나로는 윤곽조차 알아보기 힘든 이 동굴은 한 종족이 살았던 결코 작지 않은 흔적이었다. 그렇지만, 그들이 사라지게 된 책임을 누구한테 물어야 하는데? 자기 시대에서 아무것도 모르고 행복하게 살아오던 사람들에게?

"유리, 넌……."

말이 잘 나오지 않았다. 참기 힘든 분노와 억울함을 누구에게 쏟아야 할지 판단할 수 없었다. 유리카, 그녀가 가장 직접적인 원인이지. 그렇지만, 왜 그녀가 그렇게 해야 했는데? 악령의 노예들과 유리카를 함께 봉인시킨 것은 에제키엘이 아닌가? 그렇다면? 그렇게 봉인했던 까닭은 재생력이 사라진 두 종족 때문이잖아? 그러면 그 재생력을 소멸시킨 것은 또 누구의 책임인데?

양손으로 뜨겁게 달아오른 뺨을 감싸 쥐었다. 아무도 내게 손대지 않았다.

"파비안, 자네 어머니의 일이 아니었다면 어땠을까?"

한참만에 나르디의 목소리가 들려왔다.

"가슴에 손을 얹고 생각해 보게. 사람은 누구나 자신과 가까운 사람의 불행에 더 분노하지만, 그것은 그냥 분노이네. 유리카가 자네의 고향을 구할 수 없었다면 뛰어들어 그들과 함께 죽는 것이 옳았을까? 유리카가 자네가 모르는 사람이라면, 또는 고향이 아닌 다른 마을의 참화였다면 어땠겠나? 그렇게 모두 남의 일로 놓고서 다시 한 번 생각해 보게. 한 마을의 위기를 어쩌지 못했으나 두 종족을 구할 임무를 저버리지 못하고 떠난 유리카의 입장이네. 자네라 해도 오히려 두둔했을지도 모르는 거야."

내 뜨거운 머리에 차가운 비수를 찔러 넣는 그였다.

구석에는 무너진 기둥의 흔적인 돌무더기가 있었다. 백 년쯤 전에 무너진 것일지도 모르지만 우리에겐 바로 어제 무너진 것과 같아 보일 돌무더기였다. 나르디가 일어나 그 돌 가운데 한 개를 집어오더니 내 앞에 내려놓았다.

"저쪽의 돌무더기를 보게. 어디에서 돌 하나가 없어졌는지 눈치 챌 수 있겠나? 없을 거야. 하지만, 자네 앞에 나타난 돌 하나는 명백하게 보일 것이네. 사람들을 불러 저 돌무더기에서 어디가 달라졌는가 물어 보게. 대부분 대답하지 못할 것이네. 그들을 탓할 수는 없지. 돌을 가진 자네만이 저 돌무더기에서 하나가 사라졌음을 알고 있지. 돌을 쥐고 계속 걸어 나갈 자네만이 알고 있네."

올해는 내게 새로웠다. 지난 생애를 모두 합친 것보다 더 많은 변화가 있었기 때문에, 어머니와 함께 살던 시절이 훨씬 긴데도 조금쯤 흐릿하게 느껴진다는 것을 나도 안다. 그러나 어머니, 어린 나의 머리를 빗겨 주셨었지. 아버지가 있는 다른 아이들과 다르지 않게 나를 키우셨지……

"누구에게나 어머니는 있고, 그 어머니는 죽게 되어 있어. 우리는 무언가를 원망하지. 고칠 수 없는 병이든, 우연히 길가에 뛰어든 마차든,

심지어 아무도 거스를 수 없는 세월의 힘이라도 말일세……."

나르디는 말끝을 흐리더니 석벽 한구석을 바라보았다. 그도 무언가를 떠올리는 듯했다.

"자네는 어머니를 돌아가시게 한 악령의 노예들을 증오하는가? 그것들을 이 세상으로 보낸 에제키엘, 그리고 그것을 막을 힘이 없었던 유리카를 탓하는가? 저 노예들을 만들어 낸 '악령' 그 자체를 미워하는가? 그리고 아룬드나얀을 가지고 자네 고향으로 찾아가서 유리카가 따라오도록 한, 자네 아버지조차도 증오하는가?"

드워프나 엘프처럼 인간보다 자연에 가까운 종족들은 품성이 질박하고 화려한 장식을 즐기지 않는다고 했다. 필요할 때는 누구보다도 정교한 세공을 해낼 수 있는 드워프 족이지만, 장식이 불필요하다고 생각하면 단순한 상태로도 잘 내버려두는 것이다. 과연 이곳도 기둥 위에 새긴 소용돌이무늬 외에는 장식이라 할 만한 것이 없었다. 그렇지만 그들의 단단한 손으로 세상에서 가장 견고하게 만들었겠지.

세상에 여러 종족이 존재한다는 것은 인간을 다시 돌아보게 하는 힘이 있었다. 세상의 균형이나 질서라는 것도 그런 힘 속에 있겠지.

그러나…….

"유리카는 오늘 뒤늦게 이 이야기를 하지 않을 수도 있었어. 그렇지만 했지. 자네의 분노를 사지 않을 자신이 있어서였겠는가? 아니네. 그녀는 빚 없는 깨끗한 관계를 원하네. 자신의 생각을 자네에게 이야기하고 싶어 한 거야. 물론 자네의 생각도 듣고 싶어 해."

내 힘으로 돌이키거나 개입할 수 없는 자연의 질서. 결국 내 분노는 어디로 가야 하는 걸까? 손댈 수 없는 원인의 실타래들을 거슬러 올라가면 결국 세상의 움직임 자체에 가 닿겠지. 난 내 마음대로 가장 가까운 원인을 제공한 대상, 악령의 노예들이나 유리카, 또는 에제키엘을 원망할 수도 있어. 그런 분노가 옳은 걸까?

켈라드리안 숲의 에졸린 여왕은 내가 친구인 니할룬을 죽였는데도 원망하지 않았어. 나는 그녀가 아주 오래 살았기 때문에 그럴 수 있는 모양이라고 가볍게 생각했었지.

결국 운명이 이끄는 대로 도구처럼 움직여야 했던 대상에 대한 분노는 전부 부질없는 일인 걸까? 정말 그런 거야?

한참 동안 말이 없던 유리카가 입을 열었다.

"네가 아스테리온을 잘 모르기 때문에 반감 없이 날 받아들인다고 했던 말, 기억하니? 호그돈의 통나무집에서 내가 했던 말."

"그래."

"아스테리온은 결과를 생각하는 자들이지. 죽음이라는 대전제……누구도 벗어날 수 없어. 살아있는 자들이라면. 그렇기에 죽음을 다루는 아스테리온은 만일 되돌아보고자 한다면 죽을 때까지 후회하고 괴로워해도 끝나지 않을 일들을 일상으로 두고 있어. 듀나리온이 엘라비다 족에서 유래했다면 아스테리온은 마브릴 족에서 유래했다는 말, 어쩌면 진실일지도 모르지. 아스테리온의 별칭이 뭔지 아니?"

나는 고개를 저었다.

"뒤돌아보지 않는 자."

"그렇지 않으면 견디지 못하니까."

나르디가 이어서 한 대답이었다.

나는 묵묵히 고개를 움직여 천장을 보았다가 다시 바닥으로 시선을 내렸다. 내 안의 생각들을 뒤쫓듯. 세상에 많고 또 많은, 옳고 또 옳은 생각들 중 내가 받아들일 생각을 찾았다. 살아오며 죽 지켜왔던 것이 있던가?

나는 말했다.

"수많은 사람 중 한 명의 부재는 그가 죽으면 슬퍼할 한 명에게만 의미가 있을까? 한 명의 무게가 인간 전체보다 과연 가벼울까? 드워프이든 엘프이든, 그들이 여럿이라고 해서 작은 마을의 무게보다 무거워? 만일 한 사람을 희생시키기만 하면 이 세상의 죽고 죽이는 분쟁이 다 없어진다고 치자. 그렇지만, 그 한 명은 별다른 죄를 지은 적 없는 평범한 사람이라면 너는 그 사람을 죽이겠어? 가책은 받겠지만, 죽이는 게 옳다는 거야?"

내 마지막 질문은 유리카를 향해 있었다. 상처란 상처는 닥치는 대로 헤집는 느낌이었다. 내 것이든 유리카의 것이든.

유리카의 대답은 냉정했다.

"한 사람을 지극히 사랑할 때, 그러나 그 사람을 잃었을 때, 사람들은 한 사람보단 세상이 소중하다는 주장을 갖게 되기 마련이지."

"유리카!"

나르디가 질책하듯 소리를 질렀지만, 유리카는 개의치 않았다.

"그러나 그렇지 않은 사람도 있었어."

유리카는 내 상상보다 수십 배나 차가운 정신을 갖고 있었다. 그리고 아스테리온답게 결과를 중요시했다. 그래, 그녀는 아스테리온이 어떤 자들인지 자세히 알면 예전처럼 자기를 생각할 수 없을 거라고 말했지.

"에제키엘. 그는 이상한 사람이야. 세상에 애착이 없던 시절엔 한 사람의 생명도 세상 전체와 맞바꿀 만한 것이라고 말했고, 실제로 실천했었지. 그러나 고통 없이 버릴 수 없을, 사랑하는 무언가가 생긴 후엔 오히려 큰 질서를 위해 웃으면서 자신의 행복을 버렸어."

유리카는 눈썹을 찡그렸다. 즐겁지 않은 과거가 떠오른 듯했다. 그러나 이윽고 가벼운 한숨과 함께 고개를 흔들어 버렸다.

"네가 어떤 신념을 가졌다 해도 난 그 까닭을 알 수 없어. 어머니의 불행이 직접적인 원인일 수도 있지만, 내가 알 수 없는 다른 삶의 영향일지도 몰라. 너도 아스테리온의 생각을 다 이해할 수는 없어. 내가 아스테리온이 아니라 무슨 이유에서인가 이런 생각을 하게 된 보통 사람이라 해도 마찬가지야. 네가, 또는 네 고향의 누군가가 내게 그 비극에 책임을 묻는다면 나는 그들이 원하는 방식대로 책임을 져야 하겠지. 하지만 내가 했던 일이 돌이켜지진 않아. 결과는 결과이고 책임은 책임일 뿐."

"똑같은 경우가 다시 생긴대도?"

"그렇게 하겠지."

나는 말문이 막혔다. 나르디도 생각에 잠긴 표정이었다.

"그럴 수밖에 없는 상황에서 나름대로 최선의 선택을 했다 해도 책임이 덜어지지 않는다는 것, 알아. 누구든 원망한다면 나는 그 원망을 받아야 마땅해. 바뀔 것은 없어. 나는 후회하는 자가 아니야. 그러나…… 나 역시 가책에서조차 자유롭지는 못해."

말을 마치며 유리카는 두 손으로 얼굴을 감싸고 고개를 수그렸다. 천장 높은 홀, 세상을 창조한 이조차 지켜보지 않을 듯 깊은 땅속 세상에서 작디작아 보이는 모습으로.

운명이라는 이름에 기대어버리면 이 세상에 책임지고 책임 씌울 일은 하나도 없겠지. 그러나 어쩔 수 없는 인과관계 속에서도 사람들은 자기 자리를 책임지지 않으면 안 되는 거야. 선택지가 하나밖에 없었다 할지라도 선택은 결국 자기 책임이니까. 책임은 어떻게 제자리를 찾아가는 걸까? 분노의 대상을 찾지 못해 고통스러워하는 나를 위로하려고 아무한테든 쉽사리 분노를 쏟아버릴 수는 없는 일이다. 어떤 태도가 옳을까? 명확해질 수 있을까?

유리카의 의견은 오래전부터 결정되어 있었던 것 같았다. 그녀는 2백년 전에도 똑같이 생각했을 것이다. 그리고 나는……

"파비안."

그녀의 손이 내 손바닥 안으로 들어오는 것이 느껴졌다.

"너한테 미안하다는 말을 해야겠다고 생각했어."

여전히 난 유리카와 생각이 달랐다. 그러나 다른 것은 틀린 것과는 달라. 나는 그 손을 천천히, 그러나 꽉 쥐었다.

"너처럼 확고하지는 못하지만 내게도 생각이 있어. 아직 다 이해하지는 못하겠어. 그러나 다를 수 있다는 것만은 느껴져. 후회하지 않는 아스테리온이지만 가책에서조차 자유롭지는 못한 건 너도 인간이니까. 언젠가는 나도 내 생각을 설명할 수 있을 거야. 에제키엘의 생각이 어쩌면 이해가 갈 것도 같아. 소중함의 무게를 재려는 건 다 부질없는 짓일지도 몰라."

서로 생각이 달라도 이해할 수는 있다. 어째서 옛일을 다시 한 번 되풀이하는 것처럼, 곧 서로를 이해할 수 있다는 느낌이 들까.

"언젠가는 내 생각을 말해줄 수 있도록 할게."

서로의 상처를 헤집고 드러내기 위해 우리는 태어나지 않았어.

나와는 다르지만 너 역시, 사람이지?

"엘다렌이 돌아오는 모양일세."

나르디가 고개를 들어 문 쪽을 바라보았다. 어느 문을 지나치는 듯 삐걱거리는 소리가 들리고 발소리가 가까워졌다. 이윽고 소리의 주인인 난쟁이가 커다랗게 입을 벌린 입구에 모습을 드러냈다. 엘다렌은 걸음을 재촉해 돌아왔는지 얼굴이 상기되어 있었다. 그는 우리 앞까지 다가오기도 전에 일어나라는 손짓을 했다.

"다른 길을 발견했다."

엘다렌이 안내한 입구로 들어가자 커다란 황토빛 돌을 쌓아 만든 벽과 무너진 기둥들이 넓은 홀을 이루고 있었다. 무엇에 썼을까? 회의? 대관식? 무도회?

드워프들의 키 높이를 생각할 때 저렇게 높은 천장이 필요한 이유를 도저히 생각해 낼 수 없었다. 세월에 풍화된 벽에는 무슨 그림이 있었던 듯도 했으나, 윤곽도 알아볼 수 없도록 닳아 있었다.

걸으면서도 난 유리카와 나눈 이야기에 대한 생각을 떨쳐버릴 수가 없었다. 개인과 한 종족, 세상의 균형과 한 개 마을, 중요한 일과 덜 중요한 일, 운명과 운명이 스스로를 드러내는 방법들, 그 안에서 인간에게 어디까지 책임이 있을까, 선택과 책임과 가책은?

그때 내 사색을 확 깨뜨려버리는 사건이 일어났다.

"조심해!"

맨 끝에 오던 나르디의 외침과 함께 누군가가 황급히 내 어깨를 잡아 눌렀다. 얼떨결에 주저앉다시피 몸을 굽히는데 머리 위로 뭔가가 빠르게 지나갔다.

"뭐, 뭐야?"

"한눈을 파니까 이렇잖아."

그 말대로 유리카는 보이지도 않을 만큼 빠르게 칼을 뽑아들더니 날아든 것을 올려쳐 베어버렸다. 둘로 쪼개진 것이 각각 떨어지고서야 나도 겨우 알아보았다. 박쥐였다. 과장을 좀 섞자면 곧 사람으로 변신하지 않을까 싶을 정도로 커다란 놈이었다.

어느새 유리카의 칼은 꽂혀 들어가고 보이지 않았다.

"무슨 생각을 하고 있는 거야? 머리 위로 박쥐가 날아드는데 혼자서만 모르고 있다니."

유리카는 더 말을 이으려 했지만, 엘다렌이 소리를 질렀다.

"모두! 당장 저쪽 구석으로 달려!"

"네?"

엘다렌은 우리가 움직이도록 기다리고 있지 않았다. 몸을 돌리자마자 그가 가리킨 기둥 뒤로 몸을 날리는데, 둔중한 드워프의 몸놀림이라고는 도저히 생각할 수 없을 정도다. 나도 어느새 뒤따라 뛰고 있었다.

"고개 숙여! 배낭으로 머리 가려!"

지붕이 무너지기라도 하는 거야?

곧 어디선가 윙윙거리는 소음이 들려왔다. 수천 개쯤 되는 날개들이 부산하게 움직이는 듯한…… 박쥐 떼다!

"파비안, 빨리!"

딴 생각을 하느라 반사 신경이 느려졌던 건지 혼자 뒤처진 모양이다. 이미 목표한 구석으로 몸을 숨긴 엘다렌과 한달음에 기둥 뒤로 돌아드는 나르디가 보였다. 유리카는 몸을 숨기기 직전 나를 돌아봤다.

"엎드려!"

상황 판단은 뒤로 미루고 급히 바닥에 몸을 굴렸다. 등 뒤에서 금속성의 날갯짓 소리가 빠르게 접근해왔다. 언뜻 돌아보자 누런 돌들을 새카맣게 가린 날개들이 보였다. 커다란 파리 떼처럼 보이는 것들은 곧 내 머리로 몰려들었다.

그 순간 머리 위로 정체불명의 어둠이 들씌워졌다. 무엇인지 깨닫기도 전에 나는 그걸 움켜쥐고 몸을 바짝 웅크렸다. 상상하기 싫은 덩어리들이 우두두 부딪쳐왔다. 소음을 뚫고 익숙한 외침이 울렸다.

"하!"

촤악, 살아있는 생물을 베어버리는 소리가 연이어 귀에 들어왔다. 반 바퀴 구른 뒤에야 내 손에 쥔 것을 보고 상황을 눈치 챘다. 유리카가 다급한 나머지 담요를 빼내어 던진 것이다. 그새 나르디는 짧은 칼을 솜씨 있게 휘둘러 달려드는 박쥐들을 몇 번이나 베었다.

그러나 손놀림이 아무리 빠르다 해도 무작정 날아드는 박쥐들을 다

쫓을 순 없었다. 유리카는 내가 몸을 일으키는 것을 보자 재빨리 뒤로 물러섰다. 박쥐 떼는 내 머리 위를 지나 저만치 천장 구석으로 몰려가 붙었다. 후드득거리는 소리가 잦아든다 싶더니 곧 다시 이쪽으로 돌아올 태세를 취했다.

"빨리!"

담요를 휘어잡고 무작정 몸을 날렸다. 엘다렌과 나르디가 손짓하는 곳에 이르자 그들도 유리카가 하는 것을 보고는 분분히 담요를 꺼내 머리를 감쌌다. 나는 배낭 안에 손을 넣고 헤집다가 문득 잡힌 가죽 망토를 끄집어냈다.

"이건 어떠냐!"

나는 망토를 뒤집어쓰는 대신 끝을 둥글게 휘어잡고 달려드는 박쥐들을 향해 힘껏 휘둘렀다. 두 번 휘두르고 보니 박쥐가 한 무리나 후드득 바닥으로 떨어졌다.

"그렇지!"

내 뒤에서 외친 사람, 엘다렌 맞지?

다시 한 번 망토를 휘둘러 10여 마리 가량을 떨어뜨리고 발로 걷어찼다. 그러고도 달려든 것들은 유리카가 재빠르게 반으로 갈라놓았다. 망토에 맞았다고 박쥐가 죽지는 않는다. 일단 달려들지 못하게 해보려는 것뿐이다. 그런데 그러고 보니 박쥐가 의도적으로 사람을 공격할 리도 없는데?

"도대체 왜 이렇게 덤비지?"

유리카도 의아해하는 눈치였다. 그 사이에 나르디가 박쥐를 피해 빠

져나갈 길을 찾아낸 모양이다. 나르디는 세 번째로 망토를 휘두르고 있
는 내게 소리쳤다.

"한 번만 더! 그 다음에 뒤로 빠져!"

뒤로 한 걸음, 그리고 다시 한 번!

철썩!

그런 다음 나는 뒤도 돌아보지 않고 도망쳤다.

캄캄하다. 램프가 깜빡이더니 꺼졌다.

"기름 더 없어?"

있긴 한데, 기름을 넣기가 곤란해. 아무것도 보이질 않거든.

박쥐에 쫓겨 벽 틈새로 들어가고 보니 어디로 이어지는지 모를 꼬불
꼬불한 미로였다. 아무리 드워프 족이라 해도 취미 삼아 이런 걸 만들
었을 것 같진 않고 무슨 목적이 있긴 할 텐데, 드워프의 왕이시라는—
혼자뿐이니, 자기가 왕을 하든 말든!—엘다렌은 알고 가는 걸까, 모르
고 가는 걸까?

설마 박쥐 공습용 대피로는 아니겠지.

"이 길은 어디로 이어지는 거야?"

참다못한 유리카가 물었다. 벌써 반 시간째 천장만 높고, 좌우로는
팔도 움직이기 힘든 좁다란 길을 가는 중이었다. 물론 램프가 켜져 있
을때 살펴본 모습이다. 지금쯤 어떻게 바뀌었더라도 난 모르지. 이제
한 걸음 앞에 대지의 중심으로 곧장 떨어지는 틈새가 있다 해도 난 절
대 모르는 일이야. 음, 다행히 방금 디딘 걸음은 아니었군.

"멈춰. 어떻게든 램프부터 켜고 가자."

나르디가 쭈그리고 앉아 램프를 내려놓자 내가 더듬더듬 배낭 속을 뒤졌다. 자칫해서 기름을 엎지르기라도 했다간 정말 끝장이니까 조심스럽게 만졌다. 엘다렌은 캄캄한 와중에 어떻게 했는지 담뱃불을 붙인 모양이다. 조그마한 불빛이 깜빡이나 싶더니, 곧 희끄무레한 연기가 나타났다.

"담뱃불이라도 가까이 대 봐요."

"그러다가 기름 주머니에 불똥이라도 튀면 큰일 나."

"그러니까 조심조심."

한참을 더듬거린 끝에 불을 붙였다. 어둠 속에서 떠오르는 불빛을 바라보고 있자니 기분이 이상해졌다. 여긴 지상에서 얼마나 떨어진 곳일까?

"엘다렌, 여기가 어디쯤인지 알고 있어요?"

"몰라."

방금 대화는 엘다렌이 나르디의 질문에 대답한 첫 기록이었다. 나르디가 엘다렌에게 뭘 물은 것도 처음이었던가?

물론 훌륭한 대답은 아니었다. 나르디와 유리카가 동시에 반문했다.

"아니, 모른다니요?"

잠시 후 유리카는 어이가 없는지 헛웃음을 흘렸다. 엘다렌은 벽에 기대선 채 파이프만 빨고 있었다. 이제 내가 물을 차렌가?

"아까 거기까진 아는 길이었고요?"

"물론."

"그럼 이제 박쥐도 갈 길로 갔을 테니 되돌아가죠?"

반 시간이나 걸어온 터라 쉬운 일은 아니었다. 그러나 이런 지하 토굴 속에서 갈 곳을 모르는 것과 비교하겠어?

그러나 엘다렌의 대답은 단호했다.

"안 돼."

"왜요?"

"그 박쥐들은 가지 않는다."

"내가 보기에도 좀 이상했어. 엘다, 뭐 아는 것 있어?"

유리카가 묻자 엘다렌은 옛 생각을 더듬는 듯 허공을 올려다봤다.

"많이 늘어났더군. 옛날엔 전부 해 봤자 수백 마리 정도였는데 한 무리가 저 정도라니. 드워프가 사라져 방치된 결과겠지만."

"괴물 박쥔가요? 아니면 변종?"

내가 묻자 엘다렌은 고개를 흔들었다.

"그럼 흡혈 박쥐?"

나르디의 상상력 발휘도 도움이 되지 못했다. 엘다렌은 나르디를 한 번 흘끔 봤는데 둘 사이에 미묘한 신경전이 오가는 듯했다.

"시체를 파먹는 박쥐다. 우린 송장박쥐라고 불렀지. 하루 종일 한 구의 시체를 붙잡고 수십 마리가 깨끗이 먹어치운다. 그러고 나면 몸이 두 배는 불어나고 사납게 변해서 사냥을 떠나지."

"사냥이라면?"

"어린아이부터야. 다음엔 노약자와 부녀자, 더 커지면 성인 드워프까지도 떼 지어 공격하는 종류다. 발전이 빠른 종이라고 할까. 큰 놈은 몸집이 팔뚝만 해지지."

엘다렌은 담담하게 말했지만, 들을수록 끔찍하지 않을 수 없었다.

"2백 년이나 내버려뒀으니 먹이가 없었을 거 아냐? 물론 그동안 아무도 들어오지 않았다면 말이지만."

"먹이가 없었다면 예전에 멸종했겠지. 아니면 다른 데로 옮겨가거나. 지금까지 여기 남은 걸 보면 뭐든 먹은 거 아냐?"

"그런데 사람 잡아 먹는 박쥐치고는 조그맣던걸?"

나르디의 반문에 유리카가 고개를 갸웃거렸다.

"필요한 부분만 먹도록 발전하거나, 아니면 정말로 퇴보했나? 평범한 박쥐처럼?"

"진짜로 평범한 박쥐였을 수도 있잖나?"

나르디는 사람을 잡아먹는 박쥐라는 개념이 좀처럼 머리에서 떠오르지 않는 모양이었다. 그러나 유리카가 말을 잘랐다.

"저것들이 사람을 보자마자 죽기 살기로 덤비는 것 못 보았어? 평범한 박쥐는 놀라 날아다닐지언정, 우리를 사냥 대상으로 보지는 않아. 난 엘다의 기억을 믿어."

물론 나르디도 쉽게 의견을 굽히는 녀석은 아니었다.

"난 아무래도 믿지 못하겠네."

이거야 참, 결론을 내가 내려야 하나?

"유리카, 넌 가던 길로 계속 가잔 거야?"

유리카가 망설이다가 고개를 끄덕였다. 나르디는 고개를 저었다.

"난 돌아가는 쪽. 어딘지도 모르는 길로 갔다가 이런 땅 밑에서 빠져

나가는 길도 모르게 되면 어떻게 하겠나."

"여긴 드워프 족의 고향이야. 길을 잃고 헤매는 일이란 없다."

엘다렌의 확고한 말투도 나르디에게 확신을 주지는 못했다.

"지금 이 길도 모른다고 안 하셨던가요?"

나는 중간에서 혼란에 빠져 양쪽의 얼굴을 쳐다보았다. 나를 제외하고는 모두 자기 의견을 결정한 듯했다.

"이것 참, 왜 나한테 어려운 과제를 주는 거야?"

나는 잠깐 망설이며 불빛에 비친 엘다렌과 유리카, 나르디의 얼굴을 차례로 돌아보았다.

"으음, 그냥 가던 대로 가자."

내가 결정을 내리게 된 가장 큰 동기가 뭐였는지 아는가? 여기서 내가 나르디의 편을 들면 2 대 2가 되어서 또 고민해야 하잖아? 고민하는 것 진짜 싫다고. 더구나 이런 곳에선. 밝은 햇살과 푸른 나뭇잎이 그리워 죽을 지경인데.

양쪽 벽에 부딪치지 않도록 조심하고, 앞사람의 뒤꿈치를 밟지 않도록 신경 쓰며 걷자니 나아가기가 무척 어렵다. 이런 식으로 반 시간 가량 걷고 나니, 평지를 몇 시간 걸은 만큼이나 지쳐버렸다. 그나마 갈림길이 몇 번 없어서 다행이었다. 갈림길이 나올 때마다 우리는 넓은 길 쪽을 택했다. 왜냐고? 드워프 나라에서도 유명한 곳으로 나가야 엘다렌이 길을 알아볼 가능성이 조금이라도 커지니까! 중요한 장소로 가는 길은 대개 큰길 아니겠어?

"어디선가 빛이 비치는 것 같지 않아?"

"정말?"

내가 망토를 건네자 나르디가 그걸로 램프를 가렸다. 자기 의견과 다른 쪽으로 오게 됐지만, 결정된 이상 불평 한 마디 없던 녀석이었다. 어둠에 눈을 익힌 나르디는 곧 말했다.

"정말이야. 앞쪽에서 빛이 비치고 있네."

"우리가 드디어 땅속을 뚫고 맞은편으로 나간 건가?"

농담조로 말하긴 했지만, 빛이 반가운 나머지 우리는 걸음을 서둘렀다. 곧 좁은 미로를 벗어났다.

"햐, 어깨를 펴니 살 것 같아."

다들 한바탕 어깨며 팔을 풀었다. 이윽고 내가 두리번대며 물었다.

"빛은?"

"저기네."

엘다렌이 가리킨 쪽을 보니 우리가 선 곳은 일종의 벼랑이었다. 그리고 그 아래로 펼쳐진 것은…….

도시다!

9. 지하의 파하잔

세상에, 정말 도시였다.

벼랑 아래로 광장과 탑, 갖가지 모양의 집들이 오밀조밀 늘어선 풍
경은 분명 마을이 아닌 도시였다. 햇빛이 들지 않는 지하에 이렇게 커
다란 도시가 존재할 수 있다니!

물론 도시의 모습을 알아본 건 빛이 있어서였다. 도시 한복판에 반
구형 지붕을 가진 커다란 건물이 있는데, 거기서 빛이 흘러나와 도시
전체를 희미하게 비췄다. 가만히 보니 지붕은 투명해서 유리 같은 걸로
만든 건 아닐까 싶을 정도였다. 하지만, 쉽게 깨어지는 유리로 어떻게
지붕을 씌우지?

"왜 저기서 빛이 납니까?"

나르디가 두 번째로 한 질문인데, 아까보다는 나은 대답이 들렸다.

"파하잔에 낮의 빛을 뿌리던 지하의 태양 '펠드로바드 둠' 이다. 아

직까지도 빛을 내고 있을 줄은 나도 생각지 못했군."

"아니 어떻게 2백 년 동안 빛이 날 수가 있습니까? 그것도 도시 전체를 밝힐 정도로요?"

나르디는 놀라움과 흥분을 감추지 못하는 모습이었다. '펠드로바드 돔'에서 나는 빛에 비친 그의 얼굴은 몹시 상기되어 있었다.

"드워프 족의 비밀이었네만……."

엘다렌은 그의 첫 마디에 미간을 찌푸린 유리카를 흘끗 쳐다보더니 처음으로 웃음 비슷한 표정을 지었다.

"이제 자네들한텐 비밀일 것도 없지. 물론 드워프 족이 되살아나 위대한 도시를 재건하게 되면 비밀을 지켜 줘야 해. 드워프의 왕이 종족의 비밀을 발설했다고 알려져서는 큰일 아닌가."

엘다렌의 말투는 참 이상했다. 진지한 것 같다가 끄트머리는 농담조로 들리기도 하고.

"저기엔 드워프 족의 역사상 가장 위대한 발견인 '펠드로바드'가 수만 개도 넘게 쌓여 있다. 세상 어느 종족의 역사를 뒤져보아도 스스로 빛을 내는 광석에 비할 만큼 값진 발견은 없었지. 주먹만 한 펠드로바드 하나가 램프 백 개만큼 강한 빛을 낸다. 방 하나를 밝히려면 손톱 끝만 한 펠드로바드 한 개만 있어도 충분할 정도다. 펠드로바드 광석이 없었다면 우리도 지하에 도시를 건설하려는 꿈은 감히 못 꾸었겠지."

엘다렌이 이렇게 길게 설명하는 것은 처음이었다. 말하는 동안 엘다렌의 얼굴은 잠시나마 과거의 영광을 다시 꿈꾸는 듯 보였다.

나는 앞서 처음 들었던 단어를 물어보았다.

"그런데 파하잔은 뭔가요?"

"드워프 족의 위대한 수도, 지하의 파하잔이다."

유리카가 가만히 옆구리를 찌르며 속삭였다.

"저 도시의 이름이지 뭐겠니?"

나는 벼랑 끝으로 가서 '위대한 수도, 지하의 파하잔'을 살펴보았다. 규모로 보자면 인간들의 도시에 댈 것이 아니었지만, 잘 구획 지어진 도로와 크고 작은 집들은 놀랄 만큼 균형 있고 아름다웠다. 대부분의 집은 드워프 족을 닮은 듯 야트막했고, 각진 옹벽과 단순한 지붕을 지니고 있었다.

눈에 띄는 특이한 건물도 있었다. 둥그스름하게 자리 잡은 도시의 네 귀퉁이에 가느다란 첨탑이 하나씩 섰고, 집들 사이에는 눈에 띄게 널찍한 꺾쇠 모양의 집이 네 군데 있었다. 널찍해서 더 납작해 보이는 이 집들은 물매 경사가 거의 없는 지붕에 벽도 지붕도 온통 새카맸다. 무엇에 쓰는 집일까?

이윽고 펠드로바드 둠에서 나오던 빛이 점차 밝아지며 은은히 파하잔을 감쌌다. 지하의 태양이 만드는 낮과 밤, 그중 여명이 다가오는 중이었다. 펠드로바드 둠을 중심으로 긴 그림자들이 원형으로 뻗어나갔다. 밖의 시간과 같다면 지금은 새벽, 잠들어 있던 드워프들도 일어나 움직이기 시작할 때일 테지. 그들이 있다면. 우리가 본 것이 2백 년 된 고요가 아니라 단지 하룻밤 잠이라면.

"나스 라울 파랄다크……."

나르디의 입에서 흘러나오는 낯선 말에 뒤를 돌아보았다. 나르디는 홀린 표정으로 지하의 태양이 되살아나는 광경을 바라보고 있었다. 이 날의 새벽이 그의 마음을 움직인 듯했다.

"그건 무슨 말이야?"

"대지의 심장. 세상에는 네 수도가 있으니, 그를 일러 고귀한 순백의 보석, 찬란한 세르네즈의 화관, 지고한 검은 왕홀, 그리고 묻히지 않는 대지의 심장이라고 하네. 차례대로 달크로즈, 하라시바, 차크라타난, 파하잔을 가리키는 말이지. 예전에 음유시인한테서 들은 일이 있어."

"녹색 띠를 두른 트루바드, 나이하 올빈의 노래에서 나온 말이다. 파하잔을 맨 끝에 놓은 것이 마음에 안 들긴 하지만 그자의 시는 쓸 만한 것이었지. 어쨌든 볼일이 있으니 저곳에 잠시 들러 가자."

엘다렌은 이곳에 오고 나니 다른 드워프가 된 듯했다. 앞으로 해야 할 질문이 있다면 오늘 다 해둬야 할 듯했다.

"그런데 어떻게 내려가나요?"

"음, 글쎄."

물을 수 있다고 능사는 아니로군.

하지만, 내려갈 길은 비교적 쉽게 찾을 수 있었다. 벼랑 끝에 서서 조심스럽게 아래쪽을 내려다보니 왼쪽 벽에 통로가 뚫려 있었다. 거기서부터 벽을 타고 지그재그로 계단이 있어서 바닥까지 이어졌다. 통로의 위치를 보아하니 미로 속에서 우리가 마지막으로 만났던 갈림길이 저기로 이어져 있을 것 같았다.

"아니 드워프의 왕이 수도에서 길도 몰라요?"

내가 지분댔지만 엘다렌은 화내지 않았다. 다만 이렇게 대답했을 뿐이다.

"왕은 대로(大路)만 알고 다니지."

처음에 한 말하고 영 다르군. 들어오기 전엔 왕이 길도 모를 것 같으냐고 큰소리치더니만.

우리는 앞의 미로로 되돌아 들어가서 곧 봐둔 구멍으로 나올 수 있었다. 검은 돌로 만들어진 계단은 까마득히 길었다. 자칫 굴러 떨어졌다가는 다리 하나 부러지는 걸로 끝날 것 같지 않았다. 그런 계단을 걸어 내려가자니 현기증이 날 지경이었다.

"난간은 왜 없죠?"

"난쟁이는 원체 키가 작으니까 이런 데서 굴러 떨어질 염려는 없거든."

물론 엘다렌의 대답이 아니라 유리카가 놀리듯 꺼낸 말이었다. 엘다렌이 어깨를 으쓱해 보이며 말을 받았다.

"드워프들은 어디서든 용감하지."

그 말을 들으니 문득 옛이야기가 떠올랐다.

"전설에서 듣기로 드워프는 높은 곳을 두려워한다던데요?"

맨 앞에서 성큼성큼 나아가던 엘다렌이 대꾸했다.

"거짓말이다."

헤에, 쉽게도 말하는군.

계단은 한 단 한 단이 정확하게 다듬어져 있고 간격이나 높이도 똑같았다. 하지만, 그 단이란 게 드워프의 다리 길이에 알맞게 만들어져 있으니 문제였다. 한 단씩 디디려니 종종걸음이고, 두 단을 한꺼번에 내딛기엔 좀 높고, 덕분에 신경은 두 배로 쓰였다.

"높이가 웬만했으면 그냥 뛰어내리는 건데. 영 신경 쓰이는 계단이 란 말씀이야."

내가 말하자, 나르디가 갑자기 눈을 짓궂게 반짝이더니 제안했다.

"우리 여기서 누가 빨리 내려가나 내기하지 않겠나?"

"뭐야? 이런 계단에서 잘못해서 떨어졌다간 끝장이라고!"

"겁이 많군. 그렇게 걱정이 된다면 자네가 먼저 출발하게 해 주지. 어차피 지금도 내 앞에서 가고 있잖아."

"야, 나르디 너……."

"뭐야, 나만 빼놓기야? 나도 같이 할 거야."

유리카까지 동조하더니 옷자락을 살짝 걷어 올리면서 장난스럽게 달릴 준비를 했다. 또 끼어드는 목소리는…….

"출발 신호는 내가 해 줄게!"

오오, 이게 얼마 만에 듣는 주아니 목소리야?

그러나 내가 감동한 것에는 아랑곳없이, 주아니는 준비고 뭐고 하기 도 전에 출발 신호를 내리고 말았다.

"준비, 시, 작!"

"부, 불공평해!"

불평하고 있을 틈은 없었다. 벌써 나는 듯이 계단을 내려가기 시작 한 두 악당을 내려다보며, 나오던 한숨조차 순식간에 내쉬고 뒤따라 뛰 는 수밖에 없었다.

"인간 족의 젊은이들이란."

엘다렌이 한심한 듯 혀를 찼다. 우당탕탕 계단을 뛰어 내려가다가 문득 떠오르는 게 있어서 나는 외쳤다.

"야, 주최 측! 이기면 상품은 뭐냐아!"

다행히도 셋 다 계단에서 떨어지는 불상사는 당하지 않았다. 대신 한 걸음에 네 단씩 뛰어 내려간 나르디는 발목이 시큰거린다고 했고, 지그재그로 엇갈린 아래 계단으로 두 번이나 뛰어내린 유리카는 치맛자락을 한 뼘이나 찢어버렸으며, 그럼에도 불구하고 1등이 된 나는 내 키의 세 배나 되는 곳에서 뛰어내린 결과 장화 가죽을 잇댄 부분이 쫙 갈라져 버렸다.

"쯧쯧, 꼴이 말이 아니군."

엘다렌의 감상과는 달리 우리는 먼지투성이 바닥에 주저앉은 채로 치열한 논쟁을 벌였다.

"유리카, 파비안, 너희 둘 다 반칙이라고!"

"반칙은 무슨. 그건 그렇고 주최 측은 상품 안 주나?"

"주최자가 누군데?"

"먼저 하자고 했던 나르디 아냐?"

나르디는 싱긋 웃더니 뒤따라 걸어 내려온 엘다렌을 가리켰다. 정확히는 엘다렌의 주머니를 가리켰다.

"출발 신호 한 쪽이 주최 측 아닌가?"

우리는 동시에 주아니를 향해 외치기 시작했다.

"선물 줘, 선물 줘."

"2등상은 없나?"

"반칙 판정은?"

"자, 장난은 그만둬."

주아니는 당황해서 주머니 속으로 쏙 들어가더니 한동안 나오지 않았다. 우리는 키득대면서 자리에서 일어나 옷을 털었다.

오랫동안 들어온 사람이 없었던 탓인지 바닥에는 붉은 흙 같은 먼지가 곱게 내려앉아 있었다. 도시 쪽으로 걷자 희미한 발자국 주위로 먼지가 풀썩이며 떠올랐다.

가까이 가자 파하잔은 벼랑에서 내려다보며 생각한 것보다 훨씬 규모가 컸다. 이윽고 우리는 외벽으로 둘러싸인 도시의 입구 앞에서 걸음을 멈췄다. 보아하니 문도 달려 있었을 듯한데, 남은 것은 아치형 뼈대뿐이었다. 뼈대만으로도 저렇게 튼튼해 보이는데, 문은 대체 어디로 가버렸을까?

문은 아마 나란히 세 개였을 듯했다. 엘다렌이 고개를 들기에 우리도 위를 올려다보았다. 문틀에는 지붕처럼 박공이 달려 있는데, 박공벽에 뭔지 모를 문자와 함께 움푹 팬 자국이 여러 개 늘어서 있었다.

"침입자가 있었나."

엘다렌이 안으로 들어가자 유리카가 따라가며 물었다.

"뭐가 없어졌어?"

"박공벽에 박혀있던 보호석들이 사라졌군."

"보호석? 에멕 루아의 보호석들?"

"모두 다섯 개였지."

영문 모르는 나와 나르디는 유리카를 따라가 '에멕 루아의 보호석'이 무엇인지 물어봤다.

"과거엔 마법사가 축복을 걸어준 보석을 마을이나 도시 입구에 장식해 놓는 습관이 있었어. 그런 것을 보호석이라고 해. 그렇지만 그야말로 옛날 얘기고 2백 년 전에도 그렇게 하는 곳은 드물었을걸. 마을을 보호하는 돌이라고 해서 도둑들이 그냥 내버려두는 시절은 옛날에 지나갔으니까. 요즘 도둑이 어디 그런 것 가리니? 그렇지만, 파하잔은 도둑들이 쉽게 올 수 없는 곳이니 옛 습관이 그대로 남아 있었나봐."

"그럼 에멕 루아는 마법사야?"

"마법사이긴 하지만 그냥 마법사는 아니지. '루아'라는 말은 왕을 뜻하거든. 나도 더 자세한 건 몰라. 파하잔의 보호자가 에멕 루아라는 걸 알고 있을 뿐이야."

"달크로즈 성문에도 그런 보석이 있어."

갑자기 나르디가 끼어들었다.

"예전에 왕성 근처에 갔다가 성문 위에 푸른 보석이 열 개인가 장식되어 있는 걸 봤네. 그런데 그건 에멕 루아가 아니라……."

"레 클로슈의 보호석이었겠지."

"어떻게 알고 있…… 레 클로슈가 누군데?"

나르디의 말이 좀 이상한 듯했지만, 유리카 때문에 금방 잊어 버렸다. 유리카는 휘적휘적 나아가는 엘다렌을 뒤따라가다가 멈춰 섰는데, 도시의 네 귀퉁이에 있던 첨탑 중 하나를 바라보고 있었다. 그녀의 표정이 의아해지더니 이윽고 흐려졌다.

"왜 그래, 유리?"

유리카는 시선을 돌리지 않은 채 먼저 물었던 것에 답했다.

"레 클로슈는 달크로즈를 지키는 전설 속 무녀의 별칭이야. 이스나에-드라니아라스들과 함께 달크로즈 성을 세웠다고도 해. 그러니까 달크로즈의 보호석들에 축복을 걸어준 것이 그녀지. 보통은 엘리종이라는 이름으로 알려져 있지만 그것도 진짜 이름이 아니라는 말도 있어. 듀나리온은 그녀를 '최초의 듀나리온' 이라고 부르면서 존중하고 있는데 '흰옷의 엘리종', 또는 '흰 무녀' 라고 기록된 걸 보면 정말로 듀나리온의 시조였는지도 모르지. 전설로 내려오다 보니 책마다 기록된 연대나 행적이 달라서 실제로 존재했던 사람이 아닐 수도 있겠다 싶지만, 그녀의 업적 중에 누구나 알고 있는 것이 하나 있지."

"뭔데?"

"그녀가 남긴 예언시들. 가장 유명한 게 바로 '녹보석의 기사' 야."

"아, 그걸 그녀가 쓴 거야?"

나는 진심으로 놀라서 그렇게 물었다. 유리카는 고개를 끄덕이며 다시 걸음을 옮기기 시작했다. 첨탑은 왜 쳐다본 걸까? 궁금해져서 나도 첨탑 쪽으로 고개를 돌려보았다. 검은 돌로 지은 첨탑은 입구가 약간 부서진 것을 제외하면 아무런 문제도 없어 보였다.

파하잔은 붉은 먼지의 도시였다.

아니지, 도시를 만든 돌이 붉은 건가? 2백 년 동안 그 돌이 풍화되어

나온 먼지 때문에 온 도시가 붉어 보이는 걸까?

파하잔은 처음부터 면밀히 계획해서 세운 도시처럼 보였다. 사람이 먼저 살면서 자라난 도시라면 이렇게 길이 널찍하고 반듯할 수가 없었다. 집들의 배치에도 일관성이 엿보였다. 걸어 들어갈수록 크고 정교한 집들이 나타났는데, 외벽이 닳아 있는 것과는 반대로 무너지거나 부서진 건물은 보이지 않았다. 작은 집들은 야트막하고 단단했으며, 큰 집들은 웅장하면서도 실용적이었다.

그러나 생명은 살지 않는 도시.

집들은 가까이 서 있는데도 모두 멀어 보였다.

"2백 년이나 돌보지 않았다는 얘기가 믿어지지 않아."

둘러볼수록 감탄이 절로 나왔다. 어쩌면 이렇게 잘 보존되어 있을까? 인간들이 사는 도시라면 2백 년 동안 내버려두면 저절로 사라져버렸을 텐데.

생각에 잠겨 걷던 나는 모두 멈춘 것을 깨닫지 못하고 두어 걸음 더 걷다가 멈추어 섰다. 영문을 몰라 돌아보려다가 문득 고개를 드는 순간이었다. 말문이 막혀 버렸다.

"세상에, 저걸 드워프들이 만들었단 말이야?"

큰 길이 방사형으로 갈라지는 곳까지 온 우리의 눈앞에는 내 키의 4, 50배에 달하는 엄청난 기념물이 서 있었다. 거대한 드래곤의 조각상이었다.

"드워프가 아니면 누가 만든단 말인가."

엘다렌은 당연하다는 듯 대꾸할 따름이었다. 나는 올려다보는 우리를 쏘아보며 맹렬히 발톱을 내뻗은 드래곤을 홀린 듯이 바라보았다. 온몸이 새카맣고, 붉은 눈알은 파하잔 전체를 단숨에 쓸어버리겠다는 듯 섬뜩한 빛을 발했다. 드래곤이라는 생물체는 말로만 들었지 조각이나마 보는 것은 처음이었다. 그것도 저렇게 생생한 조각이라니.

글이나 그림 속의 드래곤과는 달랐다. 산 것도 아니고 본떠 만들었을 뿐인데도 압도적인 충격을 표현할 말을 찾기 힘들었다. 저렇게 커다란 생물이 하늘을 난다고? 무슨 수로? 아니, 그보다 저렇게 엄청난 생물이 어떻게 존재할 수가 있지?

무엇보다도, 저런 생물에 맞서 싸운 인간이나 엘프, 드워프가 있었다는 이야기는 정말 가능한 일인가?

왜 드워프의 도시에 드래곤을 조각해 놓았는지도 의아했다. 도시를 수호하는 의미로 만들었다고 보기에는 지나치게 공격적인 모습이었다.

"혹시 저것이 옛날에 지상의 드워프 수도를 덮쳤다는 그 드래곤입니까?"

나르디가 조심스럽게 한 말을 듣고 나는 깜짝 놀라 돌아보았다.

"아니, 자기들의 적을 저렇게 커다랗게 조각해서 수도에 세워 둘 리가 있겠어?"

그렇게 말하며 엘다렌의 얼굴을 보는데, 놀랍게도 그의 고개가 끄덕여졌다.

"그렇다. 달 갸라누, '라베닌드의 천벌'이라고 불리는 드래곤이지. 파하잔이 만들어지기 전 지상에 세워진 수도였던 '천년의 라베닌드'는 달 갸라누의 습격으로 파괴되어 자취조차 사라졌다."

나는 얼떨결에 물었다.

"왜 천년의 라베닌드죠?"

"그 도시가 처음 만들어졌을 때, 견고한 위용을 보고서 모두 천년은 끄떡없는 수도가 되리라고 칭찬했지. 그러나 라베닌드는 백 년도 가지 못했다."

속으로 괜히 물었다고 생각하며 우물거리는데, 나르디가 내가 하고 싶던 질문을 대신해 주었다.

"왜 그런 드래곤을 저렇게 정성 들여 만들어 놓은 겁니까?"

"징표지."

"징표?"

엘다렌은 달 갸라누의 이야기를 내켜하는 눈치가 아니었다. 드워프 족에게 달가울 수 없는 기억이라는 것은 이해가 간다. 그런데 그런 걸 왜 잊을 수도 없도록 저렇게 세워 둔 거야?

유리카가 엘다렌 대신 말했다.

"드워프들은 라베닌드에서 일어난 일을 잊지 않으려 해. 괴롭지만 자신들의 오만에 대한 대가였다고, 달 갸라누의 조각을 볼 때마다 뼈 저리게 깨닫는 거야. 파하잔이 왜 햇빛 아래 아름다움을 자랑할 수 없는 지하에 지어졌겠어? 대지의 심장이라는 별칭을 듣고는 있지만 많은 사람이 파하잔에 와본 것은 아니야. 라베닌드의 영광을 보았던 사람들이 라베닌드를 꼭 닮았다는 파하잔의 모습을 세상에 전했을 뿐이지. 드워프들은 라베닌드 때와는 달리 파하잔을 어디에도 자랑하지 않았어."

유리카는 어느새 달 갸라누의 조각으로 다가가 뒷발을 쓰다듬어 보고 있었다. 세상에, 쳐다보기만 해도 끔찍한 저 드래곤의 발 앞으로 가고 싶은 마음이 난단 말이냐. 검은 옷의 유리카가 검은 드래곤의 발 사이에 서 있으니 보이는 거라곤 은빛 머리와 얼굴뿐이었다.

엘다렌의 회한 어린 목소리가 들려왔다.

"드워프들은 여전히 사라진 라베닌드를 사랑한다. 나는 라베닌드의 영광을 보지는 못했어. 파하잔에서 태어나 달 갸라누의 이야기를 들으며 자란 드워프니까. 그러나 드래곤은 증오나 복수의 대상이 될 만한 존재가 아니다. 벼락을 맞아 집이 무너졌대서 하늘을 바라보며 복수를 다짐하는 자가 있겠나? 달 갸라누는 드워프에 대한 분노나 원한을 품고 있지 않았다. 마치 자연의 섭리인 양 라베닌드를 부수었을 뿐이야. 드워프들이 만천하에 자랑했던 천년의 라베닌드, 그 오만에 찬 이름은 드워프들이 직접 붙였던 것이지. 인간 족의 이름 높은 수도들보다 더 찬란하게, 역사의 무게를 재주만으로 뛰어넘으려 했던 욕심은 대가를 받았다. 갓 만들어졌던 도시에 붙인 이름, '천년의 라베닌드'. 천년을 이어 온 다른 수도들에 어떤 축복이 필요했는지 드워프들은 백 년도 지나기 전에 깨달을 수 있었다. 세월의 축복이란 살아 있는 자들이 발버둥 친다고 만들어 낼 수는 없는 것이지."

그제야 파하잔을 바라보는 엘다렌의 기분을 좀 더 분명히 알 수 있을 듯한 느낌이 들었다. 손쓸 수 없는 재앙으로 파괴된 도시의 역사를 들으며 자란 자가, 자기 세대에 다시 멸망해 가는 도시를 보는 기분을 말이다.

시간은 왜 이토록 드워프 족에게 가혹했지?

엘다렌은 달 갸라누의 석상 앞에서 한동안 움직이지 않았다. 복수를 다짐하는 자의 모습도 아니고 괴로움에 말을 잊은 것도 아니었다. 유리카도 나르디도 말이 없었다.

나는 달 갸라누의 머리를 바라보며 생각했다. 한 세대의 참화를 딛고 일어섰던 드워프 족은 또다시 건설한 고향이 유령 도시가 되어 잊혀가도록 내버려둘 수밖에 없었다. 재생력의 소멸이라는 어처구니없는 저주 앞에서. 재생력은 왜 사라졌나? 이번에도 드워프 족이 뭔가에 오만했기 때문인가? 세상에 모든 오만한 자들이 저렇듯 참담한 대가를 받는다면, 왜 세상은 그토록 예의 없는 자들로 가득 차 있지?

달 갸라누는 자신이 천벌을 내린 자라도 되는 양 오만한 머리를 들어 파하잔을 굽어보고 있다. 아니야, 이렇게 끝나는 건 말이 안 돼.

"엘다렌."

불렀지만 그는 미동도 하지 않았다. 안다. 벌써 익숙하다고.

"파하잔의 왕이여."

그제야 그의 고개가 약간 움직인 듯했다.

"드워프 족은 반드시 되살아날 것입니다. 그리고 파하잔이 달크로즈만큼 유서 깊은 수도가 될 때까지 긴 역사를 써나가겠죠. 분명 그렇게 되도록 예정되어 있을 겁니다. 같은 종족에게 두 번이나 닥치는 재앙이라니 너무 심해. 이렇게 끝나도록 되어 있을 리가 없어……. 무슨 일이 있어도 드워프 족이 되살아나 번영하는 것을 보고야 말겠어요. 비록 아직 아무 힘도 없지만 아룬드나얀의 주인…… 으로서 약속하고 싶습니다. 드워프들로 가득한 파하잔에 꼭 와보겠다고 말입니다."

돌이켜보건대 내가 스스로를 '아룬드나얀의 주인'이라고 칭하면서 뭔가를 맹세하기는 처음이었다. 그러나 나는 그런 것조차 느끼지 못하고 있었다. 처음 느낀 불공평한 '자연의 섭리'라는 것에 몹시 분개했던 까닭이다. 난 불공평한 것은 아주 질색이다. 내 얘기든 남의 얘기든, 우선순위는 있을지언정 결코 못 참는다.

엘다렌은 고개를 들어 나를 바라보았다.

"보잘것없는 어린아이라 하더라도 진심으로 하는 맹세는 사라지지 않는 법이다. 게다가 자네는 타로핀으로 만든 아룬드나얀의 주인, 그 이름을 걸고 하는 맹세는 어쩌면 왕이 하는 맹세만큼이나 무거울 터. 정말로 약속하는가?"

한번 한 말에 번복이란 없지.

"물론입니다."

엘다렌은 무거운 표정으로 나를 바라보았다. 그러나 동시에 무언가를 찾아내려는 듯 내게 시선을 못 박고 있었다.

"타로핀은 맹세를 한 자에게 그걸 지켜낼 기회도 가져다준다는 이야기를 아는가? 맹세한 이상 어떠한 방식으로든 기회는 온다. 그러나 살아 있는 자의 마음은 타로핀처럼 굳지 못하네. 상황이 바뀌면 결심이란 달라지기 마련. 그러나 타로핀은 그런 사람의 사정을 모른다. 준 만큼 되가져간다는 건 불변의 섭리지. 타로핀은 맹세자에게 원하는 기회를 주고, 그걸 받지 않은 자에게는 다른 것을 주어 갚을 것이네. 그래서 타로핀을 건 맹세는 번복할 수 없다고 하는 것이다."

왜 저렇게 겁을 주지?

"약속한다니까요."

장화 가죽이 갈라져서 걷기가 불편했다. 흙이 자꾸 신발 안으로 들어왔다. 내가 맨 뒤에 처지고 있는 것도 다 그 때문일 거야.

엘다렌은 목적지가 있는 듯 망설이지도 않고 이 거리 저 거리로 꺾어지고 접어들었다. 우리는 뒤따라가기만 하면 되었는데, 그러는 동안 두리번거릴 만한 볼거리들이 많았다.

조금 전까지 있다가 잠깐 자리를 비우기라도 한 것처럼, 음식을 먹던 자리가 펼쳐져 있었다. 물론 2백 년 동안 음식들은 자취를 감추었고, 삭아들어 가는 그릇들만이 자연스럽게 늘어 놓여 있었다. 마시고 내려놓은 잔, 식사가 끝난 접시에 놓였을 법한 엇갈린 나이프와 포크, 누군가가 일어서면서 비스듬하게 벌어진 의자, 풀밭에 떨어져 있던 꼬마의 턱받이…….

"모두 급하게 떠난 걸까?"

내가 중얼거리자 유리카가 말했다.

"마지막 날, 엘다는 이 자리에 없었어. 재생력이 사라졌음을 확인하고 나서 그는 종족의 재앙을 막아보고자 에제키엘과 함께 여행을 떠났지. 물론 나도 함께였고. 왕이 없는 난쟁이들은 엘다가 뽑은 섭정이 돌보았는데, 그 즈음 스조렌 산맥의 지상 영역을 지배했던 마브릴 왕가는 파하잔이라는 지하도시가 몹시 탐이 났던 모양이야. 어느 날 엘다의 허락도 없이 그들의 왕령이 떨어져 난쟁이들은 모조리 지상으로 이주해야만 했어. 그것도 단 하루 만에! 이렇게 챙겨가지 못한 물건들이 어질러져 있는 것도 무리는 아니지."

난쟁이들에게 가혹했던 것은 세월만이 아니었다.

"그런데 빼앗아 놓고 왜 이렇게 내버려 둔 거야?"

"글쎄, 나도 잘은 모르겠다. 어떻게든 써보려고 하다가 인간의 체질에 맞지 않은 도시임이 판명되었겠지. 인간은 난쟁이들처럼 햇빛을 안 보고 오랫동안 살지 못하니까. 물론 그러고도 그럭저럭 이용할 수는 있었겠지만, 결국 이렇게 버린 걸 보면 그들은 아마 결정적인 것을 몰랐을 거야."

"결정적인 것?"

"펠드로바드 둠은 난쟁이들이 만든 걸작이지. 하루의 변화뿐 아니라 계절과 날씨의 변화까지 반영되는 정교한 장치라고 알고 있어. 그걸 아무나 조절할 수는 없거든. 드워프들이 비록 억지로 이주하게 되었다 해도 자기 종족의 비밀을 함부로 발설할 만큼 경솔하거나 신의 없는 자는 없어."

그래, 저 빛이 2백 년간 방치되어 있는 걸 보면 알겠다.

"옮겨간 난쟁이들은 어떻게 되었지?"

나르디가 물었다.

"그들 가운데 아주 일부만이 엘다가 돌아올 무렵 파하잔으로 되돌아왔어. 그들이 엘다와 함께 잠들었다는 자들이야. 나머지는 어딘가에서 살아가다가 소리 없이 사라져 갔겠지."

"엘다렌, 마브릴 족이라면 몹시 미워하겠는데?"

내가 말하자 유리카는 고개를 흔들었다.

"그렇지도 않아. 그는 몇몇 사람의 잘못을 전체에게 물을 정도로 편협한 난쟁이가 아니거든. 그렇지만 마브릴 왕가라면 그도 치를 떨지."

"충분히 이해가 가."

우리가 거기까지 말했을 때 엘다렌이 걸음을 멈췄다. 그는 저만치 앞서 나아가 있었는데 우리에게 빨리 오라고 손짓했다. 그에게 뛰어가자니 주위가 고요한 탓에 내 발소리가 도시 전체를 울리는 기분이었다. 여기서 이런 발소리가 마지막으로 울린 건 언제였을까 생각해보았다.

"찾던 곳인가요?"

엘다렌은 고개를 끄덕이며 그 집으로 발을 들여놓았다. 앞에 서서 올려다보니 대장간 같은데 뭐가 이렇게 큰가 싶었다. 벼랑에서 내려다 볼 때 이상하게 여겼던 검은 집들 중 하나였다.

유리카가 말했다.

"들어가자."

우리는 뒤 따라 들어갔다.

대장간이라고 했던 말은 정정하겠다. 중앙 통로를 중심으로 네 방으로 나누어진 이곳은 대장장이들의 왕궁, 금속의 천국이라고 할만 했다.

첫 번째 방을 들여다보자 2백 년쯤은 우습다는 듯 날이 선 도끼, 검류, 창, 철퇴 등 온갖 무기들이 걸쇠에 걸려 우리를 기다리고 있었다. 다른 쪽에는 곡괭이, 삽, 쟁기 따위의 농기구들, 그 옆의 통에는 화살촉으로 보이는 날카로운 쇳조각들이 가득했다.

두 번째 방은 작업실인 듯 커다란 모루 일곱 개와 평범한 사람은 들어올리기도 힘들어 보이는 메, 쇠를 들어내는 커다란 집게 등이 놓여 있었다. 고향에서 보던 것보다 몇 배는 정교한 풀무도 보였다. 수십 개의 숫돌도 나란히 정리된 채 놓여 있었다. 한때 기름과 땀이 흘렀을 가죽 앞치마들과 형체를 알아볼 수 없게 변한 수건 조각들도 있었다.

얼마나 오랫동안, 다시 저들을 움직일 손을 기다리고 있는 것일까.

이상하게도 눈물이 흐를 듯했다. 실제로 그랬다는 것이 아니라 지금은 사라져버린 대장간의 열기가 오래된 기구들에서 녹아 나와 눈동자를 빨갛게 달구는 기분 때문이었다.

그러나 화덕은 옛일 따위 다 잊은 듯 잠들어 있었다.

"파하잔의 네 화덕에서 나온 물건이라고 하면 가격 흥정도 않는다는 말이 있었지. 물론 2백 년 전 이야기지만. 여기는 동쪽 화덕인가?"

유리카가 묻자 엘다렌은 고개를 끄덕이고 익숙한 걸음걸이로―그렇게 익숙하다는 것이 얼마나 회한에 찬 일인지 모르겠다―안으로 들어가 죽 둘러보았다. 돌바닥에는 먼지가 쌓였지만 물건들은 지금이라도 손질하면 쓸 수 있을 것 같아 보였다. 엘다렌은 물건들을 일일이 살펴봤지만 어느 하나도 직접 만지지는 않았다.

이윽고 엘다렌은 숨을 한 번 크게 들이쉬고는 돌아섰다.

"가자."

우리는 동쪽 화덕―난쟁이들이 파하잔의 네 대장간을 '화덕'이라고 부른다는 것도 알게 됐다―의 가장 안쪽 방 앞에 섰다. 다른 방과는 달리 검은 칠이 된 문이 닫혀 있었다. 커다란 자물쇠도 걸려 있었으나 엘다렌이 도끼로 한 번 내리치자 간단히 떨어져 나갔다.

"창고인가 보죠?"

내 질문은 쓸데없는 것이었다. 풀썩, 떨어져 나가듯 열린 문 안쪽으로 천장까지 쌓인 나무 상자들이 보였다. 갑작스런 침입에 놀란 듯 흰 먼지가 빛 속을 뱅글뱅글 돌았다.

"파하잔의 네 화덕이 품은 보물들이야."

유리카의 말에 엘다렌이 대꾸하듯 말했다.

"원하면 열어 봐라."

우리는 이유 모를 기대감에 찬 상자들을 열기 시작했다. 상자는 네 단으로 된 선반에 차곡차곡 쌓여 있었는데, 아래쪽부터 차례로 끌어당겨 열어 보았다. 상자들은 묵직했거니와 오랫동안 내버려둔 터라 잘 열리지도 않았다.

"멋진 단검인데? 나르디, 네가 말도 안 되는 이유로 내버린 것보다 훨씬 멋져."

나는 몇 개의 상자를 뒤진 끝에 기가 막히게 아름다운 순금 단검을 발견했다. 흰 비단에 싸인 단검을 들어 올리자 붉은 루비가 박힌 자루에 금빛 나뭇잎들이 곱게 수놓아진 것이 보였다. 실과 바늘로 했대도 이보다 정교할 수 없을 듯했다.

"이걸 봐! 삼지창인가?"

나르디가 내민 것은 그지없이 매끄러운 강철 단창이었다. 윤기 흐르는 검은 표면을 손가락으로 쓰다듬자 보통의 몇 배나 되는 제련을 거쳤음을 단번에 느낄 수 있었다. 세 갈래 창날은 돌 벽에 글자라도 새길 수 있을 만큼 번뜩였다.

"어라? 이건 왜 칼집밖에 없지?"

나는 이어서 연 상자에 덩그러니 든 칼집을 집어 들었다. 칼집에 새겨진 세공을 보니 칼도 멋진 물건일 것 같은데.

유리카가 말했다.

"그건 본래 칼집만 만든 거야. 어떤 훌륭한 칼의 여벌 칼집이었겠지. '칼집밖에'라고 말하면 만든 장인이 섭섭해 한다고. 다른 장인이 검을 만들 때보다 더한 정성을 쏟은 물건일 테니까 말이야."

"그런가."

나는 새삼 칼집을 허공에서 이리저리 돌려보았다. 검은 바탕에 흰 무늬들이 특이한 곡선을 그렸다. 그런데 이 모양은 지금 보니······.

곁으로 다가온 엘다렌의 목소리가 들렸다.

"달 갸라누로군."

헤에.

정말로 드래곤의 몸과 눈, 발톱 등을 교묘하게 배치해서 새긴 칼집이었다. 세상에, 정말 예술 작품이라고 할 만하군.

엘다렌은 창고에 들어온 이래 그 한마디만 했을 뿐, 혼자 선반 앞을 왔다 갔다 하면서 뭔가를 찾는 눈치였다. 이윽고 그는 구석에서 사다리를 집어다 놓고 올라서더니 맨 꼭대기에 놓인 상자에 손을 내밀었다.

"조심해요."

그러나 드워프는 자기 몸보다 더 커 보이는 상자를 한 손으로 집어 가볍게 옆구리에 끼고는 척척 사다리를 내려왔다.

그게 뭔지 궁금해진 우리는 각자 보던 것을 내버려두고 상자 앞으로 모였다. 잠긴 것 같진 않은데 엘다렌은 상자 여기저기를 조심스럽게 매만지더니 한참만에야 뚜껑을 열었다.

"특별한 방법으로 잠긴 상자야. 겉으로 보기엔 잠금장치가 안 보이지만 그냥 열 수는 없지. 상자 구석구석에 만든 사람이 아니고서는 쉽게 알 수 없는 장치들이 있어서 그것들을 모두 맞추어야만 열려."

유리카의 부연설명을 듣자니 더 호기심이 생겼다. 엘다렌은 뚜껑을 내려놓고 위를 덮은 천을 치웠다. 다른 상자들은 벨벳 같은 좋은 천으로 감싸져 있었는데, 이번만은 단순한 검은색 면 보자기였다. 그 아래에서 이상하게 생긴 물건이 드러났다.

"이게 뭐지?"

두 개의 쇠막대기가 있고, 또 하나는 자루가 별나긴 해도 달린 건 도끼날인데. 아, 자루가 다른 쇠막대기하고 똑같네?

엘다렌은 세 조각을 다 꺼내더니 두 개의 막대를 빙글빙글 돌려 연결하고 도끼가 달린 쪽을 맨 위에 끼웠다. 그제야 나는 물건의 정체를 알아보았다.

"할버드(halberd)?"

"저렇게 분리가 되는 할버드가 있다고?"

나르디도 기가 막힌 듯 엘다렌의 손에서 탄생한 할버드를 바라보았다. 완성된 할버드는 길이만으로도 내 키를 넘었고, 그 끝에 달린 검은 도끼날은 사람의 머리뼈를 쪼개고 남을 정도로 큼직했다.

굉장한 물건이다. 엄청난 파괴력이 잠재된, 괴물에 가까운 물건이

다. 창의 굵기나 도끼의 무게로 보아 웬만한 사람은 사용할 엄두도 못
내겠다. 설마하니 저걸 엘다렌이 쓰려는 것은 아니겠고.

나와 나르디가 분리형 할버드라니 싸우는 도중에 자칫 다시 분리되
기라도 하면 어쩌느냐, 운반하기엔 편리하겠지만 싸울 때는 장담 못한
다, 등등 토론을 벌이는 가운데 유리카가 일어서더니 할버드를 받아 들
었다. 물론 할버드는 그녀가 두 손으로 쥐어야 간신히 바닥에 세울 수
있었다. 유리카는 그걸 껴안다시피 세워 잡고는 도저히 믿을 수 없다는
눈빛으로 엘다렌을 보았다.

"이걸 여기에 갖다 두었단 말이야?"

엘다렌이 따라 일어서더니 도로 할버드를 받아 들었다. 사실 받아
들었다기보다는 쓰러지지 않게 밑을 괴어 놓은 모양새에 가까웠다.

"유리카, 아는 물건이야?"

유리카는 갑자기 아주 환한 미소를 떠올렸다. 굉장히 희망적인 것을
생각해 낸 사람처럼.

"그럼. 너도 곧 알게 될 걸."

엘다렌은 우리가 문제의 할버드를 제대로 만져 보기도 전에 순식간
에 원래대로 분리해서 보자기로 싸더니 자기 배낭 안에 넣어 버렸다.
그는 볼일을 다 보았다는 표정으로 말했다.

"다른 곳으로 간다."

엘다렌은 상자를 다시 선반 위에 얹어 놓고 휙 나갔다. 유리카는 만
지던 상자를 제자리에 챙겨 넣으면서 고개를 숙인 채 또다시 어린애처
럼 기뻐 어쩔 줄 모르는 웃음을 지었다. 나와 나르디는 영문도 모르고

따라 웃을 수밖에 없었다.

"아아, 다 잘 될 거야. 전부, 전부 잘 될 거야."

대체 뭐가 말이야?

우리가 다음으로 간 곳은 평범한 생김새에 작은 탑 두 개가 짤막한 회랑으로 이어진 것이 전부인 집이었다. 다른 집보다 약간 더 크고, 좀 더 오래되어 보인다는 것 말고는 별 차이도 없었다. 드워프들의 네 화덕이 절벽 위에서 내려다볼 때부터 두드러지던 것과는 달랐다.

그곳으로 가는 동안 우리는 도시 한가운데를 가로질렀는데, 펠드로바드 둠 앞을 지나갈 때는 다들 한 번쯤 들여다보고 싶은 생각에 엘다렌의 얼굴을 흘끔거렸다. 그러나 엘다렌은 우리의 생각을 눈치 채고도 대꾸 없이 모른 척했다. 정말 비밀은 비밀인 모양이다.

"여기는 어디죠?"

탑 높이도 기껏해야 2층 정도였다. 생긴 것은 보잘것없지만 그곳으로 이어지는 길만은 유난히 잘 닦여 있다 싶었다. 그런데 엘다렌의 대답은 어이가 없었다.

"내 집이다."

집? 그럼 왕궁이어야 되잖아?

잠깐, 겨우 이런 집이?

"드워프 족의 왕위는 원칙상 세습이 아니거든."

빙긋 웃으며 말한 유리카가 엘다렌을 따라 안으로 들어갔다.

"세습이 아니면?"

나르디가 뒤따라가면서 물었다.

"원칙적으로는 원로들의 합의로 왕을 선출하게 되어 있는데, 사실은 전대 왕의 자식들이 훌륭한 경우가 많기 마련이라서. 그러니까 결국은 세습 비슷하게 이어지는 건데, 꼭 그렇게 되는 것만은 아니니까. 그렇지만, 다른 핏줄이 왕이 된다 해도 별로 혼란이 일어나진 않는대. 왕이라고 사실 그다지 호강하는 것도 아니거든. 절대적인 존경이라든가, 다른 종족과 만났을 때에 대표성을 인정하는 것은 인간들의 왕과 마찬가지지만 말이야. 드워프들은 훌륭한 대장장이나 장인을 왕만큼 높게 대우하는 종족이고, 자식들한테도 그렇게 가르치지. '왕이 되어라' 보다는 '훌륭한 장인이 되어라' 하는 식이야."

"엘다렌은?"

"아마 꽤 오랫동안 왕을 한 집안일걸? 내가 아는 것만도 세 세대나 그리반센 성을 가진 난쟁이가 왕이었으니까."

"흐음."

유리카의 설명을 듣는 동안 우리는 2층으로 올라가 어느 방문 앞에 섰다. 그 사이에 본 거라곤 모두 소박한 장식뿐인 물건들, 아니면 일상생활에 꼭 필요할 법한 것들뿐이었다. 홀에 달린 등만은 어쩐 일인지 수백 개의 구슬이 달린 화려한 물건이었으나 그 외에는 비싸 보이는 것이 전혀 없었다. 계단 난간조차 투박한 나무가 매끄럽게 닳아 있을 뿐이었다. 여기가 정말 왕이 사는 곳이라니.

엘다렌은 문 여기저기를 만져 가며 역시 희한한 방법으로 문을 열었다. 나는 여기도 무슨 보물 창고인가 싶어 기대를 품고 안을 들여다보앗다. 그러나 유감스럽게도 기대는 완전히 어긋났다.

"치, 침실인가요?"

대답을 들을 필요도 없었다. 여기가 침실이 아니면 저기 보이는 흰 시트 덮인 물건은 식탁이라도 된단 말이냐?

물론 시트는 2백 년 동안 낡고 바래서 한때 희었으리라는 것조차 간신히 알아볼 정도였다. 그렇지만, 시트라는 물건은 본래 희기 마련이니까.

"기다려라."

엘다렌이 그렇게 말하지 않아도 남의 침실에 들어가 두리번댈 생각은 없었다. 그 정도 예의는 있다니까. 우리가 잠자코 기다리는 동안 엘다렌은 침대 옆 서랍장으로 다가가 역시 이상한 방법으로 하나를 열었다. 이것 참, 난쟁이들의 도시에 살려면 엄청나게 기억력이 좋아야 하는구나. 인간 중엔 멀쩡한 열쇠 꾸러미 놓고도 어느 게 어디 열쇠인지 헷갈리는 사람이 부지기수인데.

그런데 세상에…….

엘다렌이 연 서랍 안을 보고 나는 말문이 막혀 버렸다. 나르디와 유리카도 마찬가지였다. 보석으로 가득 차 있었다.

핏빛 루비, 영롱한 진주, 바닷빛 사파이어, 숲의 에메랄드, 새벽이 흘린 눈물처럼 빛나는 다이아몬드. 손톱 끝만 한 것부터 비둘기 알만 한 것까지 수백 개일지 수천 개일지 모를 보석이 종류별로 들어찼다. 큰 것은 드물게 주먹만 한 것도 있었다. 보는 것만으로도 숨이 막혔다.

드워프의 왕이 저렇게나 부자라니, 게다가 저런 걸 내버려두고 2백 년 동안 잠이나 잤다니, 나 같으면 억울해서 잠도 안 왔을 거야. 아니지, 저런 걸 침실 서랍에 넣어 두고 밖으로 나갈 수 있다는 것부터 나와는 달라. 난 절대 그렇게 못해, 못하고말고.

엘다렌의 말에도 불구하고 다들 어느새 침실 안으로 들어와 있었다. 그랬으니 보석을 그렇게 자세히 볼 수 있었던 거고. 아아, 하던 일이고 뭐고 다 집어치우고 저걸 싹 수거해서 보석상으로 나서고 싶구나.

"우와, 이것들 좀 봐."

주아니가 오랜만에 엘다렌의 주머니에서 나오더니 냉큼 서랍 속으로 뛰어내렸다. 보석 속에서 헤엄이라니, 그 신세 부러운데.

"이게 다 땅의 눈물들이야?"

로아에들은 보석을 그렇게 부르는 모양이다. 주아니는 루비에서 사파이어로, 다시 에메랄드 속으로 왔다 갔다 하면서 신이 났는데, 나도 저런 탐험이라면 한번 해 보고 싶겠다. 주아니는 마지막으로 노란 다이아몬드 더미로 들어가더니 마음에 들었는지 한동안 나오지 않고 부스럭거렸다.

그러나 엘다렌은 계속 감탄하고 있을 여유를 주지 않았다. 큼직한 가죽 주머니를 꺼내들고 종류별로 몇 줌씩 주섬주섬 담더니, 주머니가 가득 차자 주아니에게 손짓해서 나오게 하고는 서랍을 닫아 버렸다.

"자, 잠깐만요. 구경 좀 하고……."

"구경?"

엘다렌은 내 손에 주머니를 턱 건네주었다.

가죽 주머니를 들여다보니 온갖 보석들이 뒤섞여 이루 말할 수 없는 광채를 발했다. 나는 괜히 두근두근하며 몇 개를 꺼내보았다. 엘다렌이 무심하게 한마디 던졌다.

"그만하면 아직 이 세계에서도 여비는 되겠지?"

나는 당황해서 외쳤다.

"여비라니요! 이거면 웬만한 영주의 머리도 사고 남을 텐데!"

"그런가? 잘 됐군."

다시 한 번만 서랍을 열어 달라고 부탁하고 싶었지만 엘다렌은 어느새 주머니를 배낭에 챙겨 넣어 버리고—그의 배낭에는 한없이 물건이 들어가는 것 같다—성큼성큼 나갔다. 우리는 그 뒤를 따라가는 수밖에 없었다.

엘다렌의 집을 나와서 나는 문득 위를 보았다. 보이는 거라곤 까마득히 높은 돌 천장뿐이다. 하늘이 있으리라는 무심결의 기대가 어긋나자 저도 모르게 웃음이 나왔다. 그러고 보니 드워프들은 하늘이 보이지 않는 곳에서 살아도 아무렇지 않았을까? 해도, 별도, 달도 없고 검은 천장뿐인데?

게다가 펠드로바드 둠에서 나오는 빛은 조절할 드워프들이 없어서인지 줄곧 해뜰녘 밝기밖에 되지 않았다. 환할 땐 눈도 못 뜨게 밝고, 어두울 땐 한치 앞도 못 내다보게 캄캄한 것이 진짜 세상인데. 물론 여기 있으면 비나 눈, 폭풍, 암흑 아룬드의 검은 비 같은 건 걱정 없겠지만, 그래도 역시 뭔가 아쉬운데.

나르디가 물었다.

"참, 공기는 어디서 들어옵니까?"

"너무 많은 걸 알려고 하지 마라."

오, 방금 한 말은 정말 왕 같았어.

어느새 파하잔을 가로지른 것인지 점차 도시 서쪽 외벽이 가까워졌다. 맞은편 첨탑도 보이기 시작했다. 파하잔에 온 지도 꽤 된 모양이었다. 해가 없으니 시간을 어림하기 힘들지만, 시간을 알려주는 것은 해뿐이 아니니까.

배가 고프거든.

"점심때가 넘었겠지?"

신기한 것을 연이어 보느라 잊고 있었지만, 다리도 꽤 아팠다. 거기다가 찢어진 장화 틈새로 들어온 돌과 흙 때문에 발도 아파왔다. 여기를 나가거든 장화부터 새로 장만해야겠다.

"정말 배고프다."

유리카가 말하자 앞서 걷던 엘다렌이 멈춰 서더니 주위를 둘러보았다. 뭘 찾는가 싶어 우리도 덩달아 둘러봤다.

"저리로 가자."

점심 먹을 곳을 찾은 거였군.

우리는 공회당처럼 보이는 건물 앞마당으로 들어가 세 단씩 나뉜 계단 위에 아무렇게나 주저앉았다. 바닥에는 2백 년이나 쌓인 먼지가 잔뜩 있었지만, 이미 몇 시간째 돌아다녀 붉은 먼지투성이가 된 우리는 개의치 않았다.

별다른 점심거리가 있을 리 없었다. 내가 배낭에서 빵 조금이랑 말린 고기, 과일 같은 것을 꺼내고 있는데 엘다렌이 자기 배낭을 뒤적거리더니 도저히 기대할 수 없는 것들을 꺼내놓았다. 아직도 온기가 남은 샌드위치, 신선한 버터, 포도주 한 병, 초콜릿 쿠키?

"엘다, 어떻게 이런 것이?"

유리카도 놀란 모양이었다. 엘다렌은 내 빵을 하나 집어 버터를 바르면서 대꾸했다.

"에즈의 농담이 생각나지 않느냐? 깨어났을 때 배가 고프면 곤란하지 않겠느냐고 했지."

"에즈가 농담 삼아 하던 말대로 음식을 같이 봉인해 넣었단 말야?"

유리카는 믿을 수 없다는 듯 고개를 저으며 웃었다. 그 기억이 몹시 유쾌한 듯했다.

"에즈는 정말이지 한번 생각해 낸 장난은 절대 못 말렸다니까."

"음식을 놓고 장난이라고 하는 게냐, 유리?"

대마법사 에제키엘을 놓고 둘이 주고받는 이야기는 나와 나르디를 당황시키기에 충분했다. 내가 아는 이야기 속에선 진지하고 엄숙하게만 나오는 에제키엘이 농담을 잘해? 장난꾸러기였다고? 어디 가서 이야기하면 절대 안 믿을 거야.

어쨌든 대마법사의 재치 덕택에 우리의 때늦은 점심식사는 퍽 유쾌해졌다. 엘다렌조차 잠시 드워프 족의 비극을 잊은 듯 엄숙한 얼굴을 풀고 에제키엘에 관한 이야기를 몇 가지 더 해주었다.

"그럼 우린 2백 년 전의 음식을 먹고 있는 거네요?"

내가 신기해하자 유리카가 핀잔을 주었다.

"2백 년 전의 사람을 만난 것보다 2백 년 전의 음식이 더 신기하단 말이야?"

"그게 아니라 사람은 뱃속에 넣을 필요가 없잖아. 저기 낡아서 못쓰게 된 천이나 삭아 없어졌을 그릇 속 음식을 생각하면 왠지 이 음식들이 상하거나 잘못되어 있어야 할 것 같단 말이야. 유령들의 음식 같기도 하고."

"앞에 앉아 있는 유령을 두고 어디서 유령을 찾아?"

"야, 그렇게 유령이라고 불리고 싶어? 원한다면 충분히……."

이런 이야기를 아무렇지도 않게 주고받다니, 얼마 전의 나로서는 도저히 상상도 못할 일이다.

"유령이라. 어디, 유령들이 썼을 법한 물건 몇 가지 받아 보겠나?"

엘다렌이 불쑥 말해서 내가 반색했다.

"물건이라고요?"

"원한다면 따라와."

엘다렌은 주아니를 자기 주머니에 들어가도록 하더니—주아니는 이제 엘다렌의 주머니에서 지내는 것을 당연하게 여기는 듯해서 왠지 섭섭했다—곧장 배낭을 집어 들었다. 덕택에 다른 사람들은 남은 음식들을 황급히 쓸어 넣고 일어나야 했다. 혹시 식사한 뒤 자리를 안 치우는 건 엘다렌의 버릇인지도 모르겠다.

엘다렌이 우리를 데려간 곳은 서쪽 첨탑이었다.

"여긴 무기고인가요?"

들어서자마자 한쪽에 화살이 잔뜩 쌓인 걸 보고 나르디가 물었다.

엘다렌은 버릇처럼 어깨를 으쓱하더니 말했다.

"네 첨탑은 모두 방어용이다."

첨탑은 두 층인데 나무사다리를 타고 올라가게 되어 있었다. 꼭 다락방 올라가는 기분이다. 앞장서서 올라간 엘다렌이 컴컴한 구석에서 뭔가 찾아내어 내 쪽으로 휙 던졌다. 얼떨결에 받아들고 보니 가죽으로 된 길쭉한 물건 두 개였다.

"이건?"

장화네.

창으로 가져 와서 펠드로바드 둠의 빛에 비춰 보았다. 검은 가죽 장화인데 내가 신던 것보다 목이 길고 훨씬 부드러웠지만, 낡았다. 나는 찢어진 장화를 벗고 한 짝을 신어보았다.

"우와, 딱 맞네?"

장화는 내 발 크기를 재어 만들기라도 한 것처럼 기가 막히게 꼭 맞았다. 발바닥과 발등에 착 감기는 착용감이 보통이 아니다. 내가 놀라고 있자 유리카가 다가왔다.

"이건……."

나머지 한 짝을 이리저리 살펴본 유리카는 엘다렌을 돌아봤다.

"엘다, 정말로 우리 물건들은 모조리 당신 둥지에 챙겨 넣었군?"

엘다렌은 대답 없이 어깨만 으쓱했다. 대신 내가 놀라 말했다.

"이것도 2백 년 전에서 온 물건이야?"

유리카는 한참 동안 장화를 쓰다듬었다. 한참 만에 고개를 든 그녀의 목소리는 약간 떨려 나왔다.

"왜…… 당신이 갖고 있어?"

"그가 나와 헤어지기 직전에 필요한 사람에게 주라고 건네주더군. 그는 모르는 것이 없지 않은가. 이미 자기가 무엇을 하게 될 지 다 알고 있었을 거야. 해서, 내가 이곳에 가져다 두었지."

둘의 말을 듣다가 이번엔 내가 놀랐다.

"이게 그럼 에제키엘의 물건?"

나르디가 다가와 유리카에게서 장화를 받아들었다. 장화는 거의 무릎까지 올라올 것처럼 보였고, 윗부분에는 접힌 자국이 있었다.

"이건 봉인되지도 않았는데 어째서 이렇게나 멀쩡합니까?"

나르디는 실질적인 점에 주목한 모양이었다.

"마법 걸린 물건한테 수명이란 먼 나라 이야기지."

"마법이라뇨?"

한 발에는 에제키엘의 장화, 나머지 한 발엔 찢어진 장화를 신고 어정쩡하게 선 채로 내가 물었다. 유리카가 말했다.

"네 발에 딱 맞는다는 말을 듣고 나도 그게 무엇인지 알아들은 거야. 나머지 한 짝도 신어 봐."

다른 짝 역시 부드럽게 착 감겼다. 일어나서 두어 걸음 걸어보다가 더 놀랐다. 뭐가 이렇게 가벼워?

"에제키엘은 말이나 마차를 타기보다는 걷는 것을 좋아한 사람이었어. 그에겐 '걷는 사람' 이라는 별명도 있었지. 그런 까닭에 특별히 장화에 신경을 써서 마법을 걸었어. 에즈는 뭔가 하고자 하면 아주 세심한 곳까지 신경을 써서 만들곤 했거든. 그 장화 말이야, 보통 물건이 아

니야. 평범하고 낡아 보이지만, 실은 영원히 낡지 않는 장화지. 누군가
가 신으면 그 발에 딱 맞게 변해. 무게는 맨발만큼 가볍고. 그뿐이 아니
야."

"아니라면?"

"그 장화 안의 네 발은 이 세상과 거의 차단되어 있어. 외부의 영향
은 일부밖에 느낄 수 없다는 거지. 습기도, 추위도, 뜨거움도. 충격도.
물론 찢어지지도 않아. 장화 머리 쪽으로 뭔가 들어간다면 얘기가 다르
겠지만, 어쨌든 장화 가죽에는 놀라운 마법이 걸려 있어. 다만 걷는 느
낌만은 분명히 느낄 수 있지. 에즈가 좋아하는 느낌이거든."

나는 완전히 감동하고 말았다. 그래서 감동한 김에 끝까지 물어 보
았다.

"발에서 나는 땀은?"

"바보야, 그건 어쩔 수 없잖아."

유리카는 눈을 가볍게 흘기더니 엘다렌에게 말했다.

"나 줄 건 뭐 없어?"

"네가 에즈처럼 장난삼아 이것저것 만들었다면 줄 게 많았겠지."

장난삼아 이것저것 만드는 대마법사라, 역시 내 머릿속의 에제키엘
과는 도저히 겹쳐지지 않는데.

우리는 잠시 더 주위를 뒤지다가 쓸 만한 물건을 몇 개 찾아냈다. 나
르디가 엉뚱하게도 은 숟가락 열 개가 든 상자를 찾아냈다. 출발 전에
스튜를 먹으면서 국물을 떠먹을 수 없어서 고민했던 우리에게 그야말
로 적당한 물건이었기에 다들 하나씩 챙겨 넣었다.

"이것 봐. 목걸이인가?"

나는 한구석에서 낡은 줄이 달린 목걸이를 찾아내어 유리카에게 건네주었다. 유리카가 먼지를 털어 내자 한때는 금빛이었을 목걸이 추가 나타났다. 표면에는 여자의 옆얼굴이 새겨져 있었다. 유리카가 조금 더 만지더니 문득 뚜껑을 열었다.

"어, 열리네?"

안은 비어 있었다. 작은 초상화나 기념품을 넣는 목걸이인 모양이었다. 안쪽에는 깨끗한 금빛이 남아 있어서 잠깐 찬란한 빛을 발했다. 엘다렌이 다가와 목걸이를 받아들더니 이리저리 돌려보았다.

"순금이군. 드워프가 만든 것이긴 하지만, 인간의 추억품인 모양이다."

유리카는 자기가 가지겠다고 했고, 나는 그러라며 고개를 끄덕였다. 유리카는 손수건을 꺼내 잘 싸더니 주머니 안쪽에 깊이 집어넣었다.

"나도 힘이 있을 때 이것저것 만들어 두는 건데."

첨탑을 내려가는 도중, 유리카가 문득 중얼거렸다.

"힘? 무슨 힘 말이야?"

"마법이 봉인된 세상인데 나한테라고 뭐 남아 있는 것 있겠어. 이젠 다 사라졌지."

"그럼 예전엔 힘이 있었단 말이야?"

"많은 힘이 있었지……."

그 말을 끝으로 그녀는 입을 다물어 버렸다.

첨탑을 빠져나온 우리는 서쪽 문을 통해 파하잔을 나왔다. 뒤를 돌아보니 붉은 먼지에 잠긴 파하잔은 점차 땅 밑으로 가라앉아 가는 것처럼 보였다.

대륙에서 유명하다는 수도를 두 번째로 와보는 중이지만 하라시바와 파하잔의 느낌은 전혀 달랐다. 활기 넘치는 꽃의 수도는 가벼우면서도 생생했다. 그리고 긴 세월 묻혀 있던 붉은 파하잔은 아무도 살지 않는다 해도 영원히 사라지지 않을 것 같은 불변의 자연 같은 느낌을 주었다. 이후로 2백 년이 더 지난다 해도 그대로일 것처럼.

우리가 떠나고 나면 다시 사람 발소리 한 번 울리지 않는 고요 속에 파묻히겠지. 그리고 지금껏 기다렸던 것처럼 다시 기다리겠지.

"곧 또 와볼 수 있을 거야."

주아니가 중얼거린 말은 엘다렌을 위로하려는 마음이었을 것이다.

파하잔의 이름에 '천년의'라는 이름이 다시 붙을 수 있게 되기를. 수백, 수천의 난쟁이들이 분주히 오갈 날이 오길.

우리는 파하잔을 떠났다.

10. 나스펠론의 비밀

산맥 속에도 온갖 지형이 다 있었다. 골짜기, 구릉, 능선, 언덕. 물과 식물이 없을 뿐이다. 아직까지 펠드로바드 둠의 빛이 닿는 것은 아닐 텐데, 주변에는 희미한 빛이 감돌았다. 나는 주위를 두리번거리다가 말했다.

"융스크-리테는 속이 텅 빈 산이었군."

엘다렌이 눈썹을 약간 움직였다.

"무슨 소리. 겨우 융스크-리테의 한쪽 면만 보았을 뿐, 난쟁이들의 고향은 광활하다."

"그렇지만, 이만하면 뱃속이 비었다고 해도 과언이 아니잖아요. 파하잔까지 온 길하고 이곳까지, 아마 하루 거리는 될 텐데."

"다양한 지형이 있는 곳에 다양한 생명이 발전하지."

"그나저나 길은 제대로 알고 가고 있는 거야?"

유리카가 큰 소리로 화제를 바꿔서 쓸데없는 논쟁을 막았다. 엘다렌이 말했다.

"다 왔다. 이제 이 언덕을 내려가면 나스펠론이라고 불리는 여든여섯 개의 동굴이 나오지."

"설마 여든여섯 개를 차례로 들어가 봐야 하는 건 아니겠지?"

유리카가 놀라 걸음을 멈추자 엘다렌이 말했다.

"무슨 소리. 대장장이들의 동굴은 따로 정해져 있어."

말의 울림이 사라질 무렵, 어렴풋한 날갯짓 소리가 들린 듯했다. 나는 고개를 갸웃했다.

"들었어?"

나르디를 보고 이어 주아니를 바라보았다. 엘다렌의 주머니 끝을 잡고 머리를 내민 주아니가 고개를 끄덕였다.

"응. 날개 소리. 저번에 들었던 그 소리야. 아주 많아."

"그렇다면······."

유리카가 날카롭게 고함을 질렀다.

"뭐해! 어서 저 아래로 내려가!"

우리는 나는 듯이 골짜기를 뛰어 내려갔다. 반쯤 미끄러져 내려간 거나 마찬가지였다. 내려가자마자 여든여섯 개의 동굴 중 하나라도 보이길 바라며 주위를 두리번거렸다. 그러나 동굴은커녕 숨을 만한 구석조차 보이지 않았다.

위를 보니 움직이는 검은 반점이 눈에 들어왔다. 아직은 천장 근처지만 빠른 속도로 커지고 있었다. 엘다렌이 버럭 소리를 질렀다.

"저놈들이 어떻게 여기까지 왔지!"

"엘다, 우리가 온 미로 말고 달리 길이 있는 거야?"

"설마 진짜로 우리를 따라오고 있는 건가?"

나르디의 중얼거림에 나도 동감이었지만, 토론하고 있을 시간이 없었다. 나는 배낭에서 담요를 꺼내 유리카에게 던져주고 망토를 꺼내 쥐었다.

"온다!"

검은 날개가 머리 위를 새카맣게 덮는다 싶을 무렵 뒤에서 나르디가 외쳤다.

"저쪽으로!"

모두 나르디가 가리킨 쪽으로 몸을 날렸다. 더 나은 곳이 있는지 살필 여유가 없었다. 갈라진 바위틈인데 오고 보니 모두 들어가기에는 너무 좁았다. 나는 생각나는 대로 유리카를 안쪽으로 마구 밀어 넣었다.

"얼른, 어서!"

귓가에서 휙, 하는 소리가 나는가 싶더니 반짝이는 것이 허공을 갈랐다. 날아간 것은 박쥐 무리 중 대장 격이라 할 만한 놈의 배를 꿰뚫었다. 박힌 것을 보니 자루가 금빛인 단검이다. 던질 사람은 나르디밖에 없었다.

추락한 대장 박쥐는 새매라고 해도 믿을 정도로 컸다. 박쥐 떼는 움찔했지만 곧 다시 웅웅거리며 뭉치기 시작했다. 가장 바깥쪽에 선 나는 박쥐들에게 완전히 노출되었다. 그때 저만치 절벽과 바닥 사이로 뚫린 구멍이 보였다. 한 사람 정도는 들어갈 수 있어 보였다.

나는 벌떡 일어나 머리 위로 날아드는 검은 구름을 쏘아보았다. 처음 봤을 때보다 훨씬 늘어나 천 마리쯤은 되지 않을까 싶을 정도였다.

"그래, 와라."

가죽 망토를 꽉 움켜쥐었다. 큰 걸음으로 스무 발짝 정도 될까? 피해는 있겠지만 승산도 있었다. 나는 망토로 머리를 가리면서 앞으로 뛰어나갔다. 뒤에서 유리카가 소리쳤다.

"파비안!"

박쥐는 머리 위로 무수히 부딪쳐 왔다. 마치 우박을 맞는 기분이었다. 전속력으로 달리자니 장화가 얼마나 가벼운지 새삼 느껴졌다. 이제 네 걸음, 세 걸음……

"알 게 뭐냐!"

나는 무작정 몸을 미끄러뜨리며 구멍을 향해 굴렀다. 동시에 장화의 성능에 다시 한 번 놀랐다. 바위를 걷어찬 발에 와야 할 충격은 둔중한 울림 정도로 줄여져 있었다. 나는 곧 숨을 들이마시며 온몸을 긴장시켰다. 구멍으로 미끄러져 들어가는 순간이었다.

"아!"

이건 미끄러지는 게 아니잖아!

뭔가가 내 발을 잡아채어 구멍 속으로 끌어당기고 있었다. 이건 또 뭐야?

아래를 내려다보려 했지만 구멍이 좁아 내 발조차 볼 수 없었다. 도로 나갈 수도 없었다. 바위 틈새로, 더 깊이……. 마지막으로 본 것은 머리를 향해 쏜살같이 날아드는 검은 얼룩들이었다. 그 직후 망각이 비수처럼 머리에 박혔다.

안개, 꿈, 이상한 냄새.

처음에는 느끼지 못했지만, 속삭임이 있었다. 무슨 말인지는 몰랐다. 아니 알아들은 것 같기도 하지만, 꿈속의 내가 알아들었을지라도 깨어나 떠올릴 수는 없는 이야기를 오랫동안 들었다.

재재거리는 목소리가 가라앉을 무렵 피리 소리가 나직이 울렸던 것 같다. 피리 소리에 귀를 기울였다. 머릿속에 폭풍우가 몰아치는 해안이 있었다. 바위투성이 해안에 앉은 나는 바람을 뚫고 들려오는 어린아이의 피리 소리를 듣고 있었다. 그리고 누군가가 내 이름을 불렀다.

여긴 어딜까.

희미한 향기도 느껴졌다. 머릿속은 몽롱했지만 달리 생각하면 상쾌한 듯도 했다. 온몸이 시원한 물에 잠긴 듯도 하고, 바람을 타고 둥둥 떠다니는 듯하기도 하다. 눈을 떠보려고 애썼다. 뜬 건지 아닌 건지 잘 모르겠지만 희미한 것이 어른거렸다.

「얘, 그만 일어나.」

낯선 목소리를 느끼는 순간 나는 눈을 번쩍 떴다.

"쯧쯧, 이제야 정신이 들었군."

눈앞에 엘다렌의 커다란 얼굴이 있다가 쓱 물러났다. 그가 물러나니 주변이 한결 잘 보였다. 주아니가 내 가슴에 올라앉아 또록또록한 눈으로 나를 들여다봤고, 유리카와 나르디가 양쪽에 앉아 있다가 후딱 몸을 일으켰다.

"깼군!"

"파비안!"

유리카는 내 뺨을 감싸고 쓰다듬으면서 반가워서 어쩔 줄 몰라 했다. 이마에 흘러내린 머리를 쓸어 넘기고 속눈썹을 매만지고 뺨을 꼬집으면서 어린애 어르듯 하는 바람에 나는 한동안 정신을 차릴 수가 없었다.

"유리카, 파비안이 말을 못 하잖아."

주아니가 가볍게 핀잔을 주자 그제야 손을 뗀 유리카는 스스로도 무안한 듯 피식 웃었다.

"파비안 크리스차넨, 걱정 좀 시키지 말란 말이야."

"그래, 그동안 어디에 있었나? 무슨 일이 있었던 건가?"

나르디의 질문이 이상했다. 내가 어딜 갔다 오기라도 했다는 거야?

"내가 어딜 갔었어?"

나는 몸을 일으키고 주아니를 손바닥에 올렸다. 이것 참, 한동안 주아니 얼굴도 잊어버릴 뻔했다니까.

"파비안, 너 기억 못 해?"

유리카의 표정이 이상했다.

"무슨 일이 있었는데?"

"너, 우리가 박쥐한테 쫓긴 뒤로 하루가 지나갔다는 것, 알고 있어?"

"하…… 하루?"

나는 놀란 나머지 손에 올렸던 주아니를 놓칠 뻔했다.

이곳 지하 세계에서는 해가 뜨지도 지지도 않으니 날짜 감각이 슬슬 애매해져 가는 중이긴 했다. 우리가 시간을 대충이라도 아는 건 순전히 이곳 생활에 익숙한 엘다렌이 감각적으로 시간이 얼마나 흘렀는지 알기 때문이었다.

놀란 나를 본 엘다렌, 유리카, 나르디는 서로 얼굴을 마주보더니 고개를 저었다. 유리카가 한숨을 쉬고, 나르디가 곁으로 다가왔다.

"우린 자네를 찾아서 어제 종일 헤맸어. 잠도 제대로 못 자고 말이네. 자네야말로 어제부터 죽 정신을 잃고 있었다면 어떻게 이렇게 멀쩡한 건가? 게다가 이 먼 곳까지 무슨 수로 온 건가?"

나르디의 말에 주위를 휭하니 둘러본 나는 멍한 소리를 뱉을 수밖에 없었다.

"여기가 어디야?"

엘다렌이 말했다.

"나스펠론의 동굴 가운데 하나다. 자네 덕택에 동굴을 20여 군데나 뒤져야 했지. 박쥐에게 쫓겨 들어간 틈새에서 어찌 그렇게 감쪽같이 사라진 건가? 게다가 목이 쉬도록 외치며 찾았는데 여기까지 오는 동안한 번도 듣지 못했나?"

초라한 대답이나마 할 수밖에 없었다.

"저기…… 전 여기로 직접 온 게 아닙니다. 거기서 쓰러진 후로 아무기억도 안 나거든요. 누군가가 날 데려온 모양인데, 아무도 보지 못했어요? 생각해 보면 수군거리는 소리 같은 게 났는데……."

나르디가 미간을 찌푸렸다.

"어제오늘 이 일대를 샅샅이 돌아다녔지만 우리 이외에 다른 생명체는 본 일이 없다네. 그 끔찍한 박쥐 떼라면 모를까."

그제야 박쥐 생각이 났다.

"맞다, 박쥐들은 어떻게 되었죠?"

"그것도 이상한 게……."

엘다렌은 뭔가 생각하는 눈치더니 파이프를 입에 물고 뻑뻑 빨았다.
그러나 연기는 나지 않았다. 파이프엔 담배는 들어 있지 않았고, 그는
습관처럼 그렇게 했을 뿐이었다.

"어제 자네가 박쥐를 피해 그 틈새로 달려갔을 때, 이상하게도 박쥐
들이 모조리 자네를 쫓아갔지. 내가 유리카를 잡고 있는 동안 이쪽 친
구가 자네를 도우러 갔는데 놀라운 일이 벌어졌어."

나르디가 말을 받았다.

"박쥐들이 갑자기 독약이라도 마신 듯 비틀거리더니 바닥에 픽픽
떨어지는 것 아니겠나. 다가가 보니 죽은 것은 아니지만 그걸 뭐라고
해야 하나…… 잠이 들었다고 해야 하나? 아니면 기절? 하여간 이상한
일이었네. 우리는 모두 나와서 땅바닥에 까만 자갈처럼 깔린 박쥐들을
봤다네."

"그러는 사이에 넌 없어져 버렸고."

유리카가 말하더니 몸을 일으켰다.

"남은 이야기는 가면서 하죠?"

가면서 들은 이야기는 황당하기 이를 데 없었다. 정신을 잃었던 내
가 멋대로 몇 시간 거리나 떨어진 이곳에 와서 자고 있었다고? 잠든 채

걸어가기라도 한 게 아니라면 도대체 어떻게? 게다가 줄곧 굶었을 텐데 왜 배도 고프지 않은 거야?

"난 몽유병 같은 건 없어!"

내가 신경질적으로 소리치자 유리카가 맞받았다.

"지금 네가 화낼 입장인 줄 알아? 빨리 정신을 집중해서 네가 어떻게 여기까지 온 건지 기억해 내란 말이야!"

"모르겠다니까?"

"그럼 박쥐들이 친절하게 배달이라도 해다 됐나?"

"거기서 배달이 왜 나와? 내가 점심 간식인 줄 알아?"

"쳇, 박쥐들한테 간식거리가 될 뻔한 건 너나 우리나 피차일반이라고."

최초의 감격스런 상봉은 깨끗이 잊은 듯, 엉뚱하게 말다툼을 벌이기 시작한 우리 둘을 보며 엘다렌이 쯧쯧 혀를 찼다. 오랜만에 내 주머니로 돌아온 주아니도 마찬가지다. 우리는 여든여섯 개의 동굴들 가운데 하나에서 나와 다시 여든여섯 개의 동굴들 가운데 다른 하나로 들어갔다. 그리고 또다시 나와서 다른 여든여섯 개의 동굴 가운데 하나로 들어가 보는 중이었다. 다시 말해 우리가 화를 내야 할 대상은 정작 다른 데 있었다.

"엘다, 도대체 길을 알긴 아는 거야?"

"여든여섯 군데 다 들어갈 필요는 없으니 안심해라."

"물론 파비안을 찾느라고 스물다섯 곳, 방금 또 네 곳을 들락거렸으니까 앞으로 쉰일곱 군데만 들어가 보면 되겠지."

"빈정거릴 테냐."

엘다렌은 유리카가 저렇게 말해도 화를 내지 않았다. 2백 년 전부터 익숙한 건지도 몰랐다.

나르디가 말했다.

"상황은 알 수 없지만 추리하건대, 정신을 잃은 파비안을 여기까지 데려온 신비한 힘이 존재한다고 밖엔 볼 수 없겠어. 잠든 채 걸어왔다고 보기엔 이곳에 이르는 지형이 너무 험하네. 우리가 모르는 힘이 이 일에 개입한 것임에 분명해."

"그래, 그거려나……."

생각에 잠겨 말을 받던 유리카가 갑자기 소리를 질렀다.

"아아!"

나뿐 아니라 모두가 놀라 돌아봤다.

"왜 그래?"

"엘다, 이 근처 동굴을 부르는 이름이 나스펠론이랬지?"

"그래."

"왜 그런 이름이 붙었지?"

뭔가 생각난 듯 엘다렌의 미간이 찌푸려졌다. 그러나 그는 곧 손을 내저었다.

"그럴 리가. 이름이 그랬다 뿐이지, 내가 살던 시절에도 나스펠을 만났다는 드워프는 하나도 없었다."

"나스펠이 쉽사리 모습을 드러내는 자들은 아니잖아? 다른 정령들보다 훨씬 더 그렇지. 수십, 수백 년을 한자리에 깃들여 살면서도 저들이 거기 있다고 기침 한 번 하지 않는 게 나스펠이잖아. 드워프들은 특히 다른 종족에 관심도 없고 정령의 존재를 느낄 만한 일이 생겼대도 착각이겠거니 하고 무심하게 넘어가 버리는 거, 잘 알고 있어. 눈앞에 보이거나 만져지지 않는 건 쉽게 인정하는 법이 없지. 드워프들이 여기 살고 있는 나스펠들을 몇백 년 동안 몰랐대도 무리가 아냐."

"나스펠? 흙과 땅의 정령 나스펠 말인가?"

먼저 반응을 보인 쪽은 나르디였다. 엘다렌은 얼굴을 찌푸린 채 팔짱만 끼고 있을 뿐이었다. 나도 예전에 들었던 이야기가 떠올라 물어보았다.

"맞아. 전에 블로지스틴의 구슬을 보여줬을 때 땅의 정령은 나스펠이라 부른다고 했지. 하지만, 하필 나스펠이 한 짓이라는 것을 어떻게 확신하는데?"

주아니도 거들었다.

"그렇게 참견하지 않는 정령이라면 갑자기 우리를 도와줄 이유가 있을까?"

유리카는 우리를 향해 미간을 찡그려 보았다.

"그런 얘기도 다 맞아. 그렇지만 말이야, 그게 아니라면 뭐로 앞 뒤 상황을 설명하지? 다른 생각 있어? 있으면 말해 봐."

물론 대꾸할 말은 없었다. 그렇지만, 다른 의견이 없다고 하나뿐인 의견에 동의한다는 것은 역시 이상하다. 겨우 이곳의 이름이 '나스펠론'이라는 것만 갖고 갑자기 정령이 우리 일에 개입했다고 보는 것은 너무 억지잖아.

다들 서로 얼굴만 쳐다보고 있자 주아니가 말했다.

"움직여가면서 하자고. 어차피 중요한 건 검이 있던 곳을 찾는 거잖아?"

실질적인 반응이긴 한데 그 말을 들으니까 생각나는 것이…… 아!

"이럴 게 아니야. 동굴로 돌아가자. 내가 쓰러져있던 데 말이야."

다들 나를 쳐다봤다.

"돌아가자고?"

"거기부터 조사해보자. 나스펠이라는 가설을 뒷받침하는 것이든, 부정하는 것이든 그 동굴이 아니면 달리 어디에 있겠어? 만일 아무것도 발견되지 않으면 왜 없는지부터 생각해보자고. 뭐든 발견되면 더욱 좋고."

다들 선뜻 동의하는 기색이 아니었다. 하지만, 잠시 후 유리카가 말했다.

"그래. 이런 이상한 일이 일어났는데, 우리 임무와 아무 관계가 없다고 확신할 순 없어. 방해일 수도 있고 도움일 수도 있지만, 무엇보다도 이게 중요한 열쇠라면? 그럴 가능성을 완전히 배제할 순 없지 않을까?"

엘다렌이 무겁게 입을 열었다.

"파비안에게 일어난 일이니 어쩌면 여명검의 고향을 찾아내는 것과 관계가 있을지도 모르겠군."

나르디도 말했다.

"무슨 일인가 일어날지도 모른단 건가."

주아니가 조그맣게 중얼거렸다.

"하지만, 아무것도 발견되지 않을 가능성이 제일 큰 것 같은데."

사실은 주아니의 말대로였다. 고향에서 살던 나한테 물었다면 분명 무슨 소리냐고 웃어버렸을 거다. 하지만 지금 내가 하는 일이란 말이야, 어느 하나도 분명한 요령으로 이뤄진 것이 없었거든.

나스펠론의 지형은 참 별났다. 절벽 전체에 동굴들이 흡사 벌집처럼 뚫려 있고 그 동굴들이 층층이 연결되도록 꼭대기에서 바닥까지 지그재그로 길까지 나 있었다. 꼭 누군가가 일부러 만들어 놓은 동굴 마을 같다. 자연 상태로 이런 곳이 만들어졌다면 조물주가 심심해서 장난이라도 쳤다고 봐야 할 것 같다.

잠든 내가 발견됐던 동굴은 한 층 위로 올라가야 했다. 이윽고 우리는 동굴 앞에 도달했다.

"잘 찾아보자. 분명 이유가 있을 거야. 생각이 있는 존재의 짓이라면 장난이라 해도 까닭이 있겠지. 그것도 하루 동안이나 자기들이 데리고 있었던 셈이잖아. 그동안 무슨 짓을 했을까?"

"유리, 너 나 겁 주냐?"

유리카가 키득 웃었다.

"네 몸속엔 괴물의 알이 자라고 있을 거라고."

램프가 한 개, 횃불이 한 개였기 때문에 엘다렌과 유리카, 나르디와 나, 이렇게 둘씩 짝지어 동굴을 수색했다. 주아니는 머리만 내민 채 귀를 기울이고 있었다. 주아니는 눈도 좋긴 하지만 청각이 더 훌륭하다.

벽 구석구석을 만져 보고 바닥도 비춰 보았다. 동굴은 다행히 그리 넓지 않아 많은 시간이 걸리지는 않았다.

"뭐야, 아무것도 없잖아."

유리카가 실망하여 입을 뗐다.

"더 찾아볼 데가 없는데."

나르디도 고개를 갸웃거렸다. 수색을 포기한 그는 동굴 바닥에 떨어지는 횃불 그림자를 쳐다보고 있었다.

"나스펠은 어떤 자들이지?"

나는 맥이 빠져 바닥에 주저앉아 있다가 유리카에게 물었다. 유리카는 동굴 벽에 기대어 섰다.

"저번에 말했듯 땅과 흙의 정령이야. 강과 비의 미라티사, 불꽃과 화덕의 블로지스틴, 바람과 폭풍의 요르실드와 함께 네 원소의 정령 중 하나지. 나스펠은 특히 사람들의 일에 참견하는 법이 없는 걸로 알려져 있어. 저들 일 말고는 관심을 보이지 않는 만큼 정령들 중에서도 만나서 대화하기는 가장 어렵대. 흔히 그들이 수줍어한다고들 말하는데 그게 정말 수줍어서인지는 아무도 모를 일이지. 물론 정령이란 생명체와 자연의 중간에 속한 존재이자 매개자이니 만큼, 인간이나 드워프 같은 지상의 종족들로서는 이해하기 어려운 것도 사실이지."

"이해하기 어렵다면 어떻게 어렵다는 것인가?"

나르디가 물었다. 유리카는 예를 생각해내느라 잠시 천장을 올려다봤다.

"그러니까 말이지, 홍수가 나서 선량한 사람의 집이 떠내려가거나 죄를 짓기에는 너무 어린 아이가 고통스러운 병에 걸려 죽어 가는 경우가 있잖아. 그럴 때 우리는 자연의 의지를 이해할 수 없다거나, 아니면 그런 것이 아예 없다고 말하게 돼. 자연이 우리와 똑같은 판단력을 가졌다면 세상에 널려 있는 악인들을 내버려두고 하필 죄 없는 사람을 죽일 리가 없다고 말하는 거지. 그런 점에선 짐승들도 비슷해. 짐승들이 선인 악인 가려서 공격하는 것 봤어?"

"그럼 정령들은 어떤데?"

듣자니 점차 흥미가 생겼다.

"정령은 자연과는 달라서 지상의 종족들과 전혀 대화가 안 되는 것은 아니야. 가끔은 도움을 주고받기도 하고 설득이 가능한 때도 있어. 그렇지만, 그것도 본질을 따지자면 인간다운 판단력과는 무관하지. 그저 우리가 이해했다고 착각하는 것뿐이라는 거야. 예를 들어 우리가 보기엔 정말 중요한 일이어서 도움을 청했는데 정령들이 모른 체하거나, 반대로 별것도 아닌 일인데 굳이 개입하려 하는 경우도 있거든? 어느 순간에는 이해하는 것 같아도 지나고 보면 우리와는 전혀 다른 방식의 이해였다는 거지."

"알 듯 말 듯한 말인걸."

나르디가 눈동자를 굴렸다. 유리카는 더 나은 예가 없다는 듯 양손을 펼쳐 보였다. 하지만 설명을 멈추지는 않았다.

"본래 길들지 않은 자연 자체는 사납고 원시적이야. 정령들을 우리 생각대로 길들이려 해서는 안 돼. 이해를 강요할 수도 없어. 만약 인간이 갓난아이 시절, 아니 그보다 더 오래된 본능을 기억해 낼 수 있다면 조금쯤 정령을 이해하게 될지도 모르지."

엘다렌이 참견했다.

"드워프도 물론."

유리카는 피식 웃었다.

"나도 인간이다 보니 인간 중심으로 말하게 된다고."

다른 데로 갈 의욕도 사라진 나머지 우리는 동굴 바닥에 앉은 채 줄곧 정령에 대한 의견을 주고받았다. 우리의 이해 밖에 있기에 우리의 선악 관념으로 단죄할 수 없는 존재. 우리가 정령들의 세계를 느낄 수 없듯 정령들도 인간이나 드워프 등을 이 세상의 들러리 정도로 생각할지도 모른다는 이야기. 정령이 인간의 어린아이를 요람에서 데려간다 해도 길에서 돌멩이 한 개 줍는 정도로 여기지 않을까 하는 이야기도 나왔다.

그러자 유리카가 문득 말했다.

"아, 에즈는 가끔 정령들과 대화를 하기도 했지."

"대마법사는 역시 달랐다는 건가?"

"아니. 그거랑은 좀 달라. 대마법사도 역시 인간이잖아. 우리가 대마법사를 이해하고 의견을 같이할 수 있다면, 대마법사가 정령을 이해하는 건 불가능한 셈이지. 어떤 인간도 정령들을 멋대로 다룰 수는 없어. 중대한 일이라 해도 도와달라고 정령들을 설득하기란 쉬운 일이 아니고…… 아니지, 정령들은 그들 나름대로 중대한 역사를 수행하고 있는지도 몰라. 어쩌면 이 세상을 위해 우리보다 더욱 중요한 일을 할지도 모르지. 그들이 우리 일에 관심이 없듯, 우린 그들의 일을 알 수가 없으니까.”

“글쎄, 잘 상상은 안 가지만 일리 있는 얘기야.”

내가 수긍하자 유리카는 말을 이었다.

“어쨌든 에즈는 정령들을 대단히 존중했어. 물론 정령들이 존중이라는 개념을 알았는지는 의문이야. 인간의 예의를 지켰을 뿐이니까. 이를테면 아무리 큰일이라도 정령들한테 정중히 제안하고, 그들이 받아들이지 않으면 강요하지 않았어. 그러다가 가끔 도움을 받은 일도 있고. 그렇지만 그건 굉장히 위험한 일이었지.”

“위험하다니 왜?”

주아니가 말하자 유리카가 주아니를 돌아봤다. 보아하니 켈라드리안에서 이스나에 이야기로 겁주던 때와 비슷한 눈빛인데.

“정령들은 자기 앞에서 이야기하는 에즈를 보며 먹이와 잠시 즐기고 있다고 여겼을 수도 있거든.”

“히익!”

주아니가 놀라 주머니 속으로 들어가 버렸다. 나도 팔에 소름이 돋는 것 같다. 내가 손으로 어깨 언저리를 비비자 유리카는 만족했는지 짓궂은 미소를 지었다.

“사실이 그런걸. 정령들은 인간이 호의를 갖고 인사했다 해도 그걸 자기를 죽이겠다는 뜻으로 받아들일 수도 있는 존재라고. 게다가 정령들은 굉장히 힘이 세지. 원시 시대의 자연에 가까운 존재니까. 실은 이 세상에서 우리가 정령들의 들러리일지도 모른다고.”

기분이 이상해진 건 나와 주아니만이 아니었는지 나르디가 벌떡 일어나 램프를 집어 들며 그만 나가자고 손짓했다. 유리카가 따라 일어서다가 말했다.

"나르디, 네 머리카락이 점점 노랗게 되고 있는데?"

"그래?"

나르디는 무심코 자기 머리를 만져보려 했다. 그런데 그게 램프를 든 손이었다.

"야, 램프 조심해!"

내가 소리치는데, 갑자기 유리카가 나를 밀치면서 나르디의 램프를 잡아챘다. 그리고 곧장 램프를 천장에 바짝 들이댔다. 그제야 다들 볼 수 있었다. 천장에서 물이 떨어지고 있었다.

"이 물이 어디서 떨어지는 거지?"

물은 한참 사이를 두고 맺혔다가 소리 없이 떨어져 바닥의 모래에 스며들었다. 손을 내밀어 천장을 더듬자 갈라진 틈이 만져졌다. 단검을 꺼내 틈새를 긁으니 흙과 자갈 조각이 우수수 떨어진다. 비교적 최근에 막은 것이 틀림없었다.

내가 검을 뽑으려 하자 아래에서 목소리가 들렸다.

"내 도끼를 쓰게."

이런 일에는 검보다야 도끼가 낫다. 엘다렌은 키가 작으니 직접 천장을 찍을 수는 없겠지 싶어 손을 내미는데, 유리카가 말했다.

"엘다, 그 도끼는 아직까지 한 번도 다른 사람한테……."

"쓸데없는 소리는 그만둬라."

유리카는 어쨌든 놀란 눈치였고, 나는 도끼를 받아들었다.

"자, 간다."

도끼는 생각보다 굉장히 무거웠다. 힘주어 자루를 잡고 휘둘러 천장을 찍었다. 쿠캉!

다음 순간 나는 허겁지겁 뒤로 물러서야 했다. 천장이 틈새를 따라 쩍 갈라지더니 잔 돌멩이가 우수수 떨어지는 듯하다가 갑자기 물이 한 통은 쏟아져 내렸다.

"으앗!"

동굴 밖으로 뛰어나갈 뻔했지만, 다행히 물은 그 정도에서 그쳤다. 위쪽에 고인 물이 있었던 모양이다. 정신을 차리고 돌아보니 다들 옷에서 물을 뚝뚝 흘리고 있었다.

"물러서라고 말 좀 해줄 것이지."

"그래봤자 제일 많이 젖은 건 나야."

난 물론 물에 빠진 생쥐 꼴이었다. 썩은 물은 아닌 것 같아 그나마 다행이었다.

"이것 봐. 구멍이 뚫렸어."

유리카가 천장을 손가락질하자 모두 모여 위를 올려다보았다. 손을 내밀어 더듬으며 확인해 보니 위쪽에는 꽤 넓은 공간이 있는 듯했다. 나는 기운차게 말했다.

"올라가자."

엘다렌이 문제였다. 키가 제일 큰 내가 목마를 태워 제일 먼저 올려주었다. 그런데 어찌나 무거운지 어깨가 내려앉을 지경이었다.

"아이쿠, 도대체 그 작은 키에, 안에는 돌덩어리라도 들었나요?"

내가 불평하자 위로 기어오르던 엘다렌이 점잖게 대꾸했다.

"안에 쌓인 거라면 연륜과 덕성이겠지."

아래에서 유리카가 킥킥거렸다.

다른 사람은 별문제 없었다. 키보다 높은 구멍인데도 다들 팔만 이용해서 가뿐하게 상체를 올렸다. 밑에서 한 사람쯤 다리를 받쳐주면 그만이었다. 나르디가 맨 끝이었는데, 녀석은 혼자 두 손만 짚고 간단히 몸을 솟구쳐 올라왔다. 얼마나 몸이 가벼운지 힘든 기색조차 없었다.

"이것 봐. 복도 같은데?"

"엘다렌, 여기가 어딘지 몰라요?"

모두 신기해하며—우린 어느새 엘다렌이 길을 모르는 걸 대충 수긍해버렸다—주위를 둘러보았다. 확실히 복도였다. 우리는 복도 바닥에 뚫린 구멍으로 들어온 셈이었다. 어디선가 빛이 들어오는지 검푸른 복도 전체에 옅은 빛이 감돌았다.

"아름답군!"

엘다렌은 우리와 만난 뒤 처음으로 감탄하는 모습을 보였다. 그는 빛을 받아 신비롭게 반짝거리는 벽을 어루만지며 어린아이처럼 즐거워했다. 나도 다가가 벽을 만져 보았다. 벽에서 빛이 나다니 정말 이상하다. 벽 곳곳에 하얗게 빛나는 것은 석영일까?

동굴이 아름답다는 생각을 하기는 나도 처음이었다. 이곳 공기는 차갑고 시원했다.

"바람이 부는데?"

바닥에 내려섰던 주아니의 말에 다들 고개를 돌렸다. 정말이었다.

어디서 불어오는 바람일까?

"엘다렌, 여기도 드워프 족이 만든 길인가요?"

동굴 벽면을 전부 만져볼 기세로 돌아다니던 엘다렌이 간신히 멈춰 나를 쳐다봤다. 하지만, 대답은 예상대로였다.

"유감스럽지만 모르겠군. 융스크-리테의 지하는 넓고도 넓어서 수백 년을 산들 10분의 1도 알 수 없거든. 우리 드워프 족이 나스펠론 동굴 지대를 발견한 지 2백 년이 넘네만—물론 잠들어 있던 2백 년은 빼고—아직도 새로운 것투성이야."

"그럼 어느 쪽으로 가야 하죠? 바람이 불어가는 쪽인가요, 불어오는 쪽인가요?"

나르디가 물었다. 복도에 감도는 빛만으로는 좌우 어느 쪽도 끝이 보이지 않았다.

"바람이 불어온다는 건 그쪽이 바깥이란 거겠지? 아니면 아주 넓은 공간이 있거나. 그렇다면, 그쪽보다는 안쪽에 뭔가 숨겨져 있을 가능성이 크지 않을까?"

유리카가 고개를 저었다.

"우리가 찾는 곳은 여명검의 고향이잖아. 신기한 길을 발견하긴 했지만, 이 길이 과연 그리로 가는 길일까? 아무도 모르잖아. 엘다렌이 길을 안다면 굳이 이쪽에서 길을 찾아 헤맬 필요는 없을 것 같은데. 엘다, 어때?"

엘다렌은 고개를 저었다.

"대장장이들의 동굴이 어디인지는 알고 있다. 우리가 찾던 곳에서 두세 군데만 더 뒤져보면 알 수 있지. 그렇지만 여명검은 내가 살던 시대에 만들어진 게 아니야. 그보다 훨씬 오래된 보물이다. 그 근처에 있으리라고 예상할 뿐 확신은 없다."

"엘다렌, 들어오기 전에 큰소리치던 것하고는 전혀 다르잖아요?"

비아냥거리려는 것은 아니지만 그렇게 묻지 않을 수 없었다. 그런데 엘다렌의 대답이 한 수 위였다.

"이렇게 찾아질 줄 알고 있었다."

"아니, 알다뇨?"

엘다렌은 눈썹을 찌푸리더니 멀뚱하게 나를 쳐다봤다.

"자네가 여명검의 주인 아닌가? 검은 자네의 의지를 이해하네. 따라서 자네가 찾고자 한다면 못 찾을 리가 없다고 생각했단 거야. 이 근처까지 안내하는 거야 내 몫이었지만, 그 뒤엔 자네가 어떤 식으로든 길을 찾아낼 거라고 생각했었네. 그래서 결국 이런 길이 나타났지. 내 말이 틀렸나?"

세상에, 멋대로 말 끼워 맞추기는.

내가 그의 억지에 감동해서 입을 벌리고 있는 사이에 유리카가 피식 웃더니 말을 이었다.

"그래, 그 말대로라면 이 길을 꼭 살펴봐야겠네. 여명검의 의지가 파비안을 이끌어 이곳에 엎어져 자도록 만들었다면…… 푸훗! 어쨌든 그러면 바람 불어오는 쪽이야, 반대쪽이야?"

"당연히 바람이 불어오는 쪽이다. 앞뒤를 모르는 동굴에서는 나가는 통로부터 확인하는 것이 순서야. 그래야 안쪽으로 들어갔다가 무슨 일이 생겨도 판단을 바로 내릴 수가 있지. 만일 그 너머에 나가는 길이 아니라 넓은 공간이 있다 해도, 그런 곳에 뭔가 있을 가능성 역시 크기 때문에 가보는 것은 나쁘지 않아."

이번에는 엘다렌이 꽤 자신 있게 말해서 우리는 그 의견을 따르기로 했다.

걸어갈수록 빛이 점차 강해지는 것 같다. 바람도 더 시원해졌다. 걷다가 나는 문득 떠오르는 것이 있어 입을 열었다.

"우리가 아까 하던 추리 말인데……."

"하던 추리?"

유리카가 돌아보았다.

"우리가 이 길로 온 건 내가 그 동굴에 왜 쓰러져 있었는지 까닭을 찾으려 한 거였잖아."

"나스펠?"

유리카는 끝끝내 나스펠의 짓으로 보고 싶어 하는군.

"그래, 그게 나스펠이든 뭐든 간에 엘다렌의 말대로라면 그 초자연적 존재가 나를 검의 고향으로 이끌고 있다고 봐도 좋은 걸까?"

"아."

유리카는 걸으면서 생각하는 얼굴이 되었다. 엘다렌이 말했다.

"지금껏 이 복도를 걸으며 내내 바닥을 살펴봤지만 우리가 들어온 곳 같은 구멍은 더 이상 없었네. 그러니까 여든여섯 개나 되는 나스펠론의 동굴들 중 이곳으로 이어지는 구멍은 자네가 쓰러져 있던 동굴 하나에만 있었던 셈이지."

엘다렌의 말이었다. 동굴에서 난쟁이들의 눈썰미는 믿어 줘야 한다.

"그렇다면 우리한테 개입한 힘이 있긴 하다는 건데, 정말 나스펠일까? 아니면 다른 무엇?"

"혹시 아까 유리카가 한 말대로 정령들이 우릴 잡아먹으려고 이리로 이끄는 것은 아니겠지?"

나르디는 농담조로 한 말이었지만 괜히 소름이 끼쳤다. 유리카가 말했다.

"얘는, 정령이 사람고기를 먹는단 이야긴 들어 본 일이 없어."

"나스펠이 어떤 자들인지 그대도 잘 모른다면서? 그들이 뭘 먹는지도 사실 잘 모르잖나?"

"하긴 그러고 보면 사람고기를 안 먹는단 얘기도 들어본 기억이 없구나."

나르디와 유리카가 계속 이야기를 발전시킬 태세이자 제일 못 참는 것은 주아니였다.

"그, 그만들 두란 말이야. 그런다고 지금 와서 이 길을 안 갈 것도 아닌데 겁 좀 그만 줄 수 없어?"

갑자기 주위가 넓어지는 바람에 이야기가 뚝 끊겼다.

"우와아……."

내가 입을 딱 벌린 것도 무리가 아니었다. 지금까지는 일부러 다듬어진 통로였는데 여기부터는 달랐다. 복도가 끝나는 곳에서 우리는 자연이 은밀하게 만들어 놓은 장관과 마주쳤다.

난 전에 한 번도 종유동굴을 본 일이 없다. 그러나 앞으로도 이곳보다 더 웅장한 곳을 볼 수 있으리란 생각은 들지 않는다. 어렴풋한 빛 아래 붉은 황금처럼 보이는 석회석들이 댓돌과 문설주와 기둥과 처마를 이뤘다. 종유석의 궁전이라고 해야 할까. 우리는 발이 바닥에 붙은 것처럼 떼어놓을 엄두를 내지 못했다.

"할 말이 생각나지 않아……."

나르디가 간신히 고개를 저으며 입을 뗐다. 그때 문득 옛 기억이 떠올랐다. 사실 그리 오래된 기억은 아니다. 미르보 겐즈. 억울하게 갇혔던 엠버 성의 감옥에서 그가 해줬던 이야기 말이다.

오랫동안 정보를 수집해 왔던 검이었지. 그 검을 찾아 동굴 안쪽으로 깊숙이 들어갔다. 종유석과 석회암 기둥이 얼마나 많이 솟아 있는지, 단 몇 걸음도 똑바로 전진할 수가 없는 곳이었다.

오, 여길 말한 것 같은데?

내가 손가락을 딱 울리자 모두가 나를 돌아봤다. 내가 말했다.

"나한테 이 검을 줬던 사람이 검을 손에 넣었던 때의 이야기를 해줬던 생각이 났어. 그런데 그 사람이 말한 곳이 꼭 여기 같아."

"그래? 검은 어디에 있었는데?"

유리카가 급히 물었다. 대답을 하려는데 엉뚱한 기억부터 났다.

"여기로 오는 동안 골렘과 수십 번이나 싸웠다던데?"

모두가 순간 얼어붙은 것은 물론이었다.

물론 2백 년 전에 기사 부대를 전멸시킬 정도로 대단한 용사였다는 엘다렌이야 아무렇지도 않은 표정이었지만, 골렘이 뭔지 본 적도 없는 나는 사정이 달랐다. 미르보한테 이야기를 들었을 때는 그런 전설에나 나오는 괴물이 살아남아 있다니 놀랍다고 생각했을 뿐이었다. 다시 말해 그 땐 내가 여기까지 오게 되리라고는 상상도 안 했다!

"골렘이 정말 살아남아 있을까?"

유리카는 겁내기보다 호기심을 보이며 말했다. 그녀도 2백 년 전에서 왔으니만큼 골렘을 봤던 적이 있을지도 모르겠다.

"호랑이 굴에서 살금살금 돌아다니는 기분이군 그래."

나르디만은 나와 같은 기분인 모양이어서 그나마 위로가 되었다. 엘다렌은 느긋하게 파이프를 만지작거리다가 내가 계속 생각에 잠겨 있자 핀잔을 주었다.

"여기까지 와서 되돌아가잔 것은 아니잖나! 어서 다음 이야기를 해 봐."

"그 사람이 말하기를, 종유 동굴을 뚫고 가다가 오던 길과는 달리 탁 트인 방과 마주쳤는데, 그 한가운데에……."

말을 끊은 것은 내가 아니다. 미르보가 그랬던 거다.

"가운데에?"

"검이 있었단 거죠."

이거 참, 이렇게 말하니 왠지 맥 빠지게 들리는데.

엘다렌의 표정을 보니 부연설명이라도 하는 편이 좋을 것 같았다.

"석순에 박혀 있었대요. 불꽃이 너울거리고 있었고…… 뭐, 하여튼 그래요."

더 할 이야기가 없어서 유감이었다. 미르보는 참 이야기를 단순하게 해버리는 사람이었단 말이야.

다들 생각에 잠긴 표정이었다. 그러나 먼저 동굴 안으로 들어서는 사람은 없었다. 발을 들여놓는 순간 골렘이 튀어나오는 것은 아니겠지만 왠지 그렇게라도 생각하고 있는 눈치였다.

"아참, 검이 꽂혀 있던 석순은 그 사람이 다 부숴 버렸다는데."

엘다렌이 고개를 끄덕였다.

"그렇겠지. 그자가 누구인지는 몰라도 그러지 않고서야 검을 뽑아낼 수가 없었겠지. 만약 그에게 그런 능력이 있었다면 그가 이 검을 가졌겠지."

그랬다면 나는 여기까지 올 일도 없었을 거구요.

"알았어. 깨어진 석순을 찾으면 된다는 거군?"

유리카가 그렇게 말하더니 다들 꺼리던 종유 동굴 안으로 성큼 발을 들여놓았다. 물론 아무 일도 일어나지 않았다.

그녀가 돌아보았다.

"안 가?"

우리는 모두 동굴 안으로 들어갔다.

미르보의 얘기는 진짜였다.

"이쪽으로 와. 거기는 잘못 건드리면 무너질 것 같아."

"조심하고 있다고."

"왼쪽 피해. 머리 부딪치겠다."

입구에서 보았을 때 궁전과 같았다면 안에서 본 그곳은 숲이었다. 제멋대로 생긴 석순들은 볼만한 구경거리였다. 뒤틀린 것, 위아래가 이어지기 직전인 것, 움직임을 볼 수는 없지만 분명 흘러내리고 있는 석회질 더미, 창처럼 비쭉 솟은 돌, 사람이 들어앉을 만큼 큰 꽃 모양, 여자의 옆얼굴……

"저걸 보니 배가 고파진다."

나르디가 가리킨 것은 커다란 크루아상(croissant)처럼 생긴 종유석이었다.

"우리가 지하에 들어온 지 얼마나 됐지?"

"저 빵을 다 먹을 정도는 되지 않을까."

"야, 자꾸 배고프게 할래?"

이곳은 이상한 별세계였다. 어디서 오는지 모를 빛으로 동굴은 반짝이고 사방에는 우릴 지켜보는 돌들이 있었다. 한 걸음만 떼어놓아도 동굴의 모습이 변했다. 다시 한 걸음 떼어놓으면 곁에 있던 것도 숨어버렸다. 풍경에 도취된 엘다렌은 말할 것도 없고, 우리도 어느새 골렘 얘기는 깨끗이 잊고 놀러 나온 것처럼 들떴다.

"야, 저걸 보니 왠지……"

"말하지 마. 진짜로 구린내가 나는 것 같단 말이야."

우리는 별로 설명하고 싶지 않은 모양의 종유석도 지나쳤다.

"이 검을 만든 사람은 누구죠?"

나는 멋대로 앞서가는 엘다렌을 부를 겸 말을 붙였다.

"드워프 족의 대장장이들이지. 언제인지 몰라도 최소한 4백 년은 더 된 이야기일 거다. 내가 태어났을 때도 이야기만 들었을 뿐 실물을 보지 못했던 검이니까."

"하지만 엘다렌은 왕이잖아요? 이게 진짜 중요한 보물이라면 어디에 보관했는지도 알아야 할 것 같은데."

엘다렌은 한 걸음 내딛을 때마다 주위의 광경을 남김없이 보려는 것처럼 고개를 휘돌리는 중이라 몹시 바빠 보였다. 하지만, 대답은 들을 수 있었다.

"드워프 족이 만든 걸작 중 하나지만 때가 될 때까지 사용되어선 안 될 물건이었네. 그래서 검을 숨긴 장소는 화덕의 주인만이 알고 있다가 후계자에게 전해온 비밀이 되었지. 그때가 언제인지는 아무도 알지 못했어."

"화덕의 주인은 드워프 족 최고의 대장장이를 가리키는 말이야. 화덕의 주인은 진실로 중요하다고 판단되면 왕의 명령조차도 거부할 수 있는 특권이 있어."

내가 묻겠다 싶었는지 유리카가 덧붙였다. 엘다렌이 말을 이었다.

"그리고 왕은 본래 화덕의 일과 공장의 일, 동굴의 일은 함부로 손대지 않는 법이야. 그 셋은 난쟁이들에게 가장 중요한 임무이자 고귀한 천직이고, 책임자가 따로 존재하지. 대장장이들을 책임지는 화덕의 주인, 수공예 장인들을 책임지는 공장의 주인, 광산과 광부를 책임지는 동굴의 주인. 그들 또한 왕과는 다른 방식으로 드워프들을 이끄는 것이다."

드워프 족이 살아가는 방식은 들을수록 신기했다. 내가 고개를 끄덕이는데 엘다렌이 불쑥 말했다.

"그러나 그 검, 영원한 푸른 강물을 가르는 찬란한 광휘는 드워프만의 힘으로 만들어지지 않았다."

"저길 봐!"

내가 되물으려는 순간, 나르디가 외치며 앞쪽을 가리켰다. 석순들로 가려져 있긴 했지만 우리가 처음 들어왔던 복도와 똑같이 생긴 통로가 보였다. 석영 조각이 박힌 검푸른 돌로 지어진 복도 말이다. 드디어 동굴을 빠져나온 건가?

한 시간 정도 헤맸지만 볼거리가 많아서 괴롭지만은 않았던 길이었다. 하지만, 이렇게 다시 발견한 통로가 찾던 길이라는 확신은 없었다. 나는 통로를 들여다봤다. 길은 보이지 않는 곳으로 이어지고 있었다.

11. 검의 고향

"아아, 딱딱해. 이빨이 들어가질 않네."

"물이 다 떨어져 가."

복도 앞에 주저앉아 점심인지 저녁인지 모를 식사를 마쳤다. 내가 수통을 흔들어 보이자 유리카가 고개를 끄덕였다.

"슬슬 밖으로 나가지 않으면 안 되겠어."

"계산해 봤는데, 지하로 들어온 지 이틀째인 것 같네."

나르디의 말을 들으니 오히려 이틀밖에 안 됐나 하는 생각이 들었다. 마치 일주일은 흐른 기분이었다.

"궁금한 게 있는데."

식후의 파이프 한 대를 즐기고 있던 엘다렌이 입을 열었다.

"뭐죠?"

"자네한테 검을 줬다는 그 사람이 여길 어떻게 들어왔다고 말 안 하던가?"

"글쎄요."

미르보가 워낙 솜씨 좋게 이야기를 간추려버리는 바람에 그 점에 대해선 전혀 들은 게 없었다.

"우리가 온 길은 엘다의 안내가 아니라면 결코 올 수 없는 길이었어. 정말 다른 길이 있었던 걸까?"

유리카가 고개를 갸웃거렸다. 생각해 보면 꿈에 나타난 류지아가 말해 준 길과도 분명히 달랐다.

"통로가 여럿 있나봐. 마법 시선이 찾았던 틈새, 내 꿈에 나타난 점쟁이 소녀가 말해 준 길, 이 검을 준 양반이 왔다는 길. 모두 같은 길 같지가 않아. 우리가 온 길까지도."

"그럼 이 통로로 갈 겁니까? 아니면 계속해서 그 텅 빈 방을 찾을 겁니까?"

나르디는 엘다렌에게 물었지만 내가 대답했다.

"당연히 이 통로로는 갈 수 없어. 이 검을 준 사람의 말을 생각해 보면 저기도 우리가 들어왔던 곳처럼 이 종유 동굴로 이어지는 통로 중 하나가 아닐까 해. 길은 여러 개인 모양이니까."

"그럼 계속 가볼까."

뱃속에 바짝 마른 식량 몇 조각을 집어넣고 다시 종유 동굴 안을 헤매기 시작했다. 미르보가 횃불 기름이 다 떨어졌다고 하던 말이 떠올랐다. 동굴 안은 확실히 램프 없이 돌아다닐 정도로 밝지 않았지만, 최악의 경우 암흑에 갇힐 정도도 아니었다.

기름이 떨어졌다 해도 미르보 역시 어찌어찌 빠져나왔겠지. 그러나 가져간 기름이 다 떨어질 정도였다면 그도 꽤 힘겹게 헤맨 것이 틀림없었다.

"그나저나 파비안, 이상한 점이 있는데 말이네."

맨 뒤에서 따라오던 나르디가 불쑥 말했다.

"이상한 점이라니?"

"그게 지금은 그렇지 않네만……."

말끝을 흐리는 것이 망설이는 눈치였다. 돌 바닥을 딛는 신발 소리만 유난히 크게 울렸다. 램프가 비추는 그림자들이 주변 벽에서 흔들흔들한다.

"무슨 일인데 그래?"

"자네 검 말일세."

"이 검이 왜?"

손을 등 뒤로 돌려 검 손잡이를 잡아 보았다. 별 문제는 없는 것 같았다. 어깨에 느껴지는 무게도 그대로고 말이야.

"조금 전에 이상한 빛이 나는 것 같았거든. 미리 말해 두지만 내 착각일 수도 있어."

동굴을 울리던 발소리 중 몇 개가 딱 멎었다. 앞서 가던 유리카가 후딱 몸을 돌렸다.

"어떻게 됐다고? 검에서 어떤 빛이 났는데?"

나는 검을 뽑아들었다. 그저 쇳덩어리일 뿐 온기도 밝기도 느껴지지 않았다. 유리카가 나르디를 다그쳤다.

"어떤 빛이었어? 어느 정도 밝기였어?"

"방금 화덕에서 꺼낸 쇠처럼 붉은빛이 확 떠올랐다가 조금 후에 사라졌네."

"그게 정확히 언제쯤이야?"

"되돌아가야 할 것 같나?"

나르디의 목소리도 긴장되어 있었다.

"네 말이 맞는다면 물론이야. 이런 검을 수백 년이나 보관했던 곳이라면 분명 마력이 깃든 장소일 거야. 그리고 검의 힘과 연결되어 있을 가능성도 크지. 네가 본 빛은 그 장소가 가까워지자 일어난 반응일 거야. 그곳을 다시 찾아야 해"

"그럼 내가 앞장서겠네."

일행의 순서가 바뀌었다. 나르디가 맨 앞에 서고, 내가 그 뒤에서 검을 뽑아든 채 걸었다. 온몸에 긴장감이 흘렀다. 변화를 놓치지 않으려고 돌부리에 걸리든 말든 발밑도 살피지 않았다.

"거의 왔어. 여기쯤이야."

나르디가 주의를 환기시켰다.

"파비안."

유리카가 속삭였다. 나도 안다. 왜 내 이름을 불렀는지. 검에서 서서히 빛이 떠올랐다. 아련한 붉은빛이. 나르디도 걸음을 멈추고 돌아보았다. 그의 눈동자에도 경이로워하는 빛이 떠올랐다.

"그래, 바로 저런 빛이야. 아까는 저보다 더 환했어."

10여 걸음쯤을 더 걸어가자 나르디가 말했다.

"여기다."

굳이 말할 필요도 없었다. 검은 불에 달군 것처럼 벌겋게 달아올랐다. 하지만 손잡이는 전혀 뜨겁지 않았다. 다들 나를, 아니 검을 둘러쌌다.

"여기서 어느 쪽으로 가야 하지?"

"이쪽으로 좀 걸어 봐."

나는 좌우로 몇 걸음씩 걸어 보았다. 종유석에 부딪힐 뻔하다가 고개를 숙이는데, 갑자기 양손에 저릿한 울림이 왔다. 저도 모르게 눈을 크게 떴다. 다시 한 번, 이번에는 팔까지 부르르 떨릴 정도였다.

우우웅…….

"이건 무슨 소리지?"

"소리라니?"

내가 숨까지 헐떡이며 물었는데 다른 사람들은 모르겠다는 표정이었다. 나는 다시 한 번 들어보려고 고개를 이리저리 돌려 보았다. 아, 왔다!

우우웅…….

"이 소리가 안 들려?"

유리카의 얼굴에서 의아함이 사라졌다. 그녀는 내 곁으로 다가와 팔에 손을 얹었다.

"이것 말이니?"

내 팔을 잡은 유리카의 팔까지 순간적으로 떨리는 것을 모두가 보았다. 가슴이 뻐근하게 아파 올 지경이다. 간신히 대답을 뱉었다.

"그…… 으래."

유리카는 눈을 잠시 감았다. 바람 한 점 없건만 그녀의 머리카락이 서서히 떠올랐다가 내려앉았다. 다시 눈을 뜬 유리카는 내 눈을 똑바로 보았다.

"검이 너한테 말을 하고 싶어 해."

나는 당황했다. 헤렐이 하던 이야기가 생각나서다.

"무슨 말을?"

"너를 네가 찾는 곳으로 인도하고 싶은 것이 분명해."

"혹시 직접 대화할 수 있는 방법은 없어?"

유리카는 고개를 저었다.

"무녀라고 해도 무생물과 대화하는 능력은 없어. 이스나에만이 그런 능력이 있지."

헤렐까지는 안 바라고, 켈라드리안에서 만났던 아르단드가 아쉬워지는 순간이었다. 곧 다시 진동이 왔다.

우웅……

"이, 이것 참……."

진동이 올 때마다 깜짝깜짝 놀라다 못해 신경 쇠약에 걸릴 지경이었다. 유리카는 검에 손을 얹고 주위를 둘러봤다. 힘의 방향을 찾는 모양이었다.

"가자. 저쪽 방향일거야."

유리카가 가리킨 쪽으로 모두 걸음을 옮겼다. 걸을수록 진동이 심해졌다. 팔 전체가 바짝 긴장해 있는데도 매번 진동이 올 때마다 펄쩍 뛰어오를 만큼 놀랐다. 이마에서 진땀마저 배어나왔다.

유리카가 낮게 말했다.

"마음을 굳게 먹어. 그 검은 네 거야. 네게 아무런 짓도 하지 않아. 모든 게 네 의지대로 될 거야."

그래, 모든 것이 내 의지대로.

검에만 신경을 집중하느라 앞이 점점 밝아지는 것도 눈치채지 못했다. 종유석도 점차 줄어들어 걷기가 한결 쉬워졌다.

"입구 같군."

기둥처럼 마주선 석주 두 개를 보면서 엘다렌이 말했다. 우리는 그 입구를 통과했다. 그리고 이어 눈앞에 펼쳐진 광경에 모두 멈춰 버렸다.

"저것이?"

당사자인 나는 오히려 아무 말도 못했다. 먼저 나아간 나르디가 눈앞의 것을 자세히 보며 말했다.

"이게 그 깨어진 석순인가?"

우리는 찾던 곳에 도착했다.

나의 의지는 바람의 의지
세상을 떠돌며 뒤를 돌아보지 않는 바람
눈은 허공을 더듬고 입술은 꿈을 노래해
스쳐간 곳에는 그림자조차 남지 않아
누구에게든 잊히고야 마는 바람
그에게 의지 같은 것은 없으니……

벽에 기대어 앉은 나르디가 나직이 노래를 불렀다. 생각해 보니 그의 노래를 들어보는 건 처음이었다. 음조를 띠자 그의 목소리는 현악기 같은 울림이 났다. 언뜻 애조마저 느껴진다. 평소 노인네 같은 말투만 쓰는 녀석이다 보니 목소리가 저렇다는 것조차 느끼지 못했던 걸까?

나르디는 고개를 서서히 들어 천장을 보더니 노래를 뚝 그쳤다.

"좀 더 해봐."

"아아."

나르디는 싱긋 웃어 보였다. 오랜만에 보는 특유의 웃음이었다.

"사실은 거기까지밖에 몰라. 참 마음에 드는 노랜데."

우리는 찾던 곳을 발견했다. 그러나 그 다음은?

깨어진 석순이 중앙에 불쑥 솟아 있고, 주위는 널찍했다. 석순은 정말 조각조각 부서져 있었다. 미르보의 칼은 골렘 탓이 아니라 이 석순을 부수다가 이가 빠진 게 아닐까 하는 의심이 든다.

그런데, 내가 방에 들어서자마자 검에서 나던 붉은빛이 사그라져 버렸거든. 동시에 진동도 사라졌고.

영문을 아는 사람은 없었다. 나는 망연히 검을 들여다봤다. 들여다본다고 무슨 변화가 일어날 리 없었다. 그게 벌써 반 시간 전의 일이다. 우리는 실망하고 지친 나머지 각자 아무렇게나 주저앉아 있었다.

유리카가 몸을 약간 일으키며 물었다.

"나르디, 그 노래 어디에서 들었어?"

"하도 옛날 일이라 확실치 않지만, 부둣가에서 어떤 노인이 부르고 있었던 기억이 나네. 너무 오래된 기억이라 지금 내가 부르는 것하고는 조금 다를지도 모르겠군."

"나도 그 노래 어딘가에서 들은 것 같다."

"그래?"

둘이 주고받는 이야기를 들으며 나는 혼자 생각에 잠겼다. 나의 의지는 바람의 의지, 그러나 그 의지는 없다라.

내 의지를 내가 알기만 한다면.

"파비안, 검에서 웅웅대는 소리가 들렸다고 했잖아."

주아니의 목소리였다. 주아니는 유리카의 손바닥에 서서 뭔가에 귀를 기울이고 있었는데, 뛰어내려 내 옆으로 왔다.

"응."

유리카가 내 팔에 손을 댔을 때 진동은 느낄 수 있었지만, 내가 들은 소리는 듣지 못했다고 했다. 그 뒤로도 그 소리를 들은 사람은 나밖에 없었다. 귀가 밝은 주아니조차 듣지 못했다.

"내 귀에 들리지 않았잖아. 그럼 무슨 소리였든 인간의 귀로 들을 수 있는 소리는 아니란 거야."

나는 앉은 채로 고개를 끄덕였다.

"그럼 파비안 너도 그 소릴 귀로 들은 건 아니란 얘기야."

주아니의 검은 눈이 진지하게 나를 올려다봤다. 나는 손을 내려 주아니를 손바닥 위로 올라오게 했다. 무릎에 손을 얹으니 눈높이가 딱 맞는다.

주아니가 물었다.

"그 소리를 넌 어디로 들은 걸까?"

나는 들을 때 귀를 가리키던 아르노월트를 오랜만에 떠올리면서 반문했다.

"소리를 귀로 듣지 않으면 어떻게 들어?"

"꼭 그렇지만도 않아."

주아니는 고개를 흔들더니 조그마한 손바닥을 펴 보였다. 그러더니 손뼉을 한 번 쳤다.

"밖으로 들리는 소리가 있고."

주아니는 다시 손바닥을 펴서 내 눈앞으로 내밀었다.

"내 몸 안으로 들어가 버린 소리가 있어. 그 소리가 내 손과 팔을 울리게 했어."

"그것도 소리라고?"

"우리 로아에들은 그렇게 말해."

"그렇다면?"

내가 관심을 보이자 주아니의 얼굴이 환해졌다.

"넌 몸속으로 들어간 소리를 들은 거야. 그걸 진짜 소리로 느낄 정도면 정말 큰 소리였던 거지. 네가 그 소리를 들으며 긴장했던 것도 무리가 아니야. 아주 낯선 경험이니까."

나는 주아니를, 아니 정확히는 내 손바닥을 들여다보았다. 이 손으로 검을 잡고 있었지. 검이 소리를 내서, 내 몸을 통해서 말을 하려고 했다는 거야?

"나, 잠깐만 아래로 내려 줄래?"

내가 손을 내리자 주아니는 바닥에 내려서서 몇 걸음 돌았다. 그러더니 조그만 손가락을 들어 돌바닥을 가리켰다.

"네 검은 이 방과 반응하고 있었잖아. 이 방을 이루는 돌 하나하나는 평범한 게 아니란 거잖아. 아까 유리카가 이곳이 마력을 띠고 있고 검을 부른다는 말을 했지? 그러니 이 방에 깃든 마력이 너에게 말하고 싶어 하는 거야. 검을 통해서 네게 진동을 보낸 거야."

"검이 아니라 방이란 말이야?"

"그 검이 여기 오기 전에 그런 일 하는 거 봤어?"

억지 같기도 했지만 아예 틀린 말도 아니었다. 지금껏 검이 뭔가 하려 하나보다 생각했지 이 방에도 의지가 있으리란 생각은 하지 못했다.

"그런데 이젠 들리지 않잖아. 아무 소리도."

"그건 네가 들을 생각이 없어서 그래."

주아니가 팔짱을 끼고 나를 올려다봤다.

"모든 것은 너의 의지대로…… 아니야?"

알 듯 모를 듯한 말이다. 그러나 주아니는 확신 어린 눈으로 나를 보았다. 몸을 통해 들리는 소리가 있고, 그걸 듣는 것은 내 마음대로라고?

나는 몸을 일으켰다.

"잠깐만."

깨어진 석순으로 다가갔다. 몸을 굽혀 석순 조각을 몇 개 집어 들여다보았다. 누군가가 억지로 깨뜨린 날카로운 돌조각들, 부서진 가루들이 틀림없었다. 검이 이곳을 떠난 뒤로 몇 년이 흘렀지만 방금 석순을 부수고 꺼냈다고 해도 믿을 정도였다. 그날 그대로, 아무 변화도 없었다.

나는 검으로 석순 조각들을 몇 개 헤쳤다. 돌조각이 자그락대며 고요를 깼다. 잠깐 만에 무언가 박혀있었음 직한 구멍이 보였다. 내가 무얼 하려는 건지도 모른 채 나는 그 구멍에 검 끝을 맞추어 보았다.

딱 맞는다.

손가락 두 마디 정도밖에 들어가지 않았지만, 의심할 바가 없었다. 문득 여기에 검이 박혀 있었다면 어떻게 날이 상하지 않았는지 궁금해졌다. 몇백 년 동안 말이다.

"파비안, 뭐해?"

유리카가 불렀지만 대답하지 않았다. 검을 꽂은 채 짚고서 생각에 잠겼다. 멋쟁이 검은 몇 년 만에 이리로 돌아온 거지? 이 검이 정말 의지가 있다면 지금 무슨 생각을 할까?

우웅…….

나는 당황해서 검을 놓칠 뻔했다. 내가 놀라는 것을 보고 유리카와 나르디가 동시에 몸을 일으켰다.

"왜 그래, 파비안?"

"무슨 일이야?"

다른 사람한테 상황을 설명하고 있을 때가 아니었다. 나는 숨을 깊이 들이쉬고 양손을 모아 손잡이를 쥐었다. 누군가가 내게 말을 걸고자 한다면 나는 들을 준비를 해야 해. 진동의 여운은 쉽게 가시지 않았다. 나는 눈을 감았다.

감은 눈으로 허공을 응시했다. 정확히는 누군가의 마음속을 발견하

려 했다. 보잘것없는 나를 주인으로 택해, 길지 않은 시간이나마 함께
해 온 나의 검이었다. 넌 무엇을 원하고 있지? 왜 나를 불렀지? 왜 나를
네 집으로 초대했니?

내게 보여주고 싶은 것이 뭐지?

"파비안……."

누군가가 내 귀에 대고 말하는 것 같은데 잘 안 들린다. 내 이름을 부
른 뒤로도 뭐라고 계속 말했지만 조그만 벌이 윙윙대는 것처럼 들릴 뿐
이었다. 그때 갑자기 또렷한 목소리가 들려왔다.

「파비안 나르시냐크.」

나는 놀라 눈을 떠버릴 뻔했다. 저 이름으로 나를 부르는 게 누구야?
난 저 성을 한 번도 쓴 일이 없는데? 아버지의 성은 여행을 끝내기 전
까진 쓰지 않기로 결심했는데?

「내 말을 들어. 쓸데없이 놀라지 마. 네가 나르시냐크가 아니라면 말
을 걸지도 않았어.」

"누구지? 넌 누구야!"

여자 같은데 여자치고는 허스키한 저음이었다. 그러고 나니 생각나
는 것이 있었다. 지금 난 누군가와 대화하려고 애쓰고 있었잖아?

"너, 혹시……."

「웃기지마. 네가 무생물의 말을 들을 수 있다고 생각한다면 뭔가 크
게 착각하는 거야.」

"그, 그럼 뭐야? 넌 뭔데?"

이야기하는 동안에도 귓가에서는 계속 벌떼가 윙윙거렸다. 으아, 정

말이지 신경 쓰이는군.

「인간이란 자기가 알아듣기 싫은 것은 한 가지도 알아듣지 못하는
군. 제멋대로지, 제멋대로야. 그렇게 얘기를 했는데 전혀 기억하지 못
하다니.」

"얘기라고? 언제?"

「언제는 언제야. 네가 정신 못 차리고 쓰러져 있을 때지.」

"뭐?"

이번엔 정말 펄쩍 뛰어오를 만큼 놀랐다. 그럼 지금 나한테 말을 거
는 자가 나를 그 동굴에 데려다 놓은……

"사람 잡아먹는 정령?"

「무례하긴!」

그 순간 여러 개의 손이 내 몸을 잡고 이리저리 흔들어댔다. 넘어지
지 않으려니 애써 중심을 잡아야 했다. 여러 가지로 힘들게 만드는 말
상대다.

「내가 자진해서 너와 무생물 사이에서 통역을 해주려는 참인데, 잡
아먹어? 세상에, 에제키엘에게도 이런 이야긴 들은 일이 없어.」

"에제키엘을 알아?"

캄캄한 어둠 속에서 정신을 똑바로 차리려 애썼다. 눈을 뜨면 더 쉽
겠지만, 그랬다간 이야기의 연결이 끊겨버릴 것 같아 그럴 수가 없었
다. 단순히 눈꺼풀을 내렸을 뿐인데도 완전히 다른 세상에 와 있는 기
분이었다.

「에제키엘을 아느냐고? 그의 장화를 신고 있는 자한테 별 소리를 다

듣는구나. 그 장화가 아니었으면 처음부터 너 따위 거들떠보지도 않았을 거야.」

나는 어제 일을 떠올렸다. 박쥐 사이에서 쓰러졌다가 망각의 안개에 뒤덮여 정신을 잃었지. 그러면 그게?

할 인사치레는 해야 한다. 그게 정직한 상인의 자세지.

"고마워. 나를 도와 줬구나."

「네가 마음에 들어서 도와준 것이 아니야. 어쨌든 잔소리는 그만해. 본론으로 들어가자.」

주변 공기가 쉬익, 하고 움직인 듯했다. 바람이 몸을 한 바퀴 휘감고 가는 것 같달까? 나는 감은 눈꺼풀에 질끈 힘을 주었다. 대화를 놓치면 안 된다. 저 말투로 보아 한 번 놓쳤다간 다시는 말을 걸지 않을지도 모른다.

「네 검은 네게 자길 쓰는 방법을 가르치려 하고 있어. 무생물한테 배워야 하는 신세라니 너도 우습지만 가르치려는 검도 장난이 아니라고.」

정령이든 뭐든 여간 불친절한 게 아니지만 잡혀 먹힐지도 모르니까 잔소리 말고 들어야 한다.

「감각을 의지에 맞춰. 너를 위해서만 흐르는 시간과 공기의 흐름을 느껴 보라고. 뜨거움, 차가움, 다 네 마음대로야.」

"에, 뭐라고?"

이해가 안 가면 질문을 해야 한다. 그러나 참을성 없는 목소리는 내 무식함에 화를 내었다.

「정말! 본래는 스스로 깨달아야 하는 것인데 네 검에다가 심지어 나까지 도와주고 있잖아! 그런데도 모른다고 하면 어떻게 하란 말이야!」

불친절에는 불친절로 대응하는 데 이골이 나 있는지라 저도 모르게 대꾸하고 말았다.

"어떻게 하긴 뭘 어떻게 해? 더 쉬운 말로 설명을 해야지! 다들 너랑 같다고 생각하면 곤란하지 뭐냐? 넌 네 자식한테도 그렇게 가르칠 거냐?"

정령한테 자식이 있는지는 잘 모르겠지만 말이다.

목소리는 말문이 막힌 모양이었다. 할 말이 없다기보다는 어안이 벙벙한 거겠지. 뭐 상관없다. 잡아먹지만 말아라.

그런데 그즈음 윙윙대던 벌 소리가 멈춰 있었다. 목소리는 한참 만에 다시 말을 걸었는데, 이상하게 누그러진 어조였다. 그렇다고 사근사근해진 건 아니지만.

「성깔은 닮았군 그래. 차라리 그게 나아. 모르면서도 아는 체하는 인간은 꼴사납지. 아는 것도 없는 주제에. 기껏 백 년 사는 인간이 알면 얼마나 알겠어.」

"닮다니?"

처음 듣는 말이 아닌 듯해서 되물었지만, 정령은 대답하지 않았다. 심지어 당연한 듯 엉뚱한 이야기로 운을 떼었다.

「어차피 네 스스로 하는 거야. 나나 이 무생물이 가르쳐 줄 수 있는 것은 몇 가지뿐이야. 무생물이 자신의 의지를 깨닫는다는 것도 쉬운 일이 아닌데 게다가 주인을 가르치겠다니, 대단한 노릇이 아니겠어? 그만하면 과분하지. 너.」

갑작스러운 지칭에 움찔 놀랐다.

"왜?"

「네 검, 복잡한 과거사가 있다니 대단한 것이겠거니 해서 들고 다니긴 하지만 실제로는 잘난 고철덩어리만도 못하게 쓰고 있지?」

정령은 모르는 것이 없었다.

"몸이 꼬인대?"

헤렐이 한 말이 떠올라서 한 얘기였지만 정령은 자기가 알아듣지 못하는 것에는 관심이 없었다.

「검의 이야기를 따르자면 네 검의 힘은 불이야.」

검의 힘이 불이라니 새삼 무슨 뜻인가 싶긴 하지만, 이 검과 불이라면 익숙한 조합이다.

"그래서?"

「'영원한 푸른 강물을 가르는 찬란한 광휘'가 무슨 뜻인지 알아? 여명, 새로운 시작을 준비하며 과거를 태워버리는 불, 시대의 전환, 끓어오르는 열정, 야생 짐승처럼 사나운 돌파력, 가로막는 것은 베어버림…….」

이건 마치 헤렐이 파비안느 아룬드의 의미를 읊어대던 그때 같은데.

말은 계속되고 있었다.

「……즉, 네가 태어난 파비안느 아룬드의 의미와 상통하지.」

"에…… 에에?"

젠장, 길어질 것 같다고 딴 생각을 하는 것이 아니었는데.

그런데 정령은 내가 말을 놓쳤다는 사실을 전혀 눈치 채지 못했다. 인간이라면 저렇게 눈치가 없을 순 없는데.

「세상 모든 생물과 무생물이 그렇듯 사람의 몸에도 마력이 있지. 그걸 끌어내어서 네 검의 힘과 하나가 되도록 해 봐. 그걸 해내지 못한다면 너는 이 우아한 이름을 가진 검의 주인도 아니야. 검이 지닌 불을 네몸속으로 끌어당겨 느껴 보라고. 검이 네 몸의 일부인 것처럼, 검과 똑같은 의지를 지니는 것, 그게 첫 번째 단계야. 합일(合─). 다른 말로는 '칼레시아드'.」

말은 쉽지만 도무지 될 것 같지 않은 소리였다. 나는 의식적으로 몸이 뜨겁다고 느껴 보려 했다. 화나는 일이라도 생각해야 하나? 잠시 애를 써 봤지만 물론 예상대로 아무 일도 일어나지 않았다.

정령의 냉정한 목소리가 울렸다.

「그 정도론 턱도 없어. 네가 해낼 때까지 기다릴 순 없으니 그 다음단계를 말해주지. 합일을 이뤘을 때 너는 네 몸을 주체할 수 없을 거야. 정신이 검의 기운에 휘말려 들어서 손만 쓰면 놀라운 일들이 벌어지지만 통제할 방법을 모르지. 그런 상태로 원치 않는 일을 저질러 버릴지도 몰라. 한마디로 아주 위험한 상태지.」

정말 위험하게 들렸다.

"그런 상태로 오래 있다간 큰일 나겠는데."

「맞았어. 다음 단계는 통어(通御), 다른 말로는 '보크리드'라고 하는데 합일을 완성해야만 넘어갈 수 있어. 보크리드는 네 몸 안에 두 가지기운이 동시에 흐르는 것을 느끼는 거야. 합일을 이뤄 검의 강력한 힘을 사용하면서, 동시에 그것을 통제할 이성도 살아있는 상태지. 완성되면 몸 안에 두 가지 감각이 동시에 살아 움직이는 상태가 될 거야. 스스로도 느낄 수가 있을걸. 흥분으로 온몸이 뜨겁지만, 동시에 맑은 정신이 구석구석 퍼져 있는 상태.」

그 말을 듣는 순간 머리를 치고 지나간 기억이 있었다. 두 가지 기운이 동시에 존재한다고? 흥분과 침착함이 한꺼번에 존재하는 상태라면…… 삼나무 숲에서 꾸었던 꿈!

꿈에 느꼈던 기묘한 감각이 조금 전의 일인 양 되살아났다. 단지 꿈이었을 뿐인데도 내 몸이 그 감각을 기억해내는 것 같았다.

「어떻게 된 거야?」

목소리도 뭔가를 느낀 모양이지만 설명하기가 여의치 않았다. 설명할 말도 적당치 않았고, 설명할 수 있는 상태도 아니었다.

그 꿈속의 사람은 정말 나였나?

곁에서 의심쩍어하는 목소리가 들려왔다.

「뭐야, 벌써?」

다음 순간, 밀물처럼 밀려들어오는 열기에 나는 정신을 잃을 것처럼 비틀거렸다.

"흐윽!"

예상치 못한 충격이 온몸을 쳤다. 몸이 부들부들 떨렸다. 크고 작은 관절 마디마디가 타인의 손으로 모조리 꺾이는 느낌이었다. 캄캄하던 시야가 불그레해졌다. 저건 뭐지?

「믿을 수가 없어. 네 생각은 어떻지?」

정령의 말을 생각할 여유가 없었다. 온몸의 감각이 세세히 갈라져나
갔다.

「말 좀 해봐. 너도 보고 있잖아.」

나한테 하는 말이 아니었다. 아아, 더 이상 아무 것도 모르겠다.

「뭐라고? 그게 정말이야?」

뜨끈뜨끈한 열기가 시야를 휘감아 눈앞은 더 이상 어둠이 아니었다.
더 견디기 어려운 것은 피가 부글부글 끓는 그 느낌이다. 온몸이 홧홧
하고 입술이 하얗게 말랐다. 머리끝에서 발끝까지 규칙적으로 휩쓸고
다니는 이 터질 듯한 감각은 뭐지?

맥박이 미친 듯 뛰어오른다. 그와 동시에 목이 터져라 소리 지르고,
손에 닿는 것은 모조리 부숴버리고, 지쳐 쓰러지도록 달리고 싶은 충동
에 휩싸였다 이대로라면 이성을 잃어버릴 것만 같다.

「정신 차려!」

또 다른 목소리였다. 앞서보다 훨씬 침착하고, 언뜻 소년처럼 들리
는 사내의 목소리였다.

「정신 차려! 장소의 도움이라 해도 잘하고 있으니까, 그 상태로 다시
침착함을 되찾아야 해! 보크리드가 눈앞이야!」

내성적이지만 진지한 소년이 목소리를 높였을 때라면 딱 저런 목소
리가 나올 것 같다. 하지만 정신을 차리라고? 쉬운 일이 아니라고!

다시 여자 목소리가 들렸다.

「놀랍지만 거의 칼레시아드야. 아무리 라레아드-칼드에 와 있다고
해도 너무 빨라. 몸이 버티지 못할 거야. 그만두게 하는 편이 좋아.」

다시 남자 목소리가 대답했다.

「알아. 그렇지만 여기까지 온 이상 끝까지 가보는 것이 몸을 위해서도 나을 수 있어. 중간에 멈추면 오히려 칼레시아드를 망가뜨려.」

「에르나비크, 에제키엘의 말을 잊었어? 황혼검이 그의 말을 그렇게 쉽게 들었나? 여명검이라고 다를 것 같아? 능력만 있다면 칼레시아드는 나중에라도 혼자 해낼 수 있어. 그보다 지금 다치면 끝장이라는 게 더 중요해.」

「이번 경우는 달라. 여명검이 직접 그를 여기까지 인도했어. 지금은 좋은 기회라고. 놓쳐선 안 되는 기회.」

목소리에서 느껴지는 성격과는 반대로 남자는 계속 강행할 것을, 여자는 그만둘 것을 주장했다. 그런데 둘이 논쟁하는 것이 나 때문인 것은 알겠지만, 내 사정이 어떤지 알고 하는 말 맞아? 저들끼리 말하면서 왜 나한테 설명은 안 하는 거야? 그런데 어⋯⋯?

「파비안 나르시냐크, 정신을 집중해! 힘의 가닥이 잡히고 있어!」

남자의 목소리가 울렸다. 흥분한 목소리였다. 동시에 다른 목소리가 가로막았다.

「무슨 소리! 검을 놓아버려! 더 나아갔다가는 정신의 균형이 깨어져! 그렇게 되면 다시는 제정신으로 돌아올 수 없어! 미쳐버리는 거란 말이야!」

내가 둘의 말 사이에서 대혼란에 빠진 순간이었다. 갑자기 몸이 뒤로 확 젖혀졌다. 외부의 힘이 날 끌어당겼는데, 몸에서 끓어오르는 열기와 주위에서 들려오는 말에 혼란된 나머지 중심을 잡을 여유가 없었다. 무릎이 푹 꺾였다. 그 순간, 나는 검을 놓쳤다.

주위는 갑자기 겨울이 된 것 같았다. 싸늘한 기운이 머리부터 발끝까지 끼얹어졌다. 순식간에 흥분이 싹 가셨다.

"파비안!"

아아, 내가 듣고 싶던 목소리다.

"파비안, 괜찮니? 어떻게 된 거야? 아파?"

"몸은 어떤가!"

나는 누군가의 무릎에 눕혀져 있었다. 차가운 손이 내 이마를 만지고 손을 쓰다듬었다. 시원한 머리카락이 얼굴에 와 닿았다. 미풍 같은 머리카락이. 나는 눈을 떴다.

잠시 앞이 보이지 않았다. 눈에 통증이 느껴지다가 하얗게 뜬 시야가 갈라지자 눈앞에 유리카의 얼굴이 보였는데…… 새파랗게 질려 있었다.

"유리……."

간신히 입술을 떼어 한마디 하자마자 다시 시야가 흐트러졌다. 뭔가 와락 달려드나 싶더니 뺨에 매끄러운 것이 와 닿았다. 싸늘해졌던 몸에 첫 온기가 느껴졌다. 따뜻한 물기였다.

"너…… 이렇게 자꾸 나 걱정시키면 다음번엔 진짜 죽을 줄 알아……."

"인사도 못했어. 신세를 많이 졌는데."

"자기들이 나스펠이라고 밝히더란 말이야?"

"글쎄, 내가 정령이냐고 했을 때 부인하는 것 같진 않던데?"

황당한 사실이 몇 가지 밝혀졌다. 내가 정령과 대화를 나누고 있을 때 귓가에서 윙윙대던 벌 소리, 그리고 내 몸을 잡아 흔들던 것은 정령이 아니고 동료들이었단다. 나를 걱정해서 애타게 부르던 동료들의 목소리를 '윙윙대는 벌'에 비교하는 말은 결국 하지 못하고 말았다.

"네가 갑자기 '사람 잡아먹는 정령!' 이러는데, 누군들 널 깨우지 않을 수 있겠어?"

그렇게 말하며 유리카는 웃었다. 그녀의 눈가는 아까 울었던 것 때문에 아직도 발갛게 부어 있었다. 그걸 보니 정말 미안했다.

우리는 동굴 밖으로 나가기 위해 터덜터덜 걷는 중이었다. 긴장했던 일이 해소되자 맥이 풀렸을 뿐, 그다지 희망 없는 상태는 아니었다. 이야기를 하는 동안 새로운 사실들이 속속 밝혀졌다.

"네가 꼭 죽는 줄로만 알았어. 너는 못 봤으니 모르겠지만 그 불꽃이 얼마나 굉장했는지 알아?"

동료들이 입을 모아 하는 이야기지만 솔직히 아직도 믿을 수가 없었다. 불꽃 기둥이 땅에서 솟아올라 나를 휘감았다니, 그런데도 내 몸에 화상은커녕 긁힌 상처 하나 없다니, 이게 도통 믿어질 만한 얘기야?

나르디가 열심히 말했다.

"굉장했어! 용암이 폭발하는 건 아닐까 했지 뭔가? 자네 얼굴은 또 얼마나 볼만했는지 아는가? 온몸이 불길에 휩싸여 있는데도 미간만 찌푸렸을 뿐, 뭔가 중요한 걸 생각하고 있는 사람 같았다네."

내가 그렇게 멋진 자세를 취하고 있었다고? 헛, 나도 꽤 소질이 있잖

아. 내 기억으로는 몸을 뒤틀면서 오만상을 다 찌푸렸던 것 같은데.

한참 동안 별말 없이 걷던 엘다렌이 흠흠, 하고 소리를 내었다.

"그래, 자네 말대로 대지와 흙의 나스펠 정령들이 도움을 주었고, 검과 조화를 이루도록 충고했다는 것은 알겠네. 그렇지만 무슨 결과가 있었나? 아까는 물론 놀랄 만한 광경이었어. 그런 불 속에서 살아남을 수 있는 사람은 자네 외엔 없을 거야. 그래서 잘 되었나? 이제 검에서 자유자재로 불의 힘을 뽑아낼 수 있나? 그 '칼레시아드'라는 것을 해낼 수 있나?"

나는 시험 삼아 검을 뽑아들고 잠깐 노려보았다. 그러나 예상대로 아무 일도 일어나지 않았다.

"도대체 어떻게 된 건지 잘 모르겠어요."

나는 솔직하게 시인했다. 정말 모르겠다. 눈을 뜨자 정령들은 더 이상 한마디도 하지 않았고, 검도 완전히 보통의 검—정령의 말을 빌자면 그저 고철덩어리—으로 되돌아가 있었다. 몇 번이고 구석구석 살펴봤지만 달라진 점을 발견할 수 없었다. 나는 좀 전과 똑같은 파비안 크리스차넨에 불과했다. 파비안 나르시냐크가 된 것조차 아니었다.

주아니가 혼자 중얼중얼 대더니 입을 열었다.

"파비안, 넌 정말 몸으로 그 소리를 들은 거야. 내가 아까 말했지? 그 정령들의 목소리를 너는 몸으로 들은 거야. 우리한텐 전혀 들리지 않았거든. 검도 마찬가지야. 검이 한 말은 다른 게 아니라 그 불꽃 자체였을 거야. 그걸 알아들은 것도 머리가 아니라 네 몸이지."

주아니만은 이 모든 일을 어렵지 않게 받아들이는 것 같다. 인간이

나 드워프보다 로아에가 더 자연에 가까운 생명일까?

칼레시아드와 보크리드에 대해서 엘다렌과 유리카에게 물어봤지만, 유감스럽게도 둘 다 모른다고 했다. 다만, 내 설명을 듣고 있다가 엘다렌이 말했다.

"그 검은 드워프 족의 대장장이들이 이름이 알려지지 않은 어떤 드래곤의 힘을 빌려 만들어 낸 것이라고 알고 있네. 폭력적인 자연에 가장 가까운 생물인 드래곤의 입김이 들어간 물건이다. 그런 물건을 제어하려면 대단한 의지력이 요구될 수밖에 없을 거야. 잘은 모르지만 그걸 설명하기 위해 생겨난 용어라고 밖에는 생각할 수가 없군. 그걸 사용할 사람을 위해서 검 스스로가 기억하고 있었달 밖에."

한참이나 걸어 처음의 동굴 통로로 되돌아왔다. 검푸른 돌 벽은 여전히 빛을 발하고 있었다.

"왜 우리가 여기까지 와야 했을까요? 류지아는 무엇 때문에 여길 가야만 한다고 했을까? 검을 잘 사용하기 위해서라고 했는데, 당장 변한 것은 아무것도 없으니."

통로에 발을 들여놓으면서 누구한테 하는 것인지 확실치 않은 말을 내뱉었다. 대답이 여기저기에서 나왔다.

"여기까지 왔기 때문에 나스펠들도 도와 줬고, 검의 의지를 알게도 되었잖아? 배운 게 없어? 천만에."

제일 먼저 입을 연 사람은 유리카였다. 그 말을 엘다렌이 받았다.

"아까처럼 놀랄 만한 불꽃을 직접 일으킬 줄 알게 되려면 꽤 오랜 시간을 기다려야 할 거야. 그런 '합일' 상태를 잠깐이나마 경험해 볼 수 있었던 것은 역시 여기가 정령들이 말했듯 라레아드-칼드이기 때문이 아닐까?"

"라레아드-칼드라는 것은 정확히 뭐죠?"

"흔히 어떤 물건을 만들어낸 장소를 라레아드-칼드라고 부르지. 뜻은 말 그대로 '힘의 근원'이야. 예전에 드워프들은 별 뜻 없이 '물건의 고향'이라는 의미로 그 말을 쓰곤 했었다. 그렇지만 나스펠이 말한 라레아드-칼드는 그렇게 단순한 뜻은 아닌 모양이군. 어쨌든 파비안, 자네는 자네가 이르러야만 할 궁극적인 상태를 미리 의사 체험한 셈이 되겠군. 괜찮군 그래. 100점 답안을 본 적이 있다면 0점짜리가 50점도 맞기 쉬워지는 것 아니겠나? 핫핫핫……."

나는 말의 내용보다 엘다렌이 소리 내어 웃는 것을 처음 들었기 때문에 눈이 둥그레졌다.

주아니가 마지막으로 물었다.

"그런데 그 나스펠들은 눈을 떴다고 영영 가버렸을까?"

"알 수 없어. 정령들의 행태는 너무 알려진 게 없으니까. 그렇지만 파비안의 이야기를 들어보니까 우리가 그 상태에서 파비안의 칼레시아드를 깨뜨려버린 것이 정말 잘된 일이라는 생각이 들어. 기회라는 것은 또 오지만, 죽으면 그걸로 그만이거든."

유리카가 대답하더니 나를 쳐다보며 동의를 구하듯 웃어 보였다. 나는 계면쩍게 고개를 끄덕일 수밖에 없었다.

"다 왔군요."

맨 앞에서 걷던 나르디가 바닥에 난 구멍을 가리켰다. 이제 보니 구멍이 난 곳 주위가 다른 바닥보다 조금 움푹해서 물이 고였던 모양이었다. 하지만, 흐르는 물줄기는 보이지 않았다. 내가 내려가려고 무릎을 꿇자 주아니가 말했다.

"아까 그 물이 그만큼 고이려면 정말 긴 세월이 필요했을 것 같은데?"

나는 어깨를 으쓱했다.

"아마 여기를 만든 후로 지금껏 죽 고였던 게 아닐까?"

한 발을 아래로 내리려는데 이번엔 나르디가 말했다.

"우리, 저쪽 끝으로는 가보지 않았군 그래?"

그는 처음 우리가 고민했던 바람 불어 가는 쪽의 통로를 가리켰다. 은빛 별이 반짝이는 검푸른 벽이 어두컴컴한 안쪽으로 이어져 있을 뿐, 여전히 끝은 보이지 않았다. 유리카가 고개를 갸웃거렸다.

"저쪽 통로 끝에는 과연 뭐가 있을까?"

나도 그쪽을 바라보았다. 통로가 있는 걸 보니 어딘가로 이어져 있긴 하겠지. 나도 좀 궁금하긴 하다. 그러나…….

"너는 알고 싶니?"

내 대꾸가 좀 이상했나? 유리카와 나르디가 동시에 나를 돌아봤다. 유리카는 금방 내 뜻을 알아챈 모양이었다. 그녀가 싱긋 웃었다.

"솔직히 그만 밖으로 나가고 싶은 생각밖에 없어."

그래, 그랬다.

우리는 원하는 목적을 달성했다. 기대했던 만큼은 아닐지 몰라도. 어쩌면 저 너머에 더 놀라운 것들이 우리를 기다리고 있을지도 모른다. 저쪽이야말로 이 동굴이 숨겼던 진짜 보물 창고일지도 모르고, 새로운 전설을 만들 만한 신기한 이야기가 잠자고 있을지도 몰라. 이야기책에 나오는 모험가라면, 이 기회를 놓쳤을 리가 없어. 어떤 위험이 도사리고 있더라도.

그렇지만, 난 모험가가 아닌지 이 정도 고생이면 충분했다. 드디어 고생을 끝내고 밖으로 나갈 참인데 새삼스럽게 두 번째 모험을 감행하기엔 너무 피곤했고, 지쳤고, 햇빛에 목말랐다. 우린 이야기책에 나오는 사람들이 아니었던 것이다.

우리 아닌 다른 사람이 올 일이 있다면 저쪽으로 가서 새로운 이야기를 만들어 내겠지. 그렇지만 우리는 아니야. 적당한 시점에서 끝내는 것도 필요한 거야.

말도 안 된다고? 직접 이 상황에 처해 봐. 아마 그런 말이 안 나올걸.

나가는 길은 엘다렌이 잘 알고 있었다. 이 땅에 수십 년이나 살면서 원할 때면 늘 밖으로 나갔을 테니까. 엘다렌이 들으면 펄쩍 뛰겠지만, 그가 처음 큰소리쳤던 대로 길 안내를 한다는 느낌을 받은 것은 지금이 처음이었다.

동굴을 빠져나온 때는 몇 시인지 알 수 없는 한밤중이었다.

"저것 좀 봐."

비록 기대했던 찬란한 햇빛은 없었지만 우리는 숨을 깊이 내쉬며 발

아래를 내려다보았다. 낮이라면 푸르렀을 골짜기가 굽이굽이 멀어졌고, 머리 위엔 별 이불이 반짝였다.

우리를 기다렸던 것만 같은 세상은 너무도 넓디넓어서 어디를 바라보아도 시선이 닿지 않았고, 싫증도 나지 않았다. 곧 진짜 바람이 불어왔다. 넓고, 크고, 온몸을 쓸고 지나가는 진짜 바람이. 팔을 벌렸다.

이슬 젖은 밤 풀이 발자국 사이로 사각거렸다. 달콤한 세계의 향기가 물씬한 밤이었다.

"재미있었지?"

유리카가 내게 미소 지었다. 나도 마주 미소를 보냈다. 말로 다할 수 없는 상쾌한 기분과 함께 나는 골짜기 아래로 뛰어내리고 싶은 충동을 맛보았다.

이제 우리는 새로운 곳으로 간다.

6장.
5월 '키티아(Kitia)'

5월 '키티아(Kitia)'

노란 고양이 키티아의 별 '키티아너(Kitiani)'가 지배하는 아룬드. 우기인 다임 로존드가 다가오는 말기의 며칠을 제하고는 매우 따뜻하며 늦봄을 맞아 고양이 의 솜털 같은 잔디가 가득 자란다. 예언자들은 이 시기에 예니체트리를 위해 성 대한 제를 올린다. 그대는 오래된 어머니의 품속에서 세상의 첫날부터 끝날까지 계속되는 수레바퀴의 흔적을 기록할 수 있으리라.

키티아너는 예언자들의 수호성이며 노란 고양이는 예언자들의 수호 동물이다. 전설 속의 고양이 키티아는 옛 이스나미르 왕국보다 더 오래된 전설 시대의 가 장 위대한 마법사이자 인류의 지혜를 만든 어머니, 예니체트리가 데리고 다니는 커다란 고양이이다(다른 전설에서는 예니체트리 자신이 변신한 모습이라고도 한다). 이 고양이는 육식을 하지 않았으며 메르종이라는 식물의 붉은 열매만을 먹었다고 전해진다. 키티아 아룬드에 열매를 맺기 시작하는 메르종은 일부 지역 에서만 자생하는 희귀한 식물로 알려져 있다. 또한 지금까지도 예언자들의 의식 과 마법, 그리고 환영주(幻影酒)를 빚는 데 사용되는 중요한 식물이기도 하다.

전설과는 별개로 통칭 '키티아'라고 불리는 노란 고양이가 있는데 이들은 보통 고양이보다 골격이 두 배 이상 크고 발톱과 이빨이 억센 야생 짐승이다. 그러나 외모에 비해 사납지도 호전적이지도 않으며 무리를 짓지 않고 홀로 생활한다. 이 고상한 고양이들은 흔히 키티아 고양이의 후손이라고 생각되어 예지 능력을 지녔다는 오해를 사기도 했다. 그리고 그 때문에 이 고양이들에게 해를 끼치는 것은 각지에 오래된 금기로 남아 있다. 키티아 아룬드에 이 고양이를 보면 앞일을 느끼게 된다는 말도 있다. 이 고양이를 길들여 키웠다는 예는 아직 기록에 남은 바가 없다.

별자리에 나타나는 고양이 키티아는 밀밭에 숨어 몸이 절반밖에 보이지 않는다. 이처럼 미래에 대한 예지란 드러난 고양이의 머리처럼 뚜렷하면서도, 숨은 고양이의 꼬리처럼 끝을 잡을 수 없는 것이다. 그런 까닭에 많은 사람이 자신이 느낀 예지를 부정하고 잘못된 길로 나아간다. 예지란 예언자뿐 아니라 어떤 사람에게나 찾아오는 힘이며, 본질적으로 주인을 보호하고자 한다. 내면의 경고를 무시하고 나아가지 말라. 밀밭 속의 고양이를 놓치고 말 것이다.

"밀밭 안에 고양이가 있음을 깨닫다"라는 경구를 지니며 보지 못했던 보물의 존재를 감지함, 미래에 대한 예지를 얻음, 무언가를 꾸준히 갈구함, 자신이 가진 능력을 발휘할 곳을 찾아냄, 운명의 수레바퀴에 직접 뛰어듦, 자신의 마음을 나침반 삼아 길을 떠남 등을 암시한다. 이 아룬드의 상징 색은 고양이의 털 빛깔 같은 노랑이다.

— 점성술사들이 달력에 적는 각 아룬드의 의미,

그중 다섯 번째.

1. 푸른 굴조개

"기사여, 이마의 땀을 씻을 시원한 물을 드리겠어요.
세월은 손가락 사이로 흘러 떨어지는 것이건만
고된 여행이 준 피로로 그대의 눈은 흐리군요.
잘 닦은 유리구슬은 예언자의 한마디보다 낫답니다.

이걸 보세요, 마술에 쓰이는 작은 장갑,
가느다란 꽃줄기와 실꾸리, 봉헌을 위한 빛나는 돌들
그리고 붉은 열매와 하얀 찻잔이 보이지요?
준비하는 것이 좋아요, 뭐든 알고 싶은 것이 있다면.

그대, 미래가 궁금한가요? 아니면 과거?
두고 온 연인과 친구의 마음을 시험하고 싶나요?
한번 다짐한 그대의 마음이 변할 것이 두려운가요?
예기치 못한 불운이 모두의 앞을 가로막을까봐?

그대가 들어와 앉은 누추한 오두막, 검은 밤 가운데
신비가 흐르는 것이 느껴집니다.
손을 이리 줘 봐요, 불빛에 비춰 볼 수 있게
그래요. 이런 손 지도(地圖)는 아무나 갖는 것이 아니지요.

(처녀의 머리카락을 엮어 브로치를 만들 때면
우리는 삼단 같은 가닥이 끊어지지 않도록
재빠르게 바늘을 놀려 리본을 잡아매면서도
끊임없이 주의를 기울여야만 하지요. 조심!)

기사여, 희한한 약초며 사향 냄새가 두려운가요?
풀꽃이 우리에게 가져다주는 온갖 안식들
잘 마른 풀과 라벤더의 향은 행복한 잠을 주지요.
그대도 마른 풀 자리에 눕는 것이 좋을 거예요.

꿈을 꾸도록 해요. 이곳 안식의 오두막에서
그대가 원하는 꿈을 나무천장에 그려보세요.
들보를 가로지르는 생쥐에 주의를 빼앗기면 안돼요!
서서히 미래가 떠오를 거예요. 그렇게, 서서히.

꿈의 흰 윤곽이 춤추며 그대에게 내려옵니다.
숲 속에서 가장 빛나는 잎사귀, 마름모꼴의 초록빛
깨어질 듯 연약한 녹색의 꿈을 꾸며 달리는군요.
몇 번이나 다시 태어났던가요, 이 꿈을 꾸기 위해."

황야에서 오두막을 지키던 여인의 목소리가 멀어지고
사라져가는 낮은 천장과 짚 지붕, 그리고 다가오는 환각
그런데 웬일인가? 가슴을 찌르는 갑작스런 고통이라니
이유를 알 수 없는 슬픔이 그의 가슴 가득 들어찼다.

옛 이스나미르 왕국, 이스나에의 무녀
'레 클로슈' 엘리종의 예언시 〈녹보석의 기사〉 78~86연

젖은 바람이 언덕으로 내달려온다. 큰 새처럼 퍼덕인다. 시력을 잃도록 찬란한 빛이 쏟아진다. 주위의 공기가 살아 있는 것처럼 떨고 있다.

시선이 화살처럼 하늘에서 발 아래로 내리꽂혔다. 허공에 빛으로 된 선이 하나 그어지는 것 같다. 먼 도시도 아름답지만 그보다 숨이 멎도록 눈을 잡아놓는 것이 있다. 물기 어린 목소리가 선을 그리며 귓가에 뛰어들었다.

"바다야!"

지금까지 자연의 위용을 자주 봐 왔다고 생각했다. 스조렌 산맥이나 하얀 산맥, 드라니아라스 대평원, 켈라드리안 숲, 아르나 강과 이진즈 강. 그러나 바다는 어느 것과도 달랐다. 완벽한 청색이었다. 먼 곳의 은청, 가까운 곳의 청보라, 그 가운데 청록과 황금과 꽃불이 흘렀다. 저런 빛을 품은 비단이 있어 옷이 될 수 있다면 얼마나 황홀할까.

"왜 이 언덕에 올라오자고 했는지 알 것 같군."

나르디가 다시 한 번 불어온 바닷바람에 흐트러진 머리를 넘기며 말했다. 그의 목소리에도 감출 수 없는 미소가 어려 있었다. 머리카락은 이제 거의 금빛이었다.

"롱봐르 만이 한 눈에 보이는군."

엘다렌이 이마에 얹었던 손을 내리며 말했다. 무감정한 목소리지만 여기까지 여행하면서 그가 감정을 어떤 식으로 처리하는지 어느 정도 알게 됐다. 그는 자신만의 방식대로 충분히 감격해 있었다.

"정말 여기로 오길 잘했어!"

유리카가 양손을 꼭 마주 잡고 눈을 반짝이더니 뒤에서 내 목을 와락 끌어안았다. 나는 깜짝 놀라 비명을 내질렀다.

"으앗!"

"놀래긴."

이 말은 유리카가 아니라 내 윗주머니에 들어가 있던 주아니가 한 말이었다.

"그렇지?"

이거야말로 유리카가 한 말, 그것도 내가 아니라 주아니한테…… 으음, 어떻게 되어 가는 거야?

유리카는 피식 웃으며 내 등에 잠시 몸을 기댔다. 가벼운 심장 고동 소리가 느껴진다. 내게는 땅바닥이 다 울리는 것처럼 들렸지만.

"후훗, 나도 여자 친구나 하나 구할까 싶네."

"뭐…… 뭐야?"

아직까지 한 번도 이런 소리를 한 일이 없는 나르디가 우리를 바라보며 한 말이다. 물론 농담이겠지만 농담이라도…… 아니, 꼭 농담일 필요도 없잖아?

나는 유리카가 팔을 풀도록 기다려 그녀를 마주보았다. 아무 일도 없었다는 듯 일부러 빙그레 웃는, 짓궂어서 더 사랑스런 소녀.

"우리 나르디 여자 친구나 하나 물색해 줄까?"

유리카의 어깨 너머로 나르디 녀석의 눈이 휘둥그레지는 게 보인다. 녀석, 좋으면 솔직하게 좋다고 해라.

우리는 롱봐르 만의 입구에 자리한 항구 도시 마르텔리조에 왔다.

스조렌 산맥을 떠난 지 한 달이 채 안 됐다. 이스나미르로 돌아가려면 국경을 다시 넘어야 하는데, 어떻게 해야 할지 한참 숙의한 끝에 엘다렌의 주장에 따라 내린 결정이었다. 남부 해안으로 내려가 배를 타고 바다를 건넌다!

세르무즈로 올 때 나와 유리카가 그렇게 손쉽게 국경을 넘어온 건 기적에 가까운 일이라고 나르디가 말했다. 그럼, 기적이었지. 누가 방패를 그렇게 타고, 그것도 짐에다 사람까지 안고서, 눈 덮인 산을 눈 깜짝할 사이에 내려올 수 있단 말이야? 누가 기적이 아니라고 하면 내가 가만히 안 둘 판이야.

대륙 남쪽 해안에 세모꼴로 움푹 들어간 롱바르 만은 절반은 이스나미르 해역, 절반은 세르무즈 해역인 곳이었다. 마르텔리조는 그중 세르무즈 쪽 남쪽 끄트머리에 해당하는 도시였다. 통칭 '넓은 바다'를 가장 가까이 바라보는 항구라 굉장히 번화한 곳이라고 들었다. 그래서 내심 기대도 컸다. 온몸에 시원한 바닷바람을 맞으며 언덕을 내려올 때까지는 좋았다. 그러나 마르텔리조는 번화하기만 한 도시는 아니었다. 규칙적으로 아름답게 지은 도시도 아니었다.

"어휴, 냄새."

들어서자마자 생선찌꺼기에서 풍기는 썩은 비린내에 코부터 막지 않으면 안 되었다. 마침 수산물 집하장 쪽으로 들어서는 바람에 공기 자체에 비릿한 해산물 냄새가 가득했다. 우리 중 바닷가에서 태어난 사람은 없었으므로 이 냄새에 익숙한 사람은 아무도 없었다.

특히 나르디는 보기 애처로울 정도였다. 안색이 너무 창백해져서 유리카가 자기 손수건을 꺼내 빌려 줬을 정도였다.

"야, 나쁜 냄새는 빨리 익숙해지는 쪽이 속 편해. 코는 금방 중독된단 말이야."

내게도 기분 좋은 냄새는 아니었지만, 어쨌든 익숙해지면 그만이다 싶어서 오히려 숨을 한껏 들이쉬는 중이었다. 엘다렌은 냄새가 어디서 나느냐 하는 얼굴이고, 유리카는 손수건으로 코를 싸쥐기는 했지만 그럭저럭 괜찮아 보이는 얼굴이었다. 사람들이 많으니 물어볼 순 없지만 주머니 속으로 폭 들어간 주아니도 참을만하겠지.

"자네가 내 입장이라면 그런 소리 못할 거야. 한 달 전에 먹은 것까지 모조리 올라올 것 같네."

나르디가 손수건 안에서 코맹맹이 소리로 간신히 대꾸했다. 보아하니 창백해지다 못해 얼굴이 파래질 지경이었다. 유리카가 손수건 사이로 피식 웃으며 말했다.

"여길 빨리 벗어나지 않았다간 애 하나 잡겠다."

볕이 내리쬐는 한낮인데도 뺨에 습한 기운이 묻어났다. 수산물 집하장은 간신히 벗어났지만, 어느새 시장에 들어서고 말았다. 무질서하게 늘어선 집들 틈으로 등짐 장사꾼들의 좌판, 골목 구석마다 쌓여 있는 쓰레기들, 거칠게 소리치는 상인들과 그들이 내놓은 온갖 상품들로 주위는 어수선하다 못해 울긋불긋했다.

말리거나 갓 잡아 올린 해산물을 파는 곳이 가장 많았지만 그 외에도 해물을 조리해 파는 식당들, 썩은 야채 무더기 옆에서 버젓이 신선한 야채를 사라고 외치는 소리, 별가지 약초들이 독한 냄새를 뿜는 약

품상, 구경거리를 보여주는 늘씬한 젊은이의 손놀림, 길 한쪽을 막다시피 한 밀가루 포대들, 정신없이 거리를 질주해 가는 빈 손수레 등으로 사방이 꽉 메워져 있었다. 좀 더 걷자니 각종 포목, 특히 비단을 파는 가게의 진열대 위로 늦봄 햇살이 쏟아져 너울거리는 환영을 만들어 내었다. 검은 벨벳, 흰 시폰, 연분홍빛 새틴. 그 곁에 저렴한 치맛감을 파는 상인이 물결무늬며 물방울무늬가 든 천들을 걸어 놓았다. 노랗고 붉은 치맛감이 바람에 펄럭이며 시장 바닥에 화사한 그림자를 드리웠다.

바닥은 고르지 않고 곳곳이 울퉁불퉁했다. 처음부터 포장을 하지 않았다면 모를까, 한때는 신경 써 깔았던 포석이 멋대로 깨어져 나뒹굴고 있어서 길거리 상태는 말씀이 아니었다. 이런 바닥에서 손수레며 마차가 제대로 굴러갈까 모르겠다. 포석을 깔지 않았던 길은 곳곳이 물웅덩이거나 흙탕이었다.

"굉장히 무질서한 도시네."

간신히 시장을 벗어났을 즈음 나르디에게 손수건을 돌려받던 유리카가 말했다. 내가 고개를 끄덕였고, 나르디가 특히 커다랗게 고개를 끄덕였다.

"여긴 영주도 없나? 망가진 도로를 저렇게 내버려두다니 기가 막히는데."

"일부러 그런 것일 수도 있지."

"네?"

여관과 음식점들이 주로 들어선 삐뚤삐뚤한 거리에 접어들었다. 내가 되묻자 엘다렌이 대꾸했다.

"이 근처에 해적이 들끓는다는 소문을 들었다. 나라에서 소탕할 수 없는 무리들이 끝없이 세력 쟁탈전을 벌이는 곳이라면 아예 법을 적용하지 않는 편이 운영하기 편할 수도 있지."

"그거, 2백 년 전의 소문은 아니겠지요?"

내가 농조로 붙인 말에 엘다렌이 근엄하게 목소리를 높였다.

"시장에서 너희는 무엇을 들었느냐? 코는 막았더라도 귀는 열어 두지 않았느냐?"

"에에……."

내가 무안해져서 머리를 긁적이자, 유리카가 끼어들었다.

"엘다, 누구나 드워프 족처럼 뭐든 잘 견디는 정신을 가진 것은 아니잖아. 인간들한테 그런 것까지 기대하면 안 된다고."

엘다렌은 유리카를 돌아봤다.

"너도 아무것도 못 들었나?"

"오늘 저녁에 기가 막히게 멋진 배가 진수(進水)된다는 소식은 들었지. 쾌속 범선인 것 같던데."

나와 나르디가 웬 새가 날아가느냐는 표정을 짓고 있는 동안 유리카가 생긋 웃더니 내 손을 잡아끌었다.

"자, 어쨌든 배를 채울 만한 곳을 찾고, 그 다음에 항구로 나가 보자. 구경거리가 많을 거야. 여긴 바다니까. 강에서 오르내리는 배하고는 차원이 틀리다고."

거리 가운데 멋대로 불쑥 튀어나와 길가는 사람들의 발길을 잡아버리는 저 여관의 이름은 청어 머리도 아닌 '청어대가리'다. 근처의 다른 여관들보다 규모가 크고 외양도 훌륭해 보이는 곳이었다. 내 평가 기준에 따르자면 정면에는 커다란 간판이 있고, 좌우로 흔들거리는 돌출 간판도 있단 말씀이야. 거기에는 커다란 청어 한 마리가 나름대로 멋을 살려 그려져 있었다. 붉은 벽돌은 깔끔했고 문은 손님을 향해 활짝 열려 있었다.

여기 거리는 다 이랬다. 집들이 제멋대로 지어져 있어서 입구가 나란하지 않다 보니 거리가 삐뚤삐뚤했고, 길 따라 걸으려면 줄곧 좌우로 왔다 갔다 해야만 했다. 앞장서 걷던 엘다렌이 청어대가리 여관 앞에서 걸음을 멈추자, 나르디가 오만상을 찌푸리면서 고개를 저었다.

"그 냄새를 맡고서 이런 이름을 가진 여관에 들어가고 싶다고요?"

엘다렌은 이유가 있는 이상 그 정도의 불만으로 고집을 꺾을 드워프가 아니었다. 물론 그에게는 청어대가리 여관을 택할 확고한 이유가 있었다.

"왕이 행차하면서 영주에게 영접 받지 않는다면, 가장 좋은 여관에 드는 것이 당연하다."

참, 별것 아닌 듯한 논리이긴 했지만, 대적하기 애매한 논리이기도 했다. 어쨌든 그는 왕…… 뭐 그 비슷한 거 아니었는가. 거느리는 신민이 한 명도 없다는 게 단점이지만.

"어서 옵쇼!"

기운차게 외치며 뛰어나온 사람은 선원 복장의 젊은 아가씨였다.

"청어대가리에 잘 오셨어요! 모두 네 분? 방은 프로첸만 따로? 네 분다 저녁 드시겠지요? 하룻밤만 일단 투숙하십니까? 바다가 내다보이는 방으로 내 드려요? 그리고…….”

내가 재빠르게 끼어들었다.

“물론 잘 왔죠! 보다시피 네 분이고, 프로첸 방은 따로죠. 저녁 굶을 사람은 아무도 없고, 하룻밤 맞고요. 그리고, 주인이십니까?”

“네!”

급사가 아니었네?

놀랄 만큼 활기 넘치는 아가씨의 나이는 기껏해야 스물두셋 정도? 검과 별의 노래호를 함께 탔던 올디네 바르제보다 앳되어 보이지만 키는 내 눈가에 닿을 정도로 훌쩍 컸다. 홍조 어린 뺨과 시원스런 이마를 보니 앞으로 점점 더 예뻐질 것처럼 보였는데, 그 점에서 유리카하고는 느낌이 좀 달랐다. 유리카는 그녀보다 나이가 어릴 텐데도 이미 완벽한 상태에 도달한 것처럼 보이니 말이다.

아가씨는 순식간에 숙박부 테이블 뒤로 돌아가더니 오른손으로는 두툼한 장부의 한 곳을 가리키고 왼손은 열쇠가 걸린 벽으로 가져갔다. 그럭저럭 여관에서 주로 서명하는 사람이 되어버린 내가 펜을 잡자 그녀가 열쇠를 집기 전에 다시 한 번 물었다.

“바닷가에 면한 방이에요?”

나는 탁월한 본전 감각으로 아가씨의 말이 품은 속뜻을 알아챘다. 나는 이름을 쓴 다음, 대답을 기다리고 있는 그녀의 얼굴을 빙긋 웃으며 바라보았다.

“같은 값으로 바다도 볼 수 있다면 더할 나위 없이 좋겠지만 그건 희망사항일 테고, 어디 가격이나 들어볼까요?"

내 말을 들은 아가씨가 슬그머니 미소를 머금는 것도 놓치지 않았다. 그녀는 열쇠를 하나 집어 들더니 가죽고리를 손가락에 넣고 빙빙 돌리면서 대답했다.

"보통 방은 하룻밤에 10메르장, 바닷가 방은 15메르장, 거기다가 2층이면 20메르장이에요."

예상대로 비싸네. 그렇지만, 언덕에서 바다를 보고 감탄하던 일행을 생각하니 바다가 보이는 방에 묵자고 하는 편이 좋을지도 몰랐다. 유리카가 바다 풍경에 기뻐하던 얼굴이 머릿속을 스치고 지나갔다.

내가 생각하는 동안 아가씨가 대답을 재촉했다.

"어떤 방으로 하시겠어요?"

나는 서두를 것 없지 않으냐는 듯 빙그레 웃어 보였다. 이 아가씨가 하는 양을 보자니 군소리 없이 있다간 계속해서 뭔지 모를 명목을 만들어 내어 돈을 뜯어갈 것이 분명했다. 언제부터인가 돈이 남아도는 상황이 되긴 했지만, 타고난 본성이 있는데 그냥 넘어가 줄 수야 없지.

"여긴 바닷가지요. 오라즈 강은 꽤 멀죠?"

갑자기 무슨 소린가 하는 표정을 지은 우리 일행과는 달리 숙박부의 아가씨는 냉큼 알겠다는 얼굴이 되었다. 내심 보통내기가 아니라는 생각을 하는 것이 훤히 들여다보였다. 아가씨가 담갈색 눈을 굴리면서 대답했다.

"목욕은 한 번에 2메르장씩 받아요. 절대 비싼 게 아니에요. 오라즈 강은 멀고, 물 나르는 삯일꾼들은 비싸요. 여기뿐 아니라 이 근처 여관들에선 모조리 이 가격이에요."

알 만했다. 이 상황에서 시시하게 목욕 값을 깎자는 둥, 방값을 깎자는 둥 하는 것은 보기에 치졸할뿐더러 별로 성과도 없을 것이 분명했다. 일행은 뒤에 서서 내가 하는 양을 멀뚱히 지켜볼 뿐이었다.

"요즘에 손님, 많습니까?"

"있을 만큼 있죠."

"괜찮은 선원들도 많이 오나요?"

"단골이 많아요. 소개해 줄 수도 있어요."

"소개도 좋지만."

나는 살짝 거만하게 어깨를 으쓱한 다음, 팔짱을 끼고 뒤를 돌아봤다. 아직 낮이라 홀에 앉아 있는 사람은 없었다. 열어 놓은 창문 밖으로 꼬불꼬불한 거리를 분주히 오가는 사람들이 보였다. 나는 밖에 시선을 둔 채로 말을 이었다.

"우리가 원하는 건 괜찮은 배인데."

"아!"

아가씨는 고개를 끄덕였다. 정말, 전부 다 알았다는 자세다. 나는 점차 이 아가씨가 한두 해 여관을 운영한 게 아닐 것이라는 확신을 갖기 시작했다.

"배라면 늘 떠나죠. 배를 타실 거라면 여관을 잘 고르신 거예요. 저는 아는 선장이 아주 많아요. 모두 단골들이죠."

나는 띄워 줄 생각으로 그녀의 말에 고개를 끄덕거렸다.

"그 말이 맞는 것 같군요. 저걸 보니……."

나는 옆 벽에 걸린 각종 작살, 닻, 꼬인 밧줄, 범포를 잘라 만든 듯 보이는 누르스름한 창문 차양 등을 가리켜 보였다. 모두 진짜 오래된 물건들이 틀림없었다.

"단골 친구들이 친절하군요."

선원 복장의 아가씨는 내 말에 빙그레 웃어 보였다. 이제 결정을 내릴 시점이었다.

"방 두 개, 40메르장…… 목욕 네 명은 8메르장. 식사는 이따가 따로 주문하고 그러면 모두 48메르장인가?"

"그렇습니다!"

생긋 웃으면서 힘차게 대답하는 모습이 선장한테 대답하는 선원이 저렇지 않을까 싶었다. 저런 태도라면 거친 선원들 마음에도 쏙 들었을 것이 분명했다. 단골이 많다는 말은 거짓말이 아니겠다.

나는 50메르장을 세어 숙박부 테이블에 올려놓았다. 그리고 다시 5메르장짜리 세 개를 나란히 그 옆에 얹었다. 탁, 탁, 탁, 동전 소리가 경쾌했다. 아가씨가 눈이 동그래져서 나를 보았다.

"부탁할 게 앞으로 많을 겁니다. 참, 이름을 불러도 된다면……."

"이니에 히르카이에예요, 마디렌 크…… 파비안."

그녀가 장부에 적힌 내 성을 부르려다가 금방 이름으로 바꾼 것을 눈치 못 챌 내가 아니었다. 나도 적절한 호칭을 골랐다.

"네, 프로첸 이니에. 방으로 안내해 주세요."

이니에가 계단을 앞장서 올랐다. 흰 깃 달린 푸른 상의와 종아리까지 오는 바지가 경쾌했다. 계단참에 열린 창문으로 바람이 들어와 짧게

자른 머리가 나풀거렸다. 프로첸 히르카이에는 나를 열여덟 살짜리로
는 보지 않는 것 같은데, 내가 여기까지 오는 동안 그렇게 겉늙어 버렸
나?

"여기입니다, 그리고 프로첸 방은 여기. 편히 쉬시고 필요한 것 있으
시면 언제든 말씀해 주세요!"

손님이 없어서였겠지만, 직접 방까지 안내하는 성의를 보인 이니에
는 발소리도 가볍게 타닥타닥 아래로 내려갔다. 우리는 짐을 놓고 나서
남자들 방에 모여 앉았다.

"경치 좋은데."

정말이었다. 창밖으로 보이는 바다는 언덕 위에서 볼 때보다 훨씬
가까워서 파도의 흰 거품을 알아볼 수 있을 정도였다. 바다는 살아 있
는 것처럼 끊임없이 흔들렸다.

"파비안 자네가 장사꾼을 작파하고 여행을 하게 된 것, 진심으로 위
로의 뜻을 표하는 바야."

침대에 걸터앉은 나르디가 장화를 벗으면서 한 마디 던졌다. 더워
서 혼났는지 급하게 기어 나온 주아니도 테이블 위에 주저앉으면서
말했다.

"파비안이 전에 이베카 시에서 갑옷 흥정하던 생각이 나. 그때도 장
인 정신 투철한 주인한테서 기가 막히게 값을 깎았었지. 그 다음부터
파비안이 점원정신 어쩌고 말할 때 절대 이의를 달지 않잖아."

나는 미간을 오므리며 일행을 둘러보았다.

"다들 칭찬이야?"

"그럼."

유리카가 의자를 끌어당겨 앉더니 엘다렌을 돌아봤다.

"엘다, 기분 어때?"

엘다렌은 그때까지 선 채로 주위를 두리번거리고 있었는데, 모르는 사람이 보면 지붕이 무너지지 않을까 걱정하는 사람으로 보였을 법했다. 물론 그는 집이 어떻게 지어졌는지 살펴보는 중이었다. 한참 뒤에야 그가 대꾸했다.

"괜찮군. 그리고 자네."

"저요?"

엘다렌은 상대를 쳐다보지 않고 말을 꺼내는 버릇이 있어서 늘 헷갈렸다.

"돈 몇 푼 깎는 것이야 문제가 안 되지만, 확실히 잘 했어. 흐음, 잘 했어."

우와. 엘다렌한테 칭찬 비슷한 거라도 들어보기는 처음이라 나는 확인하는 셈치고 다시 한 번 물었다.

"뭘요?"

"좋은 배를 구할 수 있도록 수완 좋게 말을 잘해 둔 것. 별것 아닌 돈을 조금 더 줘서 주인의 환심을 사 두는 것."

"그거야 본래 배는 타야 하니까……."

그런데 말하다 보니 어감이 이상했다. 나는 고개를 갸웃거리다가 말했다.

"그럼 우리가 배를 타지 헤엄이라도 친단 말이에요?"

"괜찮은 선장이 필요하겠지. 선원도. 그리고 배는……."

엘다렌은 내 말은 들리지도 않는 것처럼 혼자 중얼대며 방을 왔다 갔다 했다. 이윽고 그가 머리를 번쩍 들며 말했다.

"항구로 나가 보자."

엘다렌의 '배를 구하겠다' 와 나의 '배를 구한다' 는 전혀 다른 의미였던 모양이다. 나는 꼬불꼬불한 거리를 성큼성큼 앞서가는 엘다렌을 뒤따라가면서 소리쳤다.

"배를 산다고요?"

"당연하다."

세상에나.

엘다렌은 확실히 왕이었다. 왕 비슷한 그렇고 그런 신분이 아니었단 말이다. 그는 당장 배를 하나 사서 선장과 선원을 고용하고 항해에 나서시겠다는 거다. 나처럼 그럭저럭 배를 얻어 타고 가겠다는 것과는 차원이 다르다!

길가는 사람을 붙잡고 물을 필요도 없이 어렵지 않게 항구에 도착했다. 항구로 갈수록 사람이 많아졌고 길바닥 포석도 그럭저럭 괜찮아졌다. 저만치 길쭉길쭉한 돛대들이 보일 즈음해서 내가 물었다.

"배를 사고 선원들을 고용하려면 돈이 굉장히 많이 들 텐데요?"

엘다렌의 대답은 간단했다.

"그러려고 여비를 챙겼지 않은가."

나하고는 생각하는 수준이 다르다니까.

그런데 나르디는 엘다렌의 주장을 지지했다. 내가 눈을 둥그렇게 뜨자 그가 예의 느긋한 표정을 지으며 말했다.

　"그럼 어떤 배가 친절하게 우릴 국경 너머로 보내 주겠는가? 엄연히 불법을 자행하려는 것인데."

　도대체 이 두 양반은 돈을 쓰는 걸 무서워하는 법이 없군. 무릇 돈이라는 것은 말이야, 아끼면 아낄수록…….

　마음속으로만 일장 연설을 마친 나는 서둘러 그들을 뒤따라갔다.

　"비켜요, 비켜! 거기 넋 놓고 서 있으면 어쩌자는 거요?"

　사람들이 그렇게 말하며 우리 일행을 치고 지나갈 만했다. 우리 넷─주머니 속까지 합하면 다섯─은 항구에 모여들어 와글거리고 있는 사람들 사이에서 고개만 하늘로 향한 채 꼼짝 않고 서 있었기 때문이다. 우리가 바라보고 있던 것은…….

　"우와, 크다!"

　저걸 타면 세상 끝까지 갈 수 있는 거 아닐까. 내 상식으로는 저렇게 큰 뭔가를 인간의 손으로 만들어냈다는 걸 도무지 믿기 힘들었다. 보는 사람마다 감탄할 정도로 우아한 자태를 지닌 범선이 막 진수식을 하려는 참이었다. 활대의 직선, 선미의 곡선, 모두 그린 듯 깨끗한 배였다. 저녁 햇빛이 돛을 금적색으로 물들였다.

　"멋진 배인걸."

　나르디는 오른손을 이마에 갖다 대고 눈가에 주름을 모았다. 항구에 구름 떼같이 모인 사람들도 대부분 이 배를 보러 온 모양이었다. 크기를 보니 줄잡아 수십 명, 아니 많게는 백 명까지도 탈 수 있을 것 같았다. 돛대도 세 개였는데 팽팽히 부푼 사각 돛에 산뜻한 노란 초승달이 그려져 있었다.

"가까이 가 보… 기엔, 저 많은 사람이라니."

'가까이 가 보자'라고 하려던 말을 애매하게 끝낸 유리카는 엘다렌을 내려다보며 표정을 살폈다. 이제야 말하는 거지만 엘다렌은 따뜻한 날씨에도 불구하고 커다란 로브에 후드까지 눌러쓰고 있어 표정을 알아보는 것은 쉽지 않았다. 별수 없는 일이다. 전설 속에서 불쑥 튀어나와 대명천지에 나돌아 다니는 드워프라니, 사람들이 좀 기겁하겠어?

나는 옆에 서 있는 사람을 붙잡고 물었다.

"사람들이 다 저 배를 보려고 모인 겁니까?"

"두말하면 잔소리요. 한 달 전부터 저 배의 진수식을 놓고 술집마다 떠들썩했었다고."

두세 번쯤 바다에 나갔다 왔을 것처럼 보이는 건장한 젊은이였다. 볕에 그을린 얼굴이 활기차 보였다.

"그렇게나 대단한 배인가요?"

내가 재차 묻자 젊은 선원은 내 쪽을 돌아보았다.

"저 배가 항구에서 제일 큰 배는 아니라고 해도, 아마 제일 비싼 배일걸."

그는 혼잣말처럼 말하더니 다시 내게 대꾸했다.

"저기 사람들 사이에 야트막한 단상이 있지? 그 위에 사람들 몇 명서 있고. 그중에 하얀 망토 걸친 뚱뚱한 남자 보여?"

그는 멋대로 내게 반말을 하기 시작했지만 나는 개의치 않았다.

"보이는군요."

"저 양반이 푸른 굴조개의 주인이지. 아니 주인이 될 사람이지."

"굴조개라니요?"

유리카는 아까부터 우리 대화를 듣고 있었던 모양이지만 이제야 끼어들었다. 항구바람에 은빛 머리를 흩날리는 유리카의 뺨은 저녁 햇빛에 발그레했다. 짐작할 만한 일이긴 했지만 유리카의 얼굴을 보는 순간 젊은 선원의 태도가 돌변했다.

"아, 구경하고 싶어요? 자세히 보려면 더 앞으로 가야지. 조심해서 내 뒤를 따라들 와요. 옆에 사람들 조심하고."

우리는 젊은 선원의 뒤를 따라 앞으로 나아갔다. 젊은 선원은 주위에 부딪히는 사람들과 계속 인사를 나누었는데, 말하는 것을 듣자니 이 지방 토박이인 모양이었다.

"아아, 언제 돌아왔나. 하벨, 이 친구! 마지막 항해에서 재미 좀 보았다며?"

"재미는 무슨. 뱃놈 벌이가 다 그렇고 그렇지."

"무슨 소리야. 자네 요번 배당이 얼만지 알 만한 놈은 다 들어 안다고. 오늘 저녁에 한 잔 어때?"

"일이 잘 되면 청어대가리로 갈 테니까 그때나 보세."

청어대가리의 키 큰 아가씨가 농담을 한 건 아니었다. 확실히 거기에 선원들이 많이 모여들긴 하는 모양이었다.

"자, 그쪽에 수레 조심하고! 그래, 어여쁜 프로첸을 잘 보호해야지."

갑작스레 출발한 수레 때문에 무심결에 팔을 들어 유리카를 보호한 나르디를 보고 그 선원이 한 말이었다. 우리는 곧 폭소를 터뜨렸다. 우리 중 누구도 유리카를 귀족의 영애처럼 보호해야 한다고는 생각하지 않는다. 그럴 필요도 없고, 무엇보다도 유리카가 그러는 것을 좋아하지 않으니까.

"굴조개가 저 배 이름이에요?"

유리카는 우리에게 무안한 것을 감추려고 일부러 커다랗게 물었다.

"아, '푸른 굴조개'라는 이름이죠. 멋있죠? 저 배의 배쌈을 봐요."

마브릴들의 전통대로 배쌈에는 도료가 칠해져 있었는데, 아주 밝은 파란색이라 바닷물과 잘 구별이 가지 않을 정도였다. 새로 칠한 탓인지 빛깔은 흠집 하나 없이 고왔다.

선원은 안 시킨 말까지 하며 너스레를 떨었다.

"물론 굴조개 껍질이 파랗지는 않죠. 저렇게 시적인 이름을 지은 건 절대 저 배 만든 양반은 아닐 거요. 그 양반은 밤이나 낮이나 조선소에 처박혀서 설계도에 선이나 긋고, 판자나 다듬는 것밖에 몰라요. 하기야 마르텔리조 최고의 배 기술자라는 이름이 아무한테나 주어지는 건 아닐 테지만. 어쨌든 그 양반한테 아주 예쁜 딸이 있는데, 아마도 그 프로첸 작품일 거란 생각이죠. 아, 물론 여기 이 프로첸만큼 예쁘지는 않아요."

유리카는 피식 웃을 따름이었다. 저 작자가 환심을 사려고 작정한 모양이지만 어림없다, 어림없어.

얘기를 하다 보니 그럭저럭 단상 앞까지 밀려왔다. 뒤를 돌아보니 저 많은 사람을 어떻게 헤치고 왔나 모르겠다. 단상 계단을 한 단 올라

서니 수백 명의 머리가 넘실댔다.

단상에는 왕처럼 버티고 선 배불뚝이 남자를 중심으로 대여섯 명의 사람이 있었다. 모두 이런 장소에는 형편없이 어울리지 않는 의자들을 놓고 앉아 있었는데, 다시 말해 귀족의 살롱에나 놓으면 적당할 법한 요란한 의자들이었다. 그들은 그렇게 거드름피우며 '푸른 굴조개'를 감상하고 있었고 저들끼리 이야기를 나누기도 했다.

그 옆에 그들과 어울리지 않는 늙수그레한 남자가 대조적으로 검소한 옷을 입고 가만히 앉아 있었다. 앉아 있는 의자와도 도저히 어울리지 않았다. 저 사람이 푸른 굴조개라는 배를 설계했다는 사람인 모양이었다.

우리 몇 명이 아랫단에 올라서도 아무도 제지하지 않았다. 근처에 엄청난 사람들이 들끓는데다 그들을 통제할 만한 치안대나 하인도 없었다. 물론 굳이 몰아낸댔자 좋은 평판은 얻지 못했을 성싶었다. 바닷가의 사람들은 성격이 거친데다 피부에 와 닿는 권위에만 복종한다는 말을 들은 일이 있었다.

"잘 보이네."

유리카가 몸을 앞으로 내밀었다. 푸른 굴조개호는 마침 선회하여 항구 쪽으로 다가오는 중이었다. 석양을 받은 수면 위로 흰 돛과 푸른 뱃전의 위용이 찬란했다. 자세히 보니 뱃머리에 푸른 외투를 걸친 사내가 서서 오만한 시선을 보내고 있었다. 그는 한참이나 그렇게 단상을 바라보더니, 이윽고 경례 비슷하게 손을 올렸다.

"마르텔리조 사람은 자존심 하면 알아줍니다."

묻지도 않았는데 '하벨 롬스트르'라고 이름을 밝힌 젊은 선원이 다시 유리카에게 말을 걸었다. 유리카가 고개를 끄덕여 주자 그는 신바람이 나서 지껄였다.

"저기 흰 망토 입은 배불뚝이는 오늘 밤이 가기 전에 저 배를 인수하기로 되어 있으니 선주라고 봐도 좋은데, 그렇더라도 배의 지휘자인 선장은 함부로 머리를 숙이지 않아요. 선주가 존경할 만한 선장 출신이라거나 하면 얘기가 다르겠지만, 저렇게 돈뿐인 상인일 땐 선장들한테 좋은 자세를 기대할 수 없죠. 마르텔리조는 진짜 마브릴들의 고장이에요! 자존심 강하고 용감한, 진짜 마브릴들이죠."

돈 많은 상인한테 불만 있냐? 내 꿈이 그건데.

이 선원은 계속해서 내 취향에 안 맞는 이야기들을 늘어놓았다. 나중엔 나뿐 아니라 유리카나 나르디의 취향에도 안 맞았을 거다. 이야기가 흘러흘러 엘라비다 족을 욕하는 방향으로 가기 시작했으니까.

"마브릴의 빛나는 검! 마이프허 가문이 바로 마르텔리조 출신입니다. 볼제크 마이프허 경은 우리 도시의 자랑이죠. 그분이 이끄시는 국왕 폐하 직속의 정예군은 이스나미르 오합지졸 놈들하고 비교도 되지 않아요. 1 대 10? 1 대 20도 되려나? 참, 마이프허 경을 본 일이 있나요, 프로첸 오베르뉴?"

유리카가 예의상 이름을 안 밝힐 수 없었다는 것을 미리 말해두자. 어쨌든 유리카는 적당히 고개를 저었다. 이 사람과 싸워 봤자 득 될 게 없겠다는 생각인 듯했다.

"마이프허 경은 키가 저한테 머리 셋 더한 만큼이나 크죠! 게다가 검

쓰는 솜씨는 귀신같고요. 엄청난 양손검을 한 손으로 휘두르시는데 그 검의 크기가… 오호, 바로 이 정도 됩니다. 아니, 더 커."

롬스트르는 마침 내 등에 걸린 멋쟁이 검을 발견한 모양이었다. 그러나 네 녀석 말은 순 거짓말이다. 네 말대로 그렇게 엄청난 거인이라면 이만한 검을 한 손으로 휘두를 수 있을지도 모르지. 하지만, 이렇게 큰 검을 어디서 또 구할 수 있다고 생각하면 오산이야!

그러나 내가 정작 흥분할 말은 다음 대목이었다.

"이스나미르에도 꽤나 센 검사가 있다죠? 구원 기사단장인가……이름은 잊어 버렸는데, 하여간 우리 도시 사람들이 '악마의 오른손'이라고 부르는 놈이죠. 들어 봤나? 하여간 그놈도 대단한 검을 쓴다지만, 만일 마이프허 경을 만났었다면 지금쯤은 그 잘난 이름을 묘비에나 쓰고……."

나는 더 참지 못하고 녀석의 멱살을 움켜쥐었다.

"파비안!"

유리카가 놀라 외치는 것도 모른 체하고, 멱살을 쥔 손을 천천히 올려 녀석의 발을 허공에 띄웠다. 내 손에는 아버지가 주신 장갑이 여전히 끼워져 있었다.

"다시 한 번 말해봐."

"크윽! 이놈이 왜 이래……."

롬스트르는 숨이 막혀 얼굴이 새빨개지면서도 몹시 놀란 모양이었다. 퍼렇게 핏줄이 돋아난 미간이 움찔거렸다.

"내가 뭘… 흐윽! 잘못했다는……."

"파비안, 그만 내려 줘."

유리카가 침착하게 말하며 단상 아랫단에서 내려와 내 정면에 섰다. 그녀는 내가 왜 그러는지 다 알고 있었다. 그러나 나로 말할 것 같으면 다른 상황보다 아버지를 모욕한 녀석을 벌주는 일에 더 관심이 있었다.

"난 참을 수 없어."

사람들이 무슨 일인가 싶어 모여들기 시작했다. 아니, 정확히 말하면 이미 모여 있던 사람들의 시선이 우리에게 쏠렸다.

"파비안, 듣기 싫은 말을 들었으면 너도 하고 싶은 말을 하면 돼. 말에는 말로 대답하는 거야. 우리 입장을 잊었어?"

유리카는 주위 사람들이 눈치 채지 못하게 말하면서 엄격한 눈길을 보냈다. 쳇, 왜 저 사람들은 이다지도 싸움 구경을 좋아하지?

"내려…… 줘……."

얼굴이 시뻘게진 롬스트르를 바닥에 내동댕이치듯 내려놓았다. 비틀거리던 그가 몸을 간신히 추슬렀을 즈음 나는 상대의 배를 힘껏 주먹으로 내질렀다.

"컥!"

"묘비엔 네놈 이름이나 새겨둬."

롬스트르는 단상 구석에 처박혀 한동안 움직이지 않았다.

"경솔했어."

"알고 있어."

마브릴들이 가득한 광장에서 이스나미르의 검사를 욕했다는 이유로 그 지방 토박이를 때려 쓰러뜨리다니, 밀입국자 주제에 할 수 있는 일이 아니다. 그러나 똑같은 상황이 오면 또 그렇게 할 게 틀림없는 나였다.

"네 마음을 모르는 건 아니야. 그렇지만 그 결과는 우리가 공동으로 책임지게 되겠지. 너 혼자만의 여행이 아니야. 앞으로는 일행에게 미칠 영향을 생각하고서 행동해."

유리카는 딱 부러지게 말을 끊고 그다지 후회하는 기색이 없는 나를 바라보았다. 다시 입을 열었을 때는 좀 누그러진 목소리였다.

"파비안, 내가 마브릴들에게 붙잡혀 감옥에 갇혀도 좋아?"

"그럴 리가 없잖아!"

"그럼 다시는 그러지 마."

유리카는 빙긋 웃고는 후드 아래에서 나를 지켜보고 있는 엘다렌에게 미소를 보냈다.

"그럼, 배를 사러 가볼까."

실랑이가 끝난 듯하자 엘다렌이 입을 열었다. 그는 기껏해야 말이나 한 필 사러 가려는 사람처럼 그 말을 했다.

"그러죠. 배를 사서 가죽 부대에 넣어서 어깨에 둘러메고 갈 생각이겠죠?"

나르디 녀석의 농담에 모두 킥킥 웃었지만 주아니만이 알아듣지 못했다. 주아니로서는 말이나 배나 엄청나게 크다는 점에서 완전히 동일한 물건이었던 것이다.

우리는 진수식이 끝나 사람들이 흩어지기 시작한 부둣가로 다가갔다. 부두로 들어온 푸른 굴조개호는 잔물결 이는 수면에 무게가 없는 것처럼 둥실 떠 있었다. 선착장에 이르자 몇몇 관계자들만이 남아 이야기를 주고받고 있는 모습이 눈에 띄었다. '실질적 선주'라는 사람, 배 기술자와 항구 관리, 지방 유지처럼 보이는 몇 명과 함께 조금 전 푸른 굴조개호를 지휘하던 선장이 보였다. 선주 뒤에는 무장한 남자들이 서 있었는데 용병일 듯했다.

엘다렌이 그들을 향해 성큼성큼 다가가는 것을 보고 나는 고개를 갸웃거렸다.

"저 배를 사려고요?"

"당연하다."

아니, 정말 당연하다는 어조군.

"아니, 다른 배는 살펴보지도 않고 무조건 저 배란 말입니까?"

"가장 좋은 배를 사는 것이 나쁜가?"

엘다렌은 우리를 앞질러 가 버렸다. 나란히 걷던 나르디가 대신 말했다.

"자네가 한 번이라도 바다에 나가 보았다면, 분명 가장 좋은 배가 아니고는 타고 싶지 않다고 생각할 걸세."

이 두 사람은 요즘 들어 왜 저렇게 합의가 잘 되는 거지?

선착장에 가까이 가자 사람들이 대화하는 소리가 들렸다.

"선원을 구하는 것은 제게 일임하십시오. 그건 선장의 고유 권한입니다."

"아니, 자네가 어디서 깡패 같은 놈들을 모아 올지 내가 어떻게 안다는 거야? 저 배의 멋진 자태를 보란 말이다. 엄청나게 비싼 놈이지. 술이나 퍼마시고 뒷골목에서 주정이나 하고 자빠진 무식한 놈들이 탈 배가 아니란 말이야. 암, 저기에 태울 선원들은 내가 직접 결정하는 게 당연해. 나더러 누굴 믿으라는 거야?"

"선원이나 항해에 관해서 뭘 안다고 그러십니까? 어떤 선원을 태우느냐 하는 건 위기 상황에서 배의 운명을 좌우할 수도 있는 문제인데 그런 것을 알아볼 눈이 있다고 생각하십니까? 그리고 선원들을 무시하는 발언은 삼가십시오. 배의 주인으로서 선원을 가볍게 보다니, 있을 일이 아니지 않습니까. 아직 정식 선주도 아니신데……."

상인의 얼굴에 야비한 표정이 떠올랐다. 그는 더 듣지 않고 난폭하게 선장의 말을 가로막았다.

"아니 지금 나한테 대드는 거야! 어디서 선주한테 눈알을 부라리고 덤벼, 덤비길! 정식 선주가 아니라는 건 또 어디서 굴러먹던 말 뼈다귀 같은 소리냐? 내가 아니면 누가 이 배를 산다는 거야? 이렇게 비싼 걸 누가? 내가 아니었으면 이런 배를 만들 수나 있었을 것 같아? 무식한 뱃놈 주제에 네놈이 나를 훈계하겠다는 거야, 뭐야?"

이런 곳에는 꼭 중재하는 척하면서 한쪽 편을 드는 사람이 있기 마련이다.

"어이구, 두 사람 다 참게나. 진수식까지 한 좋은 날에 왜들 싸우고 그래? 아티유, 젊은 자네가 참아."

그러나 선장은 참을 기색이 아니었다. 아티유라고 불린 선장의 나이는 30대 후반 정도로 보였는데, 훤칠한 키와 다부진 이목구비로 보건대 꽤 고집스러운 성격의 뱃사람일 듯했다.

"선원들을 존중하지 않는 선주와는 일할 수 없습니다. 우린 다른 선장을 찾든지, 다른 선주를 찾든지 해야겠군요."

단호한 한 마디에도 상인의 무례함은 전혀 수그러들지 않았다.

"뭐야? 다른 선주를 찾아? 이놈이 정말로 목 잘리고 싶어서 환장을 했구나! 선원들을 존중하라고? 이놈아! 내가 믿는 것은 오직 나 자신과 내 돈뿐이다! 그깟 건달에 거지새끼들, 백 명이 있댄도 내 돈으로 다 부릴 수 있어!"

상인은 바닷바람이 시원한데도 연신 비단 손수건으로 땀을 훔치면서 욕을 퍼부었다. 상황이 험악한 나머지 말을 걸 기회를 잡지 못한 우리는 싸움 관전이나 하는 입장이 되고 말았다. 지방 유지쯤으로 보이는 세 사람은 저마다 선장을 탓하며 상인을 위로하기에 바빴다.

"아티유 저놈, 저 모난 성격 단단히 고치지 않고는 마르텔리조에 발도 못 붙이게 만들어 버림세. 내가 누군가? 선박 조합장은 괜히 달고 있는 이름이 아니라고."

"걱정하지 마. 자네 말대로 마르텔리조에 선장이 하나 둘인가? 금방 새로 구해서 배 띄울 테니 염려할 필요 없어."

"저까짓 놈, 잡아넣어 버리면 그만이지."

선장은 잠자코 있었으나 얼굴을 보니 가까스로 분을 삭이는 듯했다. 조금만 더 건드리면 터져 버릴 것 같은데, 저 배불뚝이 상인은 그런 눈치도 없을까?

그런 눈치가 없었다.

"내가 네놈 아니면 선장이 없을까봐? 아니, 말이면 바로 해야지, 내가 아니면 누가 네까짓 엉터리 뱃놈을 고용하기나 할 것 같아? 가라앉지도 않는 배를 놓고 지레 겁먹어서 침몰하니 어쩌니 헛소리나 하다가, 손해는 손해대로 보고, 그 잘난 상판 쳐들고 멀쩡히 항구로 살아 돌아온 이름난 겁쟁이인 주제에 뭘 믿고 큰소리야, 큰소리가! 마르텔리조에서 그 얘기 모르는 사람 있으면 나와 보라고 해! 내 보자보자 하니까 말이면 다인 줄 알아!"

그 순간, 선장의 억센 손아귀가 상인의 멱살을 덥석 움켜쥐었다. 순식간에 일어난 일이라 주위에서 말릴 틈도 없었다.

"꿔익⋯⋯."

상인은 목줄이 눌린 돼지 같은 소리를 냈다. 대화가 끝나길 기다리던 우리도 흠칫 놀랐다. 선장의 나지막한 목소리가 들렸다.

"다시 한번 겁쟁이라고 말해봐."

상인의 친구들은 어쩔 줄 몰라 하며 주춤주춤 물러섰다. 상인의 꽉 졸린 목에서 간신히 목소리가 새어나왔다.

"이, 이놈이, 끄으윽⋯⋯ 어디서⋯⋯."

그러나 금방 상황이 반전되었다.

"죽고 싶나."

선장의 목에 칼날이 들이대어 졌다. 상인 뒤에 서 있던 용병들이다. 선장의 오른손은 주먹이 꽉 쥐어진 채 멈춰 부르르 떨렸다.

"그래, 이놈아 놓아라!"

자칭 선박조합장 님께서 신이 나서 한마디 외치는 순간이었다. 상황은 다시 한 번 바뀌었다.

"컥!"

선장에게 검을 들이댔던 용병은 불의의 일격을 받고 허리를 꺾으며 넘어져 굴렀다. 다음 순간 나머지 두 명의 용병도 각각 생명의 위협을 느껴야 했다. 도대체 누구였냐고?

"죄송합니다만, 저는 불공평한 것은 싫기 때문에."

그렇게 말하며 검을 쓰러진 용병의 가슴에 겨누고 선 사람은…… 다름 아닌 나였다.

"이, 이놈들은 뭐야?"

소동 덕택에 선장의 손아귀에서 놓여난 상인이 당황해서 소리쳤다.

"해칠 뜻은 없습니다. 다만, 부당하게 몰리는 사람을 손 놓고 보고 싶진 않을 뿐이지요. 저분과의 이야기를 점잖게 끝내신다면 저희도 저희 할 일로 돌아가겠습니다."

또 다른 용병에게 단검을 들이댄 나르디의 침착한 말이었다. 이어 유리카가 유쾌하게 한 마디 던졌다.

"남의 일에 끼어들어서 좀 미안하긴 하네요. 그렇지만, 별 수 없는 상황이었으니 물론 이해해 주시겠죠?"

사태는 순식간에 해결되었다. 상인과 그 친구들은 저들의 호위병을 간단히 쓰러뜨린 사람들에게 대항할 만한 배짱 같은 것은 갖고 있지 않았다. 동네 유지와 용병들은 우리가 가리키는 방향으로 슬금슬금 사라져 갔으며, 선착장에는 상인과 선장 그리고 늙은 배 기술자만이 남았다.

선장은 우리 얼굴을 흘끗 보았다. 하고 싶은 이야기가 있지만, 쉽사리 입 밖으로 나오지 않는 모양이었다. 그즈음 멀찍이 서 있던 엘다렌이 한 걸음 나서더니 입을 열었다.

"당신이 저 배의 주인이오?"

오늘 체면 완전히 구긴 '준비된 선주' 께서는 고개를 숙여—절대 예의를 차리느라 그런 것은 아니었다—자그마한 방문객을 바라보았다. 그리고 예상된 반응을 보였다.

"이건 또 뭐야?"

목소리를 정확히 듣지 못한 상인은 엘다렌의 키를 보고 어린아이로 생각한 모양이었다. 그러나 다음 순간 주위가 웅웅거릴 정도로 우렁찬 목소리를 듣고는 혼비백산했다.

"저 배의 주인이 당신이냐고 물었소."

"그, 그럼 나지, 누구야?"

엘다렌은 이쯤에서 후드를 젖히고 자신의 엄숙한 얼굴을 보여주고 싶었겠지만, 여기까지 여행하는 도중 수십 번이나 간절히 설득하던 우리의 얼굴을 떠올렸는지 고개만 약간 들었다. 상인은 얼굴 아래로 무성한 수염 더미만 발견할 수 있었다.

"나, 난쟁이?"

상인이 놀라 중얼거렸지만, '드워프 족'을 떠올리고 한 말은 아니었을 것 같다. 나이는 들었으나 키가 작으니 난쟁이라고 할밖에.

"어, 흠, 무슨 볼일이오?"

"배를 사려고."

상대방은 웬 봉창을 두드리느냐는 표정이었다.

"배? 무슨 배?"

엘다렌은 바다에 떠있는 '푸른 굴조개'를 가리켰다.

"저것."

살집 좋은 상인은 귀를 후비더니 다시 말했다.

"배를 탄다고?"

"산다고 했소. 귀를 잘 후비시오."

상인은 잠시 엘다렌의 머리 꼭대기를 내려다보았다. 이어 다시 한 번 오늘의 상황을 생각하는 얼굴이 되었다. 고찰 끝에 그는 우리들이 갑자기 나타나 자신을 귀찮게 하는 것이 목적인 매우 이상한 무리라고 결론을 내린 듯했다. 그는 먼저 커다랗게 웃더니 도로 인상을 찌푸리고 소리쳤다.

"저건 이따가 경매에 붙여질 물건이야! 그리고 그 경매에서 당연히 내가 사게 될 거고! 저, 저놈이 내 빚을 갚지 않는 한 저건 내 배지. 암 내 배고말고."

엘다렌은 후드를 약간 젖히고 고개를 들어 상대의 얼굴을 바라보았다. 엘다렌의 번뜩이는 붉은 눈동자를 상인도 보았을 것이다.

"허!"

상인은 흠칫하여 한 걸음 물러섰다. 이어 엘다렌의 낮지만 사방을 울리는 목소리가 들렸다.

"배를 사겠다는 데 잔소리가 많아. 경매라고 했지? 언제인지 이야기하라. 값은 원하는 대로 쳐준다."

엘다렌이 장난하는 게 아니란 것을 상인이 완전히 믿었다고는 볼 수 없다. 그러나 물정 모르고 덤비는 것이든 다른 이유가 있어서든 간에 대꾸를 확실히 해줘야 할 필요는 느낀 모양이었다. 한 발 물러섰던 상인이 입을 열었다.

"나는 반봄 카메이노다. 경매는 오늘밤이지만 저 배의 주인은 나야. 경매도 내 집에서 할 정도라고. 나타나 봤자 얻을 것은 없을 거다. 알았나?"

엘다렌은 '준비된 선주'를 무시하고 곁에 서 있던 배 기술자를 돌아보았다.

"나는 엘다렌 히페르 카즈야 그리반센. 돈은 얼마든지 낼 용의가 있다. 네가 내년에 저런 배 다섯 척은 만들고 남을 정도로 줄 수도 있어. 싫은가?"

반봄 카메이노의 표정은 볼만했다. 일단 엘다렌의 긴 이름에 질리고, 자기를 주인으로 취급하지 않는 태도에 화가 나고, 마지막으로 믿어지지 않는 황당한 이야기에 얼이 빠진 모양이었다. 엘다렌은 점잖게 대답을 기다리고 있었다.

배 기술자는 선뜻 대답하지 못했다. 곧 상인이 대들듯 물었다.

"네 말을 무엇으로 믿지?"

엘다렌은 로브 안쪽에 손을 넣어 뒤적거리더니 뭔가 한 움큼 집어낸 주먹을 이들 앞에 펴놓았다. 그의 손에 놓인 것은 메추리알만 한 보석 다섯 개였다. 지는 볕 아래에서도 휘황한 광채가 감돌았다.

"이거면 증명이 되나?"

상인은 보석의 냄새라도 맡으려는 것처럼 바짝 다가와 들여다봤다. 다만 보석에 놀란 나머지 엘다렌의 손바닥이 유난히 두껍고, 털이 많으며, 손가락 하나가 자기의 손가락 두 개와 맞먹는다는 것은 눈치 채지 못한 듯했다. 엘다렌이 내민 보석들은 허술한 로브의 여행자가 불쑥 내밀기에는 너무나 크고 완벽한 각을 가진 진품들이었다. 상인의 얼굴이 붉어졌다가 도로 하얘졌다.

엘다렌은 상인은 쳐다보지도 않고 노란 광채를 내는 다이아몬드를 하나 집었다. 그리고 안절부절못하고 있는 배 기술자의 손에 건네주었다. 얼굴이 창백해진 배 기술자는 보석 하나의 무게로 허리가 꺾이기라도 한 듯 휘청거렸다.

"착수금 조로 준다. 고대의 드워프 족이 빚은 진품 옐로우 다이아몬드다. 경매 조건을 조성하는데 써라. 빚이 있다면 갚으면 그만 아닌가? 경매에 참여하겠다. 저자의 집에서 경매를 한다고 했나? 이따가 거기로 가지."

엘다렌은 더 길게 말하지 않았다. 저자의 집이 어디냐고 묻지도 않았다. '이따가'가 언제인지도 말하지 않았다. 그가 마지막으로 한 말은 곁에 그림자처럼 서 있던 선장에게였다.

"오늘 밤, 쓸 만한 선원들을 몇 구해서 청어대가리로 찾아오라. 너를 선장으로 쓰겠다."

헤에?

선장은 엘다렌의 말을 믿은 것인지 아닌지 몰라도 말없이 몸을 돌려 그 자리를 떠났다.

"저녁이나 먹으러 가볼까."

엘다렌은 보석을 품속에 도로 집어넣고 느긋하게 발걸음을 돌렸다. 이젠 제법 로브 자락을 밟지 않고 걸음을 잘 옮긴다. 우리는 종자라도 된 기분으로 뒤를 한 번 슬쩍 돌아본 다음 그의 뒤를 따라 움직이기 시작했다.

2. 사상 최고의 경매

"폐하, 언제 반봄 카메이노의 누추한 집을 방문하실 예정이신지요?
경매란 시간을 잘 지켜야 하는 행사라서."

"폐하, 천천히 걸으시옵소서. 로브자락에 발에 걸리면 어찌하나이
까."

나와 유리카가 애써 봐도 이런 말은 나르디를 당할 재간이 없다. 그
가 한 말은 이랬다.

"존귀 지엄하옵신 폐하, 반봄 카메이노의 사저(私邸)가 위치한 곳을
시급히 알아낸 연후에 행차를 결정하심이 옳은 일이 아니겠사옵나이
까."

엘다렌이 발을 멈추는 듯하더니 결국 대꾸가 나왔다.

"장난들 치지 마라. 말이 혓바닥에 걸려 넘어질라."

나와 나르디가 웃겨서 쓰러지고 있는 동안 유리카가 키득키득 웃으

며 대답했다.

"폐하, 하해와 같으신 배려, 감읍하여 마지않삽나이다."

우리가 하는 말이 과연 맞는 말인지는 아무도 몰랐다.

그럭저럭 장난을 치면서 걷다 보니 저만치 청어대가리가 보이기 시작했다. 그와 동시에 식욕도 활동을 개시했다. 나는 오늘 저녁은 뭘 먹을까 궁리하면서, 여기도 꽤 유명한 여관이니만큼 기발한 메뉴가 있으리라고 기대하기 시작했다.

"어서오…… 아, 손님들, 어서 오세요!"

손님들은 그새 제법 많아져서 홀을 대부분 메웠다. 테이블 틈을 재빠르게 돌아다니던 프로첸 이니에가 우리를 발견하고 생긋 미소를 보냈다. 우리가 자리를 잡자 그녀가 얼른 다가와서 말했다.

"저녁은 직접 결정하시겠어요? 아니면 저희가 권하는 메뉴를 들어보시겠습니까?"

권하는 메뉴라. 내가 저 아가씨를 파악한 대로라면 값이 비쌀 것이 분명했다.

"얼마죠?"

내 질문에 이니에는 씩 웃더니 솔직하게 답했다.

"조개 또는 새우. 한 사람에 4메르장씩이죠."

예상외로 약간밖에 안 비싸다 싶어 일행을 돌아보았다. 이곳까지 오는 동안 뭐든 잘 먹고 게다가 많이 먹기까지 한다는 것을 익히 알게 된 엘다렌, 웬일인지 늘 음식을 조금씩 남기긴 해도 결코 적게 먹진 않는 나르디, 보통 여자 애들이 새처럼 조금씩 먹는 것과는 하등 무관한 유리카, 그리고 역시 만만찮게 먹는 나.

"조개로 일단 셋."

이런 곳에서 나오는 한 사람 분이 결코 만만한 양이 아니라는 걸 잘 알고 있다. 먹고 괜찮으면 새우를 더 시키고, 아니면 다른 걸로 더 시키면 되는…… 아니?

조개와 새우로 대체 무슨 요리를 만들어 준다는 거야?

그러나 내가 더 묻기 전에 이니에는 주방을 향해 '조개 셋' 하고 외치더니 사람들 틈으로 사라져 버렸다.

"경매 시간을 알아야죠?"

내가 먼저 엘다렌에게 물었다. 엘다렌은 여전히 후드를 젖히지 못하는 불행한 처지였지만, 어쨌든 식사를 앞두었을 때만은 평소보다 훨씬 유쾌해졌다.

"그들이 내가 오기 전에 경매를 시작할 것 같은가?"

"아마 그 '준비된 선주'는 시작하고 싶어 할걸요."

말하고 보니 정말 그럴 법했다. 가능한 한 빨리 가봐야겠는걸.

엘다렌이 말을 이었다.

"경매가 끝나는 즉시 돌아와야겠지."

"돌아와서 할 일이라도?"

"사람을 구해야 항해를 떠날 수 있지 않나. 내일이라도 떠나려면 오늘 밤에 사람을 구하는 편이 좋다."

하긴 오래 머물러 좋을 일은 없었다. 짐작한 바이기도 해서 나는 속으로 계산을 해보았다. 손님이 붐빌수록 사람을 고용하기가 편하겠지?

그렇다면 손을 써두어야겠는걸.

"카메이노 씨의 집이 어딘지 알아봐야지?"

나르디가 말하자 유리카가 대꾸했다.

"이곳 사람들한테 쉽게 알아낼 수 있을 거야. 아, 저기 온다."

고개를 돌려보니 팔뚝 굵은 집사가 우리의 조개 요리가 담긴 커다란 진흙 단지 세 개를 날라 오고 있었다. 그 뒤를 이니에가 따라왔다.

"자, 우리 집의 특별 요리예요."

단지들이 테이블에 놓이기도 전에 우리는 거기서 흘러나오는 따끈하고 맛 좋은 냄새에 흘려버렸다. 단지가 테이블 위에 놓이자 다투어 안을 들여다보느라 머리를 부딪칠 지경이었다.

개암 열매보다 자그마한 귀여운 조개들이 단지마다 가득했다. 거기에 잘게 부순 비스킷과 잘게 썬 절인 돼지고기를 섞고, 버터 맛을 충분히 들이고, 후추와 소금으로 시원하게 간을 맞춘 것이 바로 이 조개 잡탕 요리다. 항구에서 바닷바람을 쐬다가 들어온 우리에게 이보다 좋은 음식은 없었다. 만일 지금이 겨울이었다면 천상의 요리로도 보였을 것이다.

"지방 특산물이라 할 만하군."

정신없이 숟가락을 입안에 들락거리게 하면서 엘다렌이 말했다.

따라 나온 것은 여관 이름에 걸맞게 큼직한 청어 구이와 잘 구워진 둥근 빵이었다. 우리는 땀까지 뻘뻘 흘리며 거의 눈 깜짝할 사이에 조개 잡탕 요리와 청어 구이까지 모조리 먹어치웠다. 그리고 새우에 대한 열렬한 기대에 불타 다시 새우 요리 셋을 주문했다.

새우 역시 우리의 기대를 저버리지 않았다. 머리에서 꼬리까지 한 뼘 반이나 될 것 같은 커다란 새우로 꽉 찬 새우 잡탕 요리는 충분히 국물이 우러나 매콤하고 시원한 맛이었다.

"아, 오랜만에 잘 먹었다."

유리카가 숟가락을 놓으며 한 말에 다들 동감이었다. 눈앞에서 조개 잡탕 셋, 새우 잡탕 셋, 팔뚝 만한 청어 세 마리, 둥근 빵 여덟 개가 순식간에 사라져갔다. 물론 엘다렌은 다른 사람의 두 배 이상을 먹는다는 걸 미리 말해둬야겠다.

"그럼 나가 볼까."

출발하기 전에 해야 할 일이 있었다. 나는 일행을 떠나 이니에 히르카이에게 다가갔다. 그녀는 한창 바쁘던 저녁 시간이 지나가자 장부 앞에서 부지런히 펜을 놀리던 참이었다.

"프로첸 이니에?"

"네?"

여전히 경쾌하게 고개를 드는 그녀의 얼굴에는 직업의식에 기초한 미소가 떠나지 않았다. 나는 숙박부 쪽으로 몸을 기울이며 말했다.

"푸른 굴조개호의 경매가 오늘이라고 들었습니다. 정확한 경매 시간을 알고 싶은데. 그건 이 일대에서도 대단한 구경거리겠죠?"

"아아, 푸른 굴조개."

이니에는 펜을 잉크에 꽂더니 잠시 꿈꾸는 사람의 눈빛으로 하늘…… 이 아니라 천장을 쳐다보았다.

"정말 멋있는 배죠. 최고예요. 항구에서 나서 자란 사람이라면 아이에서 노인에 이르기까지 빠짐없이 그 배가 어떤 모습으로 완성될지 궁금해 했어요. 그놈을 만든 마디크 에라르드는 마르텔리조에서 제일 훌륭한 배 기술자고요. 더구나 과묵한 그 양반답지 않게 이번엔 자기 기술을 총동원해서 최고의 작품을 만들겠다고 큰소리를 쳤거든요! 나도 여기 토박이라 배라면 어느 정도 알죠. 그래서 과연 얼마나 특별난 배가 나올지 이제나저제나 기다렸어요. 정말 기대했다니까요. 그랬던 건데, 그렇게 끝내주는 배가 카메이노 같은 늙은 너구리 손에 들어가게 되다니, 마르텔리조 사람이라면 누구나 땅을 쳤다고요!"

이니에는 떠들다가 갑자기 멋대로 흥분해서 땅 대신에 숙박부 탁자 위를 탕, 하고 쳤다. 정말 다혈질 아가씨야.

"아아, 죄송합니다."

놀란 내 얼굴을 본 이니에는 금방 생글거리며 잘못을 사과했다. 만일 내가 같이 흥분해서 '그렇고말고요!' 하고 외쳤다면 절대 사과하지 않았을 것이다.

"어쨌든 경매는 여덟 시예요. 그렇지만 카메이노의 손에 넘어가기로 된 거, 경매는 순 형식적인 거예요. 카메이노는 이미 엄청난 돈을 들여서 축하 파티 준비까지 해 놓았다고요. 근방에서 제법 이름 날린다 하는 사람들은 모조리 초대받았어요. 그렇게 난리법석을 떠는 걸 보고 그 집에서 일하는 프론느들까지 분해했다니까요. 뱃사람들이 조금만 돈이 더 있었어도 그런 수모는 안 당해요! 햇빛도 못 봐서 희번덕거리는 얼굴에 살찐 손가락이라니, 그런 자식은 바다에 어울리는 사람이 아니지. 카메이노는 항구에서 제일 멋진 배를 가질 자격이라고는 눈곱만큼도 없는 사람이지요!"

이니에가 흥분해버리는 바람에 나는 생각지 않은 정보를 얻을 수 있었다. 카메이노가 푸른 굴조개호를 갖게 된 것을 환영하는 사람은 아까 항구에서 본 카메이노 친위 부대 말고는 없는 모양이었다.

나는 고개를 끄덕였다.

"그런 상황이라면 이따가 여기 와서 화풀이 술 마실 사람 많겠군요. 그때 술이나 한 잔 죽 사고 싶으니 술 안 떨어지게 술독 잘 묶어 둬요."

"아아, 손님, 여부가 있겠습니까?"

이니에는 금방 사근사근한 태도로 돌아왔다. 엉뚱한 사람이 배 주인이 되는 것에 분개하는 토박이 마르텔리조 처녀이긴 해도 그녀는 역시 장사꾼이었다.

"그 집은 어디쯤입니까? 그 경매하는 데."

"갈 거예요? 그렇다면 저 사람들하고 같이 가세요. 다 내 동생들인데, 오늘 그 꼴 보고 여기로 돌아와서 밤새 술 퍼마실 작당들이지요. 잘 보시고 와서 이야기나 해주세요. 얼마나 희한한 파티를 했는지."

이니에가 가리킨 '동생들'을 바라보니 선원 차림에 힘깨나 쓰게 생긴 청년들로 이니에한테 동생 소리 듣기엔 나이가 좀 들어 보였다. 그렇지만 어디까지나 동생이라는데 그런 줄 알아야지.

'동생들'은 한참 저들끼리 떠들고 있더니 이윽고 우르르 무리 지어 나갔다.

"가죠."

나는 현관에서 기다리던 동료들을 불렀다. 우리도 그들을 따라 밖으로 나갔다.

커다란 집이긴 했지만 엄밀히 말하자면 저택이라고 말할 정도는 아니었다. 2층까지 불이 휘황하게 밝혀진 걸 보니 확실히 밤새워 파티할 분위기였다.

"들어가 보자."

여기까지 오면서 '동생들' 에게 좀 더 들은 바로는, 배 만드는 장인인 에라르드가 역작 푸른 굴조개호를 위해 최고의 자재만 모아들이다 보니 그동안 모았던 돈에도 불구하고 빚을 지게 되었던 모양이었다.

그 빚을 교묘하게 넘겨받은 카메이노가 그걸 빌미로 배가 완성되는 즉시 자기한테 넘기도록 압력을 넣었다는 얘기다. 물론 배 기술자는 배를 만들뿐이지 그걸 갖지는 않는다. 그렇지만 에라르드도 항구 사람인 이상 그렇게 심혈을 기울였는데 빚에 매여 저런 놈한테 넘기는 것은 죽기보다 억울할 거라고 그들은 이구동성으로 말했다.

까닭은 모르겠지만 에라르드의 딸인 프로첸 리스벳이 꽤 예쁘다는 이야기도 몇 번이나 되풀이해서 들을 수 있었다.

"이제 꽉 찼으니 그만 돌아가라, 돌아가."

집 안이 북적거리는데도 꾸역꾸역 사람들이 모여들자 현관에서는 가벼운 실랑이도 벌어졌다. 물론 이런 도시에서 이니에의 '동생들' 처럼 여럿이 모여 다니는 힘 좋은 청년들은 걸어 다니는 폭탄과 마찬가지인지라, 그들을 따라온 우리도 덩달아 안으로 들어갈 수 있었다.

경매가 벌어지는 곳은 1층 홀에 마련된 단상이었다. 단상 앞에는 경매에 참여하는 사람들이 앉을 의자가 늘어 놓여 있었다. 아직 의자들은 대부분 비어 있었다.

이른바 '관객'들의 자리는 그 뒤쪽이었다. 물론 이들은 경매가 끝나는 즉시 술 몇 통, 돼지 통구이 몇 마리와 함께 마당으로 쫓겨날 운명이었다. 우리는 경매에 대해 적대적으로 떠들어대는 구경꾼들을 헤치고 안쪽으로 들어가느라 꽤 애를 먹었다.

"경매에 참여할 분만 들어와 앉으십시오!"

안내하는 사람이 목청 돋워 외쳐댔다. 이윽고 슬슬 의자들이 찼다. 앉은 사람들의 면면을 흘끔거려 보니 아까 항구에서 만났던 카메이노의 친구들도 몇 보였다. 구색 맞추느라 동원했겠지.

우리는 맨 뒤쪽, 경매에 참여하는 사람들과 구경꾼들의 자리를 나누는 리본 바로 안쪽에 자리를 잡았다. 전부 들어가 앉을 수는 없으니 대표 하나를 뽑아 앉히고 나머지는 뒤에 서서 의논을 할 셈이었다. 누가 대표를 할지 약간 실랑이가 있었다.

"엘다는 안 돼. 나도 안 돼. 나르디, 파비안. 누가 할 거야? 누가 목소리가 더 커?"

유리카가 간단히 상황을 정리했다. 아까 항구에서도 롬스트르와 쓸데없는 실랑이를 하느라 눈길을 끌었는데, 여기에서도 자기나 엘다렌처럼 눈에 띄는 사람들이 앉아 있어선 곤란하다는 거다. 어디까지나 우리는 밀입국자였다. 곧 탈출할 작정이라 해도 그걸 망각해서는 안 되었다.

"그런 식이라면 나도 아까 눈길을 끈 셈이니 나르디가 하지."

그래서 결정되었다. 나르디는 리본 안쪽으로 들어가 자리를 잡았다. 개인적인 감상인데 나르디 녀석은 좀 더 괜찮은 웃옷만 입혀 놓아도 다른 참석자들보다 더 귀족처럼 보였을 거다. 완연히 금발이 되어 가는 머리에 흰 셔츠, 양가죽 조끼 차림으로도 그럭저럭 귀공자처럼 보일 뻔했으나, 유감스럽게도 옷은 다리지 않은 터라 주름이 지고 후줄근했다.

장내가 정리되었다.

"그럼…… 경매를 시작하기에 앞서…… 오늘, 이 경매 자리를 만들어 주신…… 마디크 반봄 카메이노의…… 인사말이……."

뒤쪽을 빽빽이 메운 관객들 사이에서 조그맣게 우우, 하는 야유가 들려왔지만 당사자는 얼굴에 철판이라도 깔았는지 개의치 않았다. 단상에는 빨간 저고리에 빨간 바지를 입어 무척 눈에 띄는 경매 진행자, 그리고 아직까지는 배 주인인 에라르드의 창백한 얼굴이 보였다. 이윽고 단상으로 올라간 카메이노는 자신만만한 태도였다.

인사말은 길고 지루했다. 진짜 구경거리를 위해 온 것이 아니었다면 중간에 졸아버릴 정도였다. 실제로 나는 깜빡 졸다가 흠칫 깼다.

"그럼 이제부터 본격적인 경매에 들어가도록 하겠습니다."

나는 아직껏 경매 구경을 해 본 일이 없었다. 그리고 이야기로 들었던 경매도 항구에서 상인들끼리 생선을 경매한다던가 그런 정도지, 이렇게 규모가 큰 물건을 놓고 벌어지는 경매는 처음이었다. 우리 뒤에는 이 도시 사람들 전부가 아닐까 싶을 정도로 많은 사람이 서로 어깨를 밀쳐대고 있었다.

"번호표를 나눠드리겠습니다."

나무판자를 동그랗게 잘라 숫자를 써 넣고 기다란 손잡이를 아교풀로 붙인 번호판이 나누어졌다. 나르디가 받은 것은 16번. 맨 끝 번호였다. 제일 초라해 보이는 낯선 녀석이라 그랬는지도 몰랐다.

"경매에 참여하신 분들은 오늘 낮에 있었던 진수식에서 상품의 면모를 자세히 보셨으리라 믿고 이에 대한 설명은 생략합니다. 경매 당일 낮에 있을 진수식은 며칠 전부터 공고되었으며, 물건이 보이지 않는 상황에서 이런저런 설명은 시간 낭비니까요. 오늘 경매는 주최자의 의견을 존중해서 직접 가격을 부르시는 방식으로 진행합니다. 참고해 주시고, 그럼……."

경매사는 뒤적뒤적 종이를 하나 꺼내들었다.

"마르텔리조에서 가장 이름난 배 기술자 마디크 마고랭 에라르드의 역작, 최신 쾌속 범선 푸른 굴조개호의 경매를 시작합니다. 우선 최저 가격, 1만 3천 메르장에서 시작하겠습니다. 1만 3천 메르장입니다, 더 부를 분 계십니까?"

1만 3천이라니, 나로선 상상도 가지 않는 돈이네.

나르디는 꿰다놓은 보릿자루가 되지 않을까 하는 우려와는 딴판으로 흥미롭게 눈을 빛냈다. 번호표는 녀석의 옆에 얌전히 세워져 있다. 저 번호표를 들고 가격을 말하는 거겠지. 나르디는 우리 쪽을 돌아보며 낮은 목소리로 말했다.

"1만 3천 갖고는 중고 소형 범선도 사기 어렵네. 그런데 보통 최저가를 말할 땐 참가자들의 의욕을 북돋기 위해 아주 낮은 가격을 부르기 마련인데, 저 가격은 최저가치고 좀 높군. 게다가 단일 품목 경매가 아닌가? 경매에 한두 번이라도 참여해 보면 경매가가 얼마나 멋대로 치솟는지 알게 되기 마련인데, 하는 모양을 보아하니 멋모르고 정말 배를 사러 온 사람이 있다면 처음부터 지레 겁먹게 하려는 심산인 듯해. 경매사도 카메이노가 불러온 사람일 테니까 한통속이기 쉽겠지. 그렇지만 물건의 질로 보아 저 가격의 다섯 배라고 해도 경락가(競落價)로 손해는 아닐 거란 생각이야."

나야 뭐 배란 물건이 도대체 얼마쯤 해야 적당한 가격인지 모르니 눈만 멀거니 뜨고 구경할 따름이었다. 저쪽에서 번호표가 올랐다. 7번이었다.

"1만 4천 5백."

생각보다 조금씩 올리네.

나는 경매에 임하는 사람들을 둘러봤다. 일단 말해 둘 건 경매에 도무지 열의가 없어 보이는 사람들이 대여섯 정도 있더란 거다. 금지된 일일 게 틀림없는데 도중에 경쟁자와 소곤거리는 사람이 있고, 경매사도 아닌 엉뚱한 곳을 쳐다보는 사람들이 있었다. 카메이노의 바람잡이들이 분명했다.

1번 번호표를 든 카메이노는 내가 바라보는 순간 자신 있게 외치는 참이었다.

"2만."

저, 저 사람, 정말 겁을 주기로 작정한 모양이군.

그리고 7번 남자와 비슷한 부류인 일반 참가자들이 두엇 있어 보였다. 그들은 벌써 당황한 빛으로 어떻게 할까 고심하는 듯했다. 그들 중 하나가 번호표를 올렸다. 11번이었다.

"2만 천 5백."

마지막으로 안쪽 구석을 보는데 왠지 눈에 띄는 사람이 하나 있었다. 검은 망토를 뒤집어쓰고 챙 넓은 검은 모자를 쓴 키 큰 남자였다. 얼굴은 잘 보이지 않았지만 음험한 느낌이랄까. 그는 5번 번호표를 가지고 있었다.

"자, 2만 천 5백입니다. 더 부르실 분 없습니까?"

경매사는 뭐가 신이 나는지 싱글거리며 경매 참가자들을 둘러보았다. 고민하던 사람들 사이로 번호 팻말이 하나 올라갔다.

"2만 천 8백."

6번. 바람잡이 아저씨로군.

여자 참가자 중 한 사람이 다음 가격을 불렀다. 3번. 마흔 정도 되어 보이는 뚱뚱한 부인이다.

"2만 천 9백."

"3만."

말이 끝나기가 무섭게 다음 가격이 나온다. 점차 경매에 열기가 붙기 시작했다. 괜히 내 손에서도 땀이 나는 것 같다. 엘다렌을 보니 무표정했다. 몇 푼 왔다 갔다 하는 것쯤은 관심도 없는 것 같았다. 유리카는 심각한 표정으로 앞을 쏘아보고 있다. 한 번도 번호표를 올리지 않은 나르디는 지금쯤 무슨 생각 중일까?

"3만 3천."

다시 카메이노의 목소리였다. 그는 아직 여유가 있어 보였다.

요주의 인물인 5번 검은 망토는 아직 아무 반응이 없었다. 다시 구석에서 다음 가격을 부르는 소리가 나왔다.

"3만 3천 2백."

경매사가 어깨를 으쓱하더니 말했다.

"9번 손님, 3만 3천 2백 부르셨습니다. 더 없습니까? 다음 가격 없습니까?"

잠시 후에 비슷한 가격들이 쏟아졌다. 조금씩 올리는 소규모 참가자들이었다.

"3만 3천 5백."

"3만 3천 7백."

"3만 3천 9백 50."

카메이노가 리본 너머에 선 사람과 잠시 이야기를 나누고 있었다. 저자는 얼마 정도 계획하고 있을까?

그때였다.

"4만."

장내의 시선이 한쪽으로 쏠렸다. 5번 사나이가 번호표를 들어 올린 것이 보였다. 한순간 구경꾼들 사이로도 찬물을 끼얹은 듯 정적이 퍼져나갔다. 경매사가 저도 모르게 다시 한 번 물었을 정도였다.

"5번 손님, 4만 맞습니까?"

검은 망토의 사나이는 대꾸하지 않는 것으로 대답을 대신했다.

물론 경매를 할 때는 잘못 불렀다 하더라도 주워 담지는 못하는 걸로 알고 있다. 경매사는 그를 잠시 쳐다보다가 다시 입을 열었다. 그러나 조금 전처럼 활기 있는 목소리가 아니라 놀라 긴장한 사람의 탁한 목소리였다.

"4만 나왔습니다. 더 부르실 분?"

사람들은 잠시 경매 의욕을 잃은 듯했다. 나는 5번 사나이를 흘끔 보았다. 그는 여전히 팔짱을 낀 채 의자에 깊이 몸을 묻고 있었다. 사람들의 반응을 보니 저자도 이 도시 사람은 아니었다.

"더 없습니까? 4만으로 낙찰입니까?"

그럴 리가 없다. 낭랑한 목소리가 장내를 울렸다.

"5만, 부르겠습니다."

아무도 안 붙이는 존댓말로 끝을 맺는 녀석이 누구인지 설명할 필요는 없을 거다.

"저, 저⋯⋯."

"5만이라니!"

놀라 침묵했던 사람들이 이번엔 충격을 받아 수군거리기 시작했다. 저런 낡은 옷차림에 어디서 왔는지도 모를 젊은이가 5만이라니!

사실을 말하자면 나도 당황했다. 남의 돈 1만, 2만은 별 거 아니게 느껴져도 우리 일행의 돈이라면 얘기가 달라지는 법이다.

"야, 너⋯⋯."

내 쪽으로 몸을 돌린 나르디는 자신만만했다. 입가에는 예의 미소가 살아 있었다. 엘다렌이 나름대로 최대한 목소리를 낮춰 말하는 소리도 들렸다.

"능력껏 멋대로 해봐라. 돈은 얼마든지 있다."

저런, 아주 죽이 잘 맞는군.

사람들이 술렁이기 시작하자, 카메이노도 나르디를 돌아봤다. 그는 지난번에 나르디를 주목해서 보지 않았는지 잘 기억이 안 난 모양이었다. 그러나 그 뒤에 선 검은 로브의 엘다렌을 알아보지 못할 리는 없었다. 황급히 몸을 돌리는 걸 보니 느긋하게 배를 차지하긴 어렵게 됐다는 걸 간파한 모양이었다. 그가 서둘러 번호표를 들었다.

"5만 5천."

처음에 1만 3천으로 시작한 걸 생각하면 배의 가격은 잠깐 사이에 몇 배로 뛰었다. 내 느낌이 확실하다면 지금 뱃속에서 간이 떨리는 중인 게 틀림없었다.

"5만 5천 5백."

"5만 7천."

"여기 6만 천이요."

돈 올라가는 단위가 아까와 달라졌다. 이거 다들 미친 거 아냐?

"6만 2천."

"6만 2천 나왔습니다. 6만 3천, 6만 3천 안 계십니까? 현재 6만 2천입니다."

소액 참가자들은 경매 의사를 접은 지 오래였다. 카메이노의 바람잡이들도 조용했다. 여기서 섣불리 높은 가격을 불렀다가 자기가 뒤집어쓰게 되면 곤란하니까.

"7만이다."

침착하지만 음울한 목소리는 5번이었다. 카메이노는 예상 밖의 전개에 당황해서 얼굴이 벌게졌다. 그와 대조적으로 단상 위에 앉아 있는 에라르드의 얼굴에는 눈에 띄게 화색이 돌았다. 내 기억으로는 나르디가 5만을 불렀을 때부터다. 혹시 저자의 빚이 5만 아냐?

"7만 5천, 입니다."

나르디는 여전히 명랑한 목소리였다. 표정도 느긋해 보였다. 그러나 나르디를 잘 아는 내가 보기에 녀석은 평소와 똑같지 않았다. 눈동자에 어린 빛이 먹이를 낚아채려는 맹금처럼 날카롭게 반짝거렸다. 녀석이 검을 휘두를 때 그렇듯이.

"8만."

검은 망토는 만 단위로 떨어지는 숫자만 좋아했다.

"그럼 8만 5천 부르죠."

나르디가 여유 있는 목소리로 맞받아쳤다. 검은 망토 역시 동요하는 기색이 없었다.

"9만."

장내 전체에 팽팽한 긴장감이 흘렀다. 누가 기침 소리라도 한 번 냈다간 지붕이 와르르 무너지기라도 할 것 같은 분위기였다.

침묵을 깬 사람은 카메이노였다.

"시, 10만! 10만이야! 이 이상은 없어, 아암, 없고말고! 그 이상 준다는 것은 와, 완전히 바가지야!"

카메이노는 손까지 부들부들 떨고 있었다. 그로서도 10만이라는 가격은 크게 무리하는 것이 틀림없었다. 엉망으로 일그러진 표정이 그의 심정을 대변했다.

사람들도 두 자리로 넘어간 가격에 놀라 저마다 수군댔다. 저 수전노 카메이노, 이번에 무리하는군. 장사꾼 주제에 배는 가져서 뭘 하려고 저래? 오기가 났나 보지? 차려 놓은 축하연 음식이 아까워서 저러는 걸 거야. 저러다간 오늘 체면 구기기 십상이겠네 그려.

이 와중에 횡재하는 사람은 에라르드뿐이다. 그는 완연히 미소까지 머금고 장내를 지켜보고 있었다. 술렁대는 사람들 사이로 다시 침착한 목소리가 울렸다.

"11만."

"저, 저런……."

"저, 자는 뭐야?"

"세상에나."

검은 망토가 여전히 만 단위로 가격을 부르고 나니 사람들의 눈동자가 전부 나르디에게 쏠렸다. 녀석이 무슨 가격을 부를지 긴장하면서도 기대하는 눈치다. 나르디는 시선을 의식하면서 자신 있게 미소 지었다. 그리고 번호표를 올리며 가격을 말하려 했다. 그가 반쯤 입을 연 순간이었다.

"아버지!"

입구 쪽에서 들려온 난데없는 외침에 구경꾼들은 모두 빙그르르 자세를 돌리느라 고생해야 했다. 경매 의자에 앉은 사람들도 반쯤 몸을 일으켜 뒤를 돌아보았다. 사람에 가려 목소리의 주인공은 잘 보이지 않았다. 그러나 이윽고 사람들을 뚫고 앞으로 걸어 나왔다.

장식 없이 간소한 흰 드레스로 성장(盛裝)한 처녀다. 풍성한 연갈색

머리카락에 우아한 맵시가 아름다운 여자였다. 나이는 스물두셋? 그녀
는 망설이며 걸어 들어와 경매장을 둘러친 리본 바로 앞에서 멈췄다.
자기에게 쏠린 눈들 때문에 바짝 긴장한 얼굴이었다.

"리, 리스벳."

단상에서 엉거주춤하게 엉덩이를 든 에라르드의 목소리를 듣고서야
그녀가 누구인지 알 수 있었다. 에라르드의 꽤나 예쁘다는 딸, 리스벳
에라르드가 틀림없었다.

"아버지. 드릴 말씀이 있어요."

리스벳은 단상 위의 아버지를 똑바로 바라봤지만 스스로도 자신이
한 행동에 놀란 듯 눈에는 두려움이 어려 있었다. 치마폭에 모은 손은
두어 번 가벼운 경련을 일으켰다. 그럼에도 불구하고 그녀의 기품이 사
라지지는 않았다. 상냥함이나 사랑스러움보다 고상함이 두드러지는 아
가씨다. 여자들의 브로치에 새겨진 석고 옆얼굴처럼 고풍스러운 미인
이기도 했다. 그리고 묘한 건, 멋대로 들어와 경매를 중단시킨 그녀를
제지하는 사람이 아무도 없었다.

리스벳은 좌우로 갈라진 사람들을 향해 사죄하려는 건지 뭔지 몰라
도 허리를 깊이 숙여 절을 했다. 그리고 리본 안쪽으로 몸을 약간 내밀
며 아버지를 보았다. 그녀의 목소리는 어린아이를 달래듯 부드러웠지
만 동시에 엄격했다.

"아버지. 거래는 경건한 마음으로 하세요. 속임수를 쓰거나 지나친
이익을 남기는 것은 안 된다는 것을 아시죠? 제가 누누이 말씀드렸잖
아요."

이건 또 무슨 황당한 소린지 모르겠다. 엄연히 경매라는 '가격 올려 이익 남기기 행사'를 하는 곳에 불쑥 나타나 할 이야기가 아니잖아? 게다가 한창 자기 아버지 편에서 이익을 보는 중인데.

그런데 에라르드의 반응은 그렇지 않았다.

"알, 알고 있지 않느냐? 지금 공정하게 경매…… 를 하는 중이야."

리스벳이 말을 이었다.

"경매라 해도 지나쳐서는 안 돼요. 아버지가 들인 돈에서 조금 더하는 선에서 마무리를 지으셔야죠."

나는 천장을 쳐다보았다. 혹시 구멍이 뚫려 하늘에서 공정거래의 천사라도 내려온 게 아닌가 싶어서다. 아직 그런 기미는 없었다.

"리스벳, 이 가격은……."

에라르드의 변명조를 뚫고 리스벳의 목소리가 울렸다. 이번에야 말로 자기 신념만으로 대뜸 경매를 중지시킨 사람의 진면목이 보이는 목소리였다.

"11만이나 받을 수는 없어요. 절대로."

저 이야길 듣고 들어온 거구나. 11만이 비싸다는 점에서는 대찬성이지만 그 돈을 가지게 될 쪽에서 저렇게 나오다니 이거 어떻게 대처해야 하는 거야?

사람들은 웅성대긴 했지만 집안싸움에 끼어들기가 뭣해선지 나서는 사람은 없었다. 그러나 리스벳의 목소리가 준 여운이 사라지기도 전에 다시 울려 퍼진 목소리가 있었다.

"15만 내겠습니다."

아까보다 한층 번호표를 높게 들어 올린 나르디의 목소리였다. 사람들이 경악하여 목을 뺐다. 리스벳은 당황해서 얼굴이 창백해졌다. 검은 망토조차 움찔하여 모자를 약간 들어올렸다.

나르디는 돌아보지 않았지만 그의 입가에 가느다란 미소가 떠오른 걸 알 수 있었다. 나르디는 저 경건한 처녀가 하는 이야기를 다 듣자마자 바로 고려할 가치가 없다고 단정 지은 듯했다. 장내에 있던 다른 누구보다도 빠르게.

마침 나르디는 리본 경계에 앉아 있었기에 리스벳은 애써 사람들을 헤치고 그쪽으로 가려 했다. 사람들은 대부분 참견하기 싫었는지 길을 비켜 주었다. 그러나 리스벳 앞을 당당하게 가로막은 사람이 있었다.

"프로첸, 당신은 참견할 권리가 없어요."

은빛 눈썹이 날카롭게 올라가고, 그 아래 바르게 치뜬 눈동자가 보였다. 유리카는 그다지 공격적인 태도는 아니었으나 한 사람을 제지하고 남을 표정으로 리스벳을 바라보았다.

"하지만…… 옳은 일을 막아선 안돼요."

리스벳의 태도는 특이했다. 반대하는 사람에게 호전적으로 맞서지도 않지만 그렇다고 물러나지도 않았다. 내성적인 성격이지만 결심만은 끈기 있게 밀어붙이는 사람의 태도였다.

그러나 유리카도 분위기 보아 대강 물러나는 사람이 아니었다. 해야만 하는 말은 사정 봐주지 않고 해버린다. 유리카는 나르디를 가리켰다. 그녀의 입술에서 모든 사람의 입속에 맴돌던 말이 떨어졌다.

"나는 저 사람의 동료예요. 그 자격으로 말하겠는데, 멋대로 나타나

공공 행사인 경매를 방해하시는 것은 지나치게 예의 없는 행동 아닐까요?"

"이 경매는 우리 집안의 물건을 파는 거예요. 아버지가 잘못을 저지르기를 바라지 않아요. 내가 아니면 아무도 막지 못해요. 예의가 아닌 줄은 알지만, 이러고 싶지 않았지만, 내가 어리석어 더 좋은 방법을 생각해내지 못했어요. 제발 내가 할 말을 다 하게 해주세요. 옳은 일을 해야만 해요."

리스벳은 목소리가 떨렸지만 할 말은 분명 다 했다. 그녀는 유리카보다 키가 한 뼘이나 크고 나이도 많았지만 묘하게도 연약해 보였다. 아니다, 유리카는 리스벳보다 몇 배나 나이가 많다. 인간이 감당할 수 없는 세월이 불합리하게 깃드는 것, 그것이 신체적 나이를 뛰어넘는 분위기를 갖게 할 수도 있는 것일까?

두 아리따운 아가씨 사이에 벌어진 일을 구경하려는 사람들이 슬슬 주변을 에워쌌다. 유리카는 천천히 고개를 들어 리스벳을 봤다.

"무슨 근거로 당신 생각이 옳다 하지요?"

그거야말로 처음부터 물었어야 했을 말이었다.

리스벳은 이 상황에 이르자 오히려 용기가 나는 것처럼 보였다. 그녀는 분명 할 말이 있어서 여기까지 들어왔다. 모두 주목하는 가운데 그 말을 할 기회를 거절할 이유가 없었다.

"부당하게 많은 이익을 추구하면 언젠가 낭시그로 호의 노현자로부터 대가를 받게 되지요. 시간의 낫은 느리게 다가오지만 결코 비켜가지도 않는 법."

리스벳은 이 말을 하면서 단상 위의 아버지를 돌아봤다. 에라르드는 움찔하며 그 시선을 받아냈다. 어쩐지 이상한 부녀관계다. 딸에게 겁을 먹고 있는 것 같잖아?

그런데 리스벳의 말을 들은 유리카의 눈빛이 달라졌다. 유리카는 탐색하듯 리스벳을 구석구석 살펴보더니 말했다.

"무녀가 되기엔 너무 늦지 않았겠어요?"

리스벳의 얼굴이 창백해졌다. 그녀가 더듬거리며 말했다.

"어, 어떻게?"

"듀나리온의 계가 무녀들에게는 훨씬 엄격하다는 걸 알아요. 무녀들처럼 그걸 지키고 싶은 마음은 이해하지만, 어쨌든 당신은 무녀가 아니에요. 무녀가 되는 것도 무리예요. 그러니 아버지나 다른 사람들에게까지 강요할 순 없어요."

"당신은 누구예요?"

리스벳은 태도를 바꾸어 따지듯 물었다. 유리카는 팔짱을 꼈다.

"그런 것은 알 것 없어요. 다만 당신이 이 경매를 막고 싶었다면 시작되기 전에 아버지와 이야기를 해서 그만두게 하든지 했어야지요. 그 과정에서 동의를 구하지 못했다면 포기했어야 하는 일이고요. 이제 와서 가격이 너무 높으면 안 된다니, 만일 당신이 용인할 수 있는 가격을 내겠다는 사람이 두 명, 세 명, 네 명이면 어떻게 되는 거죠? 그건 그들의 문제라고 말하고 싶나요? 그들이 경매라는 공정한 가격 경쟁 대신에 결투라도 벌인다면 그건 나 몰라라 할 셈인가요? 그게 당신이 지키고자 하는 자연의 섭리, 아니 듀나리온의 '생명의 계'를 따르는 일일까요?"

리스벳은 입을 다물었다. 나라도 할 말이 없었을 거다.

이렇듯 경매가 중단되고 논박이 오가는 동안 머릿속에서 어떤 계획이 서서히 떠오르더니 점차 구체화되었다. 경매를 구경하며 줄곧 우리가 이긴다 해도 그 다음에 일어날 수 있는 사태와 그에 대처할 방법을 궁리하던 참이었다. 슬슬 결론이 지어졌다. 그래, 이거라면 충분해.

리스벳이 간신히 입을 열었다.

"시간의 낫은 느리지만……."

나는 엘다렌을 돌아보며 물었다.

"엘다렌, 배 가격을 얼마까지 낼 수 있죠?"

엘다렌은 후드 자락을 약간 들면서 나를 멀뚱하게 쳐다보았다. 내가 정말로 대답을 듣겠다는 기세이자 그가 대꾸했다.

"지금 나르디가 부른 가격의 열 배라도 상관없다."

주위 사람들이 침을 꿀꺽 삼키는 소리가 내 귀까지 들렸다.

"잘 됐네요! 그럼 어차피 중단된 경매인데 좀 실례하죠."

나는 재빠르게 리본을 타넘었다. 꼭 안으로 들어갈 필요는 없었지만 주의를 끌어야 했기 때문이다. 나는 사람들 쪽으로 돌아섰다.

"자, 경매에 참여하시는 여러분! 지금 1천 메르장, 2천 메르장 이런 푼돈 갖고 오랜 시간을 끌고 있지 않습니까? 실례인 줄은 알지만 어차피 이렇게 된 것, 간단하게 해결합시다."

1천 메르장은 결코 푼돈이 아니다. 죽을 때까지 이 생각은 변치 않을 거다. 깨끗한 이스나에 영혼들이여, 사정이 사정이니만큼 거짓말하는 저를 용서하소서.

나는 사람들이 이의를 제기하며 귀찮게 굴기 전에 빨리 해결하려고 경매사한테 꾸벅 절한 다음 급히 다음 말을 이었다.

"저희는 15만 메르장의 열 배, 그러니까 150만 메르장도 충분히 낼 용의가 있습니다. 마르텔리조에서 제일 좋은 배를 사기 위해서라면 말이죠. 물론 그만한 능력도 있습니다."

"으음, 흠, 흠."

저기 기분 나쁘게 헛기침하는 사람은 카메이노의 친구인가?

"그러니까 150만 메르장을 내실 생각이 없으시다면 저희한테 배를 넘기시라는 겁니다. 시간 낭비할 필요가 없습니다! 20만 메르장을 부르시면 30만 메르장을 부를 것이요, 40만을 부르시면 단숨에 70만을 불러버릴 수도 있어요. 무슨 말인지 이해가 가시죠? 우리는 돈 깎는 것 따위에는 관심이 없다 그 말씀입니다!"

아, 행복하다. 잡화점 파비안이 '돈 깎는 것에 관심 없다'고 말할 날이 올 줄이야.

"나, 난 포기하겠어. 정말 이상한 경매로군."

하나가 의자에서 일어나자 몇 명이 따라 일어서 리본 밖으로 나갔다. 잠깐 만에 리본 안쪽에는 카메이노의 앞잡이 몇 명, 카메이노 본인, 그리고 검은 망토와 나르디만이 남았다. 나는 좌중의 시선을 한 몸에 받으며 단상을 바라보았다.

"경매사님, 공정한 절차를 위해 우리가 150만 메르장을 불렀다고 한 말씀 해주시죠. 이렇게 높은 가격을 단번에 불러버리는 것은 상업 질서에 어긋난다고 알고 있습니다만, 그래도 지금 상황이 상황이니만큼 좀 도와주시죠."

경매사 대신 대답한 사람은 리스벳이었다. 그녀는 아직도 뭔지 모를 충격에서 벗어나지 못하고 있었으나 본래의 목적을 잊어버리지는 않았다.

"150만이라니, 그런 돈은 결코……."

나는 점잖게 그 말을 가로막았다.

"걱정 마세요, 프로첸 에라르드. 당신은 당신이 원하는 가격만 받도록 해드리면 되는 것 아닙니까?"

"무슨 소리야!"

카메이노가 화가 나 소리를 질렀다. 그는 방금 전까지 '푸른 굴조개'의 인수를 거의 포기한 듯했다가 내가 한 말에 울화가 치민 모양이었다. 그는 에라르드에게 고개를 돌렸다.

"에라르드, 자네 도대체 얼마를 받겠다는 거야? 딸 눈치만 보고 있을 텐가! 그러니까 얼마야? 그렇게 입만 꾹 다물고 있지 말고!"

이어 카메이노는 붉으락푸르락 하는 얼굴을 내 쪽으로 돌렸다.

"뭐야, 그러니까 150만이라고 엄포를 놓아서 우리 기를 죽이고 경매를 포기하게 한 다음에, 정작 지불할 돈은 배 주인하고 너희 멋대로 결정하겠다? 아니, 경매는 무엇 때문에 하는 거야? 그래놓고 네놈들은 저 경건한 체 하는 여자를 꾀어서 7만이나 8만쯤 내고 배를 꿀꺽 하려는 심산이지? 그거야말로 도둑놈 심보가 아니고 뭐야! 이런 더러운 사기 꾼들!"

나는 그 말에 진심으로 대답해 주고 싶었다. 경매는 본래 카메이노 당신의 사기극을 위한 것이었으니 도둑놈 심보의 원조가 과연 누구인 가를 말이다.

'경건한 체 하는 여자' 라는 말에 리스벳이 어떻게 반응할까 싶어 사람들의 눈이 그쪽으로 쏠렸다. 그러나 카메이노의 말에 발끈한 사람은 따로 있었다.

"150만. 한 푼도 깎지 않고 내겠다."

아니지. 사람이 아니고 드워프였다.

고귀한 왕인 엘다렌이 '도둑놈 심보', '더러운 사기꾼' 이라는 말을 듣고 참을 리 없다는 생각을 깜빡 하지 못했다. 물론 구경꾼들은 그런 사정을 몰랐기에 모두 벌린 입을 다물지 못해 손바닥으로 가리고 있었다. 내가 150만이라고 했을 때는 설마 하는 생각이 있었던 모양이지만 저런 목소리의 엘다렌이 저런 어조로 말했을 때는 얘기가 달라진다.

엘다렌은 이어 리스벳을 쳐다보았다.

"그 150만을 가지고 죽을 쑤든 개를 주든 상관하지 않겠다. 나는 150만을 내겠고, 배는 가져간다. 당신네가 그 돈을 휴지통에 버리거나 길거리에 뿌린대도 내가 알 바 아니다."

엘다렌의 목소리가 주는 위압감에 눌려 감히 아무도 말을 꺼내지 못했다. 평소보다 더 낮아진 엘다렌의 목소리에 상당한 분노가 잠재되어 있다는 것을 누구나 느낄 수 있었다.

"계약은 내일 아침 배로 찾아가서 하겠다. 지불은 보석으로 한다. 감정사를 하나 불러 둬라."

엘다렌은 일어섰다…… 고 말하고 싶지만 그 키가 이미 일어선 것이어서 그럴 수가 없었다. 엘다렌은 분분히 비키는 사람들 사이로 걸어 나가 버렸다.

"나르디, 우리도 가자."

유리카가 임무를 훌륭히 마친 나르디를 불렀다. 나만은 아직 할 일이 남아 있었다. 엘다렌처럼 위엄 있는 말 한 마디로 마무리 짓는 식이어서는 내일 아침쯤 어떻게 이야기가 뒤바뀌어 있을지 모른다. 지금은 2백 년 전이 아니고 사람들은 무척이나 약았다.

"경매사님, 경매 기록 적어주시겠죠? 적는 것 우선 봅시다."

나는 경매 기록에 '150만. 경락(競落)'이라고 적는 것을 보고 거기에 내 이름으로 서명했다. 그런 다음 단상에서 내려온 아버지와 함께 서 있는 프로첸 리스벳에게 다가갔다. 양손을 꼭 맞잡은 그녀의 표정은 뭐라 설명하기 어려운 것이었다. 내가 다가가자 리스벳의 얼굴에 경계하는 표정이 떠올랐다. 그녀가 먼저 입을 열었다.

"150만 메르장은 결코 받을 수 없어요. 당신들이 뭐라고 해도 내 생각은 변함이 없어요."

에라르드는 여전히 아무 의사 표현도 하지 않았다. 나는 그들을 한쪽 구석으로 끌고 갔다.

"뭔지 모르지만 계율 지키는 것은 좋습니다. 자신의 신념을 지켜나가는 것은 뭐, 훌륭하니까요. 그렇지만 저기 나간 제 동료는 150만 메르장을 내겠다고 한 이상, 1 메르피(1 메르장의 100분의 1)도 빼고 주려 하지 않을 것입니다. 보통 고집 센 사람이 아니거든요. 그러니까 우리

끼리 이면 계약을 좀 해야겠습니다."

리스벳의 눈이 의혹에 차 있다. 먼저 나간 유리카가 문간에 섰다가 나를 돌아보는 것이 보였다. 나는 빠르게 말했다.

"당신네들은 약속을 잘 지키는 사람들이겠죠?"

리스벳의 눈동자가 어이가 없다는 듯 흔들렸다.

"당연해요. 마르텔리조의 배 기술자 에라르드 집안을 의심하는 고객은 아무도 없어요. 우리는 2백 년 넘게 한 도시에서 기술을 이어온 장인 가문이에요. 우리 아버지는 세르무즈에서 다섯 손가락 안에 꼽히는 조선 장인이고……."

나는 손을 내저었다.

"아, 알았어요. 나도 알고 있어요. 그러니까 150만 메르장이면 도대체 배 몇 척 정도의 가격입니까?"

에라르드가 드디어 입을 열었다. 나는 지금까지 이 사람 목소리가 무척 궁금했다.

"푸른 굴조개 정도의 배라면, 넉넉하게 남겨도 열일곱 척 정도. 배의 제조 원가만을 따지면 스물다섯 척도 넘게 만들 수 있소."

나는 고개를 끄덕였다.

"좋아요. 그럼, 배를 만들어요."

"네?"

리스벳과 에라르드가 동시에 놀라 반문했다.

"무슨 말인지 몰라요? 배를 만들라고요. 150만 메르장에 해당하는 배를 만들어서 팔면 되잖아요? 얼마가 걸리든, 당신네들은 선금을 받은 셈 치면 되지 않느냐 이 말씀입니다. 좀 돈이 넉넉한 고객이 있어서 한 10년 치 선금 미리 줬다고 칩시다. 아니, 실제로 그러기로 합시다. 배 열일곱 척? 꼭 찾으러 올 테니까 만들어만 둬요."

에라르드의 얼굴이 믿을 수 없다는 듯이 일그러졌다 펴졌다 했다. 그는 망설이다가 입을 열었다.

"만일 찾으러 오지 않으면?"

"그렇죠? 그런 경우가 있으니까 또 한 가지 계약을 합시다."

나는 경매사한테 다가가서 종이를 한 장 얻었다. 그리고 묵지(墨紙)와 펜도 한 자루 빌려서 즉석에서 가계약서(假契約書)를 썼다.

계 약 서

파비안 크리스차넨은 마고랭 에라르드로부터 푸른 굴조개호와 향후 건조될 열여섯 척의 배를 모두 구매하기로 계약한다. 매입 금액 150만 메르장 전액은 선불로 지불한다.

만일 향후 10년 이내로 건조된 배를 단 한 척도 인수하지 않을 경우 배의 소유권은 마고랭 에라르드에게 귀속되는 것으로 한다.

499년 키티아 아룬드 18일
파비안 크리스차넨.
마고랭 에라르드.

"증인도 서명해야죠."

그래서 서명이 하나 더 늘었다.

리스벳 에라르드.

"좋아요. 나중에 찾아왔을 때 배 안 만들어 놓았으면 알아서들 하라고요."

나는 유쾌하게 말하면서 묵지로 옮겨진 계약서를 접어서 윗주머니에 집어넣었다. 부녀는 잠시 말이 없었다. 간신히 리스벳이 말했다.

"이런 계약이 있을 리가 없잖아요. 그래 놓고 우리가 배를 만들어 주지 않으면 당신들은 엄청난 손해를……."

나는 엄숙하게 눈썹을 찌푸렸다.

"제가 아까 신용에 대해 물어봤죠? 마고랭 에라르드는 분명 믿을 만한 조선 장인이라고 방금 전에 들은 것 같은데."

자기 논리에 얽혀든 리스벳은 별 수 없이 고개를 끄덕였다.

"물론이지요."

일은 잘 끝났다. 리스벳까지 서명하게 해버렸기 때문에 정직한 그녀가 나중에 딴소리할 걱정도 없고.

"그럼 내일들 뵙시다. 아, 제 동료들에게는 비밀인 거 아시죠? 안 그랬다간 또 한바탕 난리 납니다."

에라르드 부녀가 계약서를 집어넣자 나는 기분 좋게 그 자리를 떠났다. 주머니 속의 주아니에게 '쉿!' 하는 의미로 눈을 찡긋거리는 것도 잊지 않았다. 그런데 나오다 보니 검은 망토가 어느새 자리에 없었다. 분명 아까까진 있었던 것 같은데.

아참, 정말 10년 안에 여기까지 배를 찾으러 올 거냐고?

글쎄, 그 점은 좀 더 생각해 봐야겠는걸.

3. 선원들의 왕

청어대가리 여관 앞에 도착하자 이미 한밤중이었다.

"내가 적절히 설득했지. 그 돈 갖고 도시의 빈민들이라도 도우면 되지 않겠느냐고. 솔직히 도시 환경 미화에 쓰라고 말하고 싶었지만, 그 말은 차마 못했다."

"도시 악취 제거에 써 준다면 더 바랄 것이 없겠네."

나르디가 낮의 악몽을 떠올렸는지 고개를 설레설레 저으며 말했다. 유리카가 피식 웃었다.

"다음에 오면 최소한 포석은 새로 깔아 놨겠네."

"사실 그러려면 엘다렌 동상이 도시 한가운데쯤 있어야 하는데. 안 그래요, 엘다렌?"

엘다렌은 내가 왜 갑자기 유쾌해져서 안 하던 농담까지 거는지 모른다. 영영 몰라야만 하겠지. 유리카나 나르디한테까지 숨길 필요는 없지만 말이란 한 번 꺼내면 자꾸 불어나기 마련이라서.

나르디가 약간 걱정스럽게 말했다.

"내일 계약할 때 카메이노가 방해하지 않을까?"

"올 테면 와 보라지."

목소리는 엉뚱한 곳에서 나왔다. 나는 고개를 아래로 빼고 그렇게 말한 사람의 귀여운 눈동자를 쳐다보았다.

주아니가 이렇게 말하니 더욱 폭소가 터진다. 우리 중에서 가장 용감한 것이 아닐까 종종 의심이 드는 주아니. 그래, 올 테면 와 보라지. 이제 와서 제아무리 카메이노인들 용빼는 재주 있겠어?

우리는 휘황한 불빛이 흘러나오는 여관 문을 열고 들어섰다.

"어머, 손님들이군요."

안은 왁자지껄했다. 예상대로 제일 먼저 이니에의 목소리가 들렸지만, 저녁때와는 달리 새침해진 목소리다. 사람들 사이에 쟁반을 들고 서 있는 이니에를 발견했지만, 그녀는 더 말하려 들지 않고 곧장 주방으로 가 버렸다.

"왜 저러지?"

우리는 빈 테이블을 간신히 찾아내어 둘러앉은 다음 주문을 받으러 오도록 기다렸다. 평소 같으면 다음날을 위해 침대로 기어 들어갈 시간이지만 오늘은 해야 할 일이 있었다.

그런데 이니에가 금방 나타나지 않았다. 다른 급사도 오지 않았다.

"여기 주문요!"

결국 목청껏 소리를 치자 급사 하나가 테이블로 다가왔다. 그런데 이 급사의 표정도 좋아 보이지 않았다.

"맥주 네 잔. 과일 조금하고…… 아니, 여기 무슨 일 있어요?"

나는 주문을 하다 말고 그렇게 묻지 않을 수가 없었다. 급사는 도저히 주문을 받겠다는 자세가 아니었다. 내 얼굴을 쳐다보지도 않을 정도니까. 테이블에 바짝 다가와 서지도 않고 이상하게 딴전을 피운다.

"도대체 왜 그래요?"

이번엔 유리카가 물었다. 급사는 약간 고개를 돌리는 듯했지만, 결국 그 자세로 입을 열었다.

"주문이나 해요."

아니, 뭐야 이건?

급사의 말투가 완전히 깡패 뺨친다. 여기가 원래 이랬나? 아닌데? 그럼 우리가 뭘 잘못했나?

"아니, 우리가 무슨……."

그런데 난데없는 대답이 날아왔다.

"그 배 타고 어딜 가려는 건지 모르지만, 잘들 가보시지."

어, 어라?

또 다른 곳에서도 들려왔다.

"뱃멀미 때문에 별 수 없이 돌아왔다는 소리나 하지 마시고."

"가는 데까지 가 보셔. 돛이라도 올릴 줄 안다면."

"아니 돛은커녕 닻은 올릴 줄 아나?"

"허허, 그렇다면 그냥 계속 항구에 묶여 있겠네?"

그 말에 이어 왁자지껄한 웃음소리가 홀을 뒤흔들었다. 급사는 여전히 시선은 먼 산이고 다리는 껄렁한 자세 그대로다. 쟁반은 숫제 들고 오지도 않았다. 짐작이 갔다. 이게 말로만 듣던 항구 사람들의 텃세로 구나.

이니에가 주방에서 머리를 내밀더니 우리 쪽으로 달려왔다. 그녀가 옆에 선 급사에게 말했다.

"자자, 너는 저리로 가. 손님들, 뭘 주문하실 건가요? 저한테 말씀하세요."

이니에는 주인인 만큼 앞서의 급사 같은 태도는 아니었다. 그러나 그녀의 어조도 예전 같지 않게 싸늘했다.

급사는 해방된 사람처럼 휑하니 가버렸다. 급사가 가는 양을 눈으로 쫓다 보니 홀 안의 눈동자들이 전부 우리한테 박혀 있다는 것을 알게 되었다. 내가 낮은 소리로 말했다.

"저 사람들, 외부인이 배를 사 갔다고 텃세부리는 모양인데."

"이것 참."

유리카가 대담하게 목소리를 높여 말했다.

"아, 마디크 카메이노가 배를 사는 편이 다들 더 마음에 들었나 보군요?"

유리카의 자극적인 말투는 냉소적으로 한두 마디씩 지껄이던 사람들에게 당장 불을 붙였다.

"뭐야, 카메이노는 우리 고장 사람이기라도 하지."

"카메이노가 샀으면 가끔이라도 배를 볼 텐데, 이제 네놈들이 끌고 가서 어느 바다 구멍에다가 처박아 버릴지 알 게 뭐냐?"

"우리 도시에 돈 자랑 하러 왔나? 마르텔리조 사람 무시하지 마시지. 여기도 돈 하면 이름 날리던 곳이라고!"

자정이 가까워 오는 시각이었다. 저녁때부터 술을 마시기 시작한 사람들은 상당히 거칠어져 있었다. 나는 속으로 걱정이 되었다. 싸움이라도 벌어진다면 골치 아파질 것은 뻔했다. 게다가 선원을 구하겠다는 우리의 계획도 말짱 헛것이 될 테고 말이다.

어쩐다? 쉰 명도 넘는 사람들인데.

"엘다, 참아."

유리카의 목소리를 듣고 돌아보니 엘다렌은 막 후드를 걷어 제치고 벌떡 일어날 기세였다.

"뭐야, 덤빌 테면 덤벼 보라고!"

저쪽에서도 덤벼들 판이었다. 몇 명이 의자를 박차고 일어서자 넘어진 의자가 홀에 나뒹굴었다. 이니에가 황급히 급사들에게 말리라고 눈짓하는 가운데 나르디까지 손을 검 손잡이로 가져갔다. 나무 바닥을 울리는 발소리들, 삐걱대는 의자와 테이블.

그 순간 문이 활짝 열어젖혀졌다.

사람들의 눈이 일제히 문 쪽으로 향한 것도 무리가 아니었다. 생각지도 않았던 인물이었다. 한 사람이 외쳤다.

"아티유!"

그 선장이었다.

선장 혼자가 아니었다. 힘깨나 쓸 것 같아 보이는 건장한 선원들 10여 명이 따라 들어오더니 문 앞을 점거해버렸다. 다시 뒤를 돌아보니 유리카, 나르디 할 것 없이 눈이 커다래져 있었다. 나도 마찬가지였고 말이다.

엘다렌의 얼굴은 후드에 가려 잘 보이지 않았다. 그러나 그의 기분도 곧 알게 되었다. 아티유 선장은 엘다렌 앞으로 걸어오더니 정중히 허리를 굽혀 인사했다. 그리고 뒤따라 들어온 선원들을 돌아보며 같은 인사를 하도록 시켰다. 홀의 뱃사람들이 놀라 말도 제대로 못 꺼내는 동안 선장은 품속에서 종이를 한 장 꺼내 엘다렌에게 건넸다. 엘다렌이 그것을 죽 훑어보았다. 좀 예의 없게 보일지 모르지만 우리 모두는 종이에 닥지닥지 달라붙었다.

종이에는 아티유 선장의 이름을 필두로 선원 열네 명의 이름이 차례차례로 적혀 있고, 각각 사인도 되어 있었다. 종이 머리에 쓰인 내용은 이랬다.

푸른 굴조개호의 선주 ＿＿＿＿＿＿＿ 님께 항해 승무원 고용 계약을 신청합니다.

항해 일수와 무관하게 선주님께서 정하는 목적지까지 충실한 항해의 동반자로서 봉사할 것을 서약하며, 봉급은 선주님과의 합의하에 결정합니다.

선주님과 선주님의 일행을 위해 해야 할 선원의 책무를 태만히 할 경우, 계약 취소와 더불어 봉급 압류(押留)도 감수하겠습니다.

······등등.

"봉급은 보통 얼마 정도 주는가?"

종이를 다 읽은 엘다렌이 무거운 입을 떼었다. 아티유 선장이 대답했다.

"예! 봉급은 선장의 경우 일당 70메르장, 배당으로 계산할 경우는 보통 20번 정도입니다. 제가 데려온 선원들은 모두 고참 선원들이며 1등 항해사 경력이 있는 자도 두 명이나 됩니다. 항해사 경력이 있는 선원들은 일당 40메르장 정도가 보통이며, 배당은 60번 정도가 적정선입니다. 그 외에도 열 번 이상 항해를 나가 본 선원들은 적어도 일당 20메르장은 받으며 배당은 110번 정도입니다, 선주님."

아티유 선장이 나로선 잘 알아들을 수 없는 긴 설명을 마치자 엘다렌이 고개를 끄덕이더니 말했다.

"이 배는 수익을 추구하지 않으니 배당보다 일당으로 하겠다. 선장은 200메르장, 항해사는 130메르장, 고참 선원은 80메르장을 주겠다. 이 가운데 반은 선금으로 지불한다."

아티유 선장과 선원들뿐 아니라 귀를 기울이던 다른 사람들까지 눈이 휘둥그레졌다. 엘다렌은 말을 이었다.

"단, 너희뿐이다. 다른 선원들을 더 구할 때는 새로운 기준을 정하겠다. 너희에게 후한 이유는 신뢰에 대한 대가다. 신뢰란 반드시 대가를 받을 가치가 있는 물건이다."

엘다렌은 아티유가 내미는 펜을 받아들어 선주의 이름을 적는 공란에 '엘다렌 히페르 카즈야 그리반센'이라고 적었다. 지금껏 함께 여행했지만 그가 서명하는 것은 처음 보았다. 그의 글씨는 큼직큼직하고 펜을 세게 눌러 잉크 선이 굵었지만, 특색 있는 우아함을 지니고 있었다.

그러나 그의 이름은 너무 길어서 줄 밖으로 튀어나와야 했다.

사람들은 떠들던 까닭조차 잊어버린 모양이었다. 곳곳에서 이런 말들이 튀어나왔다.

"서, 선장이 200메르장이라니. 마르텔리조 최고의 선장이라 해도 지금껏 100메르장 이상 받은 일은 없어."

"열 번 항해 경력이 80메르장? 내참, 선장들보다 후한 금액이군. 내 평생 다시 보지 못할 대접이야."

"다른 놈들 몇 번 배 탈 정도를 단숨에 벌겠는데."

"항해가 끝나면 작은 배를 사서 은퇴할 수도 있다. 아니면 큰 배의 배당을 살 수도 있고."

분위기는 점차 놀라움에서 부러움으로 변해 갔다.

아티유 선장과 선원들이 엘다렌 앞에서 공손한 자세를 취한 모습을 보니 문득 왕이었을 당시 엘다렌의 모습이 상상되었다. 수백 명, 수천의 난쟁이들이 대지의 심장 파하잔의 웅대한 암벽 아래 무릎을 꿇었을 것이다. 그들 앞에 서 있을 자는 오직 왕뿐이다. 두려움을 주는 엄격한 왕, 그러나 또한 후한 상을 내리는 가장 높은 어른. 내 눈에는 아직껏 한 번도 그런 모습으로 비친 일 없었던 엘다렌.

아티유 선장이 입을 열었다.

"선주님의 관대한 처사에 감사드립니다. 다른 선원들을 구하는 일을 제게 맡겨 주시면 최대한 선주님의 마음에 들도록 조처하고 싶습니다만."

"일임하겠네."

엘다렌은 웃지도 않았고 별로 움직이지도 않았다. 그러나 후드 안쪽의 붉은 눈동자로 둘러보는 것만으로도 충분한 위엄을 풍겼다. 정말 그것만으로 충분했다.

그가 나라를 잃어버린 것은 슬픈 일이다. 오늘 엘다렌은 내가 이야기책에서 읽은 어느 왕보다도 더욱 왕다워 보였다. 그리고 이미 보아버린 그의 사라진 나라와도 너무나 잘 어울리는 왕이다.

선원을 구하는 일도 해결되고 모든 일이 잘 되려나 하는 참인데, 홀 구석에서 갑자기 말소리가 들렸다.

"사기나 치는 주제에 배 하나는 잘 고르더니 이번엔 선장도 잘 고른 건가? 아티유 지스카르트면 최고의 선장이지 않고…… 암, 세르무즈 3대 항구에 들어가는 마르텔리조에서도 단연 최고급이지. 핫하, 아티유, 자네가 돈 몇 푼에 그렇게 쉽사리 넘어가 버릴 사람인 줄은 정말 몰랐군."

아티유 선장이 몸을 돌렸다. 나도 같은 쪽을 보니 구석에서 작은 테이블을 혼자 차지하고 앉은 뱃사람이 보였다. 등 뒤로 드리워진 그림자가 벽을 절반이나 가릴 만큼 큰 몸집과 어깨를 지닌 사내다. 그자의 머리카락은 은빛, 아니 세상을 너무 고되게 산 나머지 일찍이 세어 버린 것 같은 백발이었다.

그 뱃사람은 자기를 돌아본 아티유 선장에게 피식 웃음을 보내며 자기 잔에 술을 한 잔 따랐다. 병이 작은 것을 보니 독한 술인 듯했다.

"이제 여기를 떠나는 건가? 다른 항구에 가서도 성공하길 빌겠네. 매번 재수 좋게 돈 자랑 좋아하는 선주를 만나길 빌어 주는 것도 좋겠지.

건배!"

뱃사람은 아티유 선장을 향해 잔을 들어 보이더니 단숨에 마셔 버렸다. 이어 소맷자락으로 입을 씻고는 허허거리며 웃음을 터뜨렸다.

"뭐라고 생각해도 상관없다, 페스버스."

아티유 선장은 자기 뒤에 선 선원들을 돌아보았다. 그가 선원들의 눈빛에서 어떤 이야기를 읽었는지는 모른다. 잠깐의 시간이 흐르고 선장은 다시 페스버스라는 뱃사람에게 고개를 돌렸다.

"말보다 행동이다. 비웃는다고 되는 일이 있나? 나는 행동하는 사람을 따라간다. 세상의 변화를 외면하고 술이나 마시며 욕하는 것이 가장 소용없는 짓이다."

페스버스가 고개를 들었다. 술 때문인지 붉어진 눈동자가 램프 빛을 받아 번들거렸다.

"예언자라도 된 것처럼 말하는군. 언제부터 예니체트리의 아들이 되기로 작정했나? 마르텔리조 제일이라던 패기와 강단은 어디로 갔나? 패배자처럼 슬금슬금 도망칠 참인가? 그것도 근본 모르는 이방인을 따라?"

두 사람 외에는 모두 침묵했다. 나는 깨질 듯 미세하게 진동하는 분위기를 감지했다. 두 사람의 논쟁이 어떻게 결론 나느냐에 따라 오늘 밤 여기에서 선원을 구할지, 아니면 열흘이고 스무날이고 출항이 지연될지 결정된다는 것은 자명했다.

우리가 도울 수 있는 일은 없었다. 지켜보는 수밖에 도리가 없었다.

"근본 모르는 이방인이라는 이야기는 하지 마라. 마르텔리조 사람은 마르텔리조 출신 외에는 모두 근본을 모른다고 하지 않나? 네놈이 뭐라고 해도 나는 간다. 옳다고 생각하기 때문이다."

아티유 선장의 그을린 얼굴에 긴장과 더불어 슬픈 표정이 감돌았다. 원치 않는 이야기지만 해야 한다는 것을 알기에, 그래서 더욱 연민을 느끼는 사람의 얼굴이었다.

페스버스가 말했다.

"그리폰의 날개호 사건 이래로 용기가 없어진 건가? 그건 자네 잘못이 아니야. 선원들을 먼저 생각한 자네 행동은 옳았어. 그런 자네더러 겁쟁이라니, 그렇다면 배가 침몰하는 편이 좋았다는 건가? 그놈들은 바다가 얼마나 쉽게 배를 바다 밑바닥에 처넣을 수 있는지 전혀 몰라. 거기 레이번, 멜립, 너희도 마찬가지야. 선주라는 놈들은 아무것도 모르는 주제에 쓸데없는 명예에만 집착해……."

아티유 선장이 말을 가로막았다.

"그래, 그런 선주가 대부분인 곳이 마르텔리조야. 더 말하지 마라. 이미 그때의 모욕은 잊은 지 오래다. 너야말로 쓸데없는 향수에 집착해서 인생을 결정하려 하지 마라."

그리폰의 날개호 사건이란 카메이노가 항구에서 아티유 선장을 욕하며 떠들던 그 사건인 듯했다. 그렇다면 아티유 선장이 데려온 선원들은 그때 살아난 사람들일 것이다. 침몰을 예상하고 선원들을 대피시켰는데 배는 침몰하지 않았다, 라. 뱃사람들 사이에서는 불명예가 되는 것일까?

페스버스는 잠자코 다시 술을 따랐다. 그가 막 잔을 입으로 가져가는 순간 아티유 선장의 낮은 목소리가 울렸다.

"마르텔리조는 망한다."

페스버스의 손이 우뚝 멈췄다. 두 사람을 지켜보며 끼어들지 않던 뱃사람들도 '망한다'라는 말에 놀라 서로 얼굴을 쳐다보았다. 우리도 갑자기 아티유 선장이 무슨 말을 하는 건지 짐작할 수가 없었다.

잠시 고개를 숙이던 페스버스는 갑자기 술잔을 쥔 손으로 테이블을 내리쳤다. 술잔 속의 술이 사방으로 튀었다. 그는 얼굴에 묻은 술을 닦을 생각도 않고 목구멍에서 끓어오르는 외침을 내질렀다.

"바로 네놈 같은 놈들 때문에 망하는 거야!"

아티유 선장은 동요하지 않았다. 페스버스의 흩어진 은발에 갈색 물방울이 맺혀 떨어졌다. 그러나 눈가에 맺힌 것은 술이 아니었다. 이들이 대립하는 까닭은 뭐지? 그들 말대로 이방인인 나로서는 이해할 수 없는 이야기다.

아티유 선장이 입을 열었다. 말을 하면서 그는 이를 악물고 있었다.

"마르텔리조는 활기찬 항구 같지만 실제로는 죽어 가는 도시다. 시장은 독과점 상인들이 지배하고, 가난해진 뱃사람들은 잔돈푼에 민감해져 자존심을 버린 지 오래지. 버려진 아이들은 떼 지어 다니다가 길거리를 제 집인 줄 알고 잠든다. 하다못해 부서진 포석 하나 다시 까는 사람이 없는 무법천지가 된 지 10여 년이란 말이다. 내 말이 틀린가? '넓은 바다'와 가장 가깝다는 좋은 입지 덕택에 백여 년을 발전했지만 이제 그 장점조차 잃고 퇴락해가는 항구가 아닌가. 조만간 이스나미르 해군이 오소블 섬까지 '넓은 바다'의 구역권을 가동시킬 거다. 그들이 하르마탄 섬 일대를 무력으로 점거하기 시작하면, 장담하건대 마르텔리조는 몇 년 안에 초라한 어부들의 마을로 되돌아갈 것이다. 예전의 영광은 어디로 갔나? 다시 말하지만 나는 행동하는 사람을 따라간다. 나는 힘없는 뱃사람이고 도시 전체를 뜯어고칠 힘도 믿음도 없다. 페스버스, 자네가 남고 싶다면 자네와 나의 고향이 다시 영광을 되찾도록 힘써 주기를 바란다. 그러나 나는 그것이 되지 않으리라는 것을 너무도 잘 알아."

페스버스는 부르짖었다. 그는 주먹을 꽉 쥐고 있었다.

"도망치나? 도망치는 건가, 아티유? 뱃사람의 도시를 뱃사람이 살리지 않으면 누가 살리나! 자네는 그렇게 가버리나? 어디로? 이 세상 어디를 가더라도 자네가 발 뻗고 잘 곳은 여기밖에 없다는 것을 정말 모르나!"

페스버스의 손에서 술잔이 팍, 소리를 내며 부스러졌다. 그의 손아귀에서 술과 섞인 핏물이 흘러내렸다. 아티유 선장의 눈가가 미세하게 떨렸다. 그는 페스버스를 향해 말했다.

"같이 가세, 페스버스. 같이 가세."

"좋다."

나는 깜짝 놀랐다. 바로 내 옆에서 말소리가 들렸던 것이다.

"두 사람의 이야기는 잘 들었다. 요즘 세상에는 온갖 문제들이 많군."

엘다렌은 의자에서 뛰어내리더니—다리가 바닥에 닿지 않으니 뛰어내렸달 밖에—아티유 선장 옆에 섰다. 내가 저런 상황에서 사람들의 주목을 끌 작정이었다면 최소한 의자 위에라도 올라섰을 것 같지만 엘다렌은 그렇게 하지 않았다. 키 작은 자기 종족에 대해 드높은 자부심을 지닌 그가 그렇게 할 리 없었다.

더구나 그렇게 하지 않아도 아티유 선장과 페스버스, 그리고 다른 사람들 모두 엘다렌을 바라보고 있었다.

"너희 도시의 운영이 어떻게 되고 있는지 알 만하군. 세르무즈에서 다섯 손가락 안에 꼽힌다는 전통 있는 조선 기술자가 고작 상인의 고리대에 매여 휘둘린다는 것 아닌가? 놈들은 사병 조직을 거느리고 있을 테고, 나라에서 보낸 관리는 뇌물이나 받아먹으며 그런 놈끼리 이전투구 하는 걸 구경할 테고 말이지. 이 도시가 이렇듯 질서 없이 팽창해서 건물이고 길이고 다 엉망진창인 것도, 망가진 길이 몇 년씩 방치되는 이유도 다 알겠다. 아티유 선장."

엘다렌이 부르자 그는 즉시 대답했다.

"예, 선주님."

"이스나미르가 넓은 바다에 구역권을 행사할 작정이라는 말은 확인된 사실인가?"

아티유 선장 대신 다른 사람들이 대답했다.

"그럴 리가! 강도 같은 엘라비다 놈들이 그런 짓을 한다면 우리가 가만히 있을 것 같아?"

"세르무즈 뱃사람들은 모조리 굶으라는 소리 아닌가!"

"오소블 섬까지면 넓은 바다 거의 전부가 아냐? 연안 물고기만 잡아먹고 살라는 건가."

떨리는 목소리로 이렇게 말하는 사람도 있었다.

"놈들이 갖은 방법을 동원해서 오소블 섬을 차지하려 할 때부터 이렇게 될 줄 알았어야 했는데. 오소블에서 하르마탄 사이를 빼고 나면 넓은 바다가 다 무슨 소용이야? 이제 세르무즈엔 큰 배는 필요 없고 쪽배 몇 척이면 되겠군. 도시가 마을로 되돌아간다는 것도 헛소리가 아니겠어."

"엘라비다 놈들, 정말 더러운 놈들이 아닌가! 어떻게 그런 계획이 머릿속에서 나올 수가 있어? 잔인한 놈들!"

나는 우리 동네 사람들이 마브릴 족에게 쓰던 '잔인하다' 라는 말이 역으로 엘라비다 족의 꼬리표가 되는 것을 들으며 생각해 보았다. 오소블 섬은 넓은 바다에서 뱃사람들이 나갈 수 있는 구역의 정점에 위치한 섬이다. 본래 이스나미르보다 세르무즈에 가까운 섬인데, 무슨 사정에서인지 우리나라 땅이라고 들었다. 거기를 기준으로 넓은 바다를 차지해 버린다면 세르무즈는 또 다른 마브릴 나라인 로존디아처럼 대륙에 발이 묶여버릴 것이다. 그렇다면, 정말 그렇다면 이건 잔인한 계획이 틀림없는데.

'잔인한 엘라비다 족' 이 된 나는 머릿속이 혼란해져서 사람들을 번갈아 쳐다보았다.

"확인된 건가."

엘다렌이 재차 물었다. 아티유 선장은 망설이다가 입을 열었다.

"제가 이스나미르 관리가 아닌 이상 어찌 완벽히 알겠습니까. 다만 믿을 만한 곳에서 새어나온 소리니 조만간 그리될 거라고 생각합니다.

게다가⋯⋯."

아티유 선장은 잠깐 말을 끊었다가 이었다.

"그 계획은 그들 입장에서 볼 때 대단히 매력적인 계획이니까요. 잔인하다, 잔인하다 하지만 국익만을 우선에 둘 경우, 솔직히 제가 이스나미르 국왕이라 해도 그렇게 하리라는 생각입니다."

일대 소란이 일어났다. 의자에서 벌떡 일어선 사람도 있었고, 욕을 퍼부으며 삿대질을 하는 사람도 있었다. 먹던 과일을 집어던지는 사람도 있었다. 여러 테이블에서 술잔이 넘어지고 접시가 엎어졌다. 의자가 삐걱대고, 테이블이 덜컹대고, 일어난 사람들의 발소리가 갑자기 쏟아지는 소나기처럼 시끄러웠다. 저들끼리 떠들기 시작한 그들 사이에서 갖가지 욕설이 폭풍우처럼 오갔다.

오히려 페스버스는 잠잠했다. 그는 생각에 잠겨 피가 말라붙은 손바닥 사이에 얼굴을 묻고 있었다.

"그따위 헛소리를 믿을 것 같으냐! 그런 소리 함부로 지껄이고 다니다가는 도시 치안대에 넘겨버리는 수가 있어!"

"당장 증명해 봐! 아니면 시장님께 끌고 갈 테다!"

"어디서 돈을 먹고 헛소문을 퍼뜨리고 다니는 거야? 아티유, 자네 그런 사람 아니었잖아?"

"저런 이스나미르 앞잡이 놈하고 한 술집에 있는 것도 못 참겠어! 당장 끌어내!"

분위기가 걷잡을 수 없이 험악해졌다. 그때였다.

"그건 제가 보증할 수 있습니다."

단정한 목소리가 들렸다. 나는 눈을 깜빡이며 옆을 돌아보았다. 일어선 사람은 나르디였다.

눈을 잠깐 감았다가 뜬 나르디는 이상하게도 사람들의 시선을 피하려는 것처럼 보였다. 이윽고 나르디는 또박또박, 그러나 내키지 않는 목소리로 입을 열었다.

"이스나미르 해군이 조만간 해상 구역권을 발동시킬 거라는 이야기는 사실입니다. 오소블 섬에 대규모 군대를 주둔시키고 넓은 바다에서의 어업을 통제할 것입니다. 그것을 위해서 선단까지 발주된 상황입니다. 아시다시피 육군이라면 몰라도 해군력만은 세르무즈가 이스나미르를 절대 당할 수 없죠. 그렇게 되면 이곳은 끝장입니다."

"너는 그걸 어떻게 알지?"

그제야 고개를 든 페스버스가 나르디를 쏘아보며 물었다. 나르디는 고개를 저었다. 눈을 치뜨고 입술을 오므린 나르디의 얼굴은 오만했다. 그가 저런 표정도 지을 수 있었던가?

"그건 말할 수 없습니다. 지금 제 말을 안 믿는대도 상관없지요. 어차피 그렇게 될 것이고, 그렇게 되고 나면 제 말을 믿겠죠."

나르디는 반짝거리는 눈을 한 번 굴렸다.

"어찌되든 저와는 상관없다, 그 말씀입니다."

사람들은 나르디의 자신만만한 태도에 당황한 듯했다. 사실 나도 당황했다. 나르디 녀석한테 저런 면이 있었던가?

"같은 마브릴 족으로서 어떻게 저런 말이……."

누군가가 시작한 말을 엘다렌의 커다란 목소리가 삼켜 버렸다.

"좋다. 그 정보는 믿을 만하다는 말이군. 그럼 달리 도시를 번영시킬 수 있는 방법은 무엇이 있나?"

"그건……."

아티유 선장이 머뭇거리는 사이에 의외로 나르디가 다시 입을 열었다. 그런 것쯤 아무 것도 아니라는 투였다.

"조선업, 중개 무역항, 특산물, 수산물 집결 시장, 양식업, 관광지, 수송 중심지, 항로 안내, 해군 주둔항. 생각해 내려고만 한다면 셀 수도 없죠."

사람들을 둘러보니 다들 그런 생각은 해본 일도 없는 듯했다. 눈만 둥그렇게 뜨고 있을 뿐이고, 일부 사람들은 엄두가 안 나는지 고개를 저었다. 엘다렌이 말을 이었다.

"그렇다면 무엇 때문에 하지 못하는 건가."

저마다 수군거리는 가운데 몇 명의 목소리가 튀어나왔다.

"일이란 게 그렇게 생각 같이만 된다면 좋지. 내가 시장님쯤 된다면 모를까, 무슨 수로……."

"돈 많은 귀족이나 상인이라고 해도 저런 게 어디 한두 해 갖고 해낼 수 있는 일인가?"

"몇 명이서 떠들어 봤자야. 무엇보다도 돈이 있어야지, 돈이."

무슨 일이든 돈이 있어야 한다는 건 내 평소 지론이기도 하다. 그런데 지금은 그보다 중요한 것이 있었다. 나는 벌떡 일어섰다. 아니, 벌떡 일어날 생각까진 없었는데 오늘따라 말을 할 때는 다들 일어나더라고.

"가장 중요한 건 하려는 의지 아닌가요."

시선이 쏠리자 다른 말이 나오기 전에 서둘러 말을 이었다.

"돈이 있은들 뭐합니까? 사람이 많고 말이 많으면 뭐하냐고요. 할 생각이 있어야 돕는 사람도 생기는 법이죠. 할 생각들이 있는지 스스로 생각하는 게 먼접니다. 그래야 무엇을 할지도 빨리 결정하고, 그걸 해낼 방법도 생각해볼 수 있잖아요?"

나는 아티유 선장을 봤다.

"선장님, 저 중에 어떤 일을 하는 게 가장 낫습니까? 뭐가 가장 가능성이 있을까요?"

아티유 선장은 두말할 필요 없다는 태도였다.

"당연히 배 건조요. 마르텔리조는 에라르드 집안을 비롯해서 배 만드는 기술이라면 세르무즈에서 몇 손가락 안에 꼽히는 도시니까. 지금은 이스나미르에 비해 기술이 쇠퇴했다고 하지만 투자가 멈춘 것은 몇십 년 정도이니 축적된 기술 자체는 그대로요."

"그리고 배를 제대로 만들어야 이스나미르 해군을 제압할 힘도 생기고요. 안 그렇습니까?"

나르디의 목소리였다.

이즈음 나르디는 여러 모로 평소와 달랐다. 방금 한 말에도 비아냥대는 어조가 섞여 있어서 놀랐다. 나르디는 의자에 기대더니 나를 흘끗 쳐다보았다가 고개를 돌렸다.

어쨌든 하던 이야기부터 마무리 지어야겠다.

"그럼 잘 됐네요. 벌써 수주 물량도 열…… 큼, 흠흠, 그러니까 어쨌든 배 쪽에 투자하는 편이 좋겠단 거죠?"

나는 하마터면 에라르드에게 떠맡긴 열여섯 척 이야기를 할 뻔했다가 간신히 넘겼다. 하지만, 사람들은 여전히 미심쩍어하거나 시큰둥했다. 한 사람이 아까 했던 말을 되풀이했다.

"돈이 있어야 뭐가 되지, 돈이."

"돈이 있으면 뭐가 되는가?"

엘다렌의 목소리에 이어 자그락대는 소리가 들렸다. 곧 테이블 위에 뭔가가 놓였다.

"이, 이게……."

"말로만 듣던 그건가?"

사람들은 엘다렌이 항구에서 보석을 내보인 이야기를 어디선가 전해들은 모양이다. 엘다렌이 말했다.

"오다가 감정가를 알아보니 50만은 받을 수 있을 거라더군. 솜씨 있는 자라면 더 받을 수도 있겠지."

테이블 위에는 꼭 내 주먹 절반만 한 사파이어가 놓여 있었다. 바다 속에 가라앉았다가 방금 떠오른 듯 짙푸른 빛깔이었다. 다들 턱이 빠져라 입을 벌린 가운데 난 보석을 한번 만져보고 싶어서 좀이 쑤셨으나 분위기를 생각해서 꾹 눌러 참았다.

엘다렌이 말했다.

"우리는 여행자일 뿐 너희의 영주도 시장도 아니다. 이 정도면 우리가 할 수 있는 일로 충분하겠지. 돈이 있어야 작은 일이라도 추진된다는 말은 맞다. 하지만 돈이 생긴 후에도 아무것도 하지 못한다면 그건 너희 책임이 된다. 안 그런가?"

엘다렌은 오늘 엘다렌치고 참 말을 많이 했다. 왜일까 생각하다 보니 이 상황이 그에게 백성들의 탄원을 들어 주던 시절의 기억을 되살린 게 아닐까 하는 생각이 들었다. 어찌됐든 그는 전직 왕이었으니까.

엘다렌은 마지막으로 페스버스를 보았다.

"너에게 보석의 처분과 돈 관리를 일임한다. 그리고."

엘다렌은 갑자기 이니에를 쳐다보았다.

"여관의 프로첸과 상의하는 것도 좋겠지."

이니에는 처음엔 당황한 눈치였으나 금방 싱긋 미소 지으며 다가와 대담하게 보석을 집어 들었다. 곧 그녀는 탄성을 질렀다.

"이렇게 멋진 물건을 보는 것은 처음이군요. 봐요, 이제 선박조합 따위 때려치우고 뱃사람들의 힘으로 상회를 조직하는 거예요. 바다에 한 번 나가보지도 않고 뱃사람들이 벌어오는 돈을 빨아들여 돈놀이나 하려는 놈들을 모조리 쫓아낼 수 있어요! 어때요, 나중에 논쟁을 막기 위해서 책임질 사람을 좀 더 뽑는 것은?"

우리가 더 이상 끼어들 필요는 없어 보였다. 홀을 메운 사람들 사이에서 큰 소리로 의견들이 오가고, 몇 사람이 추천되었으며, 질문과 대답이 있었다. 그들의 열의는 조금 전과 너무나 대조적이었다. 까마득한 꿈처럼 여겨지던 일이 갑자기 손에 잡힐 듯 가까이 온 것이다.

오랜만에 유리카가 입을 열었다.

"엘다, 저들에게 술 한 잔씩 돌리는 게 어때?"

그건 내가 맨 처음에 했던 생각이잖아.

엘다렌이 고개를 끄덕이자 내가 이니에에게 다가가 가장 괜찮은 술로 한 잔씩 돌려 달라고 말했다. 사람들은 우레와 같은 환영 소리로 답했다.

"선원을 구하려면 지금 아니겠어요?"

나는 우리가 마실 흑맥주 잔 네 개—청어대가리 여관에서 제일 좋은 맥주이자 뱃사람들도 가장 좋아하는 마르텔리조 특산 흑맥주 말이다—를 오른손에 몰아 쥐고, 한 개를 더 받아 아티유 선장에게 건네며 말했다. 아티유 선장은 술잔을 받아들더니 엘다렌에게 고개를 숙여 보였다.

"선주님 같은 분 밑에서 일할 수 있게 되어 영광스럽습니다."

"정말입니다, 선주님! 뭐든 시켜만 주십시오!"

"될 수만 있다면 계속 따라다니고 싶습니다, 선주님!"

선원들이 다투어 외치더니 저마다 엘다렌과 술잔을 부딪치려고 어깨들을 밀쳐 대며 모여들었다. 우리 모두는 유쾌하게 술잔을 부딪쳤고, 그 와중에 족히 1파인트는 되는 술이 홀 바닥으로 사라져 갔다.

아티유 선장은 단숨에 비운 잔을 테이블에 탕, 소리가 나도록 내려놓았다. 그리고 페스버스를 중심으로 이야기에 열기를 더하고 있는 사람들을 향해 커다랗게 외쳤다.

"엘다렌 선주님의 배를 탈 자는 이리로 모여라!"

그 다음에 일어난 일대 소동은 말로 다할 수 없을 정도였다. 수십 명이 테이블에서 벌떡 일어나 손을 흔들어댔고, 목청 좋은 뱃사람들의 외침 소리로 홀이 떠나갈 듯했다. 의자와 테이블이 삐걱거리는 소리와 유쾌한 웃음소리로 바로 옆에서 말하는 소리도 알아듣기 힘들 정도였다.

"그만! 더는 필요 없다!"

아티유 선장은 경기가 좋았다. 다들 훌륭한 지원자들 중 누굴 빼고 누굴 데려가야 할지 골머리를 앓을 정도였으니까. 그 가운데 그는 페스버스가 멋쩍은 미소를 보내는 것을 보았고, 거기에 쾌활한 미소로 답했다. 페스버스는 결국 함께 가자는 아티유 선장의 제의를 받아들이지 않았다. 그는 그 나름대로 할 일을 알고 있는 듯했다.

두 사람은 택한 길이 다르다. 하지만 언젠가 다시 만나게 되겠지.

나는 술잔을 단숨에 비우고 이니에를 향해 소리쳤다.

"여기 한 잔 더!"

단숨에 비우고 새로 '한 잔 더'라, 이건 나르디가 잘하던 거잖아?

돌아보니 나르디는 창문 쪽 구석에 앉아 이 광경을 외면하고 있었다. 뱃사람으로 일한 경험도 있으니 누구보다도 이 분위기에 잘 어울릴 것 같은 그인데, 뜻밖으로 착 가라앉은 분위기였다. 흑맥주도 반밖에 비우지 않았다.

녀석이 뭘 보고 있었는지는 모른다. 그는 한참이나 시선을 밤하늘에 고정시키고 있었다.

밤은 술, 그리고 흥겨운 웃음소리와 함께 저물어 갔다.

4. 바다로

술을 마시고 밤늦게 잠들었다가 아침 일찍 일어나기란 너무 힘들다. 일어나자마자 여장을 준비하고 길을 나서는 건 두 배로 힘들다. 그렇게 황급히 목적지로 갔는데 불청객을 만났을 때는…… 말할 것도 없겠지.

"무슨 볼일이시죠?"

"그건 벌써부터 알 거 없고."

알 거 없다고? 말 한번 잘하시네.

우리 일행 뒤에는 아티유 선장과 선원 열네 명, 그리고 새로 뽑은 스무 명의 선원들까지 따라오고 있어서 자못 위풍당당했다. 그런 우리가 선창가 앞에서 서른 명의 용병들, 그리고 팔짱을 끼고 선 카메이노와 마주친 것이다.

"알 거 없다고요? 그것 참 잘 됐네요."

유리카가 재빨리 대꾸하더니 우리들을 돌아보며 말했다.

"우리하고 상관없는 일이라잖아. 그만 가죠."

우리는 그들 앞을 그대로 지나쳤다. 선원들 중에는 카메이노에게 비웃는 표정을 보이거나 심지어 혀를 내미는 사람도 있었다. 우리는 키득거리면서 푸른 굴조개호로 다가갔다.

인원이 많아서 조금 애를 먹었다. 배가 크긴 했지만 한꺼번에 우르르 몰려들면 분명히 혼잡을 빚을 터라 선원들은 남겨두고 갈까 했는데, 너도나도 계약 장면을 보고 싶다고 생떼를 쓰는 바람에 입장이 난처해졌다.

"선주님, 어떻게 하시겠습니까."

아티유 선장이 엘다렌에게 물었다.

"기다리도록."

엘다렌은 그들을 설득할 필요 따윈 없다고 생각하는 모양이었다. 엘다렌은 뒤도 돌아보지 않고 성큼 배다리에 올랐다. 이어 유리카와 나르디가 올라갔다. 나만 뒤에 남아서 시무룩해진 선원들을 돌아보면서 바보같이 입을 벌려 웃어 보였다.

"에헤헤헤…… 조금만 기다리시라고요. 금방 끝날 텐데요, 뭐."

드디어 푸른 굴조개호 안으로 발을 디뎠다. 멀리서 보았을 때 그토록 멋졌던 배이긴 했지만, 배 내부까지 상상하진 못했다. 무심코 지금껏 보았던 유일한 범선의 내부를 연상하고 있었던가보다. 나는 눈이 휘둥그레지고 말았다. 어쩌면 별과 검의 노래호와 이렇게 다를 수가 있지?

"깨끗하네."

유리카가 말한 대로지만, 저 한 마디로는 설명이 안 된다. 갑판에는 색깔이 다른 판자가—물론 썩은 판자도—하나도 없었다. 모두 고르고 튼튼한 판자들뿐이다. 거인이 펄쩍 뛰어올랐다가 내리 딛는다고 부서질 것처럼 보이는 곳은 한 군데도 없었다. 상갑판에서 선미루에 이르기까지, 모든 것이 흠집 하나 없이 눈부셨다.

미끈한 굵은 통나무로 된 돛대는 세상이 끝나는 날까지 항해를 한다 해도 끄떡없을 것처럼 보였다. 그런 돛대가 하나도 아니고 세 개다. 그리고 까마득히 먼 활대 역시 똑발랐다. 별과 검의 노래호에서 돛대가 어떻게 생겼었더라.

"어서 오십시오."

마고랭 에라르드와 흰옷 차림인 리스벳, 항구 관리로 보이는 한 사람과 두어 명의 낯선 사람들이 우리를 맞이했다.

새파랗게 갠 하늘이었지만 바람이 몹시 불었다. 사람들의 머리와 옷자락이 소리를 내며 나부꼈다. 코끝에 와 닿는 짠 내며 습기 어린 바람이 상쾌하게 느껴졌다. 모든 문제가 잘 마무리되었기 때문일지도 모른다.

갑판 중앙에 녹색 테이블보가 덮인 테이블과 의자 몇 개가 마련되어 있었다. 테이블 위에 계약서가 있었는데 바람에 날려가지 않도록 문진(文鎭)으로 눌러 놓았다. 문진조차도 검은 돌에 무늬가 새겨져 그럴듯하게 보이는 물건이었다. 물론 계약서는 어제 내가 즉석에서 쓱싹쓱싹 만들었던 계약서와는 비교도 되지 않았다. 계약 내용은 유려한 장식 문자로 씌어 있고 테두리에는 금박 무늬를 수놓았다. 더구나 책처럼 표지가 따로 있는데 푸른 비단까지 입혀져 위용이 당당했다. 가만있자, 저런 데 이름 쓰다가 글씨라도 틀리면 어떻게 되는 거야

"이쪽으로."

엘다렌이 의자로 안내되어 앉았고 우리는 그 뒤에 섰다. 계약서 내용은 우리가 아는 그대로였다. 항구 관리가 모두가 들을 수 있도록 찬찬히 계약서를 읽었다. 그는 150만 메르장 부분에서 기침을 한 번 한 다음, 마저 읽어 내려가 끝을 맺었다.

"양편에서 증인을 세 명씩 세우십시오."

낯선 사람들은 에라르드의 증인이었다. 우리 쪽에서는 나와 유리카, 나르디 셋이 서명하면 될 거라고 생각했는데, 뜻밖으로 나르디가 말했다.

"아, 나는 서명하고 싶지 않아."

이런 자리에서 이유를 묻기도 뭣해서 우물쭈물하고 있자 아티유 선장이 대신 서명을 하겠다고 나섰다. 일은 해결되었지만 나는 나르디 녀석을 다시 한 번 쳐다보았다. 어제부터 저 녀석, 왜 저러지? 본명을 밝히고 싶지 않아서인가?

"그럼 매입금을 보여주십시오."

엘다렌은 적당히 골라둔 보석이 든 주머니를 감정사에게 건넸고, 감정사는 한쪽의 작은 테이블에 보석을 쏟아 놓고는 안경과 돋보기 등을 동원해서 점검했다. 사람들의 눈이 저절로 보석을 따라갔다. 맑은 햇빛 아래 10여 개가 넘는 보석들의 광채가 새삼 화려했다.

"감정가는, 흠흠, 156만 메르장입니다."

"여기, 받으세요."

리스벳이 나서더니 금화가 든 주머니에서 돈을 세어 따로 담았다. 성격답게 철저하게 거스름돈을 준비한 모양이었다.

"자, 그럼 계약 당사자 분들께서 먼저 서명하시고……."

그때였다.

"하하, 그렇겐 안 되지!"

모두들 배다리 쪽으로 목을 뺐다. 배다리 아래에는 용병들과 우리 선원들 사이에 몸싸움이 벌어져 있었다. 우리는 곧 막는 사람들을 거칠 게 제치며 휘적휘적 걸어 들어오는 카메이노와 눈이 마주쳤다.

"아니지, 안 돼. 그렇겐 아니 되지."

줄곧 중얼대며 다가온 카메이노가 에라르드와 엘다렌이 마주 앉은 테이블 앞에 도착했다. 그의 뒤를 따라온 용병들 때문에 엘다렌이 남아 있으라고 지시한 보람도 없이 우리 선원들까지 배 위로 올라오는 꼴이 되고 말았다. 어차피 올라올 거라면 그 편이 낫다. 카메이노의 용병들 에게 둘러싸여서 이야기를 할 생각은 전혀 없다고.

물론 테이블에 카메이노를 위한 의자는 남아 있지 않았다. 그는 한 쪽 의자를 차지하고 있던 감정사에게 무례하게 소리쳤다.

"비켜!"

감정사는 항구에서 으뜸가는 재력을 지닌 사람의 비위를 건드리고 싶지 않은지 얼른 일어서서 한쪽 구석으로 비켰다. 카메이노는 무거 운 몸을 의자에 털썩 가져다 놓았다―이 표현은 확실히 적절한 것이었 다―. 카메이노는 날마다 자신의 뱃살을 운반하고 있는 것으로 보아 대단한 괴력의 사나이로 보아도 좋을 것 같았다.

"반갑소이다. 아하, 난쟁이 양반도 반갑구려. 여기 모여서 뭣들 하고 계시나?"

내가 참지 못하고 말했다.

"아하, 반갑군요. 마디크 카메이노. 그런데 여기 오셔서 뭘 하고 계시는지?"

카메이노가 눈을 홉뜨고 나를 노려봤지만, 자기 뱃살을 나한테 갖다 붙이는 저주라도 걸지 않는 한 겁날 건 없었다. 카메이노 역시 나하고 실랑이할 때가 아니라고 생각했는지 시선을 거두었다.

"내가 온 것은, 여기 두 분이 그 뭔가, 그 뭐야? 하여간 한다고 그러시는 걸 좀 도와주려고 말이야. 그러니까 내가 말해 주려는 것은, 그게 말이지, 절대 성립이 안 된다는 것 아시나?"

엘다렌과 에라르드는 동시에 이놈이 미쳤나 하는 표정으로 카메이노를 한 차례 쳐다본 뒤 고개를 돌려 버렸다.

"어허, 내가 증거를 보여 줘?"

카메이노는 품안을 뒤져 동그랗게 말린 종이를 한 장 꺼냈다. 종이를 묶은 리본을 풀더니 테이블 위에 탁, 하고 엎어 놓았다. 멋대로 문진을 가져다 얹은 것은 말할 것도 없었다.

"이게 바로 계약서라는 것이지, 계약서. 아나? 알아?"

"그만 잔소리하고 할 말이나 빨리 하시죠. 조악한 말투를 듣고 있자니 괴롭군요."

나르디의 빈정거리는 목소리에 나는 또다시 놀라버리고 말았다. 카메이노보다 나르디를 보고 더 놀라야 하는 게 아닐까 싶을 정도였다.

"허, 보라고. 이거야말로 여기 있는 마디크 에라르드와 내가 1년 3개월 전에 맺은 계약서야. 여기 보이지? 어때, 에라르드. 내가 직접 읽어줄까?"

우리는 카메이노가 꺼내 놓은 계약서를 들여다보았다. 계약서에는 자잘한 글씨가 많았는데 요약하자면 이랬다. 카메이노는 1년 3개월 전에 에라르드가 어떤 사람한테 진 빚을 대신 넘겨받았고, 그 돈은 배가 다 만들어지는 날 갚기로 했으며, 만일 그렇지 못했을 때에는 배를 비롯한 모든 재산을 압류해서 빚을 충당하겠다는 내용이다.

나는 고개를 갸웃거렸다.

"이제 마디크 에라르드는 그 돈을 열 번도 넘게 갚을 수 있을 것 같은데요?"

"시끄러워!"

카메이노는 조바심을 참지 못하고 신경질을 내더니 계약서 곳곳을 손가락으로 탁탁 쳐서 가리켰다.

"이걸 봐, 이걸! 배가 만들어지는 날 갚기로 했잖아! 만들어지는 날이 언제야? 진수식 하는 날이 아닌가?"

그제야 모두 알았다는 표정이 되었다.

"그러니까 당신 말은 진수식이 있었던 어제 돈을 갚지 않았기 때문에 당신은 배를 압류할 권리가 있다, 그 말씀이시군요?"

카메이노는 고개를 몇 번이나 끄덕이더니 팔짱을 끼고 느긋하게 의자에 기댔다. 이제 어쩔 테냐는 표정으로 미소까지 지으면서.

"으음."

에라르드가 고통스럽게 신음했다. 속으로 어쩌면 저런 고약한 놈한 테 빚을 지게 됐을까 후회하는 것이 분명했다. 리스벳의 얼굴도 붉어졌 다. 그녀는 할 말을 참지 못하는 성미였다.

"세상에 그런 억지가……."

"정말 그렇군."

리스벳이 채 말을 맺지 못하고, 또 끼어들려던 카메이노도 아직 말 을 못 꺼낸 참인데, 엘다렌의 목소리가 들렸다. 우리 모두는 이게 무슨 소린가 싶어 그를 쳐다보았다.

"무슨 말인지 잘 알겠군. 파비안."

"왜, 왜요?"

엘다렌은 나를 돌아보지도 않은 채 말했다.

"너라면 충분하겠지. 저 논리의 맹점을 찾아내 봐."

나는 어이가 없어 말문이 막혔다. 다른 사람들도 영문을 몰라 내 얼 굴만 쳐다보았다. 무슨 소리야? 나라면 충분히 알 거라니?

"엘다렌, 당신은 이미 답을 알고 있는데, 나보고 한 번 찾아내 보란 건가요?"

"물론 아니지. 그런 것은 네 소관이 아닌가."

이게 대체 무슨 논리야?

나는 항변하려 했지만 유리카가 싱긋 웃더니 다가와 내 뺨을 쓰다듬 는 바람에 하려던 말조차 잊어버리고 말았다.

"잘 해봐."

황당한 노릇이지만, 나 아니라 누구라도 저 논리를 깨지 않으면 푸른 굴조개호를 인수하는 것은 원점으로 돌아갈 판이었다. 나는 침을 꿀꺽 삼킨 다음 최대한의 집중력을 발휘해서 엘다렌이 낸 문제를 풀어보려 했다. 그러니까, 그러니까, 그러니까…… 아!

나는 급히 말했다.

"마디크 카메이노, 당신 틀렸어요."

"무슨 소리야?"

나는 이 생각이 이토록 빨리 떠올랐다는 것에 일말의 자부심까지 느끼며 말을 이었다.

"계약서에는 '배를 비롯한 재산'이라고 되어 있지요. 꼭 배만을 압류해야 한다는 이야기는 없었단 말입니다. 물론 마디크 에라르드가 어제까지 재산이 보잘것없어서 배까지 압류해야 할 상황이라면 이야기가 다르지만, 그는 그런 입장이 아니었잖아요?"

카메이노는 내 이야기를 잘 이해하지 못한 모양이었다.

"그게 뭐 어쨌다는 거야?"

나는 항구 관리를 바라보며 말했다.

"저, 관리님. 우매한 저희를 위해서 압류의 순위를 한번 말씀해 주시죠."

아까 하려던 말이 멋대로 가로막혔던 항구 관리는 다시 되찾은 권리를 흡족하게 누릴 작정인지 천천히 입을 열었다.

"유동 자산, 그러니까 현금과 금품류가 우선. 다음이 배와 같은 소유물, 마지막으로 집이나 땅처럼 움직이지 않는 재산이지."

"들으셨죠?"

나는 카메이노를 향해 의기양양하게 한마디 한 뒤 에라르드를 돌아봤다.

"어제 엘다렌이 준 다이아몬드는 아직 갖고 계시겠죠?"

그제야 다들 이해했다는 표정이 되었다. 역시 점원이란 해볼 만한 직업이란 말이야. 돈과 물건이 오가는 문제라면 뭐든 다 알게 되거든.

카메이노의 얼굴이 일그러지면서 벌겋게 변했다.

"그, 그런! 내가 압류하고 싶은 물건이 먼저지, 어떻게……."

카메이노는 말하다 말고 자기 말이 논리에 맞지 않는다는 것을 깨달았는지 점잖을 빼고 있는 관리에게 눈을 돌렸다.

"그, 돈을 어제까지 지불하지 않았으니까 이 배는 이미 내가 압류한 것으로 보는 것 아니오?"

관리는 냉정하게 대답했다.

"압류 절차를 밟지 않았소."

"……."

카메이노는 다시 정신없이 머리를 굴리는 표정이 되었다. 그는 둔한 몸처럼 머리도 둔한 사람은 아닌 게 분명했다. 어쨌든 상업으로 성공을 한 사람이니 말이지.

카메이노가 다시 입을 열었다.

"그럼, 어제 부로 에라르드의 모든 재산은 일단 가압류(假押留) 상태에 들어가야 하는 것이겠지? 특정 재산에 압류 절차를 밟지 않았으니까 모든 재산이 일단 묶여야 하는 것 아냐? 내 말이 틀렸소?"

그, 그런…….

관리는 그를 똑바로 바라보며 말했다.

"그렇소."

"그것 봐!"

그러나 관리는 이어서 말했다.

"그러나 어제 그런 절차가 취해지지 않았고, 이제 마디크 에라르드는 빚을 갚을 능력이 있어 보이는데?"

"그런 법이 어디 있나!"

카메이노는 흥분해서 일어나더니 관리를 손가락으로 가리켰다.

"당신네들이 일을 소홀히 하는 것 아냐! 그런 것은 너희가 해야 하는 일이잖아? 이건 어디까지나……."

싸움의 양상이 이상하게 변해 있었다. 관리는 카메이노를 바라보며 다소 기분 나쁜 어투로 말했다.

"혼자 집에 보관하고 있던 당신들의 계약서 내용을 우리가 어떻게 안단 말이오? 관리들 가운데 누군가가 공증인으로 참여하기라도 했소?"

그 말 백번 맞다.

카메이노는 다시 외쳤다.

"그럼 지금이라도 하자! 가압류하란 말이야! 이 배부터, 저놈의 머리통까지 모조리 가압류 해버리란 말이다!"

카메이노는 난폭하게 에라르드를 손가락질했다. 관리는 무례한 카메이노의 행동에 화가 치민 듯했지만 공평한 입장에 서야 하는지라 에라르드와 엘다렌을 번갈아 쳐다보며 말했다.

"이것 참 곤란하게 되었소."

사람들은 침을 꿀꺽 삼키며 관리의 입에서 떨어질 말을 기다렸다.

"마디크 카메이노의 말대로요. 지금이라도 그가 요구한다면 마디크 에라르드의 재산은 모조리 가압류에 들어갈 수 있소."

"하아……."

사람들의 입에서 한숨이 새어나왔다. 나는 다시 한 번 생각했다. 가압류라고? 그건 분명 압류하고는 다르잖아?

"잠깐만요, 관리님."

사람들은 내가 또다시 해법을 제시하리라 생각했는지 기대에 찬 시선을 보냈다.

"가압류는 압류하고 다르지 않습니까? 가압류라는 것은 기간이 정해져 있고, 그 안에 빚을 갚으면 소멸되는 것으로 알고 있습니다만, 제 말이 틀립니까?"

관리는 무뚝뚝하게, 그러나 사실은 반가운 목소리로 말했다.

"물론 그렇소."

"그럼, 마디크 카메이노는 무슨 짓을 해도 배를 차지할 방법이 없군요. 마디크 에라르드가 돈을 갚지 않을 리가 없으니 말입니다. 그렇지 않습니까?"

"맞소."

카메이노는 펄쩍 뛰다가 내 말이 맞는다는 것을 깨달은 모양이었다. 얼굴이 붉으락푸르락하는 그는 참으로 볼만했다. 이제 이긴 셈이군. 그럼 계약을 하면 되는…… 어라?

지금 계약을 할 수가 없잖아?

관리가 내 실수를 일깨워주려는 듯 입을 열었다.

"가압류는 이런 경우 보통 보름 정도로 되어 있소."

이런, 제기랄!

이로써 우리는 곤란한 문제에 부딪혔다. 배는 우리 것이다. 그러나 보름 동안 꼼짝없이 항구에 묶여 있어야 한다는 거잖아? 그것도 고작 배를 가질 수 없게 된 카메이노의 심술 때문에!

카메이노는 그다지 기분이 좋지 않은 듯했지만 어쨌든 말했다.

"보름 동안 마르텔리조 관광이라도 해볼 참인가? 뭐, 내게 배를 넘기고 다른 배를 사서 빨리 출발하는 방법도 있어."

이런, 이런, 이런, 이런!

나도 이젠 대안이 떠오르지 않았다. 정말 보름 동안 마르텔리조 관광이라도 해야 하는 거야?

나는 저도 모르게 유리카를 돌아보았다. 날짜에 유난히 민감하던 그녀를 떠올려서다. 어떻게 해야 하지? 너는 어떻게 생각하고 있어?

유리카가 내 기대에 부응해서 입을 열었다.

"별수 없네요. 제3의 방법을 택하는 수밖엔."

'제3의 방법'이라는 말을 제멋대로 해석한 카메이노가 뛸 듯이 기뻐하며 말했다.

"그래! 역시 포기하고 제3의 다른 배를 찾겠단 거겠지?"

유리카는 카메이노를 흘끗 보더니 반어적인 의미에서 아주 친절하고 환한 미소를 지어 보였다.

"지금 그걸 말이라고 하는 거예요? 배는 절대 포기 안 해요."

유리카는 그 환한 웃음을 나머지 사람들에게로 돌렸다. 다들 얼떨떨한 표정으로 그녀의 얼굴을 쳐다보았다. 사실 그녀가 누군가를 향해 저렇게 미소를 지으면, 특히 남자들인 경우 다들 바보가 되기 마련이다.

유리카는 마지막으로 그 미소를 도로 카메이노에게 보내며 말했다.

"우리 내기를 하죠. 어때요?"

유리카는 내기를 좋아했다.

하라시바에서 나르디와 비밀 내기를 할 때에도 그랬고 묵찌빠로 식량 사러 갈 사람을 정할 때도 그랬다. 그리고 오늘도 어김없이 내기를 제안했다.

그러나 이번에는 좀 위험했다.

"어때요, 마디크 카메이노?"

내기 내용을 설명한 유리카가 생글거리며 결정을 재촉했지만, 음흉한 상인인 카메이노는 얼른 대꾸하지 않았다. 이길 방법이든 또는 속임수이든 강구하고 있을 게 뻔했다. 그는 정말 한참이나 머뭇거렸다.

"당신은 손해 볼 게 없잖아요? 우린 어차피 당신한테 배 안 줘요. 당신이 내기를 받아들이지 않으면 우린 그냥 보름 동안 휴양이나 하다가 떠나면 되니까. 그렇지만 당신이 이기면 그토록 바라마지 않던 배를 살 권리가 생기는 거예요. 물론 당신이 지면 가압류 신청을 철회하고 우리가 오늘 즉시 계약을 맺어 출항을 할 수 있도록 방해하지 않아야 하죠."

이윽고 카메이노가 번쩍 고개를 들었다.

"나도 조건이 있어."

"뭔데요?"

"으음, 프로첸의 일행이라면 저기 두 마디렌과 프로첸 본인, 그리고 난쟁, 아니 조그마한 마디크를 말하는 거지?"

"그럼요."

카메이노는 번들거리는 얼굴에 억지 미소를 띠며 유리카를 쳐다보았다. 정말 구역질나는 장면이었다.

"서로 상대를 지정할 수 있도록 하는 게 어떤가?"

"좋아요! 그럼 이 내기, 받아들이는 거죠?"

사람들은 유리카가 너무 시원스럽게 응낙하는 바람에 모두 당황했다. 저런 걸 조건이라고 받아들인다는 거야? 그렇지 않아도 카메이노를 위한 내기나 마찬가지인데 그런 쓸데없는 조건까지 붙인다고?

"유리……."

내가 말을 꺼내려는데 유리카가 몸을 돌려 나를 보더니 생긋 미소를 날렸다. 저 웃음의 의미는? 아무 걱정도 말라고?

"그…… 래."

저렇게 자신만만한 걸 보면 무슨 계획이 있는 게 틀림없어.

카메이노는 신이 나서 내기를 받아들이겠다고 커다랗게 말했고, 유리카는 카메이노하고 악수를 해서 주위 사람들을 혼란 속으로 몰아넣었다. 누가 봐도 쓸데없는 내기였다. 보름만 기다리면 저절로 자기 손에 굴러들어 오는 배를, 고작 며칠 일찍 얻겠다고 이길지 질지 모를 내기를 하는 거니까.

"그럼 모두 내려가죠. 장소는 어디로 할까요?"

유리카가 건 내기는 위험천만하게도 결투였다.

우리 일행과 카메이노의 부하 용병들 중 하나가 진짜 무기를 갖고 서로 죽이지 않는 선까지 싸운다. 물론 이기는 쪽이 배를 갖는다. 우리 쪽은 저들이 주아니의 존재를 모르니—모른다는 것이 얼마나 다행인지 모른다만—겨우 네 명, 저쪽은 각자 한 가지씩 내로라하는 재주를 지녔을 서른 명의 용병들. 유리카는 우리 선원들조차 후보에 넣지 않았다.

내기의 승패는 뻔해보였다. 아티유 선장까지 말도 안 되는 내기라며 극구 말렸다. 다들 엘다렌이라도 설득해보려 했지만, 엘다렌은 유리카가 하겠다고 한 이상 참견할 생각이 없어 보였다. 사람들은 저마다 혀를 차며 우리가 막판에 바보 같은 짓을 한다고 숙덕거렸다.

결투를 위해 도시 광장으로 자리를 옮겼다. 결투의 승패를 정할 심판은 항구 관리가 맡아 주기로 했다. 금세 입소문이 퍼져 없던 구경꾼까지 줄레줄레 모여들었다. 붐비는 광장 한쪽에 선 에라르드는 계속 양손을 비비며 불안한 눈빛으로 우리 일행을 쳐다보았다.

"좋아요! 우리 중에 누가 싸울지 고르시죠."

광장 중앙에 우리 일행 넷과 카메이노의 용병들이 모였다. 유리카가 앞으로 나서며 내기의 조건을 환기시켰다. 카메이노가 싱글거리며 대꾸했다.

"하하, 뭐 물을 것까지 있겠나."

우리를 걱정하는 선원들의 얼굴이 용병들의 등 너머로 보였다. 한 선원이 비열한 카메이노가 젊은 프로첸을 상대로 택하면 어떻게 하냐고 엘다렌에게 말한 모양이지만, 엘다렌은 상관할 바 아니라는 듯 어깨를 으쓱했을 뿐이었다.

"당신은 말을 쓸데없이 빙빙 돌리는 버릇이 있는 모양인데 귀찮으니까 한마디로 해요."

사람들은 유리카가 무슨 작정으로 카메이노의 화를 돋우는 건지 몰랐다. 카메이노의 안면 근육에 움찔 경련이 일어났다. 하지만 이긴 거나 다름없는 내기를 빨리 끝내고 싶었는지 별 대꾸 없이 용병들을 향해 손짓했다. 그의 손짓에 네 명의 용병이 앞으로 나섰다.

"너희도 넷이니 나도 공평하게 넷으로 했지. 이 중에서 마음대로 고르라고."

그러나 그 용병들이란 모두 거구에 살벌한 인상을 가진 근육질의 검사들뿐이었다. 꽤 키가 크다는 소리를 듣는 나보다 더 큰 자가 둘, 나머지 둘도 나와 비슷할 정도였다. 외양만으로도 압도될 정도인지라 사람들 사이에서 술렁임이 일었다.

유리카는 간단하게 감상을 말했다.

"누구를 택하든 거기서 거기일 것 같은데요? 어디서 저런 네쌍둥이를 구해왔어요?"

음, 내 생각도 똑같았어.

사람들은 카메이노가 조금이라도 양심이 있다면 나, 아니면 적어도 나르디를 골라야 한다고 수군거렸다. 나야 엄청 큰 검도 지니고 있고,

나르디는 최소한 젊은 남자이니까 말이다. 그러나 카메이노의 선택은 예상을 뒤엎었다.

"역시 이런 일은 결정권자가 나서야 하지 않겠나?"

카메이노의 손가락은 엘다렌을 향하고 있었다.

"저런 비열한!"

"말도 안 돼!"

우리 선원들 사이에서 항의하는 고함소리가 터져 나왔다. 그들이 보기에 엘다렌은 카메이노가 내세운 용병들의 3분의 1밖에 안 되는 자그마한 노인네였다. 아무리 용빼는 재주가 있다 한들 저런 거한을 상대로 무슨 싸움을 한단 말인가?

"결정권자가 나서? 에라, 이 썩을 놈아! 왜 네놈은 직접 나서지 않는 거냐?"

"이런 결투는 무효다! 무효야!"

"이런 것을 내기라고 하는 것인가? 지나치다, 지나쳐!"

카메이노는 소란이야 어찌됐든 만면에 미소를 떠올렸다. 평소에도 욕이란 들을 만큼 듣고 있을 테니 새삼 몇 마디 더 듣는대도 신경 쓰일 거 없을지도 모르겠다. 그러나 유리카를 비난하는 목소리도 들려왔다.

"어린 프로첸이 이런 일을 결정할 상황인가? 이봐요, 선주님! 뭐라고 말 좀 해 봐요!"

"저런 바보 같으니."

유리카는 순간 눈을 가볍게 치뜨더니 주위를 죽 돌아봤다. 왜일까, 그녀 나이의 다른 아가씨였다면 코웃음도 치지 않았을 거친 뱃사람들이 그녀의 눈빛에 다들 움찔하는 것은.

유리카는 이윽고 카메이노에게 고개를 돌리더니, 잠깐 눈을 내리깔았다가 미소를 지었다. 그녀의 입에서 한마디가 떨어졌다.

"당신이 한 말에 잘못이 있다면, 엘다렌은 우리 결정권자가 아니라는 거지. 우리 모두는 동등한 동료니까."

"저, 저……."

카메이노는 입술을 들썩이며 말을 약간 더듬었다. 그는 명백히 두려움을 느끼고도 스스로 그것을 인정하지 못했다.

"어, 어서 상대나 결정해!"

"엘다."

유리카가 엘다렌을 돌아봤다.

"아무나 골라. 사실 누구라도 상관없잖아?"

그 순간 사람들은 유리카가 반말을 하는 것에 의문을 가져야 마땅했으나, 이상하게 압도된 나머지 아무도 지적하지 않았다.

엘다렌이 걸어 나와 어깨에 멘 배낭을 털썩, 바닥에 내려놓았다. 배낭 뒤에는 천으로 싼 꾸러미가 매달려 있었다. 천 꾸러미가 열리자 눈이 멀도록 휘황한 빛이 뿜어 나왔다. 그늘도 없는 광장에는 여름에 가까운 해가 이글거렸고, 그 빛을 받아 두 번째 태양인 양 나타난 것은 거대한 은빛 날 도끼였다. 정면으로 빛을 본 사람들은 저도 모르게 눈을 가렸다.

"저게 정말 도끼인가?"

사람들이 놀랄 만도 했다. 날의 폭만 해도 엘다렌의 키 절반에 달할 정도로 거대한 전투용 도끼였으니까. 무섭도록 선 날은 쇠창조차 단숨에 자를 듯했다.

엘다렌은 후드 사이로 고개를 들더니 네 용병을 훑어봤다. 별로 자세히 살펴보지도 않았다. 그는 첫 번째 용병을 지목했다.

"그럭저럭 한 번 휘둘러 볼 정도는 되는군."

엘다렌이 방금 중얼거린 말의 의미를 용병들이 알까? 엘다렌이 고른 자는 그중 가장 사납고 강해 보이는 자였다.

카메이노는 흡족한 미소를 띠고 자리에서 물러났다. 그의 뒤통수로 온갖 욕설이 날아들었다. 물론 카메이노가 누구인지 알아보려고 뒤를 돌아보지 않는 한도 내에서였다.

"저런 놈이 있나? 아니 그래, 저런 용병을 상대로 조그마한 늙은이를 골라?"

"전부터 저런 줄은 알았었지만, 응, 아주 양심은 저잣거리에 팔아먹은 놈일세."

"싸움이 될 리가 있나? 이건 어린애하고 어른하고 싸우자는 꼴이지 뭔가?"

"도대체 뭘 믿고 경솔하게 저런 내기를 한 거야?"

마지막 말은 유리카를 향해 있었지만, 이번에는 그녀도 돌아보지 않았다. 유리카는 나와 나르디, 그리고 아티유 선장에게 물러서자는 눈짓을 했다. 아티유 선장은 강경한 성품으로 보아 더 대들 법도 했으나 신기하게 우리와 함께 뒤로 물러났다.

나에게는 한 가지 임무가 더 있었다. 바로 엘다렌의 배낭이었다. 나르디 녀석이 이걸 들 수 있을 리 없었다. 무쇠 솥 따위가 자연스럽게 나오는 배낭이거든. 나는 숨을 한 번 들이쉰 다음, 애써 평범한 표정으로 배낭을 들어 옮겼다. 아이고, 이걸 매일같이 메고 다닌다니 엘다렌도 보통 어깨가 아니로구나.

엘다렌과 카메이노의 용병—지금 들은 바로는 베르낙이라는 이름인—이 드디어 마주보고 섰다. 서로 눈이라도 노려봤어야 할 테지만 베르낙은 엘다렌의 눈을 도무지 발견할 수가 없었다. 그때까지도 충실하게 후드를 벗지 않고 있었던 것이다.

별 수 없이 베르낙은 입을 열었다. 노련한 검사다운 목소리였다.

"최선을 다해 덤벼라, 사정 봐주지 않을 테니."

"⋯⋯."

엘다렌은 그답게 아무 대꾸도 하지 않았다.

구경꾼들이 침을 꿀꺽 삼킬 정도의 여유만을 두고 열 발짝 가량 떨어져 있던 두 사람, 아니 드워프와 사람은 앞으로 달려나갔다. 다리가 짧은 드워프가 느릴 것 같겠지만, 천만의 말씀! 둘은 거의 동시에 광장 한가운데에 도달했다.

"헙!"

"⋯⋯."

엘다렌은 싸울 때 소리를 잘 지르지 않는다.

모든 일은 순식간이었다. 웬만한 사람들은 도끼날의 반사광에 한눈을 팔다가, 또는 두 사람의 동작만큼 눈이 빠르지 못한 탓에 중요한 장면을 다 놓쳐버렸다. 모두 고요한 가운데 내가 내뱉은 탄성만이 귀에 들어왔다.

"화아……."

짧은 비명이 울린 것도 거의 동시였을까? 싸움은 끝나버렸다.

항구 관리가 나서서 승패를 정할 여유도 없었다. 관리가 도중에 절묘하게 멈추라고 외쳤던들 소용이 없었을 게 분명했다. 둘은 딱 한 차례 부딪쳤고, 그걸로 끝났다. 사람들이 정신을 차렸을 때 둘은 광장 가운데 우뚝 서 있었다.

결과는?

베르낙의 몸이 썩은 나무처럼 흔들리는 듯하다가 먼지를 일으키며 쓰러졌다. 사이를 두고 붉은 피가 모랫바닥에 배어나오기 시작했다.

사람들은 말조차 잊은 듯했다.

"오오……."

짧은 순간 일어난 사건을 본 몇 안 되는 목격자로서 상황을 설명할 필요가 있겠다. 베르낙의 검이 먼저 낮춰지며 엘다렌의 가슴을 찔러 들어갔다. 무기가 기니까 당연한 일이었다. 어쩌면 너무 키가 컸던 베르낙은 그런 자세가 어색했을지도 모르겠다. 그리고 그 순간 엘다렌은 믿을 수 없는 높이로 펄쩍 뛰어올랐다. 내 입에서 탄성이 나온 것도 그때였다.

그리고 엘다렌의 도끼가 베르낙의 투구를 단숨에 쪼갰다.

"……."

음, 다시 생각해봐도 믿어지지 않는군. 내가 잘못 본 건 아닐까? 베르낙이 아무리 자세를 낮췄다고 해도 투구를 쪼갤 높이까지 엘다렌이 뛰어올랐다니.

사람들이 우우 달려갔고 우리 일행도 서둘러 다가갔다. 카메이노의 용병들은 베르낙을 일으켜 무릎에 뉘었다. 투구는 깨끗이 쪼개졌고, 머리에 아슬아슬하게 두개골을 쪼개지 않고 멈춘 상처가 보였다.

나는 따가운 볕 때문에 눈을 한 차례 비볐다. 그리고 모여든 사람들을 말없이 보고 있는 엘다렌에게 다가갔다.

"힘 조절이 대단하시네요."

정말 그랬다. 엘다렌의 도끼를 다시 가까이에서 보니 저 힘과 저 도끼로 베르낙의 머리를 목까지 반으로 쪼개놓지 않은 것이 용했다. 죽일 작정이었다면 식은 죽 먹기보다 쉬웠을 텐데. 베르낙은 죽지 않았지만 기절하여 정신을 차리지 못했다. 적절한 순간에 멈추긴 했지만 엘다렌의 도끼에 실렸던 힘이 그의 머리에 상당한 충격을 가져다 준 것 같았다.

나는 그제야 유리카가 무모한 내기를 걸면서 자신만만했던 이유를 알 것 같았다. 그녀는 카메이노가 엘다렌을 지목하리라고 짐작한 것이 틀림없었다. 카메이노의 용병들이 모두 거구에 장신인 것을 보고서.

이 순간 카메이노의 표정이 또한 볼 만했다.

"……."

왕국을 잃은 왕이라 해도 저런 표정은 짓지 않을 거다. 아냐, 왕이라면 저런 표정은 지을 수 없을 거야. 정말 꼴사나운 몰골이었거든. 오만상을 찌푸린 카메이노는 베르낙 근처로 가보지도 않고 손발을 푸들푸들 떨었다. 모르는 사람이 봤으면 중풍에 걸린 줄로 생각할 정도였다.

충격으로 말문이 막혔던 사람들이 슬슬 웅성대며 자신들이 보았던—실은 대부분 보지도 못했지만—놀라운 사실을 떠들어대기 시작했다. 우리가 떠난 뒤 이 사건은 멋대로 부풀려질 것 같은 예감이 든다. 벌써부터 그들은 이상한 주장들을 해대면서 서로 맞네 틀리네 싸워대고 있었기 때문이다.

"도끼가 아니었다고. 뭔가 다른 무기를 쓰는 것 같았어."

"무슨 소리야! 도끼 등날로 때리는 것을 내 똑똑히 보았는데."

"어허, 저건 저 거구의 용병이 투구를 벗었기 때문에 일어난 일이라고! 그리고 벗어든 투구를 조그마한 양반이 쪼개버리면서……."

좋을 대로들 생각하십쇼. 전설 하나 만들어지는 거 시간문제겠는데.

모든 시름이 사라진 나르디와 나, 그리고 유리카는 엘다렌을 둘러싸고 웃음을 터뜨렸다. 아티유 선장과 선원들의 기쁨 또한 이루 말할 수 없었다.

"선주님!"

"선주님이 최곱니다!"

"역시 무슨 일이든 모범이십니다!"

엘다렌은 자신의 배낭을 찾는 눈치였다. 내가 들고 가는 걸 못 보았나?

"배낭요? 제가 갖다 드릴게요!"

배낭을 가져왔을 즈음 엘다렌은 선원들에게 둘러싸여 보이지 않았기 때문에 사람들을 밀치며 간신히 안쪽으로 들어갔다. 엘다렌은 나를 잠시 쳐다보았다.

"자네가 이걸 옮겼나?"

"네. 왜요?"

"……아니다."

엘다렌은 다시 입을 다물었다. 쏟아지는 축하와 치켜세우는 말을 들으면서도 그 흔한 '고맙다'는 말 한마디조차 하지 않았다. 유리카가 큰 소리로 외쳤다.

"우리 그만 배로 돌아가요!"

유리카는 아직도 충격에서 벗어나지 못한 카메이노를 바라보더니 말했다.

"계약 건을 마무리 지을 겸, 같이 가시죠?"

에라르드의 얼굴이 또한 볼만했다. 그는 마치 자기가 싸워 이기기나 한 것처럼 의기양양한 표정이었다. 리스벳이 다가와 치하의 말을 했다.

"상대를 죽이지 않고 끝내신 것에 정말 감탄하지 않을 수 없습니다. 훌륭한 인격을 가진 분이시라는 것을 의심할 수가 없어요."

리스벳의 축하는 정말 그녀다웠다.

선원들을 수습해서 배로 돌아가기 위해서는 반 시간도 모자랐다. 선원들은 술집으로 가서 축하주를 하자는 둥, 온갖 소리를 다 늘어놓았던 것이다. 결국 엘다렌이 한마디 하지 않을 수 없었다.

"그만 해라. 출항이 바쁘다."

드디어 대강 수습이 되고 선착장으로 돌아가려던 내 눈에 어디선가 봤던 사람의 얼굴이 언뜻 비쳤다.

"어어?"

금방 사람들 사이로 섞여 들어가 버렸지만 적대감 가득한 얼굴은 뭔가 대단한 음모를 품은 듯한…….

뭐야, 롬스트르였잖아?

멋대로 착각을 부풀리던 나는 기억이 돌아오는 순간 혼자 피식 웃어 버렸다. 적대감 가득해 봤자 저 친구는 별로 겁나지 않는다. 음모도 있어 봤자고. 그래도 혹시나 다시 나타나는지 살폈지만 '별 것 아닌 인물' 롬스트르는 정말 숨기라도 했는지 더 이상 눈에 띄지 않았다.

무슨 생각으로 여기에서 얼씬거리는 거지?

출항 준비는 반나절로 충분했다.

계약서에 서명하는 절차는 이만큼이나 지연된 것이 무색할 정도로 눈 깜짝할 사이에 끝났다. 출항 준비 작업은 아티유 선장이 지휘했다. 그는 이 작업을 수십 번 넘게 해보았고 어떻게 하면 가장 빨리 처리할 수 있는지 잘 알고 있었다.

하지만 그런 그도 한나절 안에 출항 준비를 하는 경우는 처음이라고 말했다. 보통은 선원을 구하고 식량과 자재 등을 채워 넣고 지난 항해로 손상된 곳을 수리하는 등 준비에 족히 닷새는 걸린다고 했다. 그러나 우리는 선원을 하룻밤 새 구했고, 나머지 준비는 한나절이 가기 전에 끝내고 말았다.

그동안 생긴 일이라면 한 선원이 사정이 생겨서 다른 사람으로 교체된 것밖에 없었다. 사람 얼굴 알아보는 데는 눈썰미가 있는 나인데, 저 얼굴은 청어대가리 여관에서 본 일이 없었다. 엘다렌이 싸우던 광장에서 우릴 보고 쫓아온 사람이 틀림없었다.

바닷바람이 시원했지만 아티유 선장은 이마에 땀을 뻘뻘 흘리며 다가와 보고했다.

"모든 준비가 끝났습니다. 이제 배를 띄우는 일만 남았습니다."

우리의 무리한 요구에 고생했을 테지만 그의 목소리는 여전히 활기찼다. 우리는 이 한나절 동안 그가 얼마나 유능한 선장인가를 직접 보고 체험했다. 선원들은 그의 손발이나 되는 것처럼 척척 움직였고, 그는 언제나 자기가 필요한 곳에 먼저 나타나 지시를 내렸다. 아티유 선장과 처음 일해 보는 사람들조차 그의 통솔력에 혀를 내둘렀다.

이런 선장을 구했다는 것이 우리에게는 행운 가운데 행운이었다. 이런 사람과 함께라면 낯선 바다로 나가는 일도 그렇게 두려운 일만은 아닐 것 같았다.

"선원들에게 한 시간 동안 휴식을 줘라. 선원들이 돌아오는 즉시 닻을 올릴 수 있게 준비하도록."

"네, 선주님!"

엘다렌도 보기 드물게 훌륭한 선주였다. 이렇게 무리하게 출발을 강행해야 한다는 걸 제외한다면 말이다. 아티유 선장은 땀을 닦으며 돌아서더니 선원들이 모여 있는 쪽으로 걸어가며 외쳤다.

"선주님이 휴식 시간을 주셨다! 거리에 볼일이 있는 녀석은 얼른 다녀오고 나머지는 쉬도록! 한 시간 뒤에 출발이니까 시간 엄수해라!"

"정말 훌륭한 선장님인걸."

나는 존경하는 마음이 일어 솔직하게 말했다. 의외로 내 말에 고개를 끄덕인 사람은 엘다렌이었다.

"그렇군."

엘다렌은 과묵한 대신 그만큼 솔직했다.

선원들이 제각기 흩어져 가는 것이 보였다. 아직 닻을 올리지도 않았는데 흔들흔들, 바닥이 움직이는 것이 느껴졌다. 확실히 바다는 강과 달랐다. 갑판은 물결의 움직임에 따라 서서히 올라갔다 내려갔다 했다. 푸른 배쌈에 푸른 잔물결이 부딪히고 있었다.

그 모양을 보자니 문득 떠오르는 것이 있었다.

"엘다렌, 당신은 드워프 족인데도 배를 타거나 바다에 나가는 게 아무렇지도 않아요?"

"무슨 소리냐."

"그, 저, 그러니까 이야기에 보면 드워프는 땅의 종족이라 대지를 떠나는 것을 두려워하며 말을 타는 것조차 싫어한다고……."

말하다보니 생각났는데, 말 타기를 두려워하는 것은 주아니였잖아?

엘다렌은 무표정하게 말했다.

"세상에 멋대로 떠도는 헛소문을 믿나."

"그럼 아무렇지도 않아요?"

엘다렌은 예의 대답 한 마디로 내 질문을 끝장냈다.

"드워프 족이 두려워하는 것이란 없다."

드워프 족이 아니고 엘다렌 얘기겠지.

항해 시작하면 실컷 볼 바다니까 차라리 마르텔리조 시나 바라보려고 맞은편 뱃전으로 걸어갔다. 주아니가 오랜만에 뾰족하게 고개를 내밀었다. 한동안 많은 사람과 여행할 테니 주아니 목소리도 자주 듣기는 어렵겠군. 주아니는 엘다렌에게 들릴세라 조그맣게 말했다.

"있잖아, 드워프 족도 사실 말 타는 것은 두려워 해."

푸하……

나는 좀 더 웃으려다가 생각을 고쳐먹었다. 엘다렌은 혹시 예외일지도 모르지. 위대한 드워프 족의 왕이잖아?

높은 배에서 내려다보니 마르텔리조 시의 놀랄 만큼 복잡한 거리가 아주 잘 보였다. 그런데 잠시 후 눈에 익은 사람의 모습이 나타났다.

"어어?"

저게 누구야? 이니에잖아?

"한창 여관 일로 바빠야 할 저 프로첸이 여기까지 웬일이지?"

나르디가 한 말대로였다. 조금 전 결투도 구경하러 오지 않았을 정도로 열심히 일하는 아가씨니까. 오늘 이니에는 소년 선원처럼 차려입고 모자까지 쓰고 있었다. 배에서 내려다보는데도 그녀의 키는 정말 컸다. 나르디가 감상을 말했다.

"저 키가 조금만 더 작았더라면 남자들이 많이 따랐을 것 같은데."

나는 피식 웃었다.

"키가 콧대하고 비례하는 것도 아닌데 저보다 키 큰 여자하고 사귈 남자가 없을 것 같아서 그러냐?"

"그게 아니라 얼굴은 귀여운 편인데 키만 크니까 어쩐지 조화가 안 되어 보이지 않나? 옷도 남의 것은 물려 입기 어려울 테고. 어쩌면 그래서 저렇게 남자 옷을 잘 입는 건지도 모르겠군."

은근히 장난기가 동한 나는 슬그머니 녀석에게 고개를 돌렸다.

"너, 저 프로첸이나 사귀어 보는 것이 어때?"

나르디가 어이없어하며 웃었다.

"이봐, 당장 항해를 떠나는 마당에 여자 친구라니 가당키나 한가. 게다가 나보다 서너 살은 많을 것 같은데."

"무슨 소리야. 선원을 기다리는 항구의 아가씨 이야기는 옛 노래에도 많이 나오잖아? 마음만 있다면 조금쯤이야 기다려 주겠지. 물론 너무 오래 안 돌아오면 곤란하겠지만 말이야."

"장난 말게, 이 친구."

나르디의 얼굴에도 웃음이 떠올랐다. 나는 짓궂게 말을 이었다.

"뭐야, 마르텔리조에 들어오면서 여자 친구나 사귀어 볼까 싶다고 말한 게 누군데 그래? 프로첸 이니에는 너보다 키가 크니까 싫다고? 그럼 프로첸 리스벳은 어때? 그쪽도 상당한 미모고 성격도 아주 착한 것 같던데."

이쯤 이르자 나르디는 당혹스러운 반응을 보였다. 녀석은 역시 나보다 순진하다.

"프로첸 리스벳이라니, 그녀는 나보다 대여섯 살은 많은……."

"나이 차이쯤은 아무 것도 아니라고. 사랑하는 마음만 있으면."

"게다가 그녀는 본래 듀나리온 무녀가 될 사람이었다면서? 듀나리온은 혼인을 할 수가 없어. 지금도 듀나리온의 계를 지키는 재가 신자라던데. 그래서 그렇게 공정한 거래를 고집했던 거고. 게다가 진짜 무녀도 아닌데 몇 번인가 신통력을 발휘한 일도 있어서 아버지도 그녀의 말이라면 꼼짝 못한다고……."

녀석이 여기저기서 주워들은 이야기들을 중얼댔지만 나는 한마디로 반론을 막았다.

"무녀가 될 뻔한 거지, 무녀가 된 건 아니지 않냐? 우리 어머니도 한 땐 무녀가 될 뻔하셨다고."

그쯤 놀렸을 때 이니에가 배 아래에 도착했다.

"이것 봐요, 마디렌 파비안! 할 이야기가 있어요!"

장부에 서명한 내 이름이 가장 익숙하긴 했을 거다. 나는 몸을 앞으로 빼며 내려다보았다. 그런데 그녀의 얼굴에 긴장감이 감돌았다. 무슨 일이라도 일어났나? 나는 손짓했다.

"올라와요!"

이니에가 배다리로 뛰어올라 왔다. 그녀는 제대로 인사도 마치기 전에 큰 소리로 말했다.

"큰일이에요!"

엘다렌과 유리카도 달려왔다. 유리카가 물었다.

"무슨 일이에요?"

이니에의 얼굴을 보니 심각한 일이 분명했다. 언제나 영업상 띠고 있던 미소가 오늘은 보이지 않았다. 그녀는 흐르는 땀을 닦으며 빠르게 말했다.

"롬스트르, 하벨 롬스트르. 그자가 사고를 쳤어요. 알죠?"

나는 이니에가 나와 롬스트르의 일을 어떻게 아는지 궁금했다. 내가 묻기 전에 그녀가 먼저 말했다.

"당신이 롬스트르를 항구에서 때려 눕혔다면서요? 그자가 당신들을 수상하게 여기고 시청에 신고를 했어요! 시청에는 마침 마르텔리조를 관리하는 보엔시 영지에서 보낸 감찰관이 내려와 있었고요. 사태가 심각하게 돌아가는 것 같다며 페스버스가 어서 이 일을 알려주라고 해서……."

뺨이 후끈 달아올랐다. 나는 다급하게 물었다.

"언제? 그 일이 일어난 때가 언제예요? 당장 출발해야 하는 건가요? 시청에서 여기까지 오려면 얼마나 걸리죠?"

그 순간 이니에가 표정을 싹 바꾸더니 나를 바라보았다. 그리고 우리 네 사람을 하나씩 둘러보았다. 갑자기 달라진 분위기에 이상한 낌새를 느끼려는 찰나, 그녀가 불쑥 말했다.

"당신들, 정말로 엘라비다 족이 맞군요?"

"빨리 가서 선원들을 찾아와라! 당장 출항한다!"

아티유 선장이 몇 명의 심복 선원들을 불러 급히 거리로 보냈다. 그리고 남은 선원들을 소집해 맡은 자리로 가도록 지시했다. 선원들이 움직이기 시작하자 그는 엘다렌을 돌아보며 말했다.

"선주님, 정 급하면 선원들이 돌아오지 않더라도 출발할 것인지 결정해 주십시오. 모자라는 선원은 가다가 아이즈나하에서 채울 수도 있습니다."

엘다렌은 고개를 숙이고 생각에 잠겨 있었다. 푹 덮인 후드 때문에 자는 걸로도 착각될 정도였다. 그러나 곧 그의 대답이 떨어졌다.

"한 명도 빠짐없이 와야만 출발한다."

"옛!"

아티유 선장은 다른 일을 처리하기 위해 자리를 떠났다.

우리 옆에는 이니에가 여전히 의혹 가득한 눈빛을 풀지 않고 서 있다. 그녀는 우리 비밀을 쥔 채로 줄곧 저렇게 팔짱만 끼고 있었다. 방해하지도 않았고, 그렇다고 가버리지도 않았다. 뭘 생각하는 걸까?

어떻게든 해야 하는데.

"저, 이봐요, 프로첸 이니에……."

이니에가 뱃전에서 몸을 약간 떼더니 한마디 던졌다.

"새로운 말투 익히느라 힘들었겠어요."

그 한마디에 다시 말문이 막혀 버렸다.

거리 쪽을 내다보니 선원 몇 명이 헐레벌떡 달려오는 것이 보였다. 저들이 마지막이라면 좋겠는데. 그들은 허겁지겁 배 안으로 들어와 자기 자리로 달려갔다.

"이제 두 명 남았습니다!"

아티유 선장의 보고가 울렸다. 우리는 각자 불안한 얼굴로 서로 쳐다보거나 거리를 바라보거나 했다. 나머지 선원들이 나타나지 않을까, 그보다 먼저 도시 치안대가 오지나 않을까…….

두 사람이 다시 나타났다. 하나는 사람을 찾으러 갔던 선원, 이리로 뛰고 있다.

"어서, 이리로!"

이제 한 명이다. 제발, 빨리.

만약 여기에서 붙들리면 어떻게 될까? 이곳은 마브릴들의 땅이고, 죄라고는 지어 본 일 없는 정직한 나인지라 뒷일은 상상이 가지 않는다. 잘못하면 감옥에 갇히거나, 참수형을 당하는…… 아, 아냐! 어쨌든 그런 정도밖에 떠오르는 것이 없었다. 그렇다보니 더욱 두려움이 컸다.

게다가 범법자와 마주쳐 본 일도 없으니 이니에가 우리를 어떤 눈으로 바라보고 있을지도 짐작하기 힘들었다. 좀도둑 따위도 아니고 불법 입국자란 말이다.

"프…… 이니에, 당신은 엘라비다 족을 싫어해…… 요?"

해놓고 보니 유치한 질문이 되어 버렸다. 그래도 기왕 한 거 대답을 기대하며 이니에를 빤히 바라봤다. 이니에는 말없이 나를 쳐다봤다. 어쩐지 '당연하지!' 하고 외칠 듯한 얼굴로.

"별로요."

냉정한 대답…… 아, 내용은 그게 아니네.

이니에는 그 말을 하더니 팔짱을 풀고 몸을 일으켰다. 청어대가리 여관에서 보던 모습과는 판이했다. 그때의 모습이 영업상 과장된 쾌활함이었다면 지금이야말로 오히려 거리낄 것 없는 평범한 태도일지도 모르겠다.

어쨌든 나는 약간 희망을 품고 이니에를 바라보았다. 그러나 다음 말이 뒤따랐다.

"그렇지만, 범죄자를 좋아하진 않죠."

내가 다시 절망의 나락에 빠져 있는 동안, 유리카가 고개를 들었다.

"범죄자라니 지나친 말이에요."

유, 유리, 지금 상황에서 그런 말투는…….

그러나 이니에는 화내지 않았다. 오히려 유리카를 흥미로운 눈으로 쳐다보았다.

"얘기는 들었지만 당신 참 대담한 프로첸이에요."

저, 저건 다시 희망적으로 해석해도 되는 말 맞아?

이니에의 말투는 확실히 악의보다 호의에 가까웠다. 이니에가 모자를 벗었다. 짧게 자른 머리가 바닷바람에 나풀거렸다. 그녀의 머리는 단순한 단발이 아니라 마치 개구쟁이들이 일부러 자른 것처럼 들쭉날쭉했는데 그녀에게는 썩 잘 어울렸다.

"나는 대담한 사람을 좋아해요."

저건! 확실히 우리를 좋게 볼 마음이 있다는 뜻 맞지? 그때 밖에서 외침이 울렸다.

"선주님, 마지막 선원이 돌아옵니다!"

잘됐어!

이니에가 태도를 결정해야 할 때가 왔다. 내려가서 항구 관리라도 불러 우리의 출항을 막느냐, 아니면 그대로 친절하게…….

"병사들이 오고 있네!"

줄곧 성실하게 거리를 관찰하던 나르디의 외침이었다. 급진전이었다. 나도 고개를 돌려 목을 뺐다. 저쪽 거리에서 무장한 병사 스무 명가량이 오는 것이 보였다. 스무 명이라면 우리 선원들보다는 적다. 그러나 선원들이 우리가 이스나미르 인이라는 것을 알고도 도와줄까? 아티유 선장은?

그리고 이니에는?

엘다렌까지 포함해서 모두의 눈이 이니에를 향했다. 그녀는 천천히 우리를 돌아보더니 벗었던 모자를 다시 정성들여 썼다. 그리고 말했다.

"대담한 사람은 잡혀서는 안 되는 법이에요."

저건 무슨 뜻이야?

이니에는 몸을 돌려 배다리 쪽으로 걸음을 옮겼다. 내가 다급하게 물었다.

"어디 가요?"

나를 돌아본 이니에의 얼굴에 예의 쾌활한 웃음이 떠올랐다.

"잡히면 대담한 사람이 아니라니까!"

이니에가 배다리에 올라서는 순간, 유리카가 그녀 쪽으로 다가갔다. 그리고 귀엣말로 한마디 하는데 이니에의 얼굴이 깜짝 놀란 듯, 그러나 완연히 밝아졌다. 이니에는 반가움이 가득한 말투로 말했다.

"정말?"

"그럼, 정말이지 않고요."

무슨 소리를 한 거야?

어쨌든 이니에는 우리를 향해 손을 한 번 흔들어 준 뒤 배다리를 달려서 선창가로 뛰어내렸다. 그리고 이미 선창가에 다가온 병사들에게 다가갔다.

"어서 출발해야지!"

유리카의 날카로운 외침에 정신이 든 우리는 아티유 선장을 향해 외쳤다.

"출항합니다!"

"출항한다!"

아티유 선장이 선원들에게 외치는 소리, 그리고 사환 소년이 다시 한 번 더 커다란 목소리로 구석구석 외치고 다니는 소리. 거기에 맞춰 선원들이 몇 번이고 복창하는 소리. 굵은 밧줄이 움직이기 시작하고 그을린 손발들이 배 구석구석으로 달려들었다. 한쪽에서는 닻을 감는다. 몇 명은 돛을 올린다.

"어서 서둘러라! 출항이다! 출항이야!"

"네! 여부가 있겠습니까, 항해사님!"

1등 항해사를 맡은 스트라엘이 커다랗게 외치며 돌아다니자 모든 일이 마법 가루를 뿌리기라도 한 것처럼 조금씩 빨라진다. 우리 배를 예인하기로 한 노 열 개짜리 배는 닻을 다 감았다는 신호가 가자 힘차게 움직이기 시작했다.

나는 움직이기 시작한 배 위에서 선창가 쪽을 내려다보았다. 이니에는 병사 전부와 실랑이를 벌이고 있었다. 그녀는 그들 모두와 잘 아는 사이인 듯했다. 알아들을 수는 없지만 양편 모두가 큰 소리로 외치고 있었다. 앞으로 나서려는 그들을 계속 왔다 갔다 하며 말리거나 달래는 이니에의 모습이 서서히 멀어져갔다. 그녀가 무슨 말을 해서 병사들을 잡았을까?

유리카가 내 곁으로 다가왔다. 오래간만에 뱃전에 놓인 그녀의 손등에 내 손을 겹쳐 놓았다.

"왜 그녀가 우리를 돕는 걸까?"

"그녀도 대담한 사람이니까."

유리카가 웃자 하얀 이가 시원하게 빛났다.

배는 점차 푸른 수평선이 그어진 쪽으로 나아갔다. 선창가에서 아직도 실랑이를 하고 있는 이니에와 병사들도, 우리가 출항 준비를 한 흔적인 빈 나무상자들과 잡동사니들도, 벌써 멀어져 버린 도시의 거리와 집 그림자들도, 마지막으로 바다와 육지의 경계를 이루는 바위 둑조차도. 모두 작아져 갔다.

팽팽하게 펼쳐진 돛마다 금빛 달무늬가 빛났다. 맑은 물을 가르는 새파란 배쌈, 웅장한 용골과 흠집 없는 갑판을 가진 '푸른 굴조개'는 청새치처럼 빠르게 나아갔다. 물거품이 하얗게 갈라져 생선 떼 마냥 흩어져갔다.

오후의 황금 태양 아래 넘실대는 물결.

배는 바다로 나아가고 있었다.

〈5권에서 계속〉

＊ 작가의 말

6장 2편 '사상 최고의 경매'에 등장하는 조개와 새우 요리 부분은 허먼 멜빌의 작품 「백경」에 대한 오마쥬의 의미로 삽입되었습니다.

The Stone of Days

세월의 돌 4

2백 년의 약속

초판 발행 2005년 10월 10일
3판 5쇄 2024년 1월 24일

저자 전민희
펴낸이 서인석 | **펴낸곳** (주)제우미디어
출판등록 324-1 | **등록일자** 1992년 8월 17일
Tel: 02)3142-6845 | **Fax:** 02)3142-0075
www.jeumedia.com

만든 사람들
출판사업부 총괄 손대현
편집장 전태준 | **책임편집** 윤여은 | **기획** 홍지영, 김혜리, 신한길, 여인우
영업 김영욱, 박임혜 | **제작** 김금남 | **디자인** 디자인그룹올, 디자인수 | **커버일러스트** 쿤요(kunyo)
도움주신 분 김창원

파본은 본사나 구입하신 서점에서 교환해 드립니다.

ISBN 978-89-5952-411-2
ISBN(SET) 978-89-5952-416-7